양창국 단편소설집

어느 이야기들

지구문학

국립중앙도서관 출판시도서목록(CIP)

어느 이야기들 : 양창국 단편소설집 / 지은이: 양창국. – 서울 :
지구문학, 2014
    p. ;   cm

ISBN 978-89-89240-56-3 03810 : ₩15000

한국 현대 소설[韓國現代小說]
한국 단편 소설[韓國短篇小說]

813.7-KDC5
895.735-DDC21   CIP2014028692

양창국 단편소설집
어느 이야기들

사주를 바꿔라

1

백공현은 자동차에서 내려 아파트 현관으로 들어섰다. 무인모드로 설정된 승용차가 스스로 움직여서 지하 주차장으로 들어가서, 정해진 주차 공간에 주차됐다.

공현은 정부에서 임대해 준 유비쿼터스 등 최신 전자장치를 다 갖춘 에너지 제로 아파트, 단열이 잘 되어 열손실이 거의 없고, 태양열을 최대한 이용하는 아파트에 살고 있다.

공현이 현관에 다가가자 현관문 위에 달린 센서가 주인을 알아보고 현관문을 열어줬다. 공현이 현관에 들어서자, 주부 역할을 하는 로봇, 달님이 공손히 인사했다.

공현은 팔등신의 가사도우미 로봇을 구입하면서 초등학교 때 그의 짝, 잠시 좋아했던 달님의 얼굴 모형으로 주문하고 이름은 달님으로 했다.

공현은 달님의 팔을 툭 쳐주고, 고성능 컴퓨터 기능을 가진 웨어러블 스마트폰을 손목에서 풀어 탁자 위에 놓고, 건강 체크 센서를 열 손가락에 끼었다. 센서는 일을 하고 돌아온 공현의 체온, 혈압, 맥박수, 심전도, 혈액 속의 포도당 수치, 산소 농도 등 건강 체크를 위해 필요한 자료를 측정하여 풀어놓은 스마트폰에 입력했다. 스마트폰은 그 자료를 공현의 주치 가정의인 정 의원 컴퓨터로 전송했다. 정 의원은 주기적으로 전송받은 고객의 개인 건강 기초자료를 검토하고, 심장마비, 뇌졸중 등의 질병 예방을 위해 선제적 처방을 한다.

공현은 내일 오전 일찍, 하루 먼저 부산 해운대로 여름휴가를 떠난 애인, 민희를 만나러 해운대에 가기로 마음을 정했다. 공현의 뇌에 심어진 나로봇이 공현의 생각, 뇌파를 전파로 전환하여 스마트폰에 입력했다. 스마트폰은 바로 한국철도공사에서 기차표를 예매하고, 부산 해운대 밀레니엄 호텔에 하룻밤 예약을 했다.

지하에 주차된 자동차에게 내일 출발 시간을 알려줬다. 공현은 스마트폰에 대고 음성으로 민희에게 그의 내일 일정을 알려주라고 했다. 스마트폰이 민희에게 문자메시지를 발송했다.

공현은 저녁으로 포도주를 곁들여 스테이크를 먹고 싶었다. 공현의 뜻을 전달받은 스마트폰은 3D 프린터에 저녁 메뉴를 입력했다. 메뉴를 전송받은 3D 프린터는 단백질, 지방질, 탄수화물, 유기질, 비타민 등 필요한 영양소가 다 든 분말을 고루 섞어 고소한 한우 안심 맛이 나는 스테이크와 쪄먹는 감자를 찍어서 배출했다. 부르크린과 송이버섯도 찍어냈다. 달님은 그 식재료를 받아서 등심은 전기오븐에 넣어 굽고, 감자는 통째로 삶았다. 부르크린과 송이버섯은 프라이팬에 넣고 볶았다. 달님이 요리를 하는 동안 공현은 샤워를 하고 거실로 나왔다.

스마트폰이 그의 주인이 소파에 앉는 것을 감지하고, 연속극을 볼 것인지 뉴스를 볼 것인지 물었다. 공현은 뉴스를 보겠다고 했다.

스마트폰이 티브이 전원을 키고 재생 버튼을 조작했다. 7시 저녁 뉴스가 재방됐다.

첫 번째 뉴스는 세계 대통령 후보 유세 장면이다. 대한민국 국적의 유태환 후보는 아프리카 콩고에서, 중국 국적의 자우저우앙 후보는 몽고 초원에서, 미국 국적의 몬로 여사는 동경에서 유세를 했다.

2016년, 중국의 국민 총생산액(GDP)이 미국을 추월했다. 미국은 1990년 소련 붕괴 후에 자임했던 세계경찰의 역할이 돈만 들고 실속이 별로 없자 서서히 포기했다. 세계 여러 나라, 여러 지역에서 분쟁이 일어났으나 힘이 없는 UN의 노력과 조정만으로는 분쟁이 수습되지 않았다. 세계는 세계를 지킬 UN보다 강력한 국제기구가 필요해졌고, 2021년 UN은 세계정부로 개편됐다. 인구 1억 명당 한 명씩 의원을 뽑아 세계의회를 구성했다. 선출로 뽑은 83명의 의원과 각 분야 대표 17명, 총 100명으로 구성된 세계의회는 세계 정부의 헌법을 제정하고, 세계 정부를 구성했다. 세계 대통령은 임기 5년으로 중임할 수가 있다. 세계 정부가 구성된 후 세계 정부 대통령은 인구가 많은 중국, 백인들의 몰표를 받은 미국인이 돌아가면서 두 번씩 임기를 채웠다.

이번에 제 5대 대통령을 직접선거로 뽑는 것이다. 유태환은 통일 한국의 대표로 세계의회에 진출하여 두각을 나타내며 지도력을 인정받고, 중국과 미국 등 백인계를 제외한 인도, 아프리카 등 유색인종의 지지를 등에 업고 세계 대통령 후보로 출마했다.

대한민국은 2010년대 초반, 반기문이라는 UN 사무총장, 세계 대통령을 배출하였으나, 당시 UN은 자체적인 힘이 없어, 분쟁이 일어나면, 안전보장회의라는 기구를 통해 미국 등 강대국에게 그 해결을 위임하여야 해서 명실상부한 세계 대통령 역할을 할 수가 없었다. 세계 정부는 자체 경찰과 군을 보유하며 분쟁을 스스로의 힘으로 조정 해결할 능력이 있다.

공현은 소파에 비스듬히 누워 달님에게 저녁 식사 전에 입맛을 돋우는 칵테일 한잔을 타오라고 했다. 달님은 엉덩이를 뒤뚱거리며 부엌으로 갔다. 공현은 로봇의 날씬한 뒷모습을 보며 꼭 팔등신 미인의 뒷모습을 보는 느낌이 들며, 해운대 모래사장에서 해수욕을 즐기고 있을 민희가 떠올랐다.

공현은 민희를 헬스클럽에서 만났다.

21세기 중반에 들어서자, 사회의 모든 시스템이 컴퓨터의 통제를 받으며 자동으로 이루어졌으나, 건강을 챙기고 근육을 기르는 것은 자신이 직접 해야 했다. 컴퓨터가 대신해 주지 못했다. 그래서 많은 사람들이 걷고, 뛰고, 웨이트 트레이닝을 하며 스스로 건강을 챙겼다.

민희는 키가 165cm쯤 되는 허리가 한줌 밖에 되지 않는 홀쭉한 체형이다. 얼굴도 좁은 편으로 얼굴에서 오뚝 솟은 코만 보인다.

공현은 민희를 처음 본 순간, 저런 가냘픈 체형에 어디에다 근육을 붙일 데가 있어 운동을 하나 했다. 서양 사람도 아닌데 웬 코는 또 저렇게 높고. 솔직히 공현은 첫눈에 민희가 좀 덜 익게 보였다. 다행인 것은 그 젓가락같이 가는 몸매에서 퍽 아름다운 목소리가 나왔다. 공현은 민희와 몇 달을 한 체육관에서 운동을 하다 보니 그녀의 체형과 얼굴이 익숙해졌다.

어느 날 그녀가 운동을 나오지 않았다. 공현은 그녀가 달리던 러닝머신이 텅 빈 것 같은 느낌이 들었다. 그녀가 옆에서 뛸 때는 못 느꼈었는데, 그녀가 나오지 않자 그녀의 빈 자리가 크게 보였다. 다음날 그녀가 헬스클럽에 나왔을 때, 공현이 같이 커피를 마시면서 그의 심정을 솔직히 말했다. 그의 심정을 듣고 그녀는 "아, 이제 사랑을 시작하셨네요" 하며 남의 말하듯 했다. 공현은 그녀의 지나가는 듯한 말을 들으며 힘이 쪽 빠졌다. 그녀가 "그럼 식사를 사겠다고 해보세요" 했다.

공현은 좀 떨떠름한 심정으로 저녁을 사겠다고 했고, 그녀가 좋다고 했다. 그렇게 해서 사귀기 시작했다.

민희는 요리사다. 직접 요리를 만드는 것이 아니라, 맛이 있고 먹음

직한 요리 레시피 프로그램을 개발하는 요리사다. 그녀는 개발한 레시피 프로그램을 판다. 레시피 프로그램을 3D 프린터에 입력하면 바로 요리가 되어 나온다. 몇 십 년 전에는 상상할 수 없는 신종 직업이다.

공현은 탄산가스 관리사다. 인류가 지구가 보유한 자원을 낭비하며 즐기는 동안 지구는 자정능력을 잃고 자꾸 피폐해 갔다. 인류에게 에너지를 공급해 준 화석연료는 탄산가스를 방출하여 지구를 이불처럼 덮고 지구를 따뜻하게 했다. 지구는 방출된 탄산가스 중 겨우 절반 정도만 탄소동화작용 등 방법으로 자정할 수가 있었다. 21세기 지구온난화는 인류가 당면한 가장 심각한 재앙이었다. 탄산가스의 배출을 규제하느라 탄소세를 도입하고, 탄소배출권 거래제를 도입하는 등의 방법을 강구했으나 인류의 탐욕은 탄산가스 배출을 줄일 수가 없었다. 세계정부는 기후 변화를 막기 위한 투자를 위해 환경 보존세를 신설했다. 일종의 마시는 공기에 대한 세금이다. 세계정부는 그 세금을 재원으로 탄산가스 포집 기술을 개발하였으나 아직 크게 성공을 거두지 못했다.

공현은 탄소관리 기술사 자격증을 따고, 탄산가스 배출권 거래를 중개해 주는 역할을 하며 중개 수수료를 챙기는 프리랜서로 일인회사 사장이다.

21세기 중반, 생산 근로자가 하던 대부분의 일은 로봇에게 일자리를 넘겨줬다. 회사 주인들은 가능한 정규직 채용을 줄이고, 프리랜서를 활용하며, 외주용역으로 회사 일을 수행했다. 소프트웨어, 두뇌가 재산인 일인회사는 당시 유행이 되었다.

두 사람은 헬스클럽에서 매일 만나 같이 운동하고, 차도 마시고, 때로는 밥도 같이 먹다 보니 정이 들고 몸도 섞었다. 두 사람은 아직 결혼은 결정하지 않았다.

달님이 포도주를 곁들여 스테이크를 먹음직하게 접시에 담아냈다. 공현은 일류 호텔에서나 맛볼 수 있는 고급요리를 집에서 들며 같이 먹을 사람이 있었으면 했다. 진&토닉 전주에 반병 쯤 비운 포도주가 공현을 행복하고 아쉽고 쓸쓸하고 센티하게 했다. 공현의 기분을 뇌파의 변화로 알아챈 스마트폰이 뮤지컬 주제곡 〈메모리〉를 틀었다. 공현은 노래를 들으며, 민희와 같이 봤던 뮤지컬 캐츠의 장면을 떠올리며, 이럴 때 민희가 옆에 있었으면 했다. 간절히 민희가 보고 싶었다.

식사를 마친 공현은 소파에 비스듬히 누워, 주방에서 설거지를 하는 로봇의 뒷모습을 쳐다봤다. 좌우로 움직이는 달님의 엉덩이가 가볍게 술에 취한 공현에게 강한 성욕을 느끼게 했다. 그때 스마트폰이 울렸다. 민희가 내일 해운대에 간다는 공현의 문자 메시지를 받고 건 전화였다. 민희는 10시쯤 밀레니엄 호텔 로비에서 기다리겠다고 했다. 공현은 민희의 콧소리를 들으며, 내일 만날 민희를 당장 안고 싶었다. 공현은 전화를 끊고 끙 소리를 내며 발기한 성기를 붙들고 가상현실 스위트 장치로 들어갔다. 컴퓨터 키를 조작하며, 공현은 해운대 해수욕장을 배경으로 하고 민희를 상대로 할까, 아님 몰디브 해안을 배경으로 하고 당시 헐리웃 제일 섹스 심벌로 잘 팔리는 여배우 라나 가드너를 상대로 할까 했다. 공현은 민희는 내일 만날 거니, 하며 후자를 선택하는 버튼을 눌렀다.

몰디브 해안이 사이버 공간에 펼쳐지고, 수영복을 걸친 라나 가드너가 공현에게 다가왔다. 둘은 가상 사이버 공간에서 가벼운 키스로 시작하여 페팅을 하고 본격적인 섹스를 했다. 사이버 공간에서 여자의 몸 냄새까지 풍겨 더욱 현장감을 더했다. 공현은 가상현실 속에서 라나 가드너와 섹스를 하고 정액을 쏟아냈다. 가상현실 장치에서 하는 성교는 수음을 하는 것보다 훨씬 현장감과 현실감이 있다. 공현은 샤워 버튼을 눌러 샤워를 하고, 가벼워진 몸으로 그가 3D 프린터로 직접 만든 침대로 가서 바로 잠들었다.

아파트에 있는 모든 가구는 공현이 3D 프린터로 직접 만들었다. 3D

프린터에 폴리머, 금속, 목재, 플라스틱 등 분말 재료를 장전하고 그가 원하는 디자인을 입력하면 프린터는 디자인에 따라 재료를 섞어 성형한다. 3D 프린터가 발달하자 2020년 이후 대부분 가구는 집에 3D 프린터를 보유하고, 손수 가구 등을 만들어 사용했다. 대부분 가구공장은 문을 닫고 가구공장은 역사 속으로 사라져가고 있다.

2

공현은 간단한 여행 준비를 하고 아파트 현관으로 내려왔다. 그의 승용차가 현관에 대기하고 있었다. 어젯밤 스마트폰의 지시를 받은 승용차는 시간에 맞춰 주차장에서 나와 대기하고 있었다.

공현은 자동차에 올라타서 행선지, 서울역을 입력했다. 자동차는 자동항법시스템을 이용하여 시내 교통상황을 파악하고 최적 경로를 탐색하고 바로 출발했다. 공현은 안방같이 아늑한 뒷좌석 소파에 퍼질러 앉아서 DVD로 연속극을 보았다. 그 연속극은 밤 11시부터 방영하는 연속극으로, 박근혜 대통령 시절 신뢰를 바탕으로 한 남북관계의 진전 상황부터 남북통일까지를 그린 극이다. 당시 남북통일에 깊이 관여했던 유태환 세계 대통령 후보의 득표에 도움을 주는 내용이 포함됐다.

승용차는 주인을 서울역에 모셔다 주고 집으로 돌아갔다. 공현은 차에서 내리기 전에 내일 오후 5시에 마중을 나오도록 자동차에 입력했다.

시속 500km로 달리는 자기부상 고속열차는 서울역을 떠난 지 한 시간 만에 부산역에 도착했다. 우리나라는 일본, 중국에 이어 세계 세 번째로 자기부상 고속열차를 개발하여 전국을 한 시간대 생활권으로 묶었다. 그리고 시속 1,000km 진공열차를 한참 개발하고 있다. 진공열차가 개발되면 부산에서 신의주까지 한 시간에 갈 수가 있다. 당연히 국내선 항공산업은 경쟁력을 잃는다.

공현은 부산역 택시 승차장에 대기중인 무인 택시를 타고, 목적지 해운대 밀레니엄 시티를 찍었다. 무인 승용차가 본격화되자 운전기사 직업은 없어졌다. 택시는 30분 만에 그를 해운대 밀레니엄 시티에 데려다 줬다. 공현은 전자 화폐로 요금을 계산했다. 밀레니엄 시티는 102층 건물로 중국자본이 21세기 초에 건설한 해운대 랜드 마크다.

민희가 해수욕복 차림으로 로비에서 그를 기다렸다. 둘은 가볍게 포옹하며 휴양지에서 만남을 기렸다. 공현은 프런트에 가서 전자키를 받고 방에 들어가서 해수욕복으로 갈아입었다.

두 사람은 바닷물에 들어갔다가 나왔다 하며 하루 종일 해수욕을 즐겼다. 호텔 식당에서 바닷가재로 저녁을 즐긴 두 사람은 호텔 스카이라운지에서 바다 끝에 보이는 대마도의 불빛을 보며 사랑을 키우고, 방에 들어와서 사랑을 나눴다. 공현은 민희와 직접 살을 마주 대하고 섹스를 하며, 가상현실세계에서 세계 최고 육체파 배우와 나눴던 사랑보다 훨씬 농밀하고 진하게 살이 떨리는 오르가즘을 맛봤다.

성합일에 만족한 공현은 호텔 방 의자에 앉아 맥주로 갈증을 달래며, 섹스 후에 나른하고 행복한 표정으로 누워 있는 민희를 건너다보았다. 공현은 평안한 자세로 누워 있는 민희가 그의 일부같이 느껴졌다.

공현은 문득 저 여자와 매일 이렇게 같이 살고 싶어졌다. 공현은 손을 뻗어 나신으로 누워 있는 민희의 손을 잡고, 이제 우리 서로 알 만큼 알았으니 결혼할까, 하고 운을 뗴었다. 민희가 침대에서 나와 나신인 공현의 등에 얼굴을 묻고, 좋다고 했다. 내일 서울 가면 바로 부모님에게 말하자고 했다. 이번 주말에 양갓집 부모 상견례를 하자고 했다. 결혼하기로 합의한 두 사람은 다시 한 번 서로를 탐닉했다.

서울역에서 헤어지며, 민희는 물었다.

"생일은 알고 있는데 혹 몇 시에 태어났는지 알아?"

"늦은 밤에 태어났다고는 들었는데 정확한 시간은 몰라. 왜?"

"엄마가 사주를 보려고 할 거라서, 늦은 밤이면 밤 11시 쯤이야?"

"응, 그쯤일 거야. 정확히는 몰라. 지금이 어느 세상인데 아직도 사주를 다 봐?"

"언니 시집 갈 때도 사주를 보고 형부가 고란살이 있다고 하여 결혼을 반대했었는데."

"고란살이 뭔데?"

"그런 팔자면 부부가 원만치 못하고 이별할 수래."

"지금 형부랑 잘 살고 있잖아?"

"잘 살고 계셔. 원만치 못한 게 아니라 너무 원만해서 걱정인데."

"어머님이 그렇다면 별 수 없지. 다행히 내 사주에 고란살 같은 것이 안 들었으면 좋겠다."

"걱정 마. 그럼 이번 토요일 저녁에 상견례하는 것으로 말씀드릴게."

"그래 해운대에서 넘 좋았다. 평생 추억으로 남을 거야. 사랑해."

공현은 마중 나온 승용차에 올라타며 말했다. 민희는 집까지 태워다 준다는 공현의 호의를 거절하고 경전철을 타러 갔다.

3

토요일 상견례는 민희 어머님의 반대로 깨어졌다.

민희의 어머니가 잠실에 사는 유명한 사주쟁이한테 가서 두 사람의 사주와 궁합을 봤는데 공현의 사주에 백호살이 끼었단다.

"백호살이 뭐야? 백호면 영물인데."

공현이 한가하게 물었다.

"그게 영물이 아니라, 급사나 병사할 팔자래. 일주와 시주가 서로 상극이래."

"일찍 죽는 팔자라고? 나 이렇게 건강한데. 내가 당장 민희네 집에 쳐들어가서 건강함을 과시해야겠네. 실물을 보시면 마음이 바뀌겠지."

"그렇게 한가하게 말하지 말고, 엄마는 심각하다는 말이야. 결혼하고 70년 이상 해로해야 하는데 얼마 못 살고 죽는다고 사주쟁이가 말하니 딸을 주고 싶겠어?"

"아직도 그 음양오행설에 근거한 사주를 믿으시다니. 동양철학 오행의 상생, 상극이 얼마나 비과학적인데."

"그래도 천 년 이상 우리 조상들이 믿던 거잖아. 공연히 우리 엄마 구시대 사람으로 몰지 말고. 또 사윗감이 큰 회사에 다니지 않고 일인사업을 하는 프리랜서라는 것도 마음에 들지 않으신 모양이야."

"요즘 큰 회사가 어디 있어? 2010년대까지 많은 노동자를 쓰는 생산공장은 노동자를 대부분 로봇으로 바꿨고, 소프트웨어를 창출하는 일인 기업이 대세인데."

"엄마는 아직 옛날 생각에 빠져 삼성이나 현대 같은 큰 기업에 다니는 남자를 선호해. 그래야 망할 염려가 없다고. 더구나 탄산가스 배출권을 사고 파는 중개를 하는 회사 사장이라고 했더니, 오빠를 꼭 봉이 김선달 같은 사람이래. 사기꾼 아니냐고, 거저인 공기를 왜 팔고 사고 하냐고?"

"그래? 거저인 공기를 사고 팔고 하는 것을 거래하는 사기꾼? 기후변화가 얼마나 심각한 과제인데, 언제 만나 뵙고 자세히 설명을 드려야겠네. 사윗감이 가장 최근에 등장한 유망업종 사장이라고."

"오빠 직업은 엄마한테 내가 양해를 구할게. 그런데 사주는 어떻게 설득한다? 태어난 날을 이제 바꿀 수도 없고."

"그건 내가 해결해야지. 걱정 마. 이번 토요일 상견례한다고 말고, 어머님 모시고 식당에서 저녁 대접해 드려. 그럼 내가 그 식당에 쳐들어가서 어머님 뵙고 설득할게."

"그럴 거야? 그럼 토요일 저녁에 삼성동 공항 터미널 건너편에 있는 일식집 항도로 모시고 나올게. 엄마 회 좋아하시거든."

"그럼 7시쯤 그 식당으로 갈게."

공현은 민희와 그녀의 어머니가 저녁을 먹고 있는 향도 식당에 사전 통보도 없이 쳐들어가서 자리를 함께 했다. 민희가 미리 공현이 올 거라는 이야기를 했는지, 민희의 어머니는 공현의 침입에 놀라지 않았다.

공현은 건강진단서와 유전자 지도를 들이밀며, 그의 건강에 이상이 없다는 과학적 근거를 제시하며 민희의 어머니를 설득했다.

"제 유전자 지도를 보십시오. 이렇게 수명과 관계 있는 8번 유전자 꼬리가 튼튼하니 백세는 문제없이 살 수 있어요."

"내가 걱정하는 것은 백 군의 건강이 나쁘다는 것이 아니라, 횡사를 하는 팔자를 타고 났다는 거야."

민희의 어머니가 우려하는 바를 말했다.

"요즈음 횡사를 할 일이 뭐가 있습니까? 몇 십 년 전이야 교통사고가 잦았지만, 요사이 무인 승용차가 등장하고, 교통사고가 확 줄었는데."

"그거야 그렇지. 그래도 사람팔자를 어떻게 아나? 백 군 사주에 백호 살이 들었다는데. 최근 시나이반도 성지순례 갔다가 폭탄테러 맞아 죽는 거 못 봤어? 정말 잠실 사주쟁이 유명한 사주쟁이야. 몇 대째 대통령 될 사람 다 맞췄고, 아주 유명한 사람이야. 족집게야. 자네도 내 입장 되어 보게. 그 유명한 사주쟁이가 그렇다는데, 내 딸을 그런 팔자를 가진 남자에게 줄 수 있겠나?"

오히려 민희 어머니가 공현을 설득하려 했다.

"그 사주라는 것, 음양오행 사상에서 나온 건데, 오행은 우주가 나무, 물, 불, 쇠, 흙으로 이루어졌다는 설인데, 현대과학은 우주가 원자로 구성되어 있다는 것을 벌써 200년 전에 알아냈고, 사람의 팔자를 사상, 팔괘, 360효로 나눠 판별하는데, 세계 인구가 80억이 넘는데, 어떻게 그 많은 사람의 운명을 단지 360가지로 한정합니까? 우리 민희랑 저

서로 사랑하는 사이입니다. 결혼을 허락해 주시면…."

"민희도 비슷한 말을 하던데, 자네 사랑하고 있다고 결혼하게 해달라고. 그래도 어떻게 에미가 되어 사위가 곧 급살을 할 팔자라는데 딸을 주겠다고 하나? 공연히 헛힘 쓰지 말고."

민희의 어머니가 조근하게 말했다.

"그리고 자네 하는 일이 뭔가? 뭐 공기 거래를 중개한다고?"

"네, 그렇습니다. 1800년대 산업화 이후 화석연료를 많이 쓰는 바람에 지구온도가 3도나 올라갔어요. 그래서 기상이변이 속출하고, 북극에 있는 얼음이 녹아 해수면이 높아지고 있어요. 동해안 해수욕장에 가 보시면 알 겁니다. 저희가 다녀온 해운대만 하더라도 제방 댐을 5m나 높게 쌓았잖아요? 그 온도를 올리는 주범이 탄산가스입니다. 그래서 국제적으로 탄산가스 방출을 억제하고 있습니다. 그러나 석탄을 때는 화력발전소에서는 연료를 바꿀 수가 없기 때문에 석탄가스 방출이 불가피하며, 석탄가스 방출량만큼 탄소세를 냅니다만, 탄산가스를 배출하지 않는 사업장으로부터 배출권을 싸게 사서 탄소세 납부를 조금씩 줄입니다. 일 년에 약 495억 톤의 탄산가스를 배출하는데 지구는 그 절반만 겨우 자체적으로 흡수하고 나머지는 그대로 대기에 남아 이불 역할을 해요. 이거 숫자를 들먹여 죄송합니다. 저는 탄산가스 많이 배출하는 회사와 배출하지 않는 공장 사이에 서서 탄산가스 거래를 중개해 주고 수수료를 받습니다."

공현은 할머니가 다 된 장모 후보에게 쉽게 설명하려고 애를 썼으나 잘 되지 않아 입술이 탔다.

"엄마, 오빠가 하는 사업은 최근에 새로 생긴 아주 유망업종이야. 오빠는 수수료로 받은 돈을 암흑에너지 개발에 투자하여 많은 배당을 받고 있어."

민희가 응원에 나섰다.

"암흑에너지? 그 건 또 뭐냐? 시커면 에너지라는 거냐? 연탄이나 숯 같은?"

민희 어머니의 눈이 커졌다.

"숯이 아니고 암흑에너지입니다."

공현이 바로 잡아줬다.

"암흑이면 어둡고 시커먼 거 아닌가?"

"엄마, 그게 아니고, 암흑에너지는 우주를 구성하는 중요한 물질인데, 우주의 73%나 차지한데. 그래서 지금 우리가 쓰는 석탄 등 화석에너지가 고갈되어, 그 대체에너지로 바람, 태양열 등 재생에너지의 이용방법을 개발하고 있으나, 잘 안 돼서 우주를 구성하는 암흑에너지를 이용하는 연구를 하고 있는데, 거기에 투자하는 거야. 앞으로 한 5년 내 실제로 쓸 수 있다는데, 그 때는 대박이 난데. 그럼 오빠는 백만장자가 되는 거야."

"나는 도통 무슨 말인지 모르겠다. 그렇다 치고, 백만장자가 되면 뭐하나? 횡사할 팔잔데. 백 군, 내 딸을 그런 기구한 팔자를 타고난 총각에게 시집보낼 수 없으니 공연히 나 설득하려고 시간 보내지 말고 다른 방도나 찾아봐."

공현과 민희는 사주팔자를 굳게 믿는 엄마를 설득하지 못했다.

4

공현은 안티 에이징(젊어지는) 신약을 사서 예쁘게 포장하여 들고 민희의 어머니를 찾아가서 아양을 떨며 결혼을 승낙해 줄 것을 간청했다. 안티 에이징 신약은 DNA의 흐름을 거꾸로 하여 시간의 흐름을 역행하게 하는 신약으로 미국 유씨 리버사이드 대학연구팀이 30년의 각고 연구 끝에 개발한 신약으로, 인간의 수명을 10년은 늘어나게 할 수 있는 명약이다. 공현은 그의 반달 치 수입을 다 투자하여 샀다. 사위후보로

부터 비싸고 귀한 선물을 받고도 민희의 어머니는 고집을 세웠다.

거금을 투자한 뇌물도 효과를 보지 못하자, 공현은 화가 나고, 내가 무슨 수를 쓰더라고 노인의 고집을 꺾어야겠다는 오기도 은근히 났다. 두 사람이 다 성인이니, 그냥 민희 어머님의 허락을 받지 않고 결혼해 버릴까도 생각했다.

뇌물 공세에 실패한 공현은 잔뜩 입이 부어 약속이 잡힌 친구 상호를 만나러 민속주점에 들어갔다.

소설을 쓰는 상호는 참 편하게 옷을 입고 나왔다. 허름한 청바지에 빨간 티셔츠를 입고 머리에는 꼬리가 달린 검정 모자를 썼다. 코미디에 나오는 주인공같아 보였다. 그는 공현이 오기도 전에 벌써 막걸리를 주문하여 혼자 자작하고 있었다.

"어, 노총각 어서 와."

상호가 손을 내밀었다.

"잘 있었고?"

둘은 손을 잡고 흔들었다.

"나야 잘 있지."

상호가 공현의 사발에 막걸리를 따라주며 말했다.

"참 지난 주말에 간산 다녀왔다."

상호가 사발을 부딪치며 말했다.

"간산이 뭐냐?"

"넌 간산도 모르냐? 묏자리 보러가는 거다."

소설을 쓰는 상호는 이것저것 아는 것도 많고, 이것저것 배우는 것도 많다. 얼마 전 풍수지리를 배우고 다닌다더니 묏자리를 보러 간 모양이다.

"그래 너 들어갈 묏자리는 잡았냐?"

"나 들어갈 곳은 아니고, 충청도 가서 임경업 장군 묘와 유태환 선조

못자리를 봤다."

"그래 어떻데?"

"유태환 고조부 묏자리 기가 막히더라, 좌청룡 우백호가 뚜렷하고, 앞에 안산도 북현무도 확실한 좋은 혈자리더라. 유태환이 세계 대통령까지 나온 거 다 지하에 계신 조상의 음덕인 아닌가 싶다."

"너 요새가 어떤 세상인데, 묏자리 타령이냐? 21세기 중반이다. 21세기 중반."

"21세기 중반이면 밥 안 먹고 사나? 신라 말부터 천 년간이나 우리 민족이 믿어온 걸 엉터리라니?"

"그럼 엉터리지. 서양 놈들은 명당 안 찾고 집 앞에나 마을 한가운데 묘를 써도 잘만 살고 있잖아?"

"그런가? 그런데 너는 언제 국수 먹여줄 거냐? 그렇게 신붓감 오래 애태우면 거기에 곰팡이 다 슨다."

"곰팡이 슬다니?"

"그것도 모르냐? 2차 대전 때 한 수녀원에 군인들이 머문 적이 있다. 성병에 걸린 한 병사가 있었는데 수녀를 겁탈하고 성병이 나았다."

"수녀를 겁탈하고 성병이 났다니?"

"수녀는 평생 한 번도 그것을 써먹지 않잖나? 그러니 거기에 곰팡이가 피었지. 페니실린 원료가 뭔지 아냐? 푸른 곰팡이야. 이제 알아듣겠냐?"

"자식, 농담이 좀 지나치다."

"지나치기는, 우리 제수씨도 거기 곰팡이 슬지 않게 그만 결혼식 올려라."

"내가 결혼 안 하고 싶어 안 하는 줄 아냐? 장모가 못 하게 하니 안 하지."

"그 장모 좀 머리가 어떻게 된 거 아니냐? 잘 생겼지, 억대 연봉에 뭐가 부족한데?"

"사주가 안 좋단다."

"어떻게?"

"뭐 백호살이 끼었는데."

"백호살이 끼었으면 안 되겠는데. 그거 급사할 팔자다."

"니가 어떻게 사주를 다 아니?"

"내가 글 쓰려고 주역도 보고 사주도 좀 배웠다."

"넌 모르는 것이 없구나. 풍수에 관상에. 글 쓰려면 그런 것도 다 공부해야 하나?"

"그래. 그렇게 뼈빠지게 공부해서 글 써도 베스트셀러는 멀고, 입에 풀칠하기도 어렵다. 니 이야기 들으며 문득 김동리 선생이 쓴 무녀도가 생각났다."

"무녀도면 무당 엄마와 기독교 신자인 아들의 갈등 이야기 아냐? 그게 어떻게 내 케이스랑 같냐?"

"무녀도는 신령을 믿는 무녀 모화와 예수를 믿는 그의 아들 욱이의 이야긴데, 욱이는 세상에 실제로 없는 신령을 믿는 엄마의 무도를 샤머니즘이라 하고, 모화의 눈에는 처녀가 잉태하고, 죽었다가 살아나고 하는 양국 놈들의 마술단 예수 마귀를 믿는 쪽이 샤머니즘이라 하고. 그래서 양쪽은 자기의 믿음을 포기할 수가 없어 모화는 괴문서 성경을 불태우다가 말리는 아들을 칼로 찔러 결국 죽게 만들고, 예수꾼으로부터 미신쟁이로 지목받은 모화는 자살한 양반집 여인의 초혼제 굿판을 벌리다가 연못으로 들어가서 자기 믿음과 함께 물속에 수장하고. 니 경우는 예비 장모는 천 년 가까이 우리 민족이 믿어온 사주를 굳게 믿고 있고, 사위 후보는 한 400년 전부터 발달한 현대과학을 믿고, 사주 같은 것은 우습게 여기고…. 양쪽 다 양보할 수 없는 평행선을 달리잖아. 이 소설가님이 두 사람을 화해시켜야 하는데…. 친구의 줄거리를 비극으로 끝낼 수는 없고, 해피엔딩으로 만들어 줘야 하는데…, 어떻게 한다?"

상호가 장광설을 늘어놓았다. 공현은 멍청하게 친구의 입만 쳐다보았다.

"니 사주 여기다 적어주라. 지금 만세력을 안 가지고 나와서 여기서 봐주기는 어렵고, 내가 한 번 볼게. 그 사주쟁이가 엉터리로 봤냐도 확인해 보고. 이 소설가 형님이 해피엔딩 해결책을 찾아줘야 하잖아."

상호가 수첩을 내밀자, 공현은 그의 사주, 생년월일시를 적어줬다.

공현이 집에 들어가서 샤워를 하고 침대에 누워있을 때 상호가 카톡을 보냈다.

그 점쟁이 제대로 사주를 풀었다. 니 생시가 정말 밤 11시, 자시 맞냐?

공현이 바로 답장을 썼다.

정확히는 모르고, 대개 그 정도 되는 것 같다. 엄니가 돌아가셔서 확인할 길이 없다.

1분만 당길 수 없냐? 10시 59분으로.

그게 무슨 말?

생시가 자시에서 해시로 바뀌면 시주와 일주가 상극하던 것이 상생이 되어 니 팔자가 기가 막히게 좋다.

그렇다고 어떻게 생시를 막 바꾸냐?

장가가려면 그 정도는 해야지. ㅋㅋ 내 덕에 장가가게 되면 한 턱 크게 내라.

쓸데없는 소리 말고 잠이나 자라.

공현은 무작정 그가 태어난 시간을 저녁 10시 쪽으로 바꾸면 민희의 어머니가 믿지 않을 것 같았다. 그는 그가 태어난 병원에 찾아가서 그의 출생기록을 열람했다. 신분증을 확인한 병원 측은 본인의 출생 기록을 보여줬다. 그가 11시 2분에 태어난 것으로 적혀 있다.

공현은 출생 시간을 3분만 당길 수 없냐고 사정했다. 간호사는 서류를 조작할 수가 없다고 했다. 공현은 일단 물러났다가, 간호사가 핸드백 수집광인 것을 알아내고 그녀의 월급으로는 도저히 엄두도 못 낼 고급 핸드백을 사가지고 가서 그의 사정을 말하고 출생시간을 3분만 당겨 10시 59분으로 해달라고 사정했다. 간호사는 인심을 쓰는 척하며, 결혼이 성사되면 양장 한 벌을 해달라고 농담을 하며, 슬쩍 고급 핸드백을 챙기고, 컴퓨터에 입력된 공현의 출생 시간을 3분이 아닌 5분 당겨, 10시 57분으로 바꾸고 출생증명서를 떼어줬다.

그 후 공현과 민희의 결혼은 일사천리로 진행됐다.

공현은 민희에게 출생시를 정확히 몰라서 그냥 11시 경이라고 했다고 하면서 출생증명서를 넘겼다.

출생증명서를 받아든 민희는 엄마에게 전했고, 민희의 엄마는 득달같이 잠실 사주쟁이를 찾아갔고, 사주쟁이는 아주 사주가 좋다고, 문창성이 들어 문재가 뛰어나며 귀히 될 팔자라고 입에 침이 닳도록 칭찬했다.

공현은 부모들의 축복 속에 결혼을 하고, 우주선을 타고 달로 신혼여행을 갔다.

그들은 달기지에서 지구의 1/6인 중력을 받으며 구름을 탄 기분으로 초야를 보냈다. 뇌물을 주고 출생 시간을 5분 당겨 사주팔자를 바꾸고 행복을 얻었다.

'뇌물을 주고 바꾼 사주가 정말 평생 운명까지 바꿀 수 있을까?'

소설가 김병만의 어느 하루

/
_

김병만은 어머님 이순옥 여사의 팔순 잔치에 가려고 문인협회가 주최하는 작품토론회 중간에 빠져나와 오후 여섯시 시간에 맞춰 신라호텔 영빈관으로 갔다. 그는 혜화역에서 4호선 전철을 타고 충무로역까지 가서 3호선으로 갈아타고 동대입구역에서 내렸다. 시계를 보니 여섯시가 다 되었다. 그는 시간에 대어가려고 길 좌우에 피어 있는 늦은 봄 경관을 그냥 지나치며 허겁지겁 언덕길을 올라 호텔 본관 입구에서 호텔 안내원에게 물어 영빈관을 찾아갔다.

김병만은 직계 가족 몇 사람만 모아놓고 조촐하게 어머님의 팔순 잔치를 치르고 싶었으나, 밑에 동생 병천과 밑에 밑에 동생 병호가 일생에 한 번뿐인 어머님의 팔순 잔치를 게 바위 지나가듯 치를 수 없다며, 밥값은 병천이, 여흥비는 병호가 대겠다며 호텔에서 열자고 우겨 판이 커졌다. 잔치비용을 분담할 능력이 없는 맏형 병만은 초청 범위를 백 명 남짓으로 하자는 의견만 겨우 냈다.

병만은 영빈관 입구에 서 있는 '이순옥 여사 팔순 연회장' 안내판을 보며 장남으로서 어머니에게 죄송한 마음이 들었다.

"형님, 여섯시가 다 됐는데 장남이 이제 오면 어떻게 해? 미리 와서 손님을 맞아야지."

연회장 입구에서 병호와 나란히 서서 손님을 맞던 병천이 투덜댔다.

병만은 동생의 불평을 못들은 체하고 바로 어머니가 앉아계신 헤드 테이블로 갔다. 어머니는 옆 자리에 앉아있는 중년신사를 우리 나사렛교회 담임목사님이라고 소개하고, 헤드 테이블을 독차지한 나사렛교회 교우들이 다 들을 수 있도록 큰 소리로 우리 큰아들 소설가야, 하고 소개했다.

목사는 아, 그 소설가 아드님, 하며 자리에서 일어서서 손을 내밀었다. 병만은 목사와 악수를 하고, 고개를 깊이 숙여 어머님 교우 분들께 목례를 한 후, 식탁을 차례로 돌며 친가 외가 친척들에게 인사했다.

병만은 멀리 부산에서 오신 고모님과 광주에서 오신 이모님께 꾸뻑 인사를 하며 연회장에 늦게 온 것이 죄송스러웠다.

어머님의 옆자리를 교회 분들께 빼앗긴 고모와 이모는 병만 세 형제 부부와 한 식탁에 앉았다. 식탁 위에는 삼각대 모양의 냅킨이 의자 수에 맞춰 세워져 있고, 냅킨 양 옆에 라이프와 포크, 스푼이 진설되어 있다. 중앙에는 마개를 딴 포도주 병이 놓여 있다.

"그럼 지금부터 이순옥 여사의 팔순 잔치 막을 열겠습니다. 그럼 먼저 이순옥 여사님이 다니시는 나사렛교회 담임목사님의 기도가 있겠습니다."

몇 년 전까지 티브이에 자주 출연했던 코미디언 이상호가 무대 왼편에 마련된 마이크 앞에서 사회를 봤다.

목사는 이순옥 권사의 건강과 장수, 가족, 교회, 국가의 번영을 위해 하나님의 은총이 같이 하기를 장황하게 빌었다.

"다음 장남 김병만 님의 인사말씀이 있겠습니다."

사회자는 병만을 30년 경력의 유명한 소설가로 소개했다. 인사말을 하는지조차 몰랐던 병만은 유명한 소설가라는 사회자의 소개에 부담을 느끼며, 어머님 팔순 잔치에 와주신 목사님을 비롯한 교우님들과 이모님 고모님을 비롯한 친척 친지 여러분께 감사의 말씀을 드린다고 짧고 형식적인 인사말을 했다.

"다음은 친족을 대표하여 꽃다발 증정 순서가 있겠습니다. 많은 분들이 꽃다발을 준비해 오셨으나 시간 관계상 셋째 아드님의 따님이 나오셔서 대표로 할머님께 꽃다발을 올리도록 하겠습니다."

초등학교 6학년인 병호의 딸 영선이 안개꽃이 카네이션을 둘러싼 꽃다발을 들고 나왔다. 할머니는 흐뭇하고 행복한 표정으로 꽃다발을 받아 들고, 교우들에게 자랑스러운 미소를 보내고, 손녀의 볼에 뽀뽀를 하고, 손녀와 사진을 찍는 포즈를 취했다.

병만은 가족을 대표하여 당연히 맏아들인 그의 아들이 어머님께 꽃다발은 드려야 하는 건데, 동생 놈들이 연회 비용을 부담한다고 맏형과 한 마디 상의도 없이 자기들끼리 서열을 깨고 정한 것에 기분이 상했다.

사회자는 식탁에 놓인 포도주를 잔에 따르도록 하고, 이순옥 여사의 둘째 아들, 김병천 평화상회 사장님께서 나오셔서 건배를 해 주십사고 청했다. 사회자는 오늘 식사를 두 아드님이 낸다는 사족을 달며 박수를 유도했다.

"저 친구 아들이 셋인데 둘이라니."

고모가 사회자의 말에 토를 달았다.

"영훈 아빠와 영선 아빠가 낸다는 말일 겁니다."

셋째 며느리가 고모에게 설명해 줬다.

친척들 앞에서 어머님 팔순 잔치에 달랑 몸만 온 사실이 들통 난 장남 병만은 막내 제수의 말에 얼굴이 굳어졌다. 병만의 아내는 고개를 푹 숙였다.

병천은 건배사를 장황하게 늘어놓았다. 병만은 동생의 자랑 섞인 긴 건배사를 듣는 것이 거북했다.

병만은 동생이 건배사를 하는 동안 식탁에 세워놓은 메뉴를 집어다 보았다. 메뉴판에는 영어와 한글을 나란히 병기한 풀코스 양식 요리명이 줄줄이 적혀 있었다.

두 손으로 음식을 먹는 양식이 별로인 병만은 메뉴를 정하면서 맏형의 의견을 한 번도 묻지 않은 동생들의 태도가 불쾌했다.

"어떻게 팔순인 어머님께 스테이크를 드시게 하나?"

건배사를 마치고 자리에 앉는 병천에게 형이 한 마디 했다.

"엄마는 스테이크 아니고 생선 드리라고 했어."

병만은 동생의 대꾸가 돈 한 푼도 안내면서 무슨 잔소리냐는 투로 들렸다. 병만은 잔칫날에 화를 낼 수도 없어 입을 닫았다.

"병천아, 메뉴 보니 일인당 10만원은 넘겠다. 큰돈 썼네."

이모가 메뉴를 내려놓으며 병천을 칭찬했다.

"겨우 돈 천 좀 더 들어요."

병천이 대수롭지 않게 말했다.

"이 이도 천만 원 이상 써요. 사회 보는 이상호 3백, 축가 부를 민요가수 김세라 5백, 밴드 값이랑 해서."

셋째 며느리가 그녀의 남편도 큰돈을 쓴다고 선전했다.

"뭐 아들이 엄마 팔순 잔치에 그 정도는 써야지요. 돈 벌어서 어디다 쓰겠어요?"

병호가 겸손한 체하며 한 술 더 떴다.

병만은 친척들 앞에서 얼굴을 들 수가 없었다.

"그래도 우리 조카 중에 우리 병만이 최고지. 그 어려운 소설을 다 쓰고."

고모가 병만의 난처한 입장을 변명해 줬다.

"그렇기는 하지. 병만이 신춘문예 당선됐을 때 고을이 들썩했었지."
이모가 고모의 변명에 합세했다.
병만은 고모와 이모의 응원이 하나도 고맙지 않았다.

김병만의 오남매 중 병만만 대학을 나왔다. 전라도 산골에서 논 몇 마지기와 밭 두어 떼기 농사를 지으며 아들딸들을 키운 병만의 부모에게 오남매를 고등학교까지 보내는 것만도 벅찬 일이었다. 병만의 아버지는 어떻게든 큰아들만은 대학에 보내야겠다고 입버릇처럼 말했다. 큰아들이 잘 돼야 집안이 잘 된다며, 큰아들이 법대에 들어가서 고등고시에 척 합격하면 집안이 확 필 거라고 했다.

문예반에 들어간 병만은 국어선생님으로부터 자주 글재주가 있다는 칭찬을 들으며 톨스토이와 같은 대문호가 되어 6.25 사변을 무대로 〈전쟁과 평화〉와 같은 대작을 쓰겠다는 꿈을 키워갔다.

병만은 시침을 뚝 떼고 문리대 국문과에 입학원서를 넣었다. 겨우 첫 등록금을 마련해 준 아버지는 아들이 법대가 아닌 국문과에 들어간 사실도 모르고 소뿔에 치여 시름시름 앓다가 돌아가셨다.

집에서 재정적 도움을 받을 수 없었던 병만은 가정교사도 하고 막노동도 하고 재학 중 군대도 다녀오며 휴학과 복학을 거듭하며 입학한 지 8년 만에 대학을 졸업했다.

어려운 환경에서도 병만의 창작 의욕은 꺾이지 않았다. 대학교 2학년 때부터 신춘문예에 도전한 병만은 칠전팔기 도전 끝에 A신문사 신춘문예 공모에 당선됐다. "치밀한 묘사와 작품을 이끌어 가는 힘, 완성도 높은 구성을 사서 당선작으로 뽑았다. 계속 정진하면 대성할 싹이 보인다"는 심사평은 병만을 고무시켰다.

병만의 어머니는 비로소 아들이 법대가 아닌 국문과 간 것을 알았으나, 신문에 난 아들의 사진을 보며 아들을 대견해 했다. 형 때문에 대학에 못 갔다고 여기는 동생들은 형이 고등고시에 붙으면 덕을 볼까 했다가 크게 실망했다.

고등학교를 졸업하고 병천은 잡화 상회에, 병호는 건설회사에 다니다가 입대했다. 제대 후 악착같이 돈을 모아 병천은 동대문 상가에서 의류 도매업을 하고, 병호는 조그만 건설회사 사장이 되었다.

삼십을 훌쩍 넘기고 결혼한 병만은 당장 돈이 필요했다. 독학을 하면서도 꺾이지 않았던 붓이 생활 앞에 무뎌졌다. 소설가라는 타이틀을 들고 잡지사를 전전하다가 큰 회사 홍보부서에 촉탁으로 취직됐다. 매2년마다 계약은 갱신했으나, 쫓겨날 염려도 없이 고정적인 월급을 받고 안정적인 생활을 꾸려갈 수가 있었다. 그러나 대성할 싹을 키울 시간을 언론사 로비에, 사보와 홍보 책자를 만드는 데, 임원들의 기념사나 축사를 대필해 주는 데 다 빼앗겨 〈전쟁과 평화〉와 같은 대작을 쓰겠다는 꿈이 자꾸 뒤로 미뤄졌다.

2

종업원이 커피포트를 들고 테이블을 돌며 커피를 따랐다.

이상호가 마이크를 잡고, 식사를 마치신 것 같으니 바로 여흥을 시작하겠습니다, 하고 분위기를 띄웠다. 3인조 밴드가 빰빠방하고 추임새를 넣었다.

"오늘의 초청 가수 김세라의 수연가를 듣기 전에 오늘 팔순을 맞으신 이순옥 여사님의 세 아드님과 두 따님이 나오셔서 한 달 전부터 준비해 온 노래를 어머님께 바치겠답니다. 그럼 아드님 따님을 먼저 무대로 모시겠습니다."

사회자가 한참 신소리를 까고 오남매를 불러냈다.

박수가 터져 나왔다. 밑에 두 아들과 두 딸 정임과 정숙은 싱글싱글 웃으며 손을 흔들며 무대로 나갔으나, 맏아들은 어리둥절한 표정으로 동생들을 뒤따라갔다. 사회자가 가운데 자리에 병만을 그 왼편에 정임과 병천, 오른편에 정숙과 병호를 세웠다.

"어머님을 위해 무슨 노래를 준비하셨습니까?"

사회자가 병만에게 마이크를 들이댔다.

"유주용이 부른 〈부모〉를 준비했습니다."

병만의 옆자리에 선 정임이 냉큼 대답했다.

병만은 동생들이 미리 귀띔도 않고 장남을 따돌리고 자기들끼리만 노래연습을 한 것 같아 화가 났다.

오남매는 손을 마주 잡고 어머니를 바라보며 밴드의 반주에 맞춰 노래를 불렀다. 병만은 〈부모〉는 가끔 부르던 노래여서 다행히 어렵지 않게 따라서 불렀다.

어머니는 자리에서 일어서서 몸을 흔들고 손뼉을 치며 흐뭇한 표정으로 교우와 친척들을 돌아보며 자랑스러운 얼굴을 했다. 노래가 끝날 무렵에는 눈물까지 글썽이셨다. 병만은 어머님이 행복해 하시는 모습을 보며 가슴이 뭉클했다.

"큰 오빠가 늦게 오는 바람에 우리끼리 노래 정했어. 사회자가 우리가 먼저 노래를 하게 준비하라고 해서."

무대를 내려오며 정임이 병만의 귀에 대고 속삭였다. 병만은 동생들에게 자기만 따돌렸다고 섭섭해 했던 좁은 마음이 미안해졌다.

김세라는 구성지게 새타령과 꽃타령을 불렀다. 앙코르곡으로 태평가를 부르고 급히 연회장을 떠났다. 병만은 민요 딱 세 곡 부르고 노래값으로 5백만 원이나 챙겨가네, 우리 글쟁이 원고료와는 비교가 되지 않네, 하며 고개를 가로 흔들었다.

교우들은 찬송가를, 사위, 조카들은 대중가요를 불렀다. 판이 어우러져 흥이 고조되자 고모님은 〈황성 옛터〉를 이모님은 〈섬마을 처녀〉를 불렀다.

어머니가 무대로 나섰다. 며느리와 딸들이 무대로 나가 어머니를 에워쌌다. 어머니가 맏며느리에게 손을 내밀었다. 맏며느리가 책을 건넸다.

"우리 아들딸들 자랑 좀 하겠습니다."

이순옥 여사는 마이크에 대고 말을 하고 있는 것을 모르는지 막 목소리를 높였다.

"우리 큰아들은 소설간데 이거 큰아들이 쓴 소설이야."

어머니는 문학잡지를 들고 흔들었다.

"우리나라를 대표하는 문학잡지에 우리 아들 소설이 실렸어."

어머니는 맏아들의 단편이 실린 페이지를 펼쳐들고 흔들었다.

병만은 문학지에, 우리의 앞날은 미리 정해진 것인지, 아님 개척해 나가는 것인가를 주제로 쓴 단편 〈내일〉을 발표했었다.

"우리 둘째 아들은 동대문 시장에서 제일 큰 의류상을 하는 사장이고, 막내아들은 토건회사 사장이야. 큰 사위는 은행 지점장이고, 막내사위는 세무서 다니는데 이 정도면 아들딸들 잘 키웠지?"

박수소리가 터져 나왔다.

어머님은 영감이 살았으면, 하고 중얼거리며 잠시 얼굴이 흐려지다가, 이 좋은 날에, 하면서 〈동백 아가씨〉를 불렀다. 앙코르를 할 틈도 없이 〈찔레꽃〉을 불렀다. 어머니는 두 곡을 연속으로 부르고 숨차하셨다. 맏며느리와 큰 딸이 어머니를 자리로 모셨다.

"약속한 시간이 지났습니다. 즐거우셨어요?"

사회자가 무대를 접을 준비를 했다.

네. 계속 합시다, 하는 함성이 터져 나왔다.

사회자는 함성을 무시하고 칼같이 여흥을 끝내고 손을 흔들며 쫓기

듯 연회장을 떠났다.

잔치가 끝났다. 어머니는 둘째 아들 병천의 외제차를 타고 어머니 혼자 사시는 아파트로 떠나셨다. 병호는 멀리서 오신 이모와 고모에게 차비를 담은 흰 봉투를 건넸다.

어머니는 자식들에게 신세 지기 싫다며 열 평 아파트에 혼자 사신다. 그 아파트는 둘째, 셋째 아들이 거의 반씩 돈을 내고 나머지는 큰아들과 딸들이 조금씩 보태서 샀다. 어머니는 자식들이 매달 드리는 용돈을 생활비로 쓰신다. 딸들은 수시로 어머니 아파트에 드나들고, 세 며느리는 한 달씩 돌아가며 시어머니 아파트를 찾아가서 청소도 하고 반찬도 챙긴다.

병만은 아들 영환이 차로 아파트까지 모시겠다는 것을, 느네 식구 넷하고 우리 둘, 여섯이 타면 차가 비좁으니 동대입구 역까지만 태워다 달라고 했다.

3

잔치를 마치고 집에 돌아온 병만 부부는 식탁에 마주 보고 앉아 녹차를 음미했다. 그 녹차는 병만이 송광사에서 열렸던 문학 세미나에 갔다가 관광코스로 들른 보성 녹차농원에서 사온 것이다.

"당신 기분 나빴을지는 몰라도 호텔에서 하길 잘 했지? 어머님 퍽 행복해 하시던데."

아내가 녹차를 한 모금 마시고 식탁에 찻잔을 내려놓으며 말했다.

"그런 거 같아. 그런데 당신 어떻게 문학잡지를 다 가지고 왔지?"

병만이 30년 가까이 한 지붕 아래 살아온 아내를 건너다보며 나직하게 물었다.

그녀의 눈 주위에 잔주름이 가득했다. 얼굴 피부의 탄력은 잃었으나 처녀시절 병만의 가슴을 설레게 했던 그녀의 맑고 투명한 눈동자는 세월을 타지 않았다.

"어머님이 동생들이 돈을 대는 잔치에 맏아들 기죽지 않게 하시려고 소설책을 가져오라고 하신 거 같아. 그래 찾아보니 요근래 당신이 낸 책이 없어서…"

젊었을 때 병만은 자비로 창작집을 내고, 장편도 두 편을 냈으나, 베스트셀러와는 거리가 멀었다. 지난 십여 년 간 그는 일 년에 단편 한두 편을 발표하는 것이 고작이었다. 두 남매를 대학 보내고 결혼시키느라 자비출판은 엄두도 못 냈다.

"그래서 당신 단편 실린 잡지를 가져갔어."

병만은 어머님의 배려에 가슴이 뭉클했다. 작품 활동에 소홀했던 시간이 미안해졌다.

"당신 오늘 왜 그렇게 늦게 왔어? 친척 어른들은 다 오셨는데 당신은 안 오지 얼마나 속이 탔는데."

"세미나 듣다 보니 그렇게 됐어. 혜화동에서 20분이면 갈 줄 알았는데 전철 갈아타는 데만도 10분도 더 걸렸어."

"당신 노래하러 나가며 완전히 벌레 씹은 표정이었어. 동생들이 좀 잘 산다고 나만 빼놓고 즈그들끼리 놀아나나, 하는 표정이었어. 딱하기도 했고 참 안 됐었어."

"그 땐 황당했거든."

"그 노래 즉석에서 정했는데 당신이 쫌만 일찍 왔으면 미리 얘기해 줬을 텐데."

"다음에는 일찍 갈게."

"다음 언제? 미수 때? 오늘 당신 낸 책 있었으면 더 좋았을 텐데."

병만은 아내의 말에 대꾸를 못하고 시선을 창밖으로 보냈다. 큰 원의 위쪽이 커가는 달이 아파트 앞 동 지붕 위에 덜렁 걸려 있었다.

"당신이 제일 매력적인 때가 언젠지 알아?"

아내가 달을 올려다보는 남편에게 다정한 목소리로 물었다.

"내가 매력적일 때도 다 있나?"

"그럼. 당신 집필에 몰두할 때. 당신 그런 모습 보고 있으면 행복해진다."

"다행이네. 돈 못 버는 3류 소설가한테 매력적인 구석이 다 있고."

"어째 당신이 3류 소설가야? 내가 보기에는 최곤데. 참 우리 여기서 그만 살고 이사 가자."

"이사 가자고?"

"응. 당신 이제 막 육십 넘었으니 앞으로 최소 이십 년은 더 팔팔하게 살 거고, 지난 삼십 년 가까이 우리 먹여 살리느라 고생했는데, 이제부터 당신이 바라던 소설 쓰며 살게."

병만은 미지근한 차를 한 모금 마시며 아내의 말뜻을 알아듣지 못해 멍청하게 아내를 건너다봤다.

"이 집 팔면 한 4억은 받을 거야. 당신 고향으로 가도 좋지만 거기는 너무 멀고 서울 근교 전철이 닿는 곳으로 이사 가면 일억이면 텃밭 달린 집을 살 수 있을 거야. 나머지 3억 그냥 저금해 놓고 매달 백만 원씩 깨먹으면 한 30년 깨먹을 수 있어. 당신 연금 나올 거니 연금하고 백만 원 합하면 우리 둘 먹고 살 수 있을 거야. 다행히 애들이 지 앞가림은 하니. 방 두세 개 있는 집 사서 하나는 침실로 쓰고 하나는 당신 서재하고 하나는 손자들 오면 쉬라고 하고. 어때?"

노년을 자식들 신세 안 지고 어떻게 살아갈까 답답했던 병만은 눈이 확 틔었다. 20년은 더 글을 쓸 수 있다는 말에 힘이 솟았다.

"그럼 당신 맘 놓고 글 쓸 수 있잖아. 당신 우리 먹여 살린다고 그 좋아하는 글도 못쓰고 버둥대는 거 보며 항상 속으로 미안했어. 앞으로 운동하면서 스트레스 없이 지내면 20년은 건강하게 살 거야. 그럼 20년 동안에 당신이 바라던 한국판 전쟁과 평화를 쓸 수 있을 거야. 한 번 생각해 봐. 맘이 서면 나랑 집 보러 다니자. 의정부나 동두천 전철역에서 가까운 곳. 집 뒤에 동산이라도 있음 더 좋고."

"의정부나 동두천?"

"참 그리고 당신 담 주 스승의 날 영준이 학교 가서 일일교사 할 거야?"

영준은 남동생 병호의 아들로 중2다.

"선생님이 아버지나 어머님 중 스승의 날 일일교사 하실 분 손들어 보라고 했더니 영준이 손을 번쩍 들고 우리 큰 아버님이 우리나라에서 손꼽히는 유명한 소설가시라며 일일교사로 모시자고 우겼데."

"그 녀석이…."

병만은 조카가 소설가인 큰 아버지를 알아주고 일일교사로 추천했다는 말을 들으며 코끝이 찡했다.

"그래도 조카가 당신 알아주네. 아까 어머님이 책을 펴보이자 목사가 그 어려운 소설을 쓰는 아드님을 두서서 정말 뿌듯하시겠다고 했어."

"그 거야 입에 발린 말이지."

그때 티브이 앞에 놓아둔 이동전화가 노래를 불렀다.

"입에 발린 말 아니야. 그 사람들 소설가를 얼마나 부러워하는데. 당신 전화 왔다."

병만은 이동전화기의 수신 단추를 눌렀다.

"어, 김 작가? 나 설봉이야."

전화기에서 환한 목소리가 울려 왔다. 설봉은 병만의 30년 문우다.

"무슨 일이야?"

"어머님 8순 잘 치렀나? 가 보지도 못하고."

"초청 못해서 미안. 가족잔치라."

"미안하기는. 낼 아침 신문에 날 걸 미리 알려주려고."

"신문에 나?"

"그래. 김 작가의 '내일'이 일월문학상 최종 후보에 올랐어. 세 편 올랐는데."

병만은 설봉의 전화를 들으며 전신에 열기가 좍 돌고 정신이 휘청했다. 일월문학상은 상금이 5억 원이나 되는 우리나라 최고 권위의 문학상이다. 그의 단편 〈내일〉이 예심을 통과하여 본심 15편에 끼었다는 연락을 받았을 때, 병만은 수상은 당연히 젊은 작가의 몫이라고 여기며, 내 문학이 아직 나이를 타지 않았네, 하며 잠시 기분이 우쭐했다.

"내일 신문에 최종 후보로 오른 작품 세 편의 내용 주제와 함께 작가 소개도 나갈 거야. 김 작가의 '내일'은 오랜 인생의 경험에서 우러난 삶을 바라보는 혜안이 담긴 수작이야. 아직 수상작으로 뽑힌 것은 아니지만, 나이 육십이 넘어 젊은 작가와 어깨를 나란히 하며 최종 후보로 뽑힌 것 대단해. 부럽다."

설봉이 전화를 끊었다. 병만은 숨을 고르며 전화기를 귀에 댄 채 멍하니 달을 쳐다봤다. 달이 더 커 보였다.

일월문학상을 타면 5억 원 상금도 크지만 문명을 얻어 그 동안 발표했던 작품도 재조명 받을 수가 있다! 그럼 베스트셀러가 되고….

"당신 왜 그래? 무슨 전화야?"

아내가 눈을 동그랗게 뜨고 남편을 쳐다봤다.

"내 작품이 일월문학상 최종 후보에 올랐데."

"일월문학상? 우리나라 노벨 문학상?"

남편이 고개를 끄덕였다.

"당신 대단하다."

아내가 남편의 팔을 흔들었다.

"아직 당선된 것 아니야. 최종 세 편 중 하나야."

"그래도 거기까지 간 것이 어디야. 당신 작품, 내일, 우리가 살아갈 앞날이 미리 정해진 것인가, 아님 개척해 나가는 것인가 주제로 썼던데, 당신이 소설 쓰는 것은 정해진 일이고, 이번 최종 후보 오른 것을 보니 당신 대단하다는 거 확인된 거고, 이제 좋은 소설만 쓰면 되는데 좋은 소설 쓰는 것은 당신 몫이고 운명이야. 우리 시골로 이사 가자. 내가 당신 좋은 작품 쓸 수 있도록 옆에서 도울게. 내년 어머님 생신에는 당신이 쓴 책을 올려야지."

아내는 남편의 눈을 빤히 쳐다보며 나직하게 말했다.

"그래야지."

병만은 좋은 소설을 써서 내년 엄마 생신에는 내 책을 엄마께 올려야지 스스로 다짐했다. 병만은 일월문학상 최종 후보에 올랐다는 전언에 자신감을 찾으며 손을 뻗어 아내의 손을 잡았다.

따뜻한 온기가 전해 왔다. 사람의, 사랑의 정이 전해 왔다. 좋은 작품을 쓸 수 있다는 자신감이 솟았다. 희망의 싹이 환하게 피어났다.

어느 한 해

1

　외손자 창석이 마음이 붕 떠서 할아버지 2층이야, 하며 내 손을 탁 잡았다. 내가 외손자의 손을 맞잡자, 외손자가 나를 살짝 올려다보며 상큼 웃었다. 나는 손아귀에 폭 안기는 꼬마 손의 보드라운 감촉을 즐기며 눈을 끔벅해 주고 외손자가 이끄는 대로 쇼핑몰을 가득 채운 인파를 뚫고 나갔다.

　"할아버지. 나 사고 싶은 거 사도 돼요?"

　손녀 보람이 내 빈손을 잡으며 나를 빤히 올려다보며 애교를 부렸다.

　"그럼, 어린이날 선물인데. 사고 싶은 거 다 사라."

　보람과 창석은 초등학교 1학년이다. 손녀 보람이 외손자 창석보다 아홉 달 먼저 태어났다. 할아버지가 손자들에게 어린이날 선물로 장난감을 사주려고 대형 쇼핑몰에 데리고 왔다.

　손자들에게 이끌려 에스컬레이터를 타고 2층에 올라서자, 'WELCOME TO KIDS PARK' 라는 간판이 눈 앞을 가렸다. 나는 장난감을 파는 가게 입구에 걸린 영문 간판을 보며, 어린이 장난감 가게에 웬 영어, 하며 이맛살을 찌푸렸다.

회전문을 밀고 가게 안에 들어서자 트럭 진열대가 나왔다. 진열대 맨 위에 plarail이라는 안내 패널이 걸려 있었다. 나는 그 뜻을 알 수 없어 고개를 갸웃했다. 코너를 돌자 다양한 종류의 자동차가 진열되어 있었다. 보람과 창석은 트럭이나 자동차는 거들떠보지도 않고 가게 안쪽으로 들어갔다.

나는 창석을 따라갔다. 창석은 TRANSFORMERS라는 간판이 걸린 진열대 앞에 섰다. 영화 트랜스포머에 등장한 옵티머스, 범블비 등 로봇들이 진열되어 있었다. 크기는 한 뼘 정도로 가격은 1만 원대에서 8만 원대였다. 창석은 범블비를 내려서 만져보다가 옵티머스를 내려서 만져보다가 했다.

"맘에 들면 두 개 다 사라."

나는 두 개를 다 사도 큰돈이 들 것 같지 않아 인심을 썼다.

창석은 대답도 않고 다음 칸으로 가서 엄지손가락 크기의 포켓몬스터를 만져보다가 진열대에 올려놓고 다른 것을 내려서 만져보다가 내려놓고 하며 결정을 못했다. 나는, 너 골랐으면 신호해, 말하고 손녀에게 갔다.

보람은 RABIT 코너 옆의 차밍걸스 코너에서 인형을 고르고 있었다.

"아직 맘에 드는 것 못 골랐니?"

"찾고 있어요. 비싼 거 사도 돼요?"

보람이 나를 올려다보며 말했다.

"그래. 일 년에 한 번뿐인 어린이날인데 니 맘에 드는 거 사라."

나는 선선히 대답했다.

보람은 나를 힐끗 쳐다보고 보글보글 소꿉놀이 코너로 갔다. 플라스틱으로 성형한 크고 작은 주방 용기들이 진열되어 있었다. 보람의 반키만큼 큰 주방 세트는 3십 만원이 훌쩍 넘었다. 택배로 부쳐준다고 쓰여 있다.

나는 예상보다 훨씬 센 장난감의 가격표를 보며 오늘 단단히 쓰겠네, 했다. 보람은 코너를 왔다 갔다 하며 어떤 것을 사달라고 할지 쉽게 고르지 못했다.

"맘에 든 거 골라봐. 창석이 골랐나 보고 올게."

나는 손녀가 좀 싼 것을 골랐으면, 하는 심정을 감추며 자리를 떴다.

창석은 아직도 이 코너 저 코너를 왔다 갔다 하며 기웃거렸다. 반시간이 넘도록 장난감을 고르는 손자들을 따라다니느라 나는 지루하고 다리도 아팠다.

"저기 레고 있더라. 레고 살래?"

나는 외손자가 빨리 장난감을 고르도록 유도했다.

"아니. 범블비 사려는데 티브이에서 본 것이 없어."

"저기 특선 전시 코너에도 있던데 봤니?"

"그거? 그건 좀 맘에 드는데. 그렇게 비싼 거 사도 돼?"

"그럼 사도 되지."

창석은 신이 나서 뒤뚱거리며 특선 진열대로 갔다.

BUMBLEBEE는 89,900원, JET WING OPTIMUS PRIME은 149,000원이었다. 로봇은 두 뼘만큼 컸다.

"범블비 살 거야, 아님 옵티머스 살 거야?"

나는 은근히 한 가지만 고르도록 유도했다.

창석은 내 눈치를 보며 한참을 망설이다가 범블비를 골랐다. 나는 외손자가 비싼 옵티머스를 고르지 않자 마음이 가벼워졌다. 나는 범블비가 든 상자를 진열대에서 꺼내 창석에게 안겼다.

창석은 가슴에 가득 안기는 상자를 받아 들고 코를 벌씬했다. 흥분하여 얼굴이 붉어졌다. 비척거렸다. 외손자가 좋아하는 모습을 보며 나도 기분이 좋았다.

"누나 아직도 못 골랐어? 빨리 집에 가서 맞춰봐야 하는데."

장남감이 든 상자를 주체하지 못하고 뒤뚱거리며 나를 따라온 창석이 아직도 장난감을 고르는 누나를 나무랐다.

　보람은 두 손바닥을 마주 비비며 쿠킹센터를 열심히 쳐다봤다. 쿠킹센터는 식기 세척기, 전자레인지, 솥, 프라이팬, 식기류 등 주방기구와 여자 인형이 한 세트였다. 정가는 138,000원이었다. 보람은 내 눈치를 살폈다.

　"그거 맘에 들면 사라."

　나는 진열대에서 크기가 한 발이나 되는 큰 상자를 내렸다.

　"누나는 그렇게 비싼 거 살 거야?"

　창석이 이의를 달았다.

　"넌 범블비 샀네."

　보람이 반격했다.

　"이건 십만 원도 안 되는데."

　나는 손녀의 눈치를 힐끗 보고 쿠킹세트가 든 상자를 들고 계산대로 갔다.

　카드로 대금을 지불했다. 손자들은 빼앗다시피 자기가 고른 장난감이 든 상자를 챙겼다. 상자가 눈앞을 가려 손자들이 비틀거리며 걸었다. 내가 들어주겠다고 했으나 손자들은 악착같이 자기 것을 들고 가겠다고 했다.

　나는 선물을 안고 가는 손자들의 들뜬 표정을 보며, 돈 쓰는 재미에 기분이 흐뭇했다. 행복했다.

　"우리 저녁 먹고 가자."

　나는 손자들에게 맛있는 저녁까지 사주며 돈을 더 쓰고 싶었다.

　"아니, 지금 집에 가야 해. 가서 맞춰 봐야 해."

　창석이 고개를 살래살래 흔들었다.

　"벌써 여섯 시 됐다. 할아버지 배고프시겠다. 짜장면 사줘요."

보람이 사촌 남동생을 흘겨보며 말했다.

"바로 집에 가야 하는데…."

창석이 보챘다.

"니 선물 아무도 안 뺏는다. 짜장면 먹고 가자."

내가 앞장섰다. 나는 식당가에 있는 중국집에서 탕수육과 짜장면을
시켰다. 장난감을 당장 조립해야 한다며 집에 가자고 보채던 창석도 맛
있게 요리를 먹었다.

"가을하늘 공활한데 맑고 구름 없이, 다음이 뭔지 알아?"

창석이 탕수육을 한 점 입에 넣고 씹으며 보람에게 물었다.

"누가 그것도 모를 줄 알아?"

보람이 톡 쐈다.

"할아버지. 나 애국가 1절에서 4절까지 외워서 쓰는 거 금상 먹었다.
만원 줘야 해."

창석이 자랑했다.

나는 손자들이 시험에 100점을 받으면 천 원씩을 주고 있다.

나는, 왜 천원 아니고 만원이냐, 했고 외손자는, 금상은 백점보다 높
다고 했다.

"그래? 그럼 이천 원 줄까?"

"에이, 할아버지 돈 많잖아?"

"할아버지 나도 금상 먹었어. 만원은 너무……."

보람이 사촌동생을 흘겨보며 말했다.

"에이, 누나 땜에 돈 못 벌겠다."

창석이 투덜댔다.

"너희들이 동해물과 백두산이를 4절까지 다 외운다고?"

나는 어린 손자들의 다툼을 못 들은 척하고 끼어들었다.

"할아버지, 동해물과 백두산이 아니라 애국가야."

창석이 고쳐줬다.

"동해물과 백두산이 아니고 애국가라고?"

나는 애국가를 4절까지 다 외운다고 자랑하는 손자들이 너무나 귀여워, 그래, 금상은 만원씩 준다고 했다.

나는 장한 손자들을 위해 돈을 쓰는 것이 전혀 아깝지 않았다.

할아버지와 손자들이 애국가를 1절에서 4절까지 돌아가면서 외우고 있을 때 이동전화에서 노래가 울렸다. 아내의 이름이 떴다.

"장난감 사고 중국집에서 저녁 먹고 있어."

내가 현황을 자랑스럽게 아내에게 말했다.

아내는 남의 말을 하듯 어머니가 돌아가셨어, 했다.

"장모님이 돌아가시다니? 며칠은 더 살아계실 거 같다며 당신 집에 왔잖아?"

"산소호흡기 떼고 잘 버티셔서 며칠 더 사실 것 같다고 했는데 갑자기 돌아가셨네. 나 지금 병원 가는 중이야."

"그래? 나 애들 데려다 주고 바로 갈게."

장모님은 95세시다. 80대 초반에 자식들이 양로원에 모시려 했으나, 장모님은 집에서 죽겠다며 악착같이 양로원 입소를 거부했다. 큰 처남이 가족회의를 소집했다. 세 아들과 세 딸이 한 음식점에 모였다. 며느리와 사위들도 다 불렀다.

큰 처남이 어머님을 지금처럼 내가 죽 모실 거니, 너희들은 간병인 비용으로 매월 50만원씩을 대라고 했다. 어머님이 돌아가시면 어머님 앞으로 되어 있는 재산을 팔아 어머니를 계속 모시고 있는 내가 1/3을 갖고 나머지는 다섯 동생들에게 균분해 주겠다고 했다.

어머니가 기껏 2, 3년 더 사실 걸로 예상한 동생들은 재산을 팔아 돌아올 지분을 계산하며 큰 처남의 제의를, 잠시 분배 지분 문제로 토닥거리다가 받아들였다.

장모님은 그 때부터 10년도 더 사셨다. 무리하며 분담금을 내던 손아래 처남은 돌아올 유산을 포기하고 분담금 납부를 면제받았다. 현직에서 물러난 나는 부동산 임대 소득과, 금융 소득이 있어 큰 부담 없이 10년이 넘도록 분담금을 꼬박 다 냈다.

"할아버지, 누가 돌아가셨어요?"

젓가락으로 면발을 돌돌 말며 보람이 물었다.

"논현동 할머니가 돌아가셨다."

내 손녀와 외손자에게 장모님은 증조할머니시나, 그냥 큰 처남이 사는 동네 이름을 따서 논현동 할머니로 부르도록 했다.

"논현동 할머니가 죽었어? 그럼 내년에는 세뱃돈 못 받겠네."

창석이 짜장면 면발을 쪽 빨아 당기며 말했다.

나는 외손자가 내지르는 말에 억, 했다. 딸네와 식당에 가면 창석은 외할아버지가 돈을 내야 한다며 아빠가 돈 내는 것을 막았다. 나는 아빠의 돈을 아끼려고 하는 외손자가 기특했지만, 외손자의 영악한 셈법에 이맛살을 찌푸리곤 했다.

"논현동 할머니가 돌아가셨는데 세뱃돈이 뭐야?"

보람이 누나답게 꾸짖었다. 창석은 혀를 죽 뺐다 쏙 집어넣었다. 나는 무거운 기분으로 손자들을 재촉하여 식당을 나섰다.

2

주말 오후, 아들과 딸들 가족이 실버타운에 쳐들어와서 왁자지껄 떠들며 북새통을 떨다가 저녁을 먹고 바로 자가용을 몰고 썰물같이 떠나갔다. 현관까지 배웅을 나온 나는 기지개를 켜며 여름 하늘에 촘촘히 박혀 있는 별들을 올려다보았다. 서울 하늘에서는 볼 수 없는 환상적인 풍경이다.

"정말 공기가 꿀맛이다. 10년은 더 살겠는데…."

나는 서늘한 밤공기에 노출된 팔을 문지르는 아내에게 말했다.

"그렇게 오래 살다가 애들한테 눈칫밥 먹는다."

"눈칫밥은, 물려줄 만큼 물려줬는데."

"당신 그 약발이 얼마나 갈 거 같아?"

"당신 또 그 소리. 우리 아들딸들이 얼마나 착하고 효심이 깊은데."

"당신 말이 맞아야 할 텐데…."

아내는 더 이상 다투기 싫은지 말꼬리를 내렸다. 나는 여자 속은 밴댕이 속, 하고 속으로 투덜댔다.

우리 부부는 재산을 정리하고 실버타운으로 이주했다.

아무도 슬퍼하지 않는 장모님 초상을 치루고 나자, 상을 치르며 무리를 했던지 으스스 몸살감기가 왔다. 나는 그냥 푹 쉬고 싶었으나, 친구들과 선약을 깨기 싫어 점심 자리에 나갔다. 억지로 막걸리 두어 잔을 마셨다. 친구들은 식사가 끝났는데도 이야기를 놓지 못해 자리에서 일어설 줄을 몰랐다. 나는 먼저 빠져 나오기도 뭐해서 두 시간이나 왕년에 어쨌다는 자랑과 병치레 사연을 들으며 자리를 지켰다. 몸이 지칠 대로 지쳤다.

나는 친구들과 헤어진 후 점심 장소와 가까운 곳에 있는 대치동 상가까지 걸어가서 내 가게에 들렀다. 안경점을 하는 임대인은 반 년째 임대료를 내지 않고 있다. 임대인은 불경기로 장사가 안 된다며 죽는 시늉을 하며, 밀린 임대료를 언제 주겠다는 말도 없이 배 째라는 식으로 나왔다. 내가 그럼 소송으로 가야겠다고 엄포를 놓자, 임대인이 힘없는 놈 별 수 없지요, 하며 할 테면 해 보라는 식으로 나왔다. 나는 임대인의 싸가지 없는 응대에 화가 났다.

나는 지그시 화를 누르며 임대료를 못 낼 것 같으면 그만 가게를 비우라고 했다. 임대인은 아직 임대기간이 몇 달 남았으니 미리 내보내려면 복덕비와 이사비용을 물어주라고 했다. 나는 임대인의 따귀라도 갈겨주고 싶었으나, 감정을 누르며, 임대료를 내던지 가게를 비우라고 통보하고 가게를 나왔다.

나는 민사소송을 하면 내보내는데 너무 오래 시간이 걸릴 거고, 별 수 없이 이사비용을 물어주며 제발 나가주십시오, 하고 사정을 해야 하나, 하고 심란하고 더러운 기분으로 전철을 타러 갔다. 나는 전철역 입구에서 신림동 원룸 아파트 관리인의 전화를 받았다. 보증금을 다 까먹고 두 달째 월세를 안내고 버티던 한 입주자가 감쪽같이 도망쳤단다. 관리인이 화장실에 간 사이에 도망쳤단다. 나는 바로 가보겠다고 했다. 대치동에서 신림동을 가려면 전철을 갈아타야 한다. 택시를 탈까 하다가 택시비가 아까워서 공짜인 전철을 탔다.

원룸 관리인은 계속 손을 비비며 미안한 척했다. 나는 입주자가 도망친 빈 방을 보고 내려오며 칠십도 넘은 나이에 이 무슨, 하며 혀를 찼다. 온몸이 천근같이 무겁고 어깨가 뻐근하여 택시를 타고 집에 가려다가, 이제 집에 가면 쉴 건데, 하며 전철을 탔다. 경로석이 꽉 찼다.

나는 전철 손잡이를 잡고 흔들거리며, 한 달 받는 임대료가 얼만데 택시비 아끼며 이런 고생을 하나, 70이 넘은 이 나이에 임대료 받겠다고 쫓아다니며 스트레스 받아야 해? 상가고 원룸이고 다 팔아 은행에 넣어놓고 편히 살까? 요사이 부동산경기 좋지 않아 제값 받고 팔기 어려운데, 애들한테 물려주고 매달 용돈이나 얻어 쓸까? 애들한테 물려줬다가 몇 달 용돈 주고 모른 척하면…. 설마 착한 우리 애들이 그러겠어, 하며 실없는 생각을 이어갔다.

내가 현관에 들어서자 소파에 비스듬히 누워서 티브이를 보던 아내가 고개를 들고 저녁 먹고 왔지, 하고 물었다. 내가 안 먹었다고 하자, 연락이 없어 저녁을 준비하지 않았다며 중국집에서 시켜줄까, 했다. 나는 라면이나 하나 끓여달라고 했다.

아내는 라면 끓이는 것은 당신이 도사잖아, 하며 나를 쳐다봤다. 나는 임대인들로부터 스트레스를 받고 축 처져서 온 남편을 그대로 내팽개치는 아내를 쥐어박고 싶었다.

"임대료 받으러 다니기도 귀찮은데 상가랑 원룸 애들한테 다 물려주고 시니어타운이나 들어갈까?"

나는 식탁에 앉아 라면 면발을 후루룩 삼키며 거실 소파에 비스듬히 앉아 티브이를 보는 아내에게 말했다.

"시니어타운? 당신 아직 젊은데 벌써 시니어타운 들어가자고? 그런 수고도 않고 남의 돈 먹으려 했어? 재산을 애들한테 물려주자고? 그건 안 돼."

아내는 내 말을 한 마디로 뚝 자르며 반대했다.

나는 내 재산을 남에게 기부하자는 것도 아니고, 자식들에게 물려준다는데, 아내가 다짜고짜 반대하자 비위가 확 틀렸다. 평생 순종적이던 아내가 나이 들면서 말이 많아지고 자주 내 말을 먹었다. 나는 아내가 무조건 반대부터 하자 벌컥 화가 났다.

나는 홧김에 재산 다 물려주고 시니어타운에 들어가겠다고 일방적으로 선언했다. 아내는, 돈은 죽을 때까지 가지고 있으라는 말도 못 들었어? 애들한테 큰돈 물려줬다가 엉뚱한 짓을 하면 어쩔 거야, 하며 쫑알쫑알 토를 달며 대들었다. 나는 아내의 말에 맞는 구석이 있다고 여기면서도, 아내가 마구 대들자 오기가 나서, 우리 애들은 다 착하고 효심도 깊어 재산 물려주면 잘 굴릴 거니 걱정 말라고 우겼다. 그래도 아내는 끝내 내 말에 토를 달았다.

"내가 돈 벌어 모은 재산 내 자식들한테 물려준다는데 무슨 반대가 그리 많아?"

나는 꽥 소리를 질렀다.

"당신이 번 돈으로 산 건 맞지만 나도 애들 키우면서 한 몫 했어."

우리의 대화가 막장까지 갔다. 나는 가장의 권위를 세우며 재산을 다 애들한테 물려주고 시니어타운에 들어갈 거니 딴소리 말라고 고함쳤다. 아내는 그러다가 쪽박 찰 거야, 험담을 던지고 침실로 들어갔다.

큰아들이 외할머니의 상을 치르느라 어버이날을 챙기지 못했다며 일식집에 저녁 자리를 마련했다. 나는 며느리와 사위, 막내아들이 내미는 선물을 받으며 흐뭇했다. 나는 손녀와 외손자의 재롱을 보며, 해마다 빠지지 않고 생일, 결혼기념일, 어버이날을 챙겨주는 자식들이 대견하여 절로 입이 벌어졌다.

"너희들한테 할 말이 있다."

저녁 식사가 끝날 무렵 세 잔째 마신 정종대포에 거나하게 취한 내가 느릿하게 말을 꺼냈다. 아들딸들이 천방지축으로 떠드는 손자들을 제지하며 나를 쳐다봤다.

"엄마랑 상의한 건데 우리 시니어타운 들어가기로 했다."

아내는 그녀와 상의했다는 내 말에 이의를 달지 않았다.

"벌써 시니어타운에 들어가신다고요?"

큰아들이 놀라는 척했다.

"그 동안 분당에 있는 시니어타운도 가 보고 용인에 있는 시니어타운도 가 보고 했는데 양평에 있는 십장생 마을로 정했다. 한강이 내려다보이고, 차로 십여 분만 나오면 전철 타고 바로 서울 올 수 있고."

"십장생 마을이면 미래그룹에서 운영하는 그 비싼…"

딸은 끝말을 맺지 않았다.

"그래 좀 비싸. 20평대에서 100평대까지 여러 평수가 있던데 그냥 40평대에 들어가기로 했다. 보증금이 한 6억 되고, 매월 생활비 식비 하여 한 3백 5십쯤 든다. 의료시설도 있고, 체육시설도 좋고, 여가선용

프로그램이 아주 좋더라. 보증금은 우리 죽고 나면 돌려받을 수 있으니 너희들이 나눠가져라."

나는 그 비싼 시설에 들어가실 거냐는 자식들의 마음을 읽고, 보증금은 돌려준다는 말을 보탰다.

"들어갈 돈만 남겨놓고 나머지 재산은 다 '정리' 하기로 했다."

자식들은 '정리' 한다는 말이 혹시 '기부' 한다는 뜻은 아닌지, 하고 바짝 긴장했다.

"너희들이 엄마랑 나랑 죽을 때까지 십장생 마을 생활비를 나눠서 대준다면 바로 재산을 너희들에게 다 물려주겠다."

나는 자식들을 둘러보며 들뜬 어조로 말했다.

"재산 안 물려주서도 당연히 저희들이 생활비를 대야지요."

큰아들이 안도하는 맘을 숨기고 며느리의 눈치를 보며 말했다. 큰아들은 은행에 다니며, 며느리는 초등학교 선생이다.

"저는 아직 벌이가 시원찮아 당장은 어렵지만 교수자리 잡으면 대드릴게요."

막내아들이 머리를 긁적이며 말했다.

막내아들은 국내 대학에서 박사학위를 하고, 모교를 비롯하여 몇 군데 대학에서 시간강사를 한다. 내일 모레 사십인데 전임강사라도 되면 결혼을 하겠다고 고집을 피우고 있다.

"사위도 자식이니 당연히 같이 대야지요."

딸의 눈짓을 받은 사위가 서둘러 말했다. 사위는 공무원이며 딸은 약사다. 약방을 개업할 때 내가 가게를 얻어줬다.

"너희들이 그렇게 말해 주니 고맙다. 사실 나도 십 년도 넘게 매월 돌아가신 장모님 간병비를 댔다."

나는 아내가 딴말을 못하게 입을 막았다. 아내는 내 말에 얼굴이 굳어졌다.

"그러셨어요? 저희들은 몰랐어요."

큰아들이 놀라는 표정을 했다.

"너희들도 다 알겠지만 우리 집 부동산은 지금 사는 집하고, 대치동 상가, 신림동 원룸이 전부다. 세 건물 값이 조금씩 차이는 나지만 큰 차이는 없다."

자식들은 내 입을 쳐다보며 숨을 죽였다.

"그래서 부동산을 한 덩어리씩 너희들에게 나눠줄까 한다. 은행에 있는 현금은 십장생 마을 보증금 내고 너희들 증여세 물어주고 나면 끝이다. 너희들에게 다 물려주고 나면 임대료도 은행 이자도 없어 매월 백만 원도 안 되는 국민연금 외에 수입원이 없다. 느네 엄마랑 내가 앞으로 십년을 살지 이십 년을 살지 모르는데 너희들이 월 삼백오십이나 드는 생활비를 분담해 줄 수 있겠냐?"

내가 단도직입적으로 물었다.

"재산을 안 물려주셔도 생활비를 드려야죠."

큰아들이 바로 대답했다. 딸은 고개를 크게 끄덕였고, 막내아들은 손바닥으로 이마만 쓸었다.

"고맙다. 내가 아들딸들은 잘 키운 모양이다. 엄마는 너희들에게 재산을 당장 물려주지 말자고 하지만 이제 칠십대 중반을 바라보는 나이에 재산관리도 귀찮고 그냥 편히 살고 싶다."

"꼭 자식들 앞에서 그 말을 해야 해? 나만 자식들을 못 믿는 사람이 되잖아?"

아내가 쫑알댔다.

"그렇지 않아? 우리 착한 아들딸들을 다른 집 자식들과 비교하니 그렇지."

내가 아내를 흘겨봤다. 아내는 입을 삐쭉했다.

"큰애에게 집을 물려주고, 벌이가 시원찮은 막내한테는 임대료라도 받아쓰라고 원룸을 물려줄까 한다. 원룸 5층에 살 만한 방이 있으니 그곳에 살면 된다. 창석 네는 상가를 물려주고. 값이 제일 덜 나가는 상가를 물려준다고 불만이겠지만 약방 열 때 몰래 도와줬으니 그걸로 때우자."

나는 말을 마치고 자식들을 둘러봤다.

큰아들은 며느리를 보며 눈을 깜박했고, 딸은 사위의 눈치를 봤다. 막내아들은 한 달에, 정확히는 모르지만, 수백만 원씩 임대료가 들어오는 원룸을 물려준다고 하자 입이 벙긋했다.

"아버님 말씀 알겠습니다. 아버님 도움이 없었으면 공무원 월급으로 어떻게 약국 열 생각을 했겠습니까?"

사위가 딸에게 눈짓을 보내며 시원스럽게 말했다.

"그럼 이의 없는 것으로 하고, 십장생 마을 한 달 생활비가 삼백 오십은 드니 너희들이 매달 백 오십씩 내 통장에 보내주면 된다. 그럼 생활비 내고 용돈 쓸 만하다. 그렇게 할 수 있겠지?"

맏아들과 사위는 "네" 하고 대답했고 막내아들은 고개를 주억거렸다.

"그러겠다는 각서라도 받아요."

아내가 나섰다.

"자식들을 못 믿기는. 부모 자식간에 각서 받아서 뭐 할 거야?"

내가 혀를 끌끌 찼다.

"생활비 안 보내면 다시 재산 돌려받는다고."

아내는 여전히 내 독단적인 결정이 불만이다.

"속 좁기는. 큰애는 둘 다 월급 받으니 문제없고, 막내는 원룸 입주자가 들락날락하여 관리가 귀찮겠지만 월 돈 백 주면 관리인 둘 수 있으니 그러면 되고, 월 임대료가 한 6백 나오니 우리한테 백 오십 보내고, 세금 내고, 관리인 월급주고, 이백 오십은 남을 테니 걱정 말고 장가가라. 상가 임대료로 삼백 오십은 나오니 백 오십 보내고 세금내고도 좀 남는다."

술에 반쯤 취한 나는 자식들에게 재산을 다 물려주겠다고 큰소리를 치며 기분이 고조되어 어깨가 죽 펴지고 세상이 돈짝 만하게 보였다.

"아버님 수입이 그렇게 많으셨어요? 전 임대료가 그렇게 많은지 몰랐어요."

처음으로 아버지의 수입을 정확히 알게 된 자식들이 눈을 크게 떴다.

"그리고 나랑 차용증을 써야 한다."

"차용증요?"

큰아들이 차용, 하고 소리를 높이다가 증요, 하며 목소리를 낮췄다.

"그래. 내가 너희들 증여세를 내주면 그 돈도 증여가 되니 또 세금을 내야 한다. 내가 증여세를 내주는 대신 너희들이 매달 백 오십씩 십년을 갚는다고 차용증을 쓰자. 너희들이 매달 내 통장으로 생활비를 붙여주면 빌린 돈 갚은 증거로 남으니 세무조사에도 안 걸린다. 알았지?"

자식들은 내 말뜻을 알아듣고 안도하며 굳어졌던 얼굴이 좍 펴졌다.

나는 세법 지식을 자식들 앞에게 자랑하며 우쭐했다. 자식들에게 어떻게 재산을 모았는지도 막 자랑하고 싶었으나, 너무 으스대는 것은 어른답지 못한 것 같아 간지러운 입을 닫았다.

"나는 재산을 관리할 힘이 있을 때까지 우리가 관리하자고 우겼으나, 니 아버지가 시골 가고 싶어 하고, 짐을 타 털고 여생을 편히 살자고 우겨서 별 수 없이 니 아버지 뜻을 따르기로 했다. 아버님 뜻을 받들어 딴 맘 먹지 말고 꼭 약속을 지켜라."

어머니가 자식들에게 못을 쳤다. 딸이 엄마의 손을 꼭 잡고 흔들며 걱정 말라고 안심시켰다.

애들과 헤어져 집에 돌아오며 아내는, 그렇게 애들한테 재산을 다 물려줘도 괜찮겠어, 다시 한 번 생각해 봐, 했으나, 나는 속 좁게 굴지 말라고 아내를 쥐어박았다.

나는 증여 관련 서류를 챙겼으나, 막상 등기 이전을 맡기려 법률사무소에 가는 것이 망설여졌다. 내 재산이 다 없어진다고 생각하니, 자식들에게 물려주는 거지만, 갑자기 가난해지는 것 같고, 두 손이 빈 것 같이 허전했다.

갑자기 큰돈이 생긴 애들이 딴 짓을 하면 어쩌나, 생활비를 몇 달 대주다가 안 대주면 어쩌나, 하는 걱정들이 줄을 섰다. 죽을 때까지 재산을 꼭 가지고 있으라는 선배, 친구들의 충고가 떠올랐다. 아내의 말을 못이기는 척 들을 걸, 공연히 고집을 부렸다는 후회도 됐다. 애들에게 좀 더 생각해 보고 물려주겠다고 하고도 싶었다.

애비가 자식들에게 한 번 뱉은 말을 주워 담을 수가 없어, 우리 애들은 내 믿음을 배반하지 않을 거라 믿으려 하며, 며칠을 망설이다가 서류를 들고 법률사무소를 찾았다.

"참 맘이 한가하다."

나는 달못 주변의 벤치에 앉아 별이 쏟아지는 밤하늘을 올려다보며 말했다.

"당신 며칠도 지나기 전에 심심하다고 할 건데."

옆자리에 앉은 아내가 노출된 팔에 스며드는 냉기를 손바닥으로 문지르며 말했다.

"심심하기는 할 일이 많을 것 같은데."

"여기 친구도 없잖아?"

"친구야 곧 생기겠지. 다행히 김 사장네도 있고."

김 사장은 나와 고등학교 동창으로 십장생 마을에 입주한 지 2년이 되어간다. 자수성가하여 강남에 빌딩을 가지고 있다. 프런트 직원에게 김 사장이 내 친구라고 하자, 직원은 그 집 자식들은 한 주도 빼지 않고 부모를 찾아와요, 십장생 마을에 효자 자식들을 뒀다는 소문이 자자해요, 했다.

"이러다 감기 들겠다. 들어갑시다."

아내가 앞장서서 걸어갔다.

십장생 마을은 수리산을 뒤로 하고 한강이 내려다보이는 툭 트인 언덕배기에 자리한다. 나는 조망이 좋고, 풍수지리학적으로 양택이라는 선전도 마음에 들었지만, 시니어타운의 이름을 외래어가 아닌 장수를 의미하는 우리말로 명명한 것이 마음에 들었다.

마을의 건물 다섯 동의 이름은 십장생의 이름을 따서 해(日), 거북(龜), 솔(松), 학鶴, 죽竹이라고 붙였다. 해동이 한가운데 자리하고, 거북, 솔, 학, 죽동을 동서남북 네 방향에 방사형으로 배치했다. 구름모양의 연결복도로 동간 연결이 되어 있어 비가 와도 우산 없이 다닐 수가 있다. 각동 1층은 공용시설이 차지하고, 2층에서 6층까지는, 4층은 없다, 입주자 거주 공간이다. 6층에는 한 가구가 100평이 넘는 집도 있다.

중앙에 위치한 해동에는 관리사무실, 강당, 식당이 있다. 강당에서 교양강좌를 열고, 음악공연도 한다. 결혼식장으로도 빌려준다. 영양사는 일주일치 식단을 미리 짜서 게시판에 게시하며, 각 가구에 알린다. 한식 위주이나 양식, 일식, 화식 요리도 올린다.

체육관은 학동에 있다. 죽동과 거북동에는 갖가지 취미활동을 할 수 있는 크고 작은 방들이 있다. 솔동에는 의무실이 있으며, 가정의와 간호사가 상주한다. 감기 정도 가벼운 병은 무료진료를 해준다. 수리산 정상에 세운 팔각정, 구름채까지 등산로가 죽 이어져 있다. 정해진 날에 세무사, 변호사, 회계사가 반나절씩 머물며 무료로 상담해 준다. 일상사를 단지 내에서 다 해결할 수가 있다.

"우리 둘이 살기에 40평도 너무 큰데 100평에 사는 사람들은 누굴까?"

아내가 나를 따라 거실로 들어서며 말했다.

"큰 재벌이겠지. 뉴스나 보고 일찍 잡시다."

나는 티브이 리모컨 스위치를 누르며 말했다.

"뉴스 끝나면 당신 먼저 자. 난 연속극 보고 잘 거니."

"무슨 연속극을 그렇게 좋아해? 그만 자지."

"여기 와서 서로 편할 대로 살자면서 또 간섭이야?"

"무슨 간섭? 참, 애들도 바쁠 텐데 매주 한꺼번에 몰려올 것 없이 한 주에 한 가족씩만 돌아가면서 오라고 하지."

"그거 좋겠다. 매월 첫째 주는 큰애, 둘째 주는 창석네, 셋째 주는 비워놓고, 넷째 주는 막내 오라고 하고."

"그럼 셋째 주는?"

"지 차례에 못 온 애들 오라고 하면 되지. 아님 우리 둘이 시내라도 나가서 바람 쐬고 오던지."

"지들 오고 싶으면 아무 때나 오라고 하지 무슨 순번이야, 기름 값도 못줄 거며."

우리 부부는 주말마다 먹을 것을 들고 찾아오는 자식들에게 기름 값이나 하라며 매번 2, 30만원이 든 봉투를 나눠줬었다. 자식들은 의례껏 주는 봉투를 별 생각 없이 받아갔다.

"걔들이 기름 값 받으러 오나? 심성이 착하고 효심이 깊어 오는 거지."

"이럴 때 보면 당신 참 순진하다. 재산 나눠줄 때도 그러더니. 요새 애들 다 돈 보고 오는 거 몰라? 김 사장네 매주 애들이 찾아오는 거 다 돈을 주니 오는 거야. 김 사장은 재산은 한 푼도 안 물려주고 올 때마다 50만원씩 준데. 용돈도 챙기고, 눈 밖에 나서 재산 상속받을 때 손해 안 보려고 열심히 오는 거지."

"당신은 사람을 어떻게 돈으로만 보나? 우리 애들은 절대 돈 보고 오는 거 아냐. 걱정 붙들어 매."

"이제 재산도 다 물려줬는데 애들 믿는 수밖에."

"당신 꼭 우리 애들이 못 믿을 사람같이 야기하네."

"꼭 그렇지는 않지만. 갑자기 돈 생겼다고 사업하겠다고 하지나 않을까 걱정이야."

"걱정도 팔자다. 다들 직장 있겠다, 편히 살지, 뭐 하러 사업하려 하겠어?"

"사람 욕심은 한이 없는데…. 당신 아들 철석같이 믿는데 우리 엄마 왜 일찍 돌아가셨는지 알아?"

"아흔다섯까지 사셨는데 일찍 돌아가시다니?"

"더 사실 수 있었는데 큰 오빠가 똥을 싸서 벽에 막 뭉개는 엄마 밥을 하루 한 끼로 줄인 거야."

"그게 무슨 말이야?"

"그렇다는 거지. 동생들이 간병비는 다달이 잘 안 보내주지, 엄마는 천년만년 살 것 같지, 얼마나 큰 오빠가 답답했겠어?"

"설마 큰 처남이 그랬겠어? 당신 그 말 다른 사람 들을까 무섭다."

"우리도 똥 집어먹을 때까지는 살지 맙시다."

"그게 맘대로 돼? 당신 또 우리 오래 살면 애들이 생활비 안 보낼까 걱정이야?"

"그냥 그렇다는 거지. 전철비 공짜라서 좋기는 한데 가는 데만 두 시간씩이나 걸려 너무 멀다. 공연히 이사 온 거 같다. 좀 더 나이 들어 들어올 걸."

"이왕 들어왔는데 맞춰서 살아야지. 정말 멀기는 멀더라. 그냥 시내에 있는 시니어타운 들어갈 걸 하는 생각도 들고."

"창석이랑 보람이 백점 맞으면 천 원씩 주기로 했는데 애들이 여기까지 시험지를 들고 올까?"

"창석이 얼마나 돈에 영악한데. 들고 올 거야."

나는 논현동 할머니가 돌아가셨다는 말을 듣고 세뱃돈 못 받을 걱정부터 하던 외손자를 떠올리며 말했다.

3

"큰애가 걱정돼요."

토요일 오후 큰아들 가족이 십장생 마을에 들렀다. 식당에서 저녁을 먹고 거실로 와서 한참 놀다가 갔다. 우리 부부는 엘리베이터 앞까지 배웅하며 눈길에 조심하라고 당부했다.

"너 투자 결정하기 전에 꼭 나한테 이야기해야 한다."

나는 엘리베이터를 타는 큰아들에게 다짐했다. 큰아들은 그러겠습니다, 대답하며 엘리베이터의 닫힘 단추를 눌렀다.

저녁 식사가 끝날 무렵 큰아들은 내 눈치를 보며 남미 주석광산에 투자하면 큰돈이 될 것 같아 물려주신 집을 잡혀 융자를 받아 투자할까 한다고 했다. 자기 은행에서 문제없이 대출 한도까지 융자를 받을 수 있다고 큰 소리쳤다.

나는 바로 투자하지 말라고 하려다가, 젊은 애의 기를 꺾는 것 같아, 광산 투자는 리스크가 크고, 남미는 정정이 불안하여 위험도가 너무 크니 당장 결정하지 말고 구체적인 것은 나랑 상의해서 결정하라고 한 템포 늦춰 말했다.

"큰애가 무척 투자하고 싶은 눈치던데. 당신이 부정적으로 말하자 얼굴빛이 휙 바뀌던데."

"은행 다니는 놈이 남의 돈에 욕심내면 안 되는데…."

"우리가 젊은 애들한테 너무 일찍 재산을 물려준 거 같아. 너무 쉽게 큰 재산이 생기니 딴 마음이 생기지. 지들이 월급쟁이하며 1억만 모으려 해도 매달 백만 원씩 7년은 모아야 하는데."

"이미 물려줬는데 그런 말 필요 없고, 다음에 올 때 아예 하지 말라고 할게."

"그러지 말고 지금 당장 전화해. 집 잡힐 생각 말라고."

"아무리 아들이지만…, 아직 집에 들어가지도 못했을 텐데."

"그래도 지금 전화하는 것이."

"사내들 세계는 달라. 한 번 내가 한 말은 지켜야지. 자세한 이야기 듣고 내가 정해준다고 했잖아."

"또 그놈의 사내타령."

"김 사장네는 재산 한 푼도 안 물려주고 틀어쥐고 앉아서 애들 올 때마다 몇 십만 원씩 미끼를 던져준다고? 너무 심한 거 아냐?"

나는 화제를 돌렸다.

"심하기는. 돈을 보고 오든 어쨌든 그 집 애들은 효자라고 소문났는데. 막내는 서너 달 오더니 한 달에 한 번 오는 것도 시간 없다며 안 오네."

"교수 되려면 책도 읽어야 하고 논문도 써야 하니 바쁘겠지. 왔다 갔다만 네 시간씩 빼앗기는 이곳까지 오려면 쉽겠어? 관리인이 있지만 원룸 관리도 직접 해야 할 거고."

"그렇게 감싸지만 말고…, 김 사장 네같이 매번 돈을 줘 봐. 열 일 제쳐놓고 오지."

"당신은 우리 애들을 어떻게 보는 거야?"

"그렇다는 야기야. 그래도 사위는 착하지? 아무 소리 없이 꾸준히 오는 거 보면. 가게 잡혀먹는다는 소리도 없고. 막내 장가 보내야 할 텐데."

"이제 고정 수입도 있고 한데 참한 여자 하나 고르라고 당신이 말 좀 해."

"요새 코빼기 보기도 어려운데…, 우리 내일 같이 가서 어떻게 사나 한 번 봅시다. 밑반찬도 좀 사다 주고."

"나 내일 점심 약속 있어 나가야 하는데 그럼, 오후 세 시쯤 만날까?"

나는 원룸 1층 관리실에서 아내를 기다렸다. 관리인이 사장님은 지금 외출 중이라고 했다. 아내는 밑반찬을 가득 담은 쇼핑백을 들고 끙끙거리며 현관에 들어섰다.

"막내가 지금 없대."

나는 아내의 짐을 받으며 말했다.

"미리 핸드폰이라도 하고 올 걸. 방에서 기다릴까?"

아내가 계단을 오르며 말했다. 관리인이 내 손에서 쇼핑백을 빼앗아 들고 우리를 따라왔다.

막내가 거주하는 공간은 원룸 두 개를 터서 만들었다. 침실, 화장실, 거실, 간이 부엌이 있다.

아내는 빨리 장가보내야 할 텐데, 구시렁거리며 냉장고 속부터 청소했다. 나는 좁은 소파에 앉아 아내가 집안을 청소하는 것을 바라봤다. 관리인은 무슨 시킬 일이 있나, 하고 두 손을 모으고 현관 앞에 서 있었다.

"우리 현철이 잘 있지요?"

아내가 부엌을 치우며 물었다.

"네. 아니, 지금 병원 갔어요."

"병원 가다니?"

"조금 전에 몇 달치 세를 안 내고 버티는 고시생과 다투다가 다쳐서…."

"많이 다쳤어요?"

"눈자위에 멍이 좀 들었어요."

"뭐라고? 어떤 죽일 놈이 우리 아들을."

아내가 고함을 쳤다.

"그 고시생은?"

내가 물었다.

"아들이 얻어맞고 다쳤다는데 남 걱정을 해?"

아내가 고함을 쳤다.

"고시생은 앞니가 부러졌어요."

관리인이 현황을 그대로 다 불었다.

"이가 부러져? 누가 먼저 시작했어요?"

"고시생이 사장님 약을 올렸어요."

"그럼…."

나는 막내가 송사에 휘말릴 것 같아 입맛이 썼다. 어느 변호사 친구에게 아들 문제를 부탁할까, 생각하며 변호사 하는 친구들의 얼굴을 떠올렸다. 재산을 잘못 물려준 것 같은 후회가 왔다.

4

우리 부부가 십장생 마을로 옮긴 지도 일 년이 되어간다.

새소리를 들으며 눈을 뜨고, 산등성이에 걸린 별을 보며 잠이 드는 생활이 이어졌다. 전원 교향곡처럼 들렸던 새소리가 이제 그냥 그렇게 들렸다. 문득 문득 전원의 정취를 느끼기는 하지만 신비함과 신선함이 무뎌졌다.

이곳 생활도 사는 집 평수와 매월 쓸 수 있는 수입 정도에 따라 그럭저럭 사는 사람과, 못 사는 사람은 없지만, 잘 사는 사람으로 나뉘었다. 나는 그럭저럭 사는 부류에는 속했다. 세상사 모든 귀찮은 일을 다 털고 편안하게 여생을 보내자며 재산을 자식들에게 다 물려주고 산골로 이주했으나 새로운 걱정거리가 생겼다.

큰아들은 내 허락도 없이 볼리비아 주석광산에 덜컥 투자했다. 세계에서 제일 큰 광산으로 채굴만 시작하면 금방 투자금의 몇 배는 벌 수 있다는 헛꿈에 빠져 보수적인 늙은이의 말을 듣다가는 큰돈 벌 기회를 놓칠 것 같았던지, 내 뜻을 묻지도 않고 투자했다. 내가 물려준 집 전세금 8억 원과 그 집을 담보로 은행에서 융자받은 7억 원을 투자하고는, 시일이 촉박하여 아버님께 미리 말씀 못 드렸다고 변명했다. 이미 재산은 물려줬고, 벌써 투자를 했다는데 나는 할 말이 없었다.

나는 집에 가등기라도 할 걸, 하고 후회했으나 이미 늦었다. 큰아들은 매월 4백만 원이 넘는 대출금 이자를 갚느라 돈에 쪼들려 매월 우리에게 보내야 하는 생활비가 큰 부담이 되는 것 같았다. 광산 투자건이 잘못되면 큰아들은 빚 15억 원을 안게 되며, 내가 물려준 집이 날아간다!

딸은 기회가 왔을 때 돈을 벌어야 한다며 상가에 임대 들었던 안경방을 내보내고 약국을 또 하나 열었다. 상가 빌딩에 의원급 병원이 11개나 있지만 두 군데 대형 약국이 피터지게 경쟁하는 판에 딸이 또 약국을 열고 경쟁에 뛰어들었다.

딸은 양 쪽 약국에 약사를 두고 두 약국을 왔다 갔다 하며 바쁘게 뛰었으나, 약사 월급 주고 크게 남는 것이 없는 것 같았다. 공연히 상가를 물려줘 딸 고생만 시키는 것 같았다.

막내는 월세가 밀린 4수 고시준비생과 말싸움을 하다가 주먹질까지 오갔고, 고시준비생의 이빨을 두 개나 부러트려 폭행죄로 고소를 당했다. 법률 지식은 변호사를 뺨치는 고시준비생은 돈푼깨나 있어 보이는 헐렁한 막내를 붙잡고 늘어져서 합의금으로 3천만 원이나 뜯어갔다. 막내는 은행에 다니는 친구에게 부탁하여 2년 만기 적금을 드는 조건으로 그 돈을 은행에서 빌렸다.

매월 들어오는 월세에서 관리인 월급과 원룸 관리비용을 지불하고,

은행 적금 넣고 나면 먹고 사는 것도 빠듯해 매월 우리와 약속한 돈을 부치는 것이 벅찬 모양이다.

나는 아직 재산을 관리할 수 있는 힘이 있는데, 죽을 때까지 돈을 가지고 있어야 한다는 친구들의 충고를 무시하고 잘난 체하며 재산을 자식들에게 물려준 것이 후회되었다. 내가 그냥 그 재산을 가지고 관리했으면 애들이 쓸데없는 고생을 하지 않을 거고, 당장 십장생 마을에 낼 생활비 걱정은 안 해도 됐다.

사태가 심각하게 돌아가는 것을 알고 아내는 기회가 있을 때마다 자기 말을 듣지 않은 나를 갈궜으나, 나는 인생살이는 다 수업료를 내고 배워야 한다며, 누가 그렇게 될 줄 알았냐, 다 잘 될 거야, 하며 아내의 입을 막았다.

아내와 내가 매일 가던 산책을 못 나가고 주룩주룩 내리는 비를 내다보고 있을 때 십장생 마을 관리인이 내 집에 찾아왔다.

"저, 어르신께서 깜박하신 거 같은데 3개월째 생활비와 식비가 밀렸어요. 조속히 내주시면⋯."

관리인은 두 손을 모으고 미안한 척했다. 나는 언제 줄 수 있다고 딱 부러지게 말할 수가 없어 난처했다.

"그럴 리는 없으시겠지만 6개월 연체시는 강제 퇴거됩니다. 잘 아시겠지만 연체료 이잔 연 12퍼센트입니다. 그럼."

관리인이 고개를 숙여 정중히 인사를 하고 물러갔다. 나는 창피하여 고개를 들 수가 없었다.

"당신 인심 쓰고 막 재산 물려주더니 겨우 일 년 살고 쫓겨나게 생겼네. 이 무슨 창피야!"

아내가 한탄했다. 나는 아내만 노려봤다.

"당신 어떻게 할 거야?"

"뭘 어떻게 해? 애들이 곧 돈 부쳐줄 텐데."

"돈을 부쳐준다고? 어디서 돈이 나서?"

그래도 딸은 꼬박 생활비를 보내고 있으나, 큰아들은 은행 이자 물고 먹고 살기도 바빠 생활비를 보낼 여력이 없다. 투자한 주석광산 개발은 하세월인 모양이다. 막내는 적금 넣느라 2년간은 여력이 없다. 내가 돈을 벌지도 못하니 이대로 쫓겨날 판이다.

나는 내가 세상에서 제일 똑똑하고 통이 큰 아버지라고 자부했었는데, 자식들에게 딱 한 번 인심(?)을 쓰고 말년이 어렵게 됐다. 거저 굴러들어온 큰돈이 자식들을 어렵게 만들었다.

5

"여보 큰애가 쓰러졌데."

일 개월 후에 나가겠다는 통보를 하고 관리실을 나서는 나에게 아내가 달려오며 화급한 목소리로 말했다. 우리 부부는 강제로 퇴출당하기 전에 남은 보증금을 찾아서 십장생 마을을 떠나기로 했다.

"큰애가 쓰러지다니?"

"투자한 것 다 사기 당한 모양이야."

소심한 은행원 아들이 15억 원을 한 큐에 날린 모양이다. 내가 몇 십년을 아끼며 벌어 모은 재산의 한 귀퉁이를 순간에 날렸다.

"뭐라고? 그놈 자식 내 말 안 듣더니."

"지금 화내고 있을 때야? 빨리 병원에 가봅시다."

아내가 나를 막 끌었다. 나는 운전할 맘이 나지 않아 전철을 타고 가자고 했으나, 아내는 이 급한 판에 무슨 전철, 하고 우기는 바람에 차를 끌고 나섰다. 주말도 아닌데 자동차 전용도로가 꽉 막혀 달릴 수가 없었다. 아내는 승용차로 꽉 막힌 도로조차 보기 싫은지 눈을 꼭 감고 입을 닫고 있었다.

"전철 타자니까 차를 끌고 가자고 하더니…."

나는 눈을 감고 있는 아내에게 투덜댔다.

"누가 길이 막힐 줄 알았어? 계속 벨 울리는데 전화나 받아."

아내가 신경질적으로 응수했다.

나는 이동전화를 꺼내 봤다. 화면에 딸 이름이 떴다. 나는 딸이 말하기도 전에 먼저 지금 병원 가고 있다고 했다.

"할아버지, 나야."

"어, 창석이구나."

"응. 나 또 금상 받았다. 그림 잘 그렸다고."

"그랬어? 잘했다."

"만원 언제 줄 거야?"

"만원? 여기 올 때 줄게."

"엄마가 할아버지 돈 없다고 말하지 말라고 했어. 절대 내가 달라고 했다고 하면 안 돼. 몰래 줘야 돼. 할아버지 부잔데 돈 있지?"

"그래 할아버지 부자다."

나는 외손자의 전화를 끊고, 나를 쳐다보는 아내를 돌아보며, 창석이가 할아버지 돈 없다는데, 하며 허허 웃었다.

갑자기 돈 없는 할아버지로 바뀐 내 처지가 꼭 남의 일 같았다. 70년 넘는 내 인생에 참 어처구니없는 한 해다.

명품 선물

1

"어, 향숙이 왔구나!"

진호가 자리에서 벌떡 일어서며 커피숍으로 들어서는 여인을 향하여 손을 흔들며 고함을 쳤다.

"딴 사람들 본다."

길자가 진호를 잡아 자리에 앉혔다.

"딴 사람 보면 어때? 향숙이 본 지 몇 년만인데."

진호가 용춘을 쳐다보며 응원을 청했다.

"햐 향숙이가 온다고?"

용춘은 향숙이가 온다는 말에 정신이 멍해져서 말이 제대로 나오지 않았다. 빨강색 잠바를 입은 중년의 여인이 다가왔다. 용춘은 '저 여자가 향숙?' 하며, 눈을 크게 뜨고 타박타박 다가오는 여인을 쳐다봤다. 향숙도 용춘을 보고 주춤했다.

"어, 경수, 준식이 너희들 경수, 준식이 맞지? 진호도 왔고."

향숙이 어색한 표정으로 초등학교 동창의 이름을 불렀다.

"그래. 얼마만이냐? 이렇게 죽지 않고 살아있으니 만나네."

준식이 손을 내밀었다.

"난 길자가 순자랑 만난다고 하여 나왔는데."

향숙이 준식의 손을 잡으며 모임에 나온 경위를 설명했다.

"향숙아, 용춘이도 왔다."

길자가 이맛살을 찌푸리고 향숙을 올려다보며 말했다.

"그래? 용춘이도 왔어?"

향숙은 용춘을 알아보지 못한 척하며 호들갑을 떨었다. 용춘은 자리에서 일어서서 엉겁결에 향숙과 악수를 하려고 손을 내밀었다. 그녀가 몸을 움츠렸다. 용춘은 얼굴을 붉히며 손을 거둬들였다.

"길자야, 오늘 무슨 모임이니 이렇게 남자 동창들도 나오게."

향숙이 낭패한 표정으로 길자를 내려다보며 말했다.

"오늘 우리 6학년 2반 반창회야. 두 달에 한 번씩 만난다. 하도 남자 동창들이 니 소식 궁금해 하여 너 나오라고 했다. 이렇게 옛 동창들 만나니 반갑지?"

"그래 반갑지."

향숙은 말로는 반갑다고 하였으나, 표정은 그게 아니었다.

"향숙이 몇 년 전에 보고 처음 보는데 여전히 예쁜데. 무슨 차 마실래? 우리는 너 올지 모르고 먼저 주문했다."

진호가 끼어들었다. 향숙은 용춘을 힐끔 쳐다보고 카페라떼를 주문했다. 진호가 커피를 주문하러 갔다.

향숙은 길자와 순자 사이에 앉았다. 용춘과 마주보고 앉게 됐다.

향숙의 거친 피부가 짙은 화장 바탕 위에 윤기가 자르르 흐르는 순자와 길자의 얼굴 피부와 대조가 되었다. 두 동창의 눈동자는 활기가 넘치는데 향숙의 눈동자는 힘이 없다.

장난감을 수출하는 회사 사장님 사모님 길자는 니트 정장 위에 옅은 파란색 바탕에 꽃무늬가 그려진 실크 머플러를 둘렀고, 남편이 세무 공무원인 순자는 모직 정장에 앞가슴에 주먹만 한 공작 모양의 브로치를 달고 있었다. 향숙이 입은 빨강 잠바는 추레해 보였다.

용춘은 그의 앞에 앉은 중년의 향숙을 건너다보며, 그의 뇌리 속에 남아있는 고3 소녀의 이미지를 중년의 여인과 일치시키는 데 한참이 걸렸다. 길에서 향숙을 만났으면 그냥 지나칠 뻔했다. 고3 소녀는 단발머리에 화장을 하지 않은 맨 얼굴이었으나, 앞에 앉은 여인은 파마를 한 머리칼을 뒤로 당겨 몽땅 묶었고, 귀에는 팥알만 한 진주 귀걸이를 하고, 입술에는 빨간 립스틱을 발랐다.

용춘의 가슴에 그녀는 30년 동안 소녀로만 머물러 있었는데, 그녀는 세월과 함께 나이가 들어 용춘의 앞에 나타났다. 용춘은 향숙의 중년 얼굴에서 고3 때의 잔영을 찾아내며 마음이 착잡했다.

향숙은 초등학교 6년 내내 용춘과 반에서 일이 등을 다퉜다. 둘은 쉽게 대처에 있는 중학교에 진학했다. 순자는 대처로 갈 실력이 못 되어 입학원서만 내면 들어갈 수 있었던 고향 중학교에 진학했으며, 길자는 아버지의 배경으로 대처에 있는 사립학교에 진학했다.

우연히 이웃에서 하숙을 하게 된 용춘은 향숙과 자주 만나게 되었다. 초등학교 동창생으로 만나던 두 사람은 사춘기를 지나면서 차차 감정이 붉어졌다. 두 사람은 첫사랑 연인이 되었다. 고2에 오르며 장래를 약속한 둘은 남김없이 서로를 주고받았다.

향숙의 아버지가 중풍으로 여러 해 고생하다가 돌아가셨다. 가세가 기운 향숙은 고3에 진학하자마자 학교를 자퇴하고 고향으로 내려갔다. 대학 입시 준비에 바빴던 용춘은 편지로만 사랑을 전했다. 향숙도 꼬박 답장을 보냈다. 겨울이 다가오며 향숙의 답장이 뜸해졌다. 대학 입시를 치루고 고향에 내려간 용춘은 바로 향숙을 찾았다. 향숙의 어머니는 딸이 시집을 갔다는 소식을 무표정하게 전해줬다. 어디로 시집을 갔는지는 알려줄 수 없다고 했다. 이웃들은 향숙의 어머니가 딸을 재취 자리에 팔았다고 수군댔다. 용춘은 애정도 없는 결혼 지옥에서 첫사랑을 구해내려고 돈키호테같이 돌진했으나, 풍차의 힘에 밀려 나가떨어졌다.

세월은 정말 좋은 약이다. 세월의 흐름에 따라 하루 시간 중 첫사랑이 용춘의 가슴에 머무는 시간이 조금씩 짧아지더니 오래된 앨범 속의 추억으로 묻혀 갔다.

용춘은 앞에 앉은 세 여자 동창을 건너다보며, 학창시절 한참 뒤처져 따라오던 두 여인의 빵빵한 삶과 비교하여 그가 죽도록 사랑했었던 여인의 초라한 모습에 가슴이 아렸다. 막 화가 났다.

불알친구들은 어렸을 때 일화를 실없이 주고받으며 키득거렸다. 닭서리를 했던 무용담을 나누다가, 동창들 간의 연애사도 늘어놓았다. 그것도 실팍해지자 동창 중 아직도 순진한 마음을 가진 고등학교 국어선생 진호를 놀리기 시작했다.

"진호야. 니 누나 잘 있냐?"

우주전자에 다니는 경수가 진호를 삐딱한 눈으로 쳐다보며 말했다.

"무슨 일은. 이 자식이 아직도."

진호가 주먹을 들며 정색을 했다.

"무슨 일이야?"

모처럼만에 반창회에 나온, 경찰을 퇴직하고 개인택시를 하는 준식이 끼어들었다

"야, 너 그것도 모르냐? 경수가 진호 누나를 좋아해서 쫓아다녔다."

용춘이 향숙의 눈치를 보며 경수에게 눈을 꿈벅이며 설명해 줬다.

"좋아하긴. 이 미친놈이 심심하면 주책을 떤다."

진호가 경수의 머리 위로 주먹을 날렸다.

"이 녀석아, 처남한테 매형이 맞으면 니 누나 맘이 어떻겠냐?"

"누가 매형이냐? 그 말 취소 못하겠어?"

"못한다. 행자는 내 거라고 점 찍어놨는데 내가 군대 갔다 왔더니 시집 가 버렸다. 진호 녀석, 의리도 없지. 누나 시집 못 가게 말리지도 않고."

경수가 실실 웃으며 몸을 피했다.

"그게 정말이냐? 하마터면 경수가 진호 매형 될 뻔했네."

준식이 즐거워했다.

"애들은 재미없게 또 그 시시한 야기. 몇 십 년만에 향숙이 보고 반갑지도 않냐?"

길자가 투덜댔다.

"향숙아, 반갑다. 내가 너 억수로 좋아했던 거 알고 있지? 내가 일찍 고향만 뜨지 않았으면 너는 내 마누라 됐을 거다."

준식이 손을 뻗어 향숙의 어깨를 툭툭 치며 히죽거렸다.

순간 용춘은 당황했다.

'향숙은 나와 미래를 약속했었는데 나 몰래 준식이랑 사귄 거야?'

용춘은 준식이 농담을 하는 것을 알면서도 순간 벌컥 질투가 투정을 부리려 하는 자신에게 화가 났다. 향숙은 준식의 말은 들은 척도 않고 허공에 시선을 두고 용춘의 시선을 피했다.

용춘은 향숙의 힘없는 눈동자 속에서 그를 사로잡았던 우수를 찾아내고 가슴이 찡했다.

"순자야, 그 옷 처음 보는 건데 어디서 샀니?"

길자가 남자 동창들의 실없는 대화를 깔아뭉개며 큰 소리로 말했다.

"응 이거. 현대백화점에서 샀어. 신상품이라고 비싸게 부르더라. 두 장 줬다."

순자가 아무렇지도 않게 말했다.

"두 장이면 20만 원? 별것도 아닌 거 같은데 뭐 그렇게 비싸?"

준식이 끼어들었다.

"준식이 너 어느 나라 사람이냐? 순경까지 했다는 애가 어떻게 그렇게 물정을 모르냐?"

길자가 순자를 대신하여 동창의 무례(?)를 질책했다.

"그럼 2백? 그럼 나 택시 운전한 한 달 벌이도 더 되네."

준식이 비명을 질렀다.

"그럼 이건 얼마쯤 돼 보이니?"

길자가 다탁위에 놓인 핸드백을 손가락으로 가리키며 준식에게 물었다.

"그거 색상이란 디자인이 괜찮네. 외제 명품 백이 비싸다고 하니 큰맘 먹고 백 썼다."

준식이 인심을 쓰듯 말했다.

"겨우 백? 이거 샤넬이야! 샤넬."

길자가 명품 가방 값을 낮춰 부르자 화를 냈다.

"너 백만 원 주고 샤넬 살 수 있으면 내가 당장 백만 원 얹어주겠다."

순자가 끼어들었다.

"수준이 안 맞아서 어디 너희들이랑 놀겠냐? 반창회라고 나왔더니."

길자가 순자를 쳐다보며 쫑알거렸다.

"향숙아, 모처럼만에 나왔는데 동창들 좀 그렇지, 수준이?"

순자가 향숙에게 동의를 구했다. 향숙은 대꾸를 않고 얼굴만 붉혔다.

"니 잠바 상표 처음 보는 건데 어디 제니?"

길자가 향숙의 잠바를 만지작거리며 말했다. 잠바 오른쪽 가슴에 붙은 상표의 알파벳을 읽을 수가 없었다.

"제는 무슨 제, 싸구려다."

향숙이 거칠게 말했다.

"물 건너온 거 같은데."

순자가 향숙을 위로하는 말을 던졌다.

"물 건너오기는, 우리 동네 야시장에서 샀다. 만오천 원 주고."

향숙이 선전포고를 하듯 말을 던졌다.

순간 좌석이 썰렁해졌다. 용춘은 향숙의 눈동자에서 내쏘는 분노를 보며 가슴이 철렁했다. 연민의 정이 불끈 일었다.

'계집애, 왜 일찍 시집은 가서…, 조금만 버티다가 나한테 시집왔었으면….'

향숙이 무릎에 놓인 핸드백을 손바닥으로 감추다가 슬그머니 바닥에 내려놓았다.

순간 용춘은 바닥 위에 놓인 길자와 순자의 핸드백으로 눈이 갔다. 길자의 핸드백 손잡이 밑에 반원 고리를 엇갈려 묶은 샤넬 상표가 보였다. 순자의 핸드백은 베이지색 바탕 위에 루비똥 상표인 L과 V를 겹친 무늬가 줄지어 있다.

한때 목숨처럼 사랑했던 향숙이 싸구려 핸드백을 바닥에 내려놓는 것을 보며 용춘은 가슴이 무너졌다.

'공부도 잘 했고 제일 예뻤는데….'

순간 용춘은 고등학교를 중퇴하고 낙향한 애인을 끝까지 챙기지 못한 큰 죄를 지은 것 같은 죄책감에 빠졌다.

"자, 다들 차는 마신 거 같고, 우리 나가서 저녁이나 먹자. 오늘 저녁은 잘 나가는 박용춘 사장님이 쏜다. 향숙이 너 몰랐지? 용춘이가 제법 큰 엔지니어링 회사 사장이다."

경수가 어색해진 분위기를 털려고 자리에서 일어서며 용춘을 추켜세우며 저녁을 사라고 했다.

"좋다. 내가 쏜다. 중국집 어떠냐?"

향숙은 짜장면, 짬뽕 등 중국 음식을 좋아했었다.

"나 다이어트 중이야. 중국 음식은 기름져 살찌고, 일식집 가서 스시나 한두 개 먹자."

길자가 샤넬 가방을 들고 일어서며 야지랑을 떨었다.

"스시? 용춘이가 회사 돈으로 살 건데 우리 스테이크 먹자."

순자가 루비똥 가방을 어깨에 메며 말했다.

"용춘이는 중국집 가자고 하고, 길자는 스시, 순자는 스테이크 먹자고 하니, 우리 몇 십 년만에 나온 향숙이 좋다는 데로 가자."

진호가 향숙의 팔을 잡고 자리에서 일으켰다.

"나 지금 집에 가 봐야 해. 오늘 이렇게 만나서 반가웠다."

향숙은 차마 바닥에 내려놓았던 핸드백을 들어 올리지 못했다.

"향숙이 너 빠지면 앙꼬 없는 찐빵이다."

진호가 향숙을 끌었다. 용춘은 진호가 향숙에게 친절하게 대하는 것이 마음에 들지 않았다.

"그럼 앙꼬와 찐빵, 느네 둘이나 가라."

길자가 냉랭하게 말하고 휭 자리를 떴다.

순자가 길자를 따라가며 용춘에게 눈을 꿈벅했다.

향숙은 여자 동창들이 저만치 나가는 것을 보고 핸드백을 집어 들고 뒤처져 나오며 용춘에게 인사를 하는 둥 마는 둥하고 도망쳤다. 도망치는 그녀의 검정 스타킹으로 가린 다리가 안으로 휘었다.

'그간 고생을 하여 다리까지 다 휘었나?'

고3 때 그녀의 다리가 휜 것을 몰랐던 용춘은 그녀의 휜 다리를 보고 마음이 짠했다.

2

용춘은 건설회사에 제출할 감리용역 제안서 초안을 보다가 의자를 빙 돌렸다. 15층 창문을 통해 부연 안개 속에 남산 타워가 희미하게 보였다. 흐릿한 남산 타워를 배경으로 길자와 순자의 명품 자랑을 무시하고 자존심을 지키려 애쓰던 초췌한 향숙의 모습이 다가왔다 멀어졌다 했다. 야시장에서 만오천 원 주고 샀다고 내지르던 향숙의 비명이 아련히 울려왔다. 그녀는 여자 동창들에게 시장에서 만 원 주고 샀다고 한 번 더 대들 힘이 없어 핸드백을 바닥에 몰래 내려놓으며 눈가의 잔주름을 파르르 떨었었다.

'날 버리고 떠났으면, 아니 버린 건 아니지, 잘 살기나 할 거지….'

용춘은 의자 등받이에 머리를 기대고 지그시 눈을 감고 그가 사랑했던, 아직도 그의 앨범 속에 아픈 추억으로 살아있는 첫사랑 여인의 가련한 모습을 아련히 떠올리며, 몇 번 전화를 받고 겨우 만나주겠다고 한 그녀에게 무엇을 해 줄까 생각했다.

'생활비는 보태줄 수는 없고 선물을?…, 어떤?'

핸드백을 바닥에 내려놓으며 그녀의 손이 가볍게 떨렸었다. 용춘은 그렇게 느꼈었다. 용춘은 손을 뻗어 그녀의 손을 꼭 잡아주고 싶었었다.

'길자가 으스대며 자랑해대던 핸드백이나 하나 사 줄까?'

용춘은 첫사랑 애인에게 명품 핸드백을, 하고 생각하며 전신에 열기가 훅 솟아올랐다. 정신이 멍멍해졌다.

용춘은 허겁지겁 인터폰에 대고 여비서에게 승용차를 대기시키라고 했다.

승용차가 갤럭시 호텔 현관에 멈추자 제복을 입은 호텔 수위가 차문을 열어줬다. 용춘은 기사에게 한 시간 쯤 후에 나오겠다고 말하고 자동차에서 내렸다.

용춘은 호텔 로비를 지나 갤럭시 백화점으로 이어지는 통로를 따라갔다. 통로 양편 벽에 명품을 선전하는 벽보가 죽 이어졌다.

용춘은 첫사랑 향숙에게 줄 선물을 사러 간다는 생각에 빠져 통로를 걸으며 소년처럼 가슴이 설레어 발걸음이 뒤뚱거렸다. 용춘은 예상치 못했던 설렘에 어리벙벙 당황하며 백화점 일층 매장에 들어섰다. 유명 브랜드 화장품 매장 간판들이 눈을 가렸다. 화장품 매장 너머 양편 매장 입구 위에 명품 회사 이름들이 줄줄이 그려져 있었다.

GUCCI, channel, Dior, LUVITTON, Bubbery, Tiffany, BOSS, cartier…. 가방, 옷, 보석, 시계, 만년필…, 명품 매점들이 눈을 빼앗았다.

'순자가 맨 루비뚱 핸드백이나 사 줄까?'
'루비뚱은 너무 흔하다. 짝퉁도 많고.'
'그럼 길자가 자랑한 샤넬?'
'샤넬은 중고품도 값이 오른다는데….'
용춘은 샤넬 매점에 들어섰다.
"도와드릴까요?"
훤칠한 키의 여종업원이 다가오며 마스카라를 짙게 칠한 눈까풀을 상큼 들어 올리며 애교스럽게 말했다.
"잠깐 둘러보고."
용춘은 그 자리에 서서 2단으로 진열된 30여 점의 작품을 일별했다. 눈을 꼭 사로잡는 작품이 있다.
아담한 크기의 감청색 핸드백!
용춘은 상품 진열대로 다가가서 핸드백을 집어 들었다.
"어제 입하된 신상품입니다. 보시는 눈이 대단하십니다. 네이비 블루, 색상도 고상하고."
여종업원이 용춘의 옆에 붙어 서서 종알거렸다.
용춘은 입에 발린 아첨을 하는 여종업원을 힐끗 쳐다보고, 핸드백을 위 아래로 돌려보며 가격표를 찾았다. 가격표가 보이지 않았다.

"얼마요? 가격표가 없는데."

가격표를 찾지 못한 용춘이 퉁명스럽게 물었다.

"네 안에 있어요. 신제품이라 좀 값이 쎄요. 육백삼 만 원입니다."

여종업원이 용춘의 눈치를 살피며 조심스럽게 말했다.

용춘은 가격을 듣고 가슴이 덜컥했다. 샤넬 제품은 비싸다고 들었지만 손바닥 세 개를 합쳐 놓은 크기의 핸드백 값이 너무나 비쌌다.

"마음에 드세요?"

종업원이 물건을 살 사람인가 탐색을 하면서 물었다.

"603만 원?"

용춘은 여종업원을 힐끗 돌아보며 다시 확인했다.

"네. 브이브이아이피 멤버 카드가 있으시면 십 퍼센트 디씨됩니다."

"그래?"

용춘은 자신도 모르게 반말이 튀어나왔다.

용춘의 머리가 '6백 만 원이면 반달 치 월급이네' 하고 날쌔게 계산했다.

'향숙에게 꼭 이렇게 비싼 선물을 사 줘야 해?'

용춘의 마음이 갈등으로 출렁거렸다. 용춘은 뒷짐을 지고 태연한 척 가장하며 매점을 나왔다. 바로 옆에 옆 매점이 루비똥 매점이다.

'그냥 루비똥이나 사 줘?'

루비똥 매점 입구에서 들어갈까 말까 망설이던 용춘은 가격이나 알아볼까 하고 매점에 들어섰다.

손님이 여럿 있었다. 용춘을 맞이할 여종업원이 없었다. 용춘은 가게를 획 한 번 둘러봤다. 순자가 맸던 핸드백이 있었다. 용춘은 진열대로 다가가서 핸드백을 위아래로 뒤적이며 가격표를 찾았다.

'2,900,000'

조금 전에 봤던 샤넬 핸드백 값의 절반 가격이다.

'이거나 하나 사 줘?'

머리가 빠르게 지불할 돈을 계산했다.

용춘은 핸드백을 집어 들고 계산대로 가다가 멈칫 섰다.

'그래도 몇 십 년만에 처음 사 주는 선물인데…, 길자랑 순자가 팍 기죽을 만한 고급 가방을 사 줘야지. 그 정도 사 줄 능력은 있잖아?'

용춘은 핸드백을 진열대에 내려놓았다. 용춘은 샤넬을 살 것인지 루비똥을 살 것인지 마음을 정하지 못하고 이곳 저곳 명품 매점을 기웃거렸다. 물건이 좀 눈에 찼다 하면 3백 만 원은 줘야 했다. 백 만 원대 명품도 있었으나 눈에 차지 않았다.

첫눈에 들었던 샤넬 매점의 핸드백이 자꾸 마음을 끌었다.

'이왕 사 주는 거…, 또 언제 사 주겠어? 그래도 6백은 너무 비싸다.'

용춘은 매장을 나와 큰 홀을 가득 메운 화장품 매점의 사이사이를 빙빙 돌며 어떤 핸드백을 살 것인가 갈등했다.

운전기사에게 기다리라고 말했던 한 시간이 훌쩍 지났다. 운전기사야 열 시간이라도 주인이 나올 때까지 기다리겠지만, 용춘은 쫓기는 기분이었다.

'남자가 치사하게 돈 몇 백에…, 에이.'

용춘은 샤넬 매점에 들어섰다.

"다 돌아보셔도 우리 물건이 제일 맘에 드시지요."

훤칠한 키의 여종업원이 한 번 봤던 용춘을 알아보고 반색을 했다.

용춘은 첫눈에 들었던 가방을 집어 들었다.

"고객님 보시는 눈이 정말 높으십니다. 선물 받으시는 분 행복하시겠어요."

여종업원이 옆에 붙어 서서 애교를 부렸다.

"이 빽 일 년 가지고 계시면 7백도 넘을 거요."

여종업원이 흔들리는 용춘의 마음을 붙잡았다.

용춘은 깊은 숨을 들이쉬며 눈을 감았다 뜨며 핸드백을 여종업원에게 넘겼다. 여종업원이 핸드백을 받아들고 정중히 고개를 숙여 고맙다고 인사를 하고, 핸드백을 받아들고 계산대로 갔다.

용춘은 카드를 여종업원에게 건넸다. 용춘의 머리가 윙하고 울렸다.

계산대의 여종업원이 할부를 할 것인가 물었다. 예상보다 큰 구매를 하며 정신이 멍해진 용춘은 그냥 "아니요" 하고 대답했다.

"그럼 일시불로 합니다. 멤버 카드 없으세요?"

"나는 없고 마누라만 있는데."

"그럼 영수증 가지고 계시다가 브이브이아이피 카드 가지고 오시면 십 퍼센트 환불해 드릴게요."

'10%면 60만 원인데, 마누라한테 뭐라고 말하며 카드를 달라고 하지?'

여종업원이 카드를 긁었다. 계산대 옆에 놓인 손바닥만 한 전자기기에 6,030,000이라는 숫자가 떴다.

용춘은 가슴이 뛰어 제대로 사인을 할 수가 없었다. 용춘은 전자기기에 영문 필기체로 youngchoon이라고 끄적였다. 계산기에서 주르르 영수증이 나왔다. 종업원이 영수증을 용춘에게 건넸다. 전혀 돈을 지불한 기분이 들지 않았다. 그런데 계산이 끝났다.

종업원은 훈련받은 대로 극진히 고맙다고 인사를 하고 바쁘게 물건을 포장했다. 화려한 포장 주머니 값만도 십만 원은 들 것 같았다.

용춘은 매장을 나서며 충동적으로 쓸데없이 너무 큰 선물을 산 것 같아 후회가 되었다. 바로 산 것을 물리고 싶었다. 뒤로 돌아서서 계산대로 가려는 발걸음을 남자의 체면이 말렸다.

용춘은 첫사랑 애인에게 줄 선물을 마누라 몰래 집에 가지고 들어갈 배짱이 없었다. 그는 선물 꾸러미를 그의 기사에게 건네며 내일 쓸 거니 트렁크에 잘 간수하라고 특별히 당부했다.

3

용춘은 아내에게도 못 사 줬던 명품을 옛 애인에게 선물하려고 통 큰 구매를 하고 아내에게 미안해졌다. 그는 집에서 저녁을 먹겠다고 연락했다.

"당신 어쩐 일이야, 이렇게 일찍 집에."

용춘이 아파트 현관에 들어서자 아내가 반색을 했다.

"집에서 밥 먹은 지 하도 오래 된 것 같아 특별히 시간을 냈지."

"당신 좋아하는 아귀찜 해 봤어. 어서 씻고 와."

부엌으로 들어가는 아내의 발걸음이 가벼웠다.

용춘은 아내와 오붓하게 식탁에 마주 보고 앉았다. 외동딸은 친구 생일 파티에 갔단다. 정성껏 차린 식탁에 앉아 용춘은 아내에게 미안했다. 아내는 몸에 좋다는 매실주도 준비했다.

모처럼만에 남편과 집에서 저녁을 같이한 아내는 기분이 고조되어 끊임없이 재잘거렸다. 용춘은 아내가 따라주는 매실주를 음미하며, 문득 첫사랑 애인에게 주려고 사놓은 명품을 아내에게 깜짝 선물로 줄까, 하고 생각했다. 그의 가슴 한구석에 아쉬움이 스며들며 그러지 말라며 아내에게 기울어지는 그의 마음을 잡았다.

매실주가 용춘을 가볍게 취하게 했다.

용춘은 소파에 앉아 아내가 깎아 내놓는 키위와 망고를 포크로 찍어 먹으며 부엌에서 설거지를 하는 아내를 물끄러미 쳐다봤다. 아내가 틀어놓고 간 티브이 연속극의 대사가 음악처럼 실내에 퍼져 나갔다. 아내는 부엌에서 연속극의 대사를 들으며 계속 코멘트를 보냈다.

'저 자리에 향숙이 서 있으면…'

용춘은 문득 아내 대신 부엌에 서 있는 향숙을 떠올리다가 고개를 흔들었다.

　용춘은 눈을 돌려 창밖을 내다봤다. 어두움에 싸인 공간 사이사이로 가로등 불빛이 파고들며 어둠을 희석했다.

　'그래도 선물은 근사한 곳에 가서 줘야겠지.'

　'선물을 풀어보며 향숙은 어떤 반응을?'

　'기사는 떼어놓고 내가 드라이브해야겠지. 어디로 간다? 무의도?'

　'경관 좋은 인천대교도 건너고, 또 배를 타고 바다도 건너고…, 〈천국의 계단〉을 촬영했다는 바닷가를 걷고…. 손은 잡아야겠지…. 팔짱을 끼고…. 저녁을 먹고, 선물을 주고….'

　'느끼하게 굴지 말고 그냥 헤어지자!'

　'그리고 또 만나? 아니, 그만 만나는 것이…, 그래도 한 번은 더 만나야지.'

　'만나서 손을 잡고…, 키스도? 그냥 손만 잡자. 손만? 그래도 키스는 해야지. 키스하다가 발동이 걸리면…, 걸리면?'

　향숙과 데이트에서 펼칠 장면을 상상하며 용춘은 전신에서 열기가 솟았다.

　'선은 지켜야지. 지킬 수 있을까? 처음도 아닌데….'

　용춘은 창밖의 어둠을 내다보며 키위를 찍은 포크를 들고 있는 것도 잊은 채 향숙과 전개해 갈 줄거리를 잡느라 정신이 흐물거렸다.

　"당신 무슨 생각을 그렇게 골똘히 해?"

　아내의 목소리가 저편에서 들렸다.

　"어, 사업관계로 좀 복잡한 일이 있어서."

　용춘은 아내의 소리에 정신이 번쩍 들었다. 그는 외도를 하다가 들킨 사람처럼 당황하며 얼버무렸다.

　"나 잠깐 슈퍼 다녀올게."

　현관을 나서며 아내가 뒤로 말을 던졌다.

아내는 용춘의 상상을 깨부수고 밖으로 나갔다.

'그래! 이제 향숙이랑은 깨끗한 관계를 유지해야지. 친구로서. 겨우 가방 하나 사 주고 딴 생각 말고.'

용춘은 향숙과 그냥 친구로만 지내자고 마음을 다지면서도 무엇이 빠진 것 같아 아쉬움이 진하게 남았다.

그녀의 육체에 대한 미련이 연민을 가장하며 선물을 사게 했나?

남녀 관계는 결국 섹스로까지 가야 하나?

"여보 고마워."

아내가 현관을 들어서며 신발도 벗지 않고 달려와서 용춘의 목에 매달렸다. 그녀의 손에서 포장이 반쯤 뜯어진 핸드백이 용춘의 등을 툭툭 건드렸다.

사태를 알아챈 용춘은 숨이 멎는 것 같았다.

"여보 이런 큰 선물을 샀으면 말을 해야지."

아내가 용춘의 목을 놓지 않았다.

"널 모래 내 생일날 주려고 산 거지? 나 정말 이 빽 꼭 하나 갖고 싶었는데."

용춘은 대답을 잊고 멍청하게 아내의 품에 몸을 맡겼다.

용춘의 목에 매달려 한참을 방방 뛰며 감탄사를 연발하던 아내가 소파에 앉아 상기된 얼굴로 포장을 풀고 핸드백을 꺼냈다. 핸드백을 좌우로 돌리며 요모조모로 살폈다. 핸드백을 남편 얼굴 앞으로 들이밀며 고맙다고 몇 번씩 치사했다. 애완견을 쓸 듯이 소중하게 쓸었다.

그때서야 용춘은, 잘 간수하라는 말까지 했는데, 입 가볍게 마누라한테 백화점에서 선물을 샀다고 고자질한 기사 녀석을 당장 잘라야겠다고 마음먹었다.

"당신 정말 멋지다. 김 기사가 세차를 하고 있기에 힐끗 봤더니 트렁

크에 곱게 포장한 물건이 보이잖아. 생일날 아니고 오늘 줬어도 됐는데."

아내가 용춘의 팔을 잡고 흔들었다.

그때 외동딸이 번호 키를 따고 현관에 들어섰다.

"현희야, 아빠가 나 선물 사줬다."

아내가 핸드백을 흔들며 딸에게 자랑했다.

"무슨?"

딸이 엄마에게 다가와서 엄마의 손에서 핸드백을 빼앗아서 빙빙 돌리며 봤다.

"내 생일 선물로 사줬다."

아내가 고조된 목소리로 자랑해댔다.

"엄마는 좋겠다. 남편 잘 둬서."

외동딸이 핸드백을 엄마에게 던지고 그녀의 방으로 도망쳤다.

"저년이 또 뭐가 틀어져서, 생일 파티에 간다더니."

아내가 핸드백을 어루만지며 종알거렸다.

용춘은 그의 첫사랑에게 주려고 샀던 선물을 자기에게 주려고 산 선물로 알고 기뻐하는 아내를 멍청히 쳐다보며, 내일 향숙을 만나러 가지 않는 것이 아내를 속인 것에 대한 속죄라고 생각하다가, 그래도 남자가 한 약속인데 나가는 봐야겠지, 그럼 맨손으로? 백을 다시 사? 하며, 어떻게 해야 할지 방향을 정하지 못했다.

어느 교수 부부

1

김길수는 소파에 앉아 오십대 후반 늦깎이로 등단한, 공대를 나온 고등학교 동창이 보내준 첫 번째 단편집을 대강 넘기며 슬슬 보다가, 〈황혼〉이라는 제목이 눈길을 끌어 죽 읽었다.

노부부가 갈등하며 이혼으로 가는 줄거리다. 김길수는 남의 일 같지 않네, 이 친구 글재주가 대단한데, 젊어서부터 글을 썼으면 대성했겠네, 하며 힐끗 벽시계를 올려다보았다.

5시 50분. 시계를 보고 시간을 알자, 김길수는 살짝 배가 고팠다. 마누라는 네 시경 외출에서 돌아왔는데, 저녁 할 때가 지났는데도 안방에 틀어박혀 뭣을 하는지 꿈쩍도 않는다.

오늘 아침, 마누라는 침대에서 빠져나오자마자 샤워부터 했다. 머리에 그립을 매달고 아침을 챙겨주고, 식기를 대강 헹궈 식기세척기에 쑤셔 넣고, 안방에 들어가더니 문을 꽉 닫았다. 외출을 하려 화장을 하는 모양이다. 김길수는 거실에서 신문을 뒤적였다. 마누라는 화장을 하다 말고 부엌으로 나와, 이놈의 부엌데기 언제 면하나, 투덜대며 냉장고에서 비닐 반찬통을 꺼내 식탁에 늘어놓고, 다시 안방으로 들어가더니, 한참만에 정장 차림으로 거실로 나왔다. 마누라는 현관 맞은 편 벽면에 걸린 전신이 다 보이는 큰 거울에 앞뒤를 비춰보더니, 제대로 맞춰 입고 나갈 옷 하나 없다고 웅얼거리며 다시 안방으로 들어가서 옷을 갈아입고 나왔다. 그러기를 몇 번 했다. 마누라는 처음 입고 나왔던 옷을 다시 입고 거실로 나와 핸드백을 들며, "나 동창 모임에 가. 반찬은 식탁에 차려놨고, 냄비에 고등어 졸여 놨으니 데워서 먹어" 했다.

마누라는 일주일에 서너 번 이런 저런 모임에 나간다. 김길수는 마누라가 어떤 모임에 가든 관심이 없다. 김길수는 소파에 앉은 채 눈으로 잘 다녀와, 배웅하고 보던 책을 집어 들었다.

마누라는 현관에서 신장을 열었다 닫았다 하며 마땅히 신을 구두 한 켤레도 없다고 투덜대며 몇 번씩 구두를 갈아신었다. 김길수는 달랑 구두 두 켤레로 사계절을 버티는데, 마누라는 여러 종류, 다양한 색깔의 구두가 스무 켤레도 넘는데, 나갈 때마다 신을 구두가 없다고 투덜댄다.

현관에서 수선을 떨던 마누라가 현관문을 꽝 닫고 나갔다. 김길수는 해방된 기분으로 화장실에 들렀다가 커피나 타 먹을까 하고 부엌으로 갔다. 전기밥솥 가운데에 35H라는 빨간 글씨가 보였다. 밥을 해놓은 지 35시간이 지났다는 표시다.

김길수는 머그잔에 가득 커피를 타 들고 서재로 가서 내일 대학원생들에게 강의할 자료를 챙겼다. 수십 년째 같은 과목을 강의하는데, 항상 새로 준비할 자료가 있다. 김길수는 한 시간 남짓 강의준비를 하고, 거실로 나와 보던 단편집을 펼쳤다. 정부의 혁신팀이 '혁신' 이라는 이름을 남용하며 저지르는 비리를 파헤친 작품이다. 친구의 무난한 성격을 닮아 비리를 파헤치는 글 치고는 미지근했다.

김길수는 자식 좀 더 신랄하게 깔 일이지, 하며 벽시계를 올려다봤다. 12시가 좀 지났다. 슬슬 배가 고팠다.

김길수는 밥을 푸고 찌개를 데우고 하는 것이 귀찮아서, 물만 끓여서 부으면 먹을 수 있는 컵라면으로 점심을 때웠다. 김길수는 면발을 후후 불어 삼키며, 픽 웃음이 터졌다.

'평생 돈 벌어다 주고 이 무슨 궁상. 나가서 사 먹으면 될 걸, 게을러 빠져서…, 쯧쯧.'

김길수는 나트륨 성분이 많다는 국물은 마시지 않았다.

점심을 달랑 컵라면 하나로 때운 김길수는 벽시계가 6시가 되는 것을 보고, 안방에서 꼼짝도 않는 마누라에게, 빨리 밥을 하라고 독촉하려고 안방으로 들어갔다.

"당신 노크할 줄도 몰라."

화장대 앞에 팔짱을 끼고 쪼그리고 앉은 마누라가 눈을 흡뜨고 노려보며 쫑알댔다.

김길수는, 내방에 들어오면서 노크는 무슨 노크. 자는 줄 알았지, 했다. 마누라는, 잠은 무슨 잠, 하며 남편을 흘겨봤다. 쪼그리고 앉은 마누라가 살쾡이 같았다. 김길수는, 여섯시 넘었어, 했다. 마누라는, 여섯시 넘었는데 어쩌라고? 하며 볼멘소리를 했다. 김길수는 못들은 척하고 거실로 나와 티브이를 켜고 바둑 프로에 채널을 맞췄다.

한참만에 안방에서 나온 마누라가 투덜대며 부엌으로 갔다.

"바둑 못 봐 죽은 귀신 있나? 다른 친구들은 다 싱글이라 저녁 걱정 없이 신나게 노는데 나는 무슨 팔자가 사나워서 매일 삼식을 챙겨줘야 하나?"

김길수는 마누라의 불평을 못들은 척했다. 마누라가 그릇을 마구 싱크대에 던졌다.

김길수는 외출했다 들어오면 밥하기 싫겠지, 생각하며, 당신 밥하기 싫으면 나가 사 먹지, 했다.

"조미료 투성인 밥을 사 먹자고?"

마누라가 부엌에서 소리쳤다.

김길수는, 조미료 안 쓰는 집도 많아. 나갈까, 말을 던지고 안방으로 들어가서 옷을 챙겨 입고 나왔다.

"당신만 차려 입으면 나가는 거야? 그리고 물린 반찬 또 쓰고 구더기 구들대는 식당 텔레비 나온 거 못 봤어? 그런 더런 음식을 사 먹자고? 부엌띠기가 내 팔잔데 어떻게 하겠어."

마누라가 전자레인지를 켜며 두런거렸다.

마누라는 식당 음식은 조미료가 뒤범벅된 비위생적인 음식으로 돈만 비싸다며 외식은 딱 질색이다.

김길수는 아내가 저녁을 준비하는 동안 한가하게 티브이나 보고 있기가 민망하여, 서재로 가서 친구들로부터 온 이메일을 체크했다. 퇴직한 친구 몇몇은 이 카페 저 카페를 기웃거리며 건강 상식, 유머 등 흥미를 돋굴 만한 글을 퍼서 전달하는 것을 소일거리를 삼고 있다.

친구가 보낸 유머 한 편이 눈길을 끌었다.

노부부가 로마로 여행을 갔다. 트레비분수에서 부인이 무엇인가를 빌며 연신 동전을 던졌다. 동전 몇 개가 받침대에 정확히 안착했다. 남편은 아내에게 다가가며 뭘 빌었어, 하고 묻다가 물에 젖은 미끄러운 바닥에서 미끄러져 죽었다. 아내는 정말 기똥차게 소원을 잘 들어주네, 하며 즐거워했다.

김길수는 친구가 보낸 유머를 읽으며, 다른 친구들은 남편이 유산만 남겨놓고 일찍 죽어줘서 싱글로 즐기는데, 마누라는 내가 살아 있어 식사 준비하는 것이 귀찮다? 나도 그만 죽어줄까? 하고 생각했다.

정년퇴직한 지 이제 겨우 3년, 그래도 김길수는 일주일에 하루는 대학에 강의를 나가고, 삼식을 하는 날은 거의 없다! 그런데도 마누라는 타박이다.

이러다가 한 나이 더 먹고 제대로 걷지도 못하면 고려장 당하겠다!

김길수는 지난해 담가놓은 매실주를 한 컵 가득 따라 들고 창가로 가서 창문에 붙어 서서 어두워지는 밤을 내다보며, 그렇게 기세당당하게 군림했던 내가 언제부터 마누라 눈치나 보는 존재가 됐나, 하며 홀짝홀짝 마셨다.

2

아내가 감기몸살로 자리에 누웠다. 통 음식을 먹지 못했다. 김길수는 아내를 동네병원에 억지로 모시고 가서, 감기 정도인데 뭐하러 병원에 가냐는 것을, 주사도 맞히고 약을 타 먹였다. 차도가 없었다.

아내가 아프면 남편이 힘이 든다.

김길수는 큰 병원 가자, 하고 마누라한테 사정했다. 마누라는, 내 병은 내가 잘 알아. 며칠 쉬면 나을 건데 뭐 하러 쓸데없이 큰 병원 가서 피 같은 돈을 써, 하며 남편의 마음을 먹어버렸다.

김길수는 당신 아프다고 며느리한테 전화할까? 물었다.

마누라는, "당신 미쳤어? 감기 좀 든 걸 가지고 잘 있는 애들 왜 걱정시켜" 하며 역정을 내다가, '미쳤다'는 막말이 심했다고 생각했는지 주춤하며 멋쩍어했다.

마누라는 며느리가 안부전화도 안 한다고 자주 혼자 꿍얼거리면서도, 신식 시어머니인 척하며, 남편이 아들집에 전화하려면 귀찮게 하지 말라고 막았다.

김길수는 시집간 딸에게 엄마가 아프다고 전화했다. 차로 15분 내 거리에 사는 딸이 바로 달려왔다. 마누라는 남편을 보고 딸에게 쓸데없이 왜 전화했냐고 투덜대더니 딸을 데리고 안방으로 들어갔다. 둘은 한참을 떠들었다. 딸이 부엌으로 나와 쌀죽을 쒀서 대접에 담아 들고 안방으로 들어갔다. 마누라가 죽을 먹는지 잠시 조용해지더니, 바로 마누라와 딸이 조잘대는 말소리가 거실까지 들려왔다. 몸이 아픈 마누라가 더말을 많이 했다. 김길수는 그 판에 낄 수도 없어 멍청하게 거실에 앉아서 신문을 뒤적이다가, 티브이를 켜고 연속극 재방을 보았다.

김길수는 딸한테 점심을 챙겨 달래기가 뭐해서 아파트 상가로 가서짜장면을 사 먹고 들어왔다.

오후 두 시 반쯤, 딸은 큰애가 방과후 학습을 마치고 학교에서 돌아올 시간이 됐다며 부랴부랴 집으로 갔다. 마누라는 현관까지 딸을 배웅했다. 마누라는 거실에 어정쩡하게 서서 딸을 배웅하는 남편을 빤히 쳐다보며 시비를 걸었다.

"죽을병도 아닌데 뭐하러 희수한테 연락했어?"

김길수는 자기 생각해서 딸을 불러준 남편에게 마구 불평을 내뱉는마누라에게 화가 났으나, 몸이 아파 짜증났겠지, 하며 꾹 참았다.

오후 6시쯤, 김길수는 딸이 끓여놓은 죽을 데워 들고 안방으로 들어갔다. 마누라는 다 퍼져빠진 죽을 어떻게 먹으라고, 하고 투덜대며 휙돌아누웠다. 김길수는 윽, 하고 화가 치밀었으나 꾹 참고, 그럼 다시 끓여줄까? 했다.

"죽 새로 끓일 거 없어. 그냥 굶어 죽도록 내버려둬. 나 죽으면 당신새장가 가고 좋잖아."

마누라는 침대에서 벌떡 일어나 앉아 막말을 던지고 거실로 나와 벽을 보고 소파에 누웠다.

김길수는 기가 막혀 허허 웃으며, 당신 정말 죽어줄 거야? 나 새장가가게, 농담을 던지고 부엌으로 갔다. 전기밥솥에는 이틀째 보온상태인잡곡밥이 반쯤 들어 있었다. 잡곡밥으로 죽을 쑬 수는 없다. 김길수는 새로 쌀죽을 끓일까, 하고 쌀을 푸러 베란다로 나가다가, 죽을 끓이는 것보다는 사다 주는 것이 편할 것 같아, 소파에 축 처져 누워 있는 마누라에게, 전복죽 사다 줄까, 깨죽 사다 줄까, 했다. 마누라는, 아파서 다 죽게 된 사람한테 조미료 퍼 먹여 빨리 죽이려고, 하며 앙탈했다.

김길수는 순간 화가 나서, "죽집에서는 조미료 안 써" 하고 소리쳤다. 마누라는 돌아누우며, 누가 죽 사다 달라고 했어? 나 죽으면 그년이랑 살면 되겠네, 하고 생떼를 썼다.

그년은 과 여사무원이다. 마누라는 말문이 막히면 그년을 들먹이며 남편을 긁는다.

김길수는 결혼 후 한 번도 마누라의 생일이나 결혼기념일을 챙겨주지 않았다. 당연히 그의 생일도 챙기지 못하게 했다. 매일 그날이 그날이고, 마누라는 생일을 챙겨줄 만큼 대단한 인물도 아니다. 그의 생일은 집에서는 안 챙겼지만, 어떻게 제자들이 알고 저녁자리를 마련하고 축하해 줬다.

교수들의 저녁 회식에 한 동료 교수가 마누라 생일이라며 모임에 불참했다. 김길수는 그 말을 듣고, 어떻게 남자가 마누라 생일까지 다 챙겨 주나? 나는 평생 한 번도 챙겨 준 적 없다, 하고 기고만장하며 자랑(?)했다. 은퇴한 선배 교수가 김길수를 빤히 쳐다보며 심각한 얼굴로, 그러면 안 되네, 마누라 생일과 결혼기념일은 꼭 챙겨 주게. 자네 정년도 얼마 안 남았는데 이제라도 챙기게. 아니면 늙어서 구박받지. 옛날에는 이생에 지은 업을 내생에서 받지만, 요새는 오래 살아 다 이생에서 받고 간다네, 했다. 선배 교수의 충고가 김길수의 가슴을 살짝 찔렀다.

딸이 아버지의 눈치를 보며, 이번 금요일이 엄마 아빠 결혼기념일인데, 그것도 삼십주년, 저녁이라도 같이 하면 어떻겠느냐고 물었다. 예전 같았으면, 결혼기념일? 그거 매년 돌아오는데, 니 엄마가 조미료 팍팍 넣는 식당에서 밥 먹겠다고 할 것 같으냐? 나 약속 있다, 하고 퉁을 줬을 텐데, 선배의 말도 있고, 정년을 앞에 둔 요사이 힘이 부쳐 열 살이나 젊은 마누라를 만족시켜 주지 못하는 것이 미안하기도 하여, 그러자고 했다. 딸더러 식당을 잡으라고 했다.

김길수는 60대로 접어들며 나이가 들어서인지, 보직을 맡고 격무에 시달려서인지, 밤에 자주 기분만 내다가 파르르 무너졌다. 처음 몇 번은 아내가 오히려 민망해 하며 남편을 위로해 줬으나, 그 횟수가 잦아지자 짜증을 냈다. 어떤 때는 남편의 무능을 탓하는 말도 했다. 심지어 밖에서 힘을 다 쏟고 빈껍데기만 집에 오는 거 아니냐고 비아냥거리기도 했다. 그런 분위기가 일상생활에도 이어졌다.

남편을 선생님처럼 존경하며 복종하던 아내가 남편을 내려다보는 표현을 쓰기 시작했다. 존댓말이 슬슬 반말로 바뀌었다. 젊은 아내를 만족시켜 주지 못한 김길수는 아내가 듣기 거북한 말을 해도 못들은 척하며 그냥 묵인해 줬다. 그런 표현과 태도가 차차 버릇으로 굳어갔다.

밤만 되면 고개 숙인 남자가 되는 김길수는 흡연이 성욕에 치명적인 영향을 준다는 말을 듣고 논산훈련소에서 배운 담배를 끊기로 결심했다. 니코틴의 유혹을 3개월이나 참고 견뎠으나, 성기능은 좋아지지 않고, 깜박깜박할 때가 잦고 공연히 신경질만 났다. 제자들에게 짜증을 부리고 후회하는 일이 늘어갔다. 김길수는 아무 효과도 없는 금연을 중단했다.

김길수는 결혼 후 처음 쇄주는 결혼기념일에 선물이라도 하나 사 들고 가야겠다고 생각하고 백화점에 갔다. 김길수는 무슨 선물을 살까,

하고 백화점 일층을 빙빙 돌다가, 머플러나 하나 사 줄까, 했다. 백화점 일층에 즐비한 명품 가게를 기웃거리며, 이 나이에 새삼스럽게 무슨 선물, 하고 쑥스러운 생각이 들기도 했으나, 이왕 맘먹고 왔는데, 하며 보바리 매장에 들어갔다.

김길수는 런던에서 개최된 학회에 갔다가 같이 간 일행이 다투어 보바리 코트를 사자, 큰 마음먹고 하나 샀었다. 벌써 15년 째 입고 있는데 변색도 되지 않고 항상 새것 같다. 김길수는 보바리 상표가 믿음직했다. 매장에서 머플러를 집어 들고, 디자인이 단순하고 괜찮네, 돈 십만원 하나? 하며 가격표를 봤다. 김길수는 가격표에 쓰인 돈 단위를 잘못 본 건 아닌가, 하며 다시 봤다. 다시 봐도 65만원. 너무 비쌌다. 집에만 있는 안식구한테 이런 비싼 선물은 당치 않을 것 같았다.

김길수는 백화점 입구에 자리를 편 세일코너로 갔다. 그가 입고 있는 와이셔츠와 같은 상표인 머플러가 수북이 누워 있다. 그의 눈에 세일 코너에 진열된 머플러나 명품점에서 파는 비싼 머플러나 별 차이가 없이 보였다. 김길수는 머플러를 하나 골라 들고 가격을 물었다. 5만원.

김길수는 그래도 난생 처음 사 주는 결혼기념일 선물인데 이런 값싼 물건을 사 주기는…, 하며 살까 말까 망설였다. 그때, 교수님 머플러 고르세요? 하는 목소리가 들렸다. 과 여사무원이 환하게 웃으며 다가왔다.

"김정희 씨 어떤 일로?"

항상 수수한 옷을 입고 출근하던 과 사무원이 찰랑거리는 옷을 입고 화장까지 진하게 했다. 다른 여자로 보였다.

"백화점 세일 구경 왔어요. 교수님 머플러 사시려고요?"

"응. 마누라 선물로 머플러나 하나 사 주려고 하는데, 명품점 갔더니 넘 비싸고, 여기 것은 좀 그렇고."

김길수는 솔직히 말했다.

"사모님 좋으시겠다. 교수님, 명품점 건 순 상표 값인데, 여기서 사는 거나 별 차이 없어요. 사모님 거면 제가 골라 드릴게요."

김정희가 한참 뒤적거리며 머플러를 골랐다. 두 개를 골라 추켜들고 김 교수더러 하나를 고르라고 했다. 그는 둘 다 마음에 들었다. 김길수는 문득, 해외 출장을 갈 때마다 김정희의 신세를 졌는데, 한 번도 선물을 사다 준 적이 없었다는 생각이 들었다. 두 개를 다 사서 그 중 하나는 김정희에게 선물하기로 하고, 두 개의 값을 지불했다. 두 개의 값이 명품 값의 1/5도 안 됐다. 김정희는 포장을 예쁘게 하면 선물이 더욱 돋보일 거라며, 김길수를 포장 코너로 모시고 갔다. 포장 코너에서 예쁘게 포장해 주고 만원만 받았다.

김길수는 그 중 하나를, 김정희 씨, 그 동안 수고한 대가로 선물, 하며 건넸다. 김정희의 눈이 반짝했다. 김정희는 수줍어하며 사양하는 척하다가 선물을 받으며, 선물은 사 드릴 수는 없고, 커피를 사겠다고 했다. 둘은 백화점 식당가에 있는 커피점에 가서 커피를 마시며, 여러 교수들의 가십을 추켜들고 떠들다가 헤어졌다.

마누라 사촌 여동생이 백화점에 왔다가, 형부가 싸구려 세일 코너에서 서성이는 것을 보고 인사를 하려다가, 젊은 여자와 같이 있는 것을 보고 모른 척 지나쳤다. 친구와 커피점에서 커피를 마시다가, 형부가 그 젊은 여자와 나란히 커피점에 와서 다정하게 말을 나누는 것을 몸을 숨기고 보았다. 여동생은 포장된 선물 하나를 젊은 여자가 들고 나가는 것을 보고 큰일이 났다며 바로 언니에게 이동전화로 상황을 보고했다.

김길수는 포장한 선물을 가방 속에 감추고 집에 갔다. 그가 현관에 들어서자, 마누라가 안방에서 나오며 당신 백화점에 갔었다며, 하고 물었다. 김길수가 어떻게 알았어? 하고 묻자, 마누라는 다 아는 수가 있지. 누구랑 갔었어? 하고 슬쩍 물었다. 김길수는 가방에서 포장한 선물을 꺼내들고, 당신 선물 사러 갔었는데 누구랑 가? 했다. 마누라는,

무슨 바람이 불어서 당신이 선물을 다 샀어? 누구 선물 사 주다가 미안해서 내 거 하나 덤으로 산 거지? 하며 따져 물었다. 김길수는, 무슨 소리 하는 거야? 당신 선물이 덤이라니? 하며 눈을 부라렸다. 마누라가, 누가 모를 줄 알아? 당신이 선물 사준 그 젊은 여자 누구야? 하고 따졌다. 김길수는 대수롭지 않게, 아, 김정희, 우리 과 사무원, 했다. 마누라는, 어떻게 과 사무원 데리고 백화점 갔어? 했다. 남편이 백화점에서 우연히 만났다고 하자, 커피까지 마셨다며? 커피 마시면서 깨가 쏟아졌다며, 하고 대들었다. 그가 그게, 하며 우물쭈물하자, 마누라가 선물도 사줬다며, 하며 한방 먹였다. 김길수는 사실대로 설명했으나, 마누라는 믿으려고 하지 않았다. 믿지 않는 척했다. 김길수는 평소 신세진 여직원한테 5만 원짜리 머플러 하나 사 준 게 무슨 잘못이야? 하고 꽥소리를 치다가, 평생 처음 사 준 결혼기념일 선물이 겨우 5만 원짜리인 것을 그의 입으로 까발리고 머쓱해졌다.

마누라는 심심하면 그 사건을 들먹이며 남편을 긁었다.

다음 날 딸은 큰 애를 학교에 보내고 바로 엄마 병수발을 들러 왔다. 딸의 정성이 통했는지, 남편의 인내가 통했는지, 마누라의 병세가 많이 좋아졌다. 김길수는 환자를 딸에게 맡기고 강의를 갔다. 김길수는 강의를 마치고 점심도 거르고 딸이 학교에서 돌아오는 애를 보러 가기 전에 집에 닿아 오려고 서둘러 집에 왔다.

김길수는 열쇠의 번호를 누르고 살짝 문을 열고 조용히 현관에 들어섰다. 딸의 신발이 아직 현관에 있었다. 안방에서 마누라의 말소리가 들려왔다.

"니 아빠 얼마나 무심한 사람인 줄 아냐? 내가 그렇게 아파도 외식한 번 하자고 안 하더라."

김길수는 허, 하며 신발도 벗지 못하고 현관에 멈칫 섰다.

"엄마 외식 싫어하잖아."

딸이 아버지를 변명해 줬다.

"그거야 몸이 성할 때고, 아파 누워있으면 갖가지 음식이 다 생각나는데, 모른 척하고 슬쩍 스시라도 사 들고 들어오면 어디 탈 나냐? 나한테 쓰는 돈이 그리 아까운지 그냥 흰 쌀죽만 멀거니 끓여서 퍼 먹이고. 큰 병원 가자는 소리 한 번도 안 한다. 정말 기가 막힌다. 그런 니 아버지 믿고 30년도 넘게 살았으니."

마누라의 불평이 점입가경이다.

"그래도 아빠 요새는 엄마한테 잘해 주잖아."

"잘해 주기는 쥐뿔, 옛날 그대로다. 사람이 아파 누워 있을 때 보면 다 안다. 입맛 없어 죽쳐 누웠는데 그 흔한 죽 한 번 안 사다 주고. 전복죽 단 돈 만원이면 사는데. 우리 친구들이 뭐라고 하는지 아나? 내가 아파 누웠어도 병원 한 번 안 데려간다고 했더니 당장 헤어지라고 하더라."

"엄마 언제 그런 얘기를 친구한테 했어? 전화한 거야?"

마누라는 딸의 추궁에 말문이 막혔는지, 그럼 답답한데 누구한테 말하나? 하며 얼버무렸다.

김길수는 마누라의 푸념을 들으며, 당장 안방에 뛰어 들어가서, 내가 언제 큰 병원 안 가자고 했냐? 죽 사다 준다고 했더니 싫다고 했잖아? 하고 따지고 싶었으나, 딸 보는 앞에서 싸울 수도 없고, 몸이 아파 신경질이 났겠지. 나한테 평생 쌓인 스트레스가 많은 모양인데, 하며 헛기침을 두어 번 했다. 안방이 조용해졌다. 김길수는 안방에 들어가서 마누라 병세를 물을 수도 없어 거실에 멍청히 서 있었다.

3

김길수는 3년째 학위 논문에 매달려 끙끙대는 제자의 박사학위 논문

초안을 최종적으로 손봐주고, 제자에게 담담주 금요일에 심사위원회를 열 거니, 지적한 곳을 고치고 인쇄하여 심사위원들에게 돌리라고 했다. 제자는 감격하여 눈물을 글썽거리며 허리가 꺾어질 만큼 크게 인사를 하고 방을 나갔다. 그는 김길수가 정년퇴임하기 전부터 지도해 온 제자로, 박사학위를 지도하는 마지막 제자다.

김길수는 제자가 방을 나가자 창가로 가서 팔짱을 끼고 창밖을 내려다봤다. 텅 빈 운동장이 지는 햇빛을 받으며 비스듬히 누워 있고, 운동장 주위를 빙 둘러 늘어선 나무들이 무성했던 이파리를 다 떨어트리고 벌거벗은 채 초겨울 바람에 떨고 있다.

이제 박사학위 지도도 마지막인가?

학위 지도마저 끝나면 다음은? …, 곧 강의시간도 내놔야할 거고…, 모든 것이 끝나가나?

김길수는 아무 할 일도 남지 않은 빈손이 된 기분이 들었다. 가슴이 시렸다. 70년 가까이 살았으니 오래 살았네….

초 중등, 대학, 대학원을 다니던 시절이 눈앞을 스쳐갔다.

김길수의 학력에 고등학교는 없다. 고등학교 1학년 초, 고깃배를 타고 바다로 나갔던 아버지가 돌아오지 않았다. 실종. 김길수는 당장 먹고 살기 위해 학교를 때려치우고 엄마를 따라서 갯벌로 들어갔다. 조개를 캐고 낙지를 잡았다. 검정고시를 보고 대학에 들어갔다. 남들은 4년이면 졸업하는 대학을 돈을 벌며 다니다 보니 8년이나 걸렸다. 학비를 댈 수가 없어 중간에 군대를 다녀왔다. 살아가는 데 돈이 얼마나 중요한지 뼈저리게 경험했다. 돈을 더 벌 방법이 없던 그 시절에 안 쓰는 것이 제일 좋은 돈 버는 방법이었다.

지도교수의 도움으로 조교를 하며 대학원을 다녔다. 늦깎이로 박사를 하고, 중매로 대학을 갓 졸업한 열 살 연하의 초등학교 교감 따님과 결혼했다.

시간강사를 시작으로 조교수, 부교수, 교수로 승진했다. 학장, 대학원장 보직도 맡았다. 학장, 대학원장을 그만 둘 때는 좀 섭섭하기는 했으나 끝이라는 느낌이 들지 않았다. 정년퇴임을 할 때도 울적하기는 했으나, 끝이라는 느낌은 없었는데, 오늘은 유난히 모든 것이 다 끝난 느낌이다.

'이제 70이 다 되어 가는데, 가르치는 일도 끝나 가는데, 그 다음 무엇을 한다?'

김길수는 초겨울 바람에 그대로 노출된 헐벗은 나무같이 허전한 마음으로, 바람에 날려 허공에서 허우적거리는 낙엽을 눈으로 추적하며, 시작이 있으면 다 끝이 있는데, 무엇을 아쉬워하지? 하며 마음을 다독거렸다.

"선생님 퇴근 안 하세요?"

김길수의 지도로 박사학위를 받고, 모교에 남아 이제 중견 교수가 된 제자가 방에 들어서며 황송한 표정을 지으며 말했다.

김길수가 퇴근해야지, 하자, 제자 교수가 오늘 저희들 회식 있는데 선생님 모셨으면 하는데요, 했다.

김길수가 젊은 사람들 노는데 끼어도 돼, 하고 사양하자, 저희들 선생님 모시는 거 대영광입니다, 하며 그를 끌었다.

민속주점에 자리잡고 있던 두 교수, 세 박사과정 학생, 오늘 논문을 손봐준 제자도 있었다. 한 석사과정 여학생이 자리에서 벌떡 일어서며 은사를 반겼다. 김길수는 비워놓은 가운데 자리에 앉았다.

김길수는 술좌석에서 주빈 대접을 받았다. 건배사를 해야 했고, 제자들이 돌아가며 권하는 술을 마셔야 했고, 화제를 이끌어가야 했다. 홍일점 여학생은 분위기 메이커라며 한껏 애교를 부리며 술을 석 잔이나 권했다. 김길수는 발랄한 어린 여제자의 젊은 매력에 꼼짝 못하고 잔을 비웠다.

모처럼만에 마신 술이 그를 허물어트려 김길수는 나이를 잊고 주인 공이 된 기분으로 좀 헤프게 떠벌렸다.

일차를 마치고 노래방에 김길수를 끌고 가려 했다. 김길수는 비틀거 리며 도망쳤다. 제자들이 택시를 잡아줬다.

아파트 상가 앞에서 택시를 내렸다. 기사가 택시비가 남았다며 잔돈 을 거슬러 줬다.

김길수는 상가를 지나치며 문득, 마누라에게 저녁을 먹고 들어온다 는 전화를 안 한 것이 생각났다. 김길수는 미리 신고 안 했다고 투덜거 릴 마누라의 입을 막으려고 제과점에 들러 마누라가 좋아하는 꽈배기 두 개를 샀다. 조미료 투성이라며 외식을 마다하는 마누라는 기름에 튀 긴 값싼 꽈배기는 좋아한다.

"마누라는 쫄쫄 굶고 기다리는데 전화도 없이 혼자만 잘 드셨네요? 거나하게 술까지 드시고."

김길수가 꽈배기가 든 비닐봉지를 들고 현관에 들어서자, 마누라가 비아냥거렸다. 제자들 앞에서 왕 노릇을 했던 김길수는 마누라의 비아 냥거림에 벌컥 화가 났다.

"남자가 연락 안 하고 저녁 먹고 올 수도 있지 웬 잔소리가 그리 많 아?"

김길수는 꽥 고함치고 꽈배기가 든 비닐봉지를 마누라에게 밀쳐주 고 세면장으로 들어갔다.

김길수는 얼굴에 묻은 물기를 문지르며 거실로 나오자, 마누라가 누 구랑 마셨어? 하고 물었다. 김길수가 일일이 보고해야 해? 교수들하고 먹었다, 하자, 마누라가 당신 좋아하는 그 여자도 있었겠네, 그래서 꽈 배기 사 왔구나 하고 시비했다.

김길수가 그 여자가 누군데? 하고 소리치자 마누라가 손잡고 백화점 가서 선물 사 줬던 하며 비아냥거렸다.

김길수는 화를 벌컥 내며, 무슨 쓸데없는 소리, 하고 고함쳤다.

마누라가, 당신 그렇게 화내면 내가 아직도 무서워할 줄 알아? 쓸데 없는 소린지는 본인이 더 잘 알 거고, 당신 나 몰래 그렇게 막 퍼주기야? 하며 시비의 주제를 바꿨다.

"밥 잘 먹고 또 무슨 시비야?"

"밥 잘 먹기는 누가 잘 먹어? 쫄쫄 굶고 앉아 젊은 애인이랑 술 마시며 히히거리는 서방님 기다리는 속창자도 없는 여편네더러. 이번엔 또 뭘 사 주고 미안해서 꽈배기 사 오며 아부야?"

마누라는 비닐봉지를 소파에 툭 던지며 앙탈했다.

"당신 지금 뭐 하는 짓이야?"

김길수는 마누라의 안하무인격인 행동에 팍 화를 냈다.

"뭐 하다니, 당신 나를 뭘로 보는 거야? 내가 당신 여편네 맞아?"

마누라도 지지 않고 대들었다.

"또 무슨 생트집?"

김길수는 주춤 물러섰다.

"당신 기석이 등록금 대줬다며?"

기석은 김길수의 막내 동생의 큰아들이다.

막내 동생이 사업이 잘 안 풀려 부도 직전에 허덕인다. 한 번만 더 등록하면 대학을 졸업하는 조카가 등록금을 못 내서 휴학할 처지라는 말을 듣고, 김길수는 아내한테 말을 않고, 말을 하면 반대할 게 뻔해, 몰래 등록금을 대줬다. 집사람한테는 절대 비밀로 하라고 신신 당부했는데, 어떻게 그 사실이 마누라 귀에 들어간 모양이다.

"누가 그래?"

"누가 그러다니? 다 아는 수가 있지. 당신 내 손바닥 안에 있는 거 몰라? 내가 말 안 하면 말 안 하려고 했지? 그 돈 다 어디서 났어?"

마누라가 따발총을 쐈다.

김길수는 마누라가 조카 등록금을 좀 대줬다고 시비하자 열이 나서 꽥 고함쳤다.

"그게 언젯적 이야긴데. 당신 주머니에서 안 나갔으면 됐지, 무슨 간섭이 그리 많아?"

김길수의 사학연금은 마누라의 몫이나, 특강료 등 부수입은 비상금으로 그가 관리한다.

김길수는 대학을 갓 졸업한, 돈을 모르는 어린 아내에게 생활을 맡길 수가 없어, 월급봉투 채 어머님께 드렸다. 아내는 어머니한테 매일 돈을 타서 썼다. 어머니가 돌아가시자, 김길수는 한 번도 직접 생활을 해본 적이 없는 아직 30대 중반인 젊은 아내에게 돈의 소중함을 가르치려고 매일 아침 출근하며 아내에게 생활비를 주고, 가계부를 쓰게 했다. 김길수는 매일 가계부를 확인하며 콩나물 값 두부 값까지 따졌다. 아내는 쩔쩔매며 그의 간섭을 받아들였다.

김길수가 대학에서 보직을 받고 잘 나가자 아내의 생활 범위도 넓어졌다. 여권이 신장되어 가는 사회풍조를 접하는 기회가 늘어났다. 아내는 월급을 자기에게 맡기지 않는다고 불평하기 시작했고, 가계부 검열에 저항했다. 마누라 앞에만 서면 작아지는 날이 늘어가자, 아내는 남편의 눈치를 보며 복종하던 패턴을 조금씩 무너트리며 그녀의 권리를 주장했다. 김길수는 어쩔 수 없이 월급이 자동이체 되는 통장을 아내에게 넘겼다.

"그 돈이 뉘 돈인데. 나는 한 푼이라도 아끼려고 아파도 병원도 안 가고 맛있는 거 먹고 싶어도 외식 한 번 안 하고, 큰애 집 사는 데 보태려고 아등바등하는데 그렇게 당신만 좋은 사람 되고 막 인심 쓰는 거야?"

"기석이 졸업 못하게 생겨 딱 한 번 등록금 대줬다. 큰애는 전세금 대줬으면 지가 벌어서 집 사야지 은퇴한 애비가 집까지 사 줘야 해?"

김길수는 말을 던지고, 더 이상 다투기 싫어 서재로 도망쳤다.

"나랑 아직 말 안 끝났어. 등록금 대줄 거면 미리 말하고 나한테 주면서 전해 주라면 안 돼? 나만 구두쇠 되고 자기는 천사 되고."

아내는 서재까지 따라오며 불만을 터트렸다.

김길수는 마누라의 투정이 듣기 싫어 거실로 도망쳐 나와, 짜증을 누르듯 티브이 스위치를 눌렀다.

"테레비 못 봐 죽은 귀신 있나? 내가 한참 말하는데. 날 이렇게 무시하기야? 당신 대학 교수했으면 다야? 그래 잘났다. 어디 혼자 살아봐라."

마누라는 부르르 떨며 안방으로 들어갔다.

김길수는 내가 번 돈, 그것도 조금, 내 맘대로 썼는데 무슨 잔소리가 그리 많아, 화를 참지 못하고 티브이에 눈을 꽂았다. 티브이에서 나오는 말소리가 하나도 들리지 않았다.

이제 마누라가 감히 막 맞먹으려 한다. 아니 기어 넘는다.

'애초에 풀어주지 말았어야 했는데…. 이제는? 저런 마누라와 평생 같이 살아야 해? 그냥 갈라서 버릴까?'

술 취한 머리가 자꾸 갈라서는 쪽으로 생각을 몰아갔다.

김길수는 혼자 푸푸거리다가, 마누라와 살이 닿는 것도 싫어 건넌방에서 혼자 잤다.

4

김길수는 식탁 앞에 서서 케이크 상자에서 생일 케이크를 꺼내 상자 위에 올려놓고 케이크 중앙에 빨간색 초 하나를 달랑 꽂았다.

생일 케이크를 고르자, 제과점 여종업원이 초 몇 개 드릴까요, 했다. 김길수는 일곱 개를 달라고 하려다가 민망하여 그냥 하나만 달라고 했다. 김길수는 성냥을 그어 초에 불을 붙이고 거실과 부엌의 전등불을 껐다. 순간 실내가 캄캄해지다가, 식탁 주위로 벌건 촛불 빛이 좍 퍼져나가며 어둠이 옅어졌다. 김길수는 촛불을 쳐다보며 어설프게 생일 축하 노래를 불렀다.

"생일 축하합니다. 생일 축하합니다. 사랑하는 XX님, 생일 축하합니다."

김길수는 김길수님이라고 부르기가 어색하여 그냥 XX님이라고 했다. 소리가 목구멍에 걸려 잘 나오지 않았다.

김길수는 촛불을 휙 불어서 끄고 의자에 앉았다. 순간 주위가 캄캄해졌다. 창문을 통해 앞 동 부엌의 불빛이 환하게 보였다. 김길수는 멍청히 앉아서 앞 동의 환한 네모진 창문을 건너다보다가 희뿌연한 천장을 올려다보다가, 하며 처자식 다 두고 혼자 이 무슨 청승, 했다.

마누라는 동창들과 모은 곗돈으로 캄보디아에 간다며, 원하는 남편은 데려가기로 했다며, 따라가고 싶으면 같이 가자고 했다. 김길수는 마누라와 처음 해외여행을 갔을 때 자존심 상했던 일이 떠올라 완강히 고개를 저었다. 마누라는 같이 앙코르와트 가서 칠순을 챙겨주려 했는데, 그러면 다녀와서 쇠어주겠다고 했다.

김길수는 정년퇴직을 하고 바로 마누라를 모시고 유럽여행을 다녀왔다. 여행경비는 정년퇴임 식장에서, 동창회에서 선물로 줬다.

난생 처음 그룹 여행을 따라나선 김길수는 여러 모로 서툴렀다.

재직시 김길수는 매년 두세 번은 해외 출장을 나갔다. 당연히 혼자 갔다. 출장 수속은 과사무실에서 대신 해 줬다. 출국 전날 여사무원이 여권, 비행기표, 현지에서 쓸 소액의 현금과 일정표 등을 챙겨 줬다. 숙박비나 식비 등은 신용카드로 결재할 것이므로 택시비 정도만 현금으로 환전했다.

그룹 여행을 따라나서다 보니 가이드 팁, 선택 관광비 등을 현금으로 챙겨 가야 했다. 김길수는 공항에서 유로화로 환전했다. 김길수는 환전을 하고, 그룹 관광객들 속에 앉아 있는 아내에게 다가가서 으쓱하며, 지금 환전했어, 하고 말했다. 아내는, 공항서 환전한 거요? 하며 눈을 크게 떴다. 난생 처음 직접 환전을 한 김길수는 자랑스럽게, 응, 하고 대답했다.

"당연히 환전해올지 알고 안 챙겼는데, 공항에서 환전을 하면 어떻게 해요?"

아내가 꽥 소리를 질렀다.

우두커니 앉아서 기다리던 여행객들이 그들 부부를 쳐다봤다. 김길수는 무안하여 주위의 눈치를 보며, 아내가 왜 시비를 거는지를 눈치채지 못하고, 아무 데서나 하면 어때? 했다.

"당신 아파트에 있는 은행에서 환전했으면 VIP 대접받고 환율 우대받았을 텐데 준비성 없이 공항에서 비싸게 환전하는 바람에 얼마를 손해 본지 알아?"

"얼마나 손해 보는데?"

"공항이 1유로당 최소 7, 8원은 더 비싸요. 당신 바가지 썼어. 대학 교수씩이나 했던 사람이 그것도 몰라?"

아내가 꽉 신경질을 내며 소리쳤다.

김길수는 아내의 지청구를 들으며, 세상물정도 모르고 크게 손해를 본 것 같아 아내에게 미안했다. 대학교수까지 했던 사람이 그런 것도 몰랐던 것 같아 창피해서 고개를 들 수가 없었다.

김길수는 저만치 도망쳐서 손해 본 액수를 계산해 봤다. 1유로에 크게 잡아 10원을 손해 봤다고 치면 500유로를 바꿨으니 겨우 5천원 손해 봤다. 겨우 5천원 손해 본 걸 가지고 이렇게 창피를 줘?

김길수는 순간 불쾌하여 아내와 여행을 때려치웠으면 했으나, 이미 수속이 다 끝난 뒤라 입맛만 다셨다.

김길수가 대학교수 출신이라는 것을 알게 된 일행은 그들 부부를 깍 듯이 대해 줬다. 장거리 이동하는 버스 속에서 군것질을 챙겨 줬고, 식 당에서 밑반찬도 나눠 줬다. 미리 군것질거리도 밑반찬도 준비하지 못 했던 그들 부부는 매번 얻어먹는 처지가 됐다. 평소 군것질을 거의 않 고 서양 음식에 익숙한 김길수는 그들의 친절이 불편했으나, 마냥 내칠 수만은 없어 받아 먹었다. 여행 3일째 저녁 식사 때, 김길수는 매번 얻 어먹기만 했던 것을 갚으려고 그룹 여행객이 앉은 세 테이블에 맥주 세 병씩을 돌렸다. 김길수가 가이드에게 맥주를 주문해 달라고 부탁하자 아내의 안색이 싹 바뀌었다. 그는 못 본 체했다. 식사를 마치고 방에 들 어서자마자 아내가 헤프게 돈을 쓴다고 막 투덜댔다. 김길수는 빚을 갚 으려고 겨우 30유로 정도 쓴 걸 가지고 아내가 헤프게 돈을 썼다고 시 비를 하자, 꽉 화가 났다. 김길수는 그럼 매일 얻어먹기만 해? 하고 화 를 되돌려줬다. 아내는 이런 헤픈 남편 따라 어떻게 여행을 해? 맥주를 살 거면 자기한테 미리 말할 것이지, 자기 혼자만 인심 쓸 거야, 하며 투덜댔다. 내가 돈을 아끼지 않으면 어떻게 교수 박봉에 집을 장만하 고, 애들 교육시켰겠냐며, 요 근래 자주 듣는 공치사를, 김길수는 한 번 도 그 공치사에 동의한 적이 없다, 늘어놓으면 그를 긁었다. 김길수는 옆방에 그들의 대화가 다 들릴 것 같아 입을 다물었다.

유럽여행을 하는 동안 김길수는 여러 차례 얼토당토않은 아내의 구 박에 시달리며 다시는 아내와 여행을 하지 않겠다고 다짐했었다.

오늘이 남편의 7순인 것을 뻔히 알 텐데, 캄보디아로 여행을 떠난 아내는 전화 한 통도 없다. 오전에 딸이 엄마가 여행 다녀와서 7순 가족 모임을 하자고 했는데, 저녁은 어떻게 하실 거냐고 물었다. 김길수는 친구들과 약속이 있다고 거짓말을 했다. 아들은 아예 전화도 없었다. 김길수는 그래도 칠순인데, 하며 섭섭해서 혼자라도 자축하려고 케이크를 사 들고 집에 들어왔다.

김길수는 어두컴컴한 벽을 보며, 생일 축하합니다, 생일 축하합니다, 하고 몇 번을 중얼거렸다. 노래 소리가 벽에 부딪혀 되돌아와서 가슴을 쳤다.
  '스쿠리지 영감도 아닌데 이 무슨 꼴? 내가 잘못 살았나?'
  그래도 대학에서 총장은 못했지만 대학원장까지 했고 원로 대접을 받으며 괜찮게 지냈다. 고향에서는 입지전적인 존재로 존경받는다. 어쩌다가 마누라한테 이렇게 홀대받는 처지가 됐을까? 젊은 아내와 살면서 크게 바람피운 일도 없는데…, 참 샌프란시스코에서 딱 한 번 바람을 피운 일이 있다. 아내는 젊었을 때 당한 괄시를 늙어가며 되갚는다!

김길수는 샌프란시스코에서 열린 학회에서 논문을 발표했다. 뒷좌석에 옛 제자가 앉아 있었다. 어떻게 알고 왔는지는 모르지만 반가웠다. 그녀는 김 교수의 지도로 석사를 하고, 유학을 간 남편을 따라서 미국으로 갔다. 그 후 소식이 없었는데 옛 스승이 발표하는 자리에 참석했다.
  발표가 끝나자마자 그녀가 은사에게 다가왔다. 선생님 발표도 끝났는데 샌프란시스코 근교 구경하시겠어요? 했다. 오후에 딴 일정이 없던 김길수는 좋다고 했다. 그녀는 그를 차에 태우고 라파밸리로 달렸다. 라파밸리는 캘리포니아 산 포도주 산지다. 두 사람은 여러 포도주 양조장을 들르며 거저 주는 포도주를 시음했다. 열 곳도 더 들렀다. 밖이 어두워지기 시작했다. 거저 맛만 본 포도주에 둘 다 취했다. 그녀는 술이 올라 운전이 어렵다며, 차에서 좀 쉬다 가자고 했다. 그가 좋다고 하자, 그녀는 차를 맥도날드 주차장 한쪽 구석에 세웠다. 알코올에 맛이 간 두 사람은 스승이 사온 햄버거와 음료수를 먹고 마시며 히히 호호거리며 애인처럼 다정하게 떠들다가 깜박 잠이 들었다. 스승은 추위에 잠이 깼다. 밖이 어두웠다. 가로등 불빛이 졸고 있었다. 스승은 팔짱을 끼고 손바닥으로 팔을 문지르며 옆자리를 봤다. 제자는 운전석 차 등받이를 뒤로 젖히고 팔짱을 꼭 끼고 곤히 잠들어 있었다. 스승은 언뜻 시계를 봤다. 새벽 두시. 24시간 영업을 하는 맥도날드 주차장도 한가했다. 스승은 연신 손바닥으로 팔을 문지르며 제자를 깨울까 망설였다. 희미한 불빛 아래 잠든 젊은 여인이 아름다웠다. 스승은 고개를 숙여 멍청히 그녀를 내려다봤다. 제자가 추워요, 하며 스승을 껴안았다. 둘은 꼭 껴안고 체온을 주고받으며 추위를 쫓았다. 스승은 전신에 열기가 휘돌았다. 제자를 껴안은 팔에 힘이 들어갔다. 제자의 팔에서도 힘이 느껴졌다. 얼굴과 얼굴이 맞닿고 입술과 입술이 맞닿았다. 제자는 자는 척하며 스승의 침입을 받아줬다.

어설프게 성교를 마친 스승은 제자에게 미안했다. 제자는 앞만 보고 운전해서 스승을 호텔까지 태워다 줬다.

여제자는 선생님과 아름다운 추억이었어요, 하는 메일과 함께 첨부로 사진을 보내줬다. 김길수는 사진을 보며 어이없던 순간을 떠올리며 실실 웃었다. 아내가 거실에서 전화 왔다고 소리쳤다.

김길수는 컴퓨터를 켜놓은 채 거실로 나가 집 전화를 받았다. 특강을 부탁하는 전화였다. 아내가 커피 잔을 치우려 서재에 들어갔다가 컴퓨터 화면에 뜬 사진을 보았다. 술에 취한 남녀가 팔짱을 끼고 찍은 사진이었다. 아내는 남편이 전화를 끊자마자 남편을 끌고 서재로 들어가서, 컴퓨터 화면을 가리키며 저 여자 누구냐, 아름다운 추억이 뭐냐고 따졌다. 김길수는 마지막 고비를 넘은 장면은 빼고 대수롭지 않다는 투로 사실대로 말해줬다.

그 후 아내는 여제자를 여사무원과 함께 남편의 애인의 반열에 올려놓고 심심하면 씹었다.

김길수는 저녁은 케이크로 때울까, 하며 냉장고에서 우유를 꺼냈다. 그 때 집 전화가 울렸다. 김길수는 받지 않았다. 한참 벨이 울리더니 멈췄다. 다시 울렸다. 김길수는 받지 않았다. 그의 이동전화가 노래했다. 화면에 '아내'가 떴다. 김길수는 화면을 문질렀다.

"당신 지금 어디 있어?"

아내가 추궁하는 투로 물었다.

"저녁 먹고 집에 들어가는 중이야."

김길수는 퉁명스럽게 대답했다.

"그래? 나는 애인하고 생일 파티하는 줄 알았지. 앙코르와트 참 좋은데 당신 못 와서 억울하겠다. 바티칸 성당보다 더 웅장하다."

"설마."

"진짜야. 지금 집에 들어간다고? 알았어. 사진 잘 찍어갈게. 그럼."

마누라가 달칵 전화를 끊었다.

김길수는 마누라가 애인 운운하며 생일 축하한다는 말 한 마디도 없이 전화를 끊자 서운했다. 김길수는 이동전화를 식탁 위에 휙 던졌다.

김길수는 불도 켜지 않고 식탁에 앉아서 이 무슨 꼴, 하며 한참 속을 썩이다가, 우유를 벌컥벌컥 마시며, 무심한 여편네랑 이혼해 버릴까, 했다.

문득 담배 생각이 간절히 났다. 담배를 잡고 피우던 검지와 장지가 간지러웠다. 입안에 침이 가득 고였다. 이 더러운 기분을 담배 연기로라도 날리고 싶었다.

김길수는 2년째 금연 중이다. 집안에 담배가 있을 리가 없다.

김길수는 담배를 사러 상가로 가다가, 아니, 안 되지, 하며 멈칫 섰다. 상가 옆 어린이 놀이터에서 아이들이 떠드는 소리가 들렸다. 김길수는 아이들이 노는 거라도 보려고 놀이터로 갔다. 그가 놀이터에 다가가자 엄마들이 더 놀겠다는 아이들을 끌고 놀이터를 떠났다. 놀이터에는 그네를 타는 아이와 그네를 미는 할아버지만 남았다. 김길수는 시소의 중심부에 앉아 그네를 타는 아이와 할아버지를 멍하니 쳐다봤다.

할아버지는 늦었으니 그만 집에 가자고 했고, 아이는 더 타고 가자고 했다. 할아버지가 그럼 열 번만 더 타고 가자고 했다. 아이는 심드렁하게 그래, 했다. 할아버지가 힘껏 그네를 밀며 하나, 하고 셌다. 아이가 그네를 공중으로 휙 밀어 올리며 신이 나서 하나, 했다. 아홉, 아홉 반, 반에 반, 반에 반에 반을 되풀이하다가 아이가 마지못해 그네에서 내려왔다. 아이는 반의반을 셀 때와는 달리 순순히 할아버지를 따라갔다.

가로등이 텅 빈 놀이터를 황량하게 비추었다. 김길수는 시소 한 쪽 끝에 서서 두 손으로 시소를 힘껏 눌렀다. 시소 반대쪽이 쓱 올라왔다가 쿵, 하고 떨어졌다. 김길수는 하늘을 올려다보고 이빨을 딱딱 부딪치며 같은 동작을 몇 번 반복하다가 집으로 갔다.

그의 집, 303호에 불빛이 보였다!

분명 전등불을 끈 채 식탁에 앉아 있다가 나왔는데 불이 켜져 있다!

김길수는 순간, 마누라가 나 놀려주려고 캄보디아에 가지 않고 딸네 집에 가 있다가 전화로 내가 집에 들어가는 것을 확인하고 살짝 집에 먼저 온 건 아닌가, 하는 생각이 들었다. 울컥 반가움이 일었다.

김길수는 부리나케 집으로 가다가, 아니 그럴 리가 없지. 내가 불을 켜놓고 나왔겠지, 하며 걸음을 늦췄다. 가슴이 푹 꺼졌다.

김길수는 현관문을 열고 들어섰다.

딸이 거실에서, 아빠 지금 오세요? 했다. 할아버지를 부르며 외손자가 달려왔다.

김길수는 번쩍 외손자를 들어올렸다.

"엄마가 지금쯤 아빠가 집에 들어오실 시간이 됐다며, 케이크라도 하나 사 가지고 가라고 해서 왔어요."

딸이 집에 온 경위를 설명했다. 할아버지의 품에서 빠져 나간 초등학교 1학년 외손자가 할아버지 생일 선물, 하며 도화지를 내밀었다.

도화지에 큰 비행기를 그렸다. 파란색을 칠했다. 비행기 위쪽에 할아버지, 아래쪽에 생일 축하합니다, 고 삐뚤삐뚤 썼다.

김길수는 외손자의 생일 선물을 내려다보며 가슴이 먹먹했다.

"아빠 누구 배웅하고 오는 길이세요? 식탁에 보니 케이크 있던데."

딸이 물었다. 김길수는 대답할 말이 궁했다. 혼자 케이크를 사서 생일 파티를 했다고 할 수는 없었다.

딸이 지 엄마한테, 케이크 사 가지고 집에 갔더니, 아빠가 누구랑 파티하고, 배웅 나갔다 오시던데, 하고 보고할 거고, 아내는 틀림없이, 나 여행간 사이 애인 불러다가 집에서 둘이서 한갓지게 생일 파티했지? 하고 따질 거다. 김길수는 딸에게 혼자 생일 파티를 했다고 할 수도, 그렇다고 식탁에 케이크가 있었다는 말을 엄마에게 고자질하지 말라고 사정할 수도 없었다.

딸은 아빠 저녁 드셨어요? 묻지도 않고, 아들 손을 잡고 어색한 표정을 지우지 않고 현관문을 나갔다.

김길수는 이 상황을 어떻게 마누라한테 설명할까 궁리하다가, 요새는 오래 살아 이생에서 업보를 다 이생에서 갚고 간다고 한 선배 교수의 말을 떠올리며 허허 웃었다.

'젊었을 때 잘해 줄 걸, 이 나이에 이혼할 수는 없는데…'

인연

/

나는 아침을 빵과 우유로 대강 때우고, 옷을 챙겨 입고, 막장 드라마를 보다가, 티브이 화면 우측 상단에 표시되는 숫자가 7:59에서 8:00로 바뀌자 소파에서 벌떡 일어나 산책을 나섰다.

우리 아파트 단지에서 15분쯤 걸어가면 야트막한 동산을 가운데 두고 조성한 행복공원이 나온다. 동산을 빙 둘러 구불구불하고 길쭉한 타원형 산책로가 조성되어 있다. 둘레는 1,012m, 매 200m마다 거리표시가 있다. 산책로의 반은 황토, 반은 우레탄으로 포장했다. 구청에서 공원을 반으로 나눠 2년에 걸쳐 정비 사업을 하면서, 첫해에는 산책로 절반에 깔렸던 우레탄을 걷어내고 황토로, 다음 해에는 나머지 절반을 새 우레탄으로 바꿨다.

나는 매일 행복공원 산책로를 여섯 바퀴씩 돈다.

나는 태어난 지 겨우 반세기를 막 넘기고 벌써 인생의 제2막과 제3막의 갈림길에서 어정거리고 있다. 솔직히 나는, 50대 초반에 실업자가 됐다고 하기 싫어, 반세기니 제2막이니 제3막이니 하는 화사한 용어를 쓰며 자기 합리화를 하고 있다.

내 인생의 제1막은 괜찮은 편이었다. 서울에 있는 대학을 다녔고, 꿈을 안고 미국 명문대학에 유학까지 갔다. 그런데 유학을 가서 일이 좀 꼬였다. 세계 여러 나라에서 한 가락 한다는 인재들이 그 명문대학으로 막 모여들었다. 나는 고3 때보다 더 열심이었는데도 상대평가로 받은 학점이 나빴다. 나는 그런 학점으로는 학위 받기가 어렵다는 충고를 듣고, 경쟁이 덜 치열한 대학으로 옮겼다. 옮긴 대학에서 3년 반을 버둥거리며 겨우 석사를 했다. 3년 반이면 머리 좋은 놈들은 박사까지 하고도 남을 시간이다. 나는 인정사정 봐주지 않는 미국 대학에서 박사는 어렵다고 지레 포기하고 귀국했다.

그래도 미국 석사학위를 들고 귀국한 덕에 내 인생의 제2막은 괜찮게 풀렸다. 국책연구소의 정규직 연구원으로 취직됐고, 약대 출신과 결혼했고, 두 자녀를 뒀다.

내 직속상관인 본부장이 연구비를 막 빼 먹는 것을 묵인해 주다가, 공범으로 몰려 덤터기를 쓰고, 일신상 사정으로 그만 둔다고 사표를 썼다.

권고사직을 당한 후, 나는 월급쟁이를 계속해 보려고, 아는 사람을 찾고, 여기저기 이력서를 냈다. 솔직히 연구소라는 온실에서만 살아온 나는 제3의 인생을 열 방법을 몰랐다. 나는 지금 당장 나를 부르는 곳은 없으나 상사를 감싸주다가 쫓겨난 의리(?)의 사나이를 누군가 챙겨줄 거라 믿고 기웃거리며 어정거리고 있다. 다행히 약사 마누라 덕에 먹고 사는 문제는 해결된다.

출근할 데가 없어 빈둥거리다 보니 온몸에 덕지덕지 게으름이 기생했고, 허벅지 살이 뱃살로 옮겨갔다. 나는 부름에 즉각 응할 수 있는 건강을 유지해야겠다고 생각하고 아침 출근 시간에 맞춰 규칙적으로 산책을 했다. 비가 오나 눈이 오나 공원을 돌며 세월을 낚았다.

산책길에 많은 사람들이 나를 스쳐 지나간다.

말없는 노부부, 할머니가 반 발쯤 뒤처져 할아버지를 따라간다. 계절을 모르는지 항상 두터운 옷차림.

병약한 할머니. 간병인의 부축을 받으며 공원 광장에서 걸음마 연습을 한다. 30m도 못 걷고 쉰다.

나와 반대방향으로 도는 50대 여인. 염주를 굴리며 불경을 외운다. 공원을 돌 때마다 서너 번은 스친다. 전혀 관심이 가지 않는다.

노숙자. 수건으로 얼굴을 덮고 내가 마지막 바퀴를 돌 때까지 벤치에 누워서 잔다. 그는 전철역 계단에서 구걸한다.

아파트 상가에 있는 은행 여직원. 20대로 예쁘장하다. 그녀는 은행 고객인 나를 못 본 체한다.

얼굴이 달걀같이 둥근 30대 후반의 여인. 거의 매일, 첫 바퀴를 돌며 황톳길과 우레탄길 경계 근처에서 스친다. 몇 달을 지나치다가 보니 눈길이 갔고, 달님이라고 별명을 붙여줬다.

개를 모시고 산책하는 여인들. 한 손에 용변을 치울 검은 색 비닐봉지를 들고 있다. 용변을 주워 담는 광경을 자주 보며 부모가 아파 누워 있으면 며칠이나 저렇게 수발을 들까 했다.

배드민턴을 치는 여인들. 날씨만 좋으면 꼭 나온다.

그리고 또, ……, 또, …, 산책 중에 옷깃을 스치는 인연들은 참 많다.

나는 한 번도 그들에게 인사를 하려고 한 적이 없고, 그들도 마찬가지다. 옷깃을 스치는 인연은 그냥 스쳐가는 인연일 뿐 우리는 남남이다.

달님은 공원 입구 쪽으로 입을 벌린 전철역 3번 출구 쪽에서 와서 우리 아파트 쪽으로 간다. 그녀의 얼굴은 달을 희화한 만화 속의 여주인공같이 참 재미있게 생겼다. 동그란 판위에 눈과 코를 붙이고 입술을 그려 넣은 것 같다. 귀는 긴 머리칼에 가려서 없다. 여러 달 거의 매일, 좀 재미있게 생겼네, 하며 지나치다 보니, 나도 모르게 그녀에게 관심이 커져 갔다. 아, 저기 온다. 오늘은 공치나? 하며, 스침이 기다려졌다.

달님은 항상 평범한 옷을 입고, 화장한 표도 나지 않는다. 걸음이 빠르다. 9시 출근 시간에 맞춰 오는 것 같은데, 우리 아파트 상가에는 회사가 없고, 상가는 10시에나 문을 연다. 그녀가 어디로 그렇게 일찍 출근하는지 짐작할 수가 없다.

달님의 모습이 자주 다르게 보인다. 초승달이 됐다가 보름달이 되는 것은 아니지만. 어느 날은 얼굴이 환하게 피어나서 판위에 엉성하게 붙여놓은 눈 코 입이 그런대로 조화를 이루며 매력이 있다가 어느 날은 구름이 잔뜩 낀 것같이 어둡고 그로테스크하다.

어느 날은 안아줄 만한 몸매인데 어느 날은 퍼져 보인다. 어느 날은 젊게 보이다가 어느 날은 나이 들어 보인다.

달님은 항상 그녀 그대로인데 내 기분에 따라 그녀가 매력적이게도 그로테스크하게도 보이는 걸까? 아님 그녀가 바뀌는 걸까?

행복공원의 야트막한 소나무 숲 동산 동편 끝자락에 광장을 조성하고 분수대를 설치하고, '비상'이라는 제목의 뾰족탑을 세워 났다. 시계탑도 서 있다. 동산 정상에 정자가 있다. 우리 아파트 쪽 도로에서 우레탄 산책로로 들어서면 은행나무가 좌우에 줄을 섰다. 동산을 끼고 벚나무, 개나리, 진달래길로 이어지며, 황톳길이 나온다. 황톳길 좌우에 무궁화나무가 늘어섰다. 동산 끝자락에 라일락과 모과나무를 심어놨다. 소, 굴참, 느티, 튤립, 측백, …, 나무가 뒤섞인 숲 샛길을 가다 보면 전철역으로 가는 갈림길이 나온다. 샛길을 따라 조금 더 가면 광장이 나온다. 광장을 지나면 6차선 도로와 나란히 조성한 산책길로 이어진다.

두 줄로 선 플라타너스가 하늘을 가리며 도로와 경계를 나눈다. 잔디 광장, 정원도 조성해 놨다.

　새해가 열렸으나, 내 상태는 바뀐 것이 없다. 어정쩡한 채 그대로다.
　밤사이 묵은해의 은원을 다 덮으려는 듯 큰 눈이 내렸다. 부지런한 누군가가 산책로에 쌓인 눈을 밀어내고 사람이 다닐 만큼 길을 터놨다.
　나는 눈이 녹는 몇 시간만이라도 치우지 말고 그대로 두지, 낭만도 모르나, 하고 투덜대며, 갓길에 쌓아 놓은 눈을 밟고 걸었다. 내 등산화 자국이 나를 죽 따라왔다. 저만치 달님이 다가왔다.
　여러 날을 못 봤던 터라 반가웠다. 나는 문득 새해도 됐고, 일 년 가까이 만났으니, 남자인 내가 먼저 인사를 해야겠지, 했다.
　유학 시절, 미국 사람들은 길에서 지나치며 처음 보는 나에게 자연스럽게 하이, 하고 인사를 해 왔었다. 동양예의지국에서 자란 나는 처음에는 그런 친절이 어색했었으나 곧 익숙해져서 내가 먼저 인사를 던졌었다.
　나는 다가오는 달님에게 고개를 끄덕하며, "안녕하세요?" 했다.
　머플러를 턱까지 가린 달님이 눈을 동그랗게 뜨고 나를 빤히 쳐다보며 눈꺼풀을 두어 번 끔벅거리더니 고개를 확 돌리고 내 옆을 스쳐 지나갔다. 나는 멋쩍고 후회스러웠다. 나는 여기가 미국이 아닌 서울인데 공연히 아는 체했네, 하며 발로 눈덩이를 탁 찼다. 무안함을 찼다. 눈 몇 송이가 푸르르 날아갔다.

　신정을 지난 후 며칠 만에 그녀가 산책로에 나타났다. 나는 그녀를 힐끗 쳐다보고 못 본 체했다. 그녀도 나를 외면했다.
　우리는 다음날도, 그 다음날도, 스쳐가며 의식적으로 꾸며서 무관심한 척하며 서로를 외면했다.

나는 아침 드라마를 보다가 티브이 화면 상단에 8:00이 뜨자 바로 산책을 나섰다. 2월 하순인데도 추웠다. 시계탑의 온도계가 며칠 째 0도 근처를 가리켰다.

나는 여섯 번째 바퀴를 돌다가, 언뜻 개나리 가지로 눈길이 갔다.

추위를 뚫고 꽃망울이 움텄다. 나는 가지마다 앙증스럽게 톡 솟아올라 붙어있는 꽃망울이 너무 신기했다. 나는 살짝 꽃망울을 건드리며, 이렇게 추운 날씨에도 계절이 바뀌는 것을 알아채고 새 생명을 밀어내는 자연의 섭리를 감탄하고 있다가 언뜻 달님이 오는 것이 보였다. 나는 이 늦은 시간에 웬일, 하며 그녀를 못 본 체했다.

"이런 추위에도 새싹이 나오지요?"

달님이 멈칫 서며 그녀를 못 본 체하는 나에게 말을 건넸다.

느닷없이 달님이 말을 걸어오자, 나는 멍해지며, "네?" 하고 잠시 눈알을 굴리다가, "그러네요" 했다.

달님은 입술 양끝을 위로 올리며 어색한 미소를 보내고, 고개를 까닥하고 지나쳐 갔다. 나는 어리둥절하며 빠른 걸음으로 멀어져가는 그녀의 뒷모습을 쳐다봤다.

그녀가 먼저 인사 건넨 지 일주일 만에 달님이 산책로에 나타났다. 며칠 동안 달님이 보이지 않아 궁금했던 나는 고개를 끄덕하며 달님에게 미소를 보냈다. 달님은 고개를 뻣뻣이 세우고 못 본 체하며 지나갔다. 나는 무안하여 허허, 하며 걸음을 빨리했다.

우리의 인연은 스쳐 지나가는 자리에 머문 채 세월이 흘러갔다.

2

나는 어설프게 반가부좌를 틀고 앉아서 기도하는 자세로 두 손을 모으고, 가볍게 눈을 감고, 천천히 하나 둘 셋 넷 다섯을 세며 숨을 들이 마셨다. 숨을 멈추고 열을 셌다. 다시 다섯까지 세며 숨을 내뱉었다. 참선을 시작하기 전 스님은 호흡이 중요하다고 강조하며, 할 수 있으면 5초간 숨을 들이쉬고, 10초간 숨을 멈추고, 5초간 숨을 내뱉어보라고 했다. 나는 숨을 멈추고 10초를 버티기가 힘들었다.

나는 옆자리의 수련생들은 제대로 하나 보려고 좌우를 둘러보았다. 수련복을 입은 선남선녀들이 가부좌를 틀기도 하고, 반가부좌를 틀기도 하고, 편안히 양반 다리를 하기도 하고 앉아서 두 눈을 감고 두 손을 모으고 미동도 않고 참선을 했다. 나는 수련생들이 제대로 호흡을 하는지 알 수가 없었다.

수련생들은 두 시간 전 이 절에서 만난 인연들로 1박 2일 템플스테이 과정이 끝나면 헤어질 사이다. 나는 인생의 제2막에 대한 미련을 털고 마음을 비우고 새 삶을 설계해 보려고 절에 왔다.

나는 다시 눈을 지그시 감고 단전에 정신을 모으려 했으나, 끊임없이 잡념이 머릿속을 왔다 갔다 했다.

사표를 내지 말고 버틸 걸, 본부장 탓으로 돌리고 결백을 주장할 걸, 하는 후회로 시작하여, 청와대에서 나를 알아보고 모시러 오지 않을까, 하는 몽상으로 이어졌다. 순간 고2때 친구들과 몰래 훔쳐봤던 정사 장면이 떠올랐다. 전신에 열기가 확 올랐다. 나는 고개를 흔들며 망상을 떨쳐내려 했다.

순간, 달님의 영상이 밀물처럼 밀려와서 눈꺼풀 앞에서 어른거렸다. 그리움을 담은 텔레파시가 그녀로부터 막 밀려오는 것 같았다. 제대로 인사한 적이 없고, 이름도 모르는 여자가 텔레파시를 보낸다고?

나는 이 무슨? 하며 고개를 흔들며 말도 안 되는 망상을 털어내려 했다. 내가 고개를 흔들자 달님의 환상이 더 강렬하게 파도처럼 밀려와서 나를 감쌌다.

달님이 나를 좋아하면서 무시하는 척했나? 바보같이 그것도 모르고.

남자답게 대쉬했어야지…. 템플스테이 마치고 서울 가면….

달님이 부조화한 얼굴에 어색한 미소를 띠고 눈앞에서 얼쩡거리다가, 살짝 내손을 잡고 내 이마에 키스했다. 내가 슬쩍 눈을 감자 입술에 키스했다. 나는 황홀한 키스의 환상에 빠져 입맛을 다셨다. 달님이 나를 꼭 껴안고 내 손을 그녀의 유방으로 끌어갔다. 나는 뭉클 하는 환상에 온몸이 오그라들었다. 하복부가 불뚝 일어서고 전신에 열기가 뻗쳤다. 나는 빛줄기처럼 뻗어오는 그녀의 텔레파시에 갇혀 휘청거리며, 나도 그녀를 향해 새빨간 텔레파시를 날려 보냈다. 내가 보낸 텔레파시가 천왕문을 넘지 못하고 옆으로 비껴가다가 다시 합쳐 그녀를 향해 날아 갔다. 내 텔레파시를 받은 그녀가 몸을 비틀며 신음하는 환영에 정신이 몽롱했다.

딱, 죽비소리가 났다. 나는 깜짝 놀라며 번뜩 눈을 떴다. 장대 두 개가 눈앞을 가로막고 서 있었다. 나는 혼비백산하여 눈을 들었다. 스님이 나를 빤히 내려다보고 있었다. 나는 스님이 내 파계를 다 알아채고 내 려다보는 것 같아 부끄럽고 창피했다. 나는 부처님의 집에서 저지른 마음 속의 파계를 숨기려고 얼른 눈을 감고, 조그맣게 '아제아제 바라아 제 바라승아제 모지 사바하'를 외웠다.

마음을 비우려고 절에 와서, 참선을 하며 이름도 모르는 여자와 육욕을 불태우는 망상에 빠져 허우적거리는 내가 너무나 황당했다.

'지금 뭐하는 거야?'

나는 호흡을 바로 잡고 단전에 정신을 모았다. 순간 그녀로부터 텔레파시가 밀물처럼 밀려왔다. 애타게 나를 처다보며 몸을 비트는 달님의 영상이 다가왔다. 나는 그녀의 영상에 휩싸여 정신이 흐릿해졌다. 전신에 불이 났다. 나는 최면에 걸린 듯 이름도 모르는 여자와 육욕을 불태우는 환상에 다시 빠져 허우적거리며 참선 시간을 다 보냈다.

저녁 공양을 할 때도 그녀의 영상이 나를 붙어 다녀, 나는 옆 자리에서 식사를 하는 여자 수련생들 보기가 민망했다. 그들이 나의 탈선을 눈치 채지 않았나, 하고 눈치가 보였다.

고개를 좌우로 돌리며 눈앞에 얼쩡거리는 달님의 환상을 피해 타종 행사를 구경했다. 그래도 예불시간에는 방석 위에 수련생용으로 놓아 둔 팸플릿을 보며 스님의 목탁 신호에 맞춰 절을 하며 헌향진언 등 경을 읽기 바빠 달님이 비집고 들어올 틈이 없었다.

구름이 잔뜩 끼어 쏟아지는 산사의 별을 볼 수가 없었다. 승방에 모기향을 켜놓고 누웠다. 개울물 흐르는 소리가 꼭 비오는 소리처럼 들렸다. 내 오른쪽 방에는 30대의 여인이 혼자 묵고 있고, 왼쪽 방에는 40대 후반의 여인이 대학교 저학년으로 보이는 두 딸과 함께 묵고 있다. 왼쪽 방에서 여인과 딸들이 도란도란 이야기하는 소리가 들렸다.

오른 쪽 방에서는 숨소리도 들리지 않았다. 나는 저 여자가 왜 혼자 왔을까, 잠자기도 이른데 말을 걸어볼까, 하다가 쓸데없는 잡념 털고 잠이나 자자며 전등을 껐다. 뜰과 도로에 켜놓은 전등 불빛에 방안이 희끄무레했다.

이제 취직은 틀렸고 뭘 할까, 생각을 굴리다가 문득 옆방 여자는 혼자 누워서 뭐하고 있을까, 하는 궁금증이 났다. 순간 달님의 얼굴이 스르르 떠올랐다. 달님이 그리움을 담은 텔레파시를 보내왔다. 나는 두 눈을 감고 달님의 영상과 대화를 나누며 줄거리를 만들어 갔다. 드라이브를 하고, 둔치에 차를 세워 놓고, 손을 맞잡고 한강변을 걷다가, 차로 돌아와서 진하게 페팅을 하고….

순간 나는 절간에 와서 이 무슨 해괴한, 하며 화들짝 놀라며 벌떡 일어나 앉았다. 나는 마음을 다잡으려고 방을 뛰쳐나가 탑돌이를 했다. 달님이 탑돌이를 하는 내 옆에 딱 달라붙어 같이 돌았다. 나는 끈질기게 달라붙는 그녀의 영상을 털지 못하고 그녀의 영상을 안고 방에 돌아왔다. 나는 달님과 진한 섹스를 하는 줄거리를 꾸며가며 수음을 하고서야 미혹에서 풀려났다. 나는 사정 후의 허탈감 속에 절간에 와서 이름도 모르는 여자를 마음 속으로 간음한 미망이 황당하여 허허 웃었다.

2년 가까이 눈만 마주치고 스쳐 지나가며 그녀에게 완전히 무시당한 것 같아 나도 모르게 무척 자존심이 상했던 모양이다. 상한 자존심이 그녀를 짓부수고 싶은 욕망으로 무의식의 세계 속에 커가며 잠복해 있다가 아내의 감시의 눈길이 닿지 않는 산사에 오자, 무의식 세계 속에 쌓였던 그녀를 향한 좌절감이 욕망으로 둔갑하여 내 영혼을 흔들며 한풀이를 하나 보다.

다음 날도 나는 달님의 영상에 묻혀 허우적거렸다. 아침 공양을 할 때도, 맨발로 전나무 숲을 거닐 때도, 울력을 할 때도, 틈만 나면 그녀의 영상이 내 눈 앞에서 어른거렸다. 짝사랑을 하다가 실연을 당한 소년보다 더 강하게 그녀를 향한 그리움에 시달렸다. 그녀도 나를 몹시 그리워하는 것 같은 망상에 빠져 허우적거렸다.

나는 이름도 모르는 여자를 향한 끈질긴 집착에 막 화가 났으나, 망상을 떨치질 못하고 제3의 인생을 어떻게 열 것인가, 하는 문제는 생각도 못해 보고 절을 나왔다. 운전대를 잡으며, 집까지 그녀의 망상이 따라오면 어쩌나 걱정됐으나, 고속도로를 마구 달리자 신기하게 그녀의 영상이 쫙 흩어졌다.

절에서 돌아온 다음날, 나는 산책을 하는 중에 달님을 만나는 것이 두려웠다. 마음 속으로 파계 간음한 그녀를 마주 볼 자신이 없었다. 나는 티브이 화면 상단의 숫자가 8:00로 바뀌는 것을 보고도 산책을 나서지 못하고 머뭇거렸다. 칼같이 시간을 지켜 산책을 나가던 내가 어정거리자 아내가 어디 아파, 했다. 나는 속으로 내가 뭘 잘못했지? 자문하며, 걱정스런 눈으로 나를 쳐다보는 아내에게 산책 간다, 큰 소리치고 현관을 나섰다.

　저만치서 달님이 다가왔다. 나는 샛길로 도망치고 싶은 것을 참고, 무관심한 척 가면을 쓰고 그녀에게 다가갔다. 회색 계통의 원피스를 입은 달님이 너무나 못생겼다. 키가 작고 뚱뚱해 보였다. 둥근 판 위에 붙여 놓은 눈, 코, 입이 제멋대로였다. 얼굴에 주근깨도 보였다. 나는 저렇게 못생긴 여자의 환상에 흐느적거렸던 바보 같은 나에게 막 화가 났다. 억울했다. 절에 머무는 동안 내내 저렇게 지지리도 못생긴 여자에게 빠져 허우적댔던 내가 부끄러웠다. 나는 꼭 사기를 당한 것 같았다. 황당했다.

　그 날 이후도 일상사로 달님과 조우했다. 그렇게도 못생기게 보였던 달님이 차차 평상시 모습으로 되돌아갔다. 달의 표면에 대충 배치해 놓은 이목구비가 어색함 속에 그런대로 조화를 찾았다. 달님은 그렇게 키가 작지도 않았고 뚱뚱하지도 않았다.

　나는 항상 그대로인 한 여인을 이렇게도 봤다가 저렇게도 보는 내 마음의 변덕이 우스웠다.

3

　옛 직장에서, 〈생명공학과 IT산업의 융합〉 연구과제 책임자가 되어 달라는 요청이 왔다. 계약기간은 1년, 별도로 연구실을 마련해 주겠다고 했다. 나는 기꺼이 수락했다.

　나는 일 년치 산책을 한꺼번에 다 몰아서 해치우는 기분으로 산책을 나섰다. 달님이 다가왔다. 나는 앞으로 1년간 달님을 만날 수 없다고 생각하니 살짝 아쉬웠다. 옷깃만 스쳐도 인연이라는데, 5백 생이나 인연을 쌓아야 옷깃을 스친다는데, 우리는 3년 가까이 눈길만 주고받으며 모른 체 그냥 스쳐 지나쳤다. 절간에서는 이름도 모르는 그녀를 마음 속으로 간음까지 했다.

달님은 흰 블라우스에 검정 치마를 입고 큼직한 핸드백을 어깨에 걸쳤다. 나는 앞으로 일 년, 아님, 평생 못 만날지도 모르는 달님에게 작별인사를 하고 싶었다.

"당분간 못 뵙겠네요."

나는 달님 앞에 멈춰 서서 불쑥 말을 던졌다.

"네?"

달님은 느닷없는 내 행동에 당황하는 것 같았다.

"담 주부터 한 일 년 못 뵐 것 같아 인사드립니다."

나는 어눌하게 말했다.

달님이 나를 빤히 보며, "연구소 다시 나가세요?" 했다.

나는 "네? 어떻게" 하며 말을 더듬거렸다.

달님은 내가 융합연구소에 다녔던 것을 알고 있었다.

달님은 고개를 까닥하며 미소를 보내고, 무심하게 나를 스쳐 지나갔다. 나는 뒤돌아서서 나를 알면서도 모른 체한 자존심 강한 여자의 뒷모습을 쳐다봤다. 그녀는 짧고 뭉툭한 다리로 자박자박 걸어갔다.

용역 기간 1년이 금세 지나갔다. 다시 화백이 된 나는 여전히 인생의 제3막을 여는 방향을 잡지 못하고 머뭇거렸다.

나는 당연히 아침 산책을 다시 시작했다. 달님이 산책로에 나타나지 않았다. 그 동안 직장을 옮겼나? 나는 달님의 출근시간이 바뀌었나, 하고 10분을 앞당겨 산책을 나섰다. 그녀를 만나지 못했다. 15분을 늦춰봤다. 그래도 그녀는 나타나지 않았다.

세월이 흘러갔다. 나는 차차 그녀를 조우할 거라는 기대를 접었다.

며칠 고향을 다녀온 나는 그 동안 거른 산책을 하고 난 후에 샤워를 하려고 집을 나섰다. 내가 며칠 동안 산책길을 비운 사이, 진달래 길을 현란하게 수놓았던 진달래꽃이 꽉 시들고 쭈그러들었다. 꽃이 떨어진 가지마다 간지럽고 앙증맞은 연초록 새잎들이 쏘옥 밀고 올라왔다.

나는 새잎을 손가락으로 살짝 건드려봤다. 갓난아이의 피부처럼 부드러운 촉감에 전율이 왔다.

나는 문득 등 뒤에 시선을 느끼며 고개를 돌렸다. 큰 가방을 걸쳐 멘 달님이 우리 아파트 쪽에서 다가왔다. 반가웠다. 나는 다가오는 달님을 빤히 쳐다보며, "아 안녕하세요?" 더듬거렸다.

달님이 멈칫 서며, "안녕하세요?" 답했다.

"어떻게 그 쪽에서."

"아, 학교에서 오는 길이에요. 한동안 박사님 죽 뵙지 못했네요."

나는 달님이 왜 나를 박사라고 부르지, 하며, "학교요? 오늘 일요일 인데" 했다.

"네, 일이 좀 있어서. 그럼."

달님이 고개를 까닥하고 나를 지나쳐 갔다. 나는 걸음을 빨리하여 달님과 어깨를 나란히 했다. 달님이 힐끗 나를 쳐다보고 보조를 맞춰줬다.

"저를 알고 계세요?"

나는 바보 같은 질문을 했다.

"네. 그게…, 실은 스승의 날 일일교사 오셨을 때 뵈었어요."

"그러셨어요? 그럼 아는 체 좀 하시지."

"쑥스러워서요. 특별히 할 말도 없고."

"그럼 돈수중학교, 아님 고등학교 선생님이세요?"

"네. 고등학교에서 수학을 가르쳐요."

나는 한 번도 달님이 선생님일 거라고 생각해 본 적이 없었다. 그녀의 외모는 좀 촌스럽고 어설프다. 그런데 그녀가 선생님이란다. 그것도 수학 선생님. 수학을 하는 사람은 머리가 무지 좋고, 성격이 날카롭고, 이지적일 거라 생각되는데, 그녀의 외모와는 한참 거리가 멀다. 남녀공학을 하는 돈수중고등학교는 우리 아파트 단지에서 1km도 더 떨어져 있다. 전철역에서는 2km가 훨씬 넘는다.

여자 선생님이 그렇게 먼 거리를 걸어서 출근하다니!

"요사이 통 못 뵈었는데."

"자가용으로 다녀요. 주중에 못 마친 일이 있어 출근하면서 마침 날씨도 좋고 하여 전철 타고 왔어요."

전철역으로 가는 갈림길이 나왔다. 그녀는 전철역 방향으로 갔고, 나는 산책로를 돌았다. 나는 달님의 이름도 묻지 못했다.

나는 집에 들어서자마자 입시준비를 하는 고3 아들 방으로 갔다.

"너희 학교 선생 중 얼굴이 달걀같이 둥글고 좀 어설프게 생긴 수학 선생 있냐?"

"네, 있어요. 생김새는 그래도 실력은 대단해요."

내가, "그 선생 이름이 뭐지?" 하고 묻자, 아들은, "그 선생, 이행순인데 이름은 왜요?" 했다.

나는 어물거리며 아들 방을 나왔다.

4

계절이 바뀌는 것을 알아채고 나무 잎들이 부지런히 노란 빨간색 물감을 들였다. 계절이 바뀌어 봐야 다를 것이 없는 나는 계절의 변화에 무덤덤했다.

진달래꽃이 질 무렵 몇 마디 말을 나누고 헤어졌던 달님은 그 후 공원에서 볼 수가 없었다.

간밤에 차가운 비를 맞으며 함빡 떨어진 은행나무 잎이 산책로를 노랗게 덮었다. 산책로 위에 지천으로 뒹구는 은행알이 역겹게 구린내를 풍겼다. 깔끔하게 차려입은 할머니가 은행알을 손가락으로 주워서 검은 비닐봉지에 담았다. 나는 괜찮게 사시는 분 같은데 뭐하려 냄새나는 은행알을 줍지, 그냥 사서 드시지, 하며 코를 찡그리고 은행알을 밟지 않으려고 조심하며 냄새나는 지뢰밭을 벗어났다.

산책길을 네 바퀴째 돌 때 빨간 입술이 다가왔다.
그녀는 며칠 전 처음 나를 스쳐 지나갔다. 첫눈에 그녀의 새빨간 입술만 눈에 팍 들어왔다. 큰 가슴이 위압적이었다. 나는 뭐 하는 여자가 저렇게 입술을 진하게 칠했지, 속으로 시비하며 그녀를 스쳐 지나갔다. 화장품 냄새가 확 풍겨왔다. 독한 향기에 저절로 눈살이 찌푸려졌다. 그녀가 지나간 길까지 화장품 냄새로 오염됐다. 나는 뭐하는 여자가 저렇게 진하게 향수를 뿌리고 다녀? 하며 뒤돌아보았다. 굽 높은 구두에 뿌리를 내린 날씬한 다리 위쪽에 투피스로 가린 탱탱한 엉덩이가 좌우로 춤을 췄다. 육감적이었다. 나는 저 여자한테 걸리면 죽겠네, 했다.
다음날도 거의 같은 시간에 그녀를 지나쳤다. 그녀는 전철역 쪽에서 왔다. 그녀의 빨간 입술 위에 날름한 코가 보였다. 나는 향수 냄새를 맡지 않으려고 호흡을 멈추며, 저 날름한 코는 오리지널일까, 성형일까, 했다. 그녀는 속눈썹도 붙이고 있었다.
그 다음 날도 그녀를 조우했다. 나는 그녀의 짙은 향기에 조금은 익숙해졌다. 빨간 입술이 나에게 살짝 미소를 보내며, "안녕하세요?" 인사를 걸어왔다. 그녀의 미소가 뇌쇄적이었다. 나는 아찔했다. "네" 하고 대답하고, 눈을 깜박이며, "안녕하세요?"라고 간신히 대답했다.
"이렇게 매일 뵙는데 서로 인사는 해야 할 것 같아서."
빨간 입술은 고개를 까닥하고 지나쳤다.
조우한 지 3일만에 인사를 받고 나는 한 방 먹은 기분이었다. 빨간 입술의 뇌쇄적인 화려한 미소가 눈앞에 어른거려 나는 어리벙벙한 채 산책로를 마저 돌았다.

나는 빨간 입술의 뇌쇄적인 잔상을 털어내지 못하고 현관에 들어섰다. 집안이 조용했다. 아들딸은 학교에 갔고, 아내는 약국에 갔다. 나는 화장실에서 손을 씻고, 약사인 아내는 외출했다 집에 들어오자마자 손을 씻지 않으면 잔소리가 길다. 부엌으로 갔다. 싱크대에 접시, 컵, 수저, 칼 등이 어지럽게 누워 있다. 나는 그릇을 수돗물로 대강 헹궈 식기세척기에 차곡차곡 넣고, 전원 스위치를 눌렀다. 나는 부엌을 말끔히 정리한 후 베란다로 나가 진공청소기를 들고 거실로 들어왔다. 나는 안방부터 거실, 부엌방까지 차례로 먼지를 제거했다. 진공청소기를 제자리에 가져다 두고 마른걸레질을 했다. 나는 재활용 쓰레기를 담은 봉투를 들고 쓰레기 수거장으로 가서 분리하여 버렸다.

집에 들어서자마자 옷을 훌훌 벗고 샤워를 했다. 나는 물기를 닦고, 수염을 깎고, 얼굴에 스킨과 로션을 바르고, 거실로 나와 소파에 비스듬히 앉아 탁자 위에 놓인 성경을 집어 들었다.

나는 집을 청소하고 몸을 씻은 후 탁자에 놓아둔 성경이나 불경 중 손에 잡히는 대로 집어 들고 몇 구절씩 읽는다.

혼자 돈을 벌어서 식구를 먹여 살리고, 아들딸 학비까지 대는 아내는 항상 바쁘다. 그러다보니 집안일은 내 차지가 되었다. 병원이 다섯 개나 있는 12층 빌딩 일층에서 약국을 하는 아내는 그 동안 죽 편하게 장사를 해 왔으나, 지난해 건물 3층에 약국 하나가 더 들어서자 사정이 달라졌다. 아내는 경쟁자가 생기기 전에는 병원이 문을 여는 오전 10시쯤 약국을 열고 병원이 문을 닫는 오후 6시 조금 지나면 문을 닫았다.

빌딩 내에 병원 세 개가 더 문을 열었다. 병원들이 고객에게 최상의

봉사를 제공하겠다며 아침 9시 반부터 밤 10시까지 일 년 365일 문을 열었다. 아내는 새로 생긴 약국한테 고객을 빼앗기지 않으려고 아침 일찍 약국을 열고 늦은 밤까지 버텼다. 아내는 근무시간이 훨씬 늘고, 빌딩에 병원이 세 개나 더 들어왔는데도, 수입은 반도 안 된다며 울상이다. 아내는 주말도 없이 약국에 나가더니, 3층 약국과 타협을 보고, 격주로 일요일은 쉰다. 나더러 셔터맨을 하라는 말은 없다.

아내는 내가 산책에서 돌아오는 것을 보고 집을 나갔었는데, 이젠 내가 집에 돌아오면 나가고 없다. 아내는 내 점심을 준비해 놓고 약국에 나갔었는데, 이젠 아예 설거지도 안 하고 출근한다. 딴방을 쓰는 우리 부부는 얼굴 볼 시간이 거의 없다.

나는 손에 잡히는 대로 성경이나 불경을 몇 구절 읽고, 소파에 비스듬히 누워 잠시 그 뜻을 새겨보다가 내 방으로 가서 컴퓨터를 켜고 내 일을 시작한다. 나는 이제 월급쟁이로 취직은 포기했다. 나는 30년 넘게 공들여 쌓아온 지식을 사장하는 것이 아까워서 IT, BT, NT의 융합을 주제로 한 전문서적을 쓰기로 했다. 우선 2년을 기한으로 자료를 모으고 있다.

혼자 점심을 해결하고, 아내에게 점심 값까지 달라고 할 수가 없어 외식은 거의 없다. 대학 도서관에 들려 자료를 찾고, 서점에도 들려 새로 나온 책을 뒤진다. 필요한 책을 찾으면 그 제목과 저자를 메모해 와서 인터넷으로 산다. 책값이 조금 절약된다.

나는 네 바퀴째 산책로를 돌며 거의 매일 빨간 입술을 만났다. 인사도 없이 지나치던 달님과는 달리 빨간 입술이 항상 먼저 인사를 해 왔다. 나는 그녀의 뇌쇄적인 미소와 말초신경까지 자극하는 진한 향기, 풍만한 육체에 뻑 가서, 그녀를 유혹해 봤으면 했다.

나는 빨간 입술과 엉키는 실없는 상상을 하며 산책로를 돌다가 집에

까지 그 상상을 달고 갈 때도 있다.

아파트 상가 2층 맨 끝, 구석 자리에서 영업을 하던 이발소가 젊은 손님을 미장원에 다 빼앗기고 고전하더니 폐업했다.

나는 머리 좀 깎으려고 남의 동네 이발소까지 갈 수는 없어 난생 처음 상가 2층 입구에 있는 미장원에 갔다.

나는 미장원 문 앞에서 잠시 망설이다가, 문을 밀고 들어서며 어색함을 감추려고 큰 소리로, "이발할 수 있어요?" 했다. 의자에 앉아 거울을 보고 있던 머리에 둥근 헬멧을 쓴 두 여자가 나를 쳐다봤다. 한 여자의 머리를 자르던 나이가 좀 들어 보이는 여자가 고개를 들고, "네. 저기 빈 의자에 앉으세요" 했다. 나는 여주인이 가리킨 의자에 앉았다. 여주인이, "미스 박 손님 오셨어" 하고 소리치자, 안쪽에서 흰 가운을 걸친 여자가 나타났다. 순간 내 눈이 커졌다.

빨간 입술! 빨간 입술이, "어, 선생님 오셨어요?" 하며 반가워 했다.

나는 어리벙벙하게, "여기서 일하세요?" 했다.

"네. 모르셨어요? 저는 저쪽 이발소로 가시는 거 몇 번 봤는데."

나는 어색함을 감추려고 탁자 위에 놓인 여성잡지를 집어 들었다.

빨간 입술이 앞치마를 걸쳐주며, "어떻게 잘라 드릴까요?" 했다. 나는 조금은 익숙해진 화장품 냄새를 맡으며, "알아서 해 주세요" 했다. 잡지를 펼 틈이 없었다.

빨간 입술이 잡지를 가로채서 탁자 위에 놓았다. 나는 손님이 보려고 든 잡지를 말도 없이 빼앗아가자 기분이 상했다.

거울을 통해 빨간 입술이 이발하는 광경이 보였다. 그녀는 빗으로 머리칼을 가지런히 하여 검지와 장지 사이에 몇 올씩 끼고 머리칼 끝을 가지런히 잘랐다. 요쪽 저쪽으로 머리를 살피며 균형을 맞춰 머리칼을 잘랐다. 거울 속의 그녀의 표정이 진지했다. 나는 거울 속의 그녀를 힐곳 쳐다보고, 거울 속에서라도 눈이 마주치지 않으려고 시선을 돌렸다. 가위질을 마친 그녀는 바리캉을 들고 뒷머리부터 정성껏 다듬었다. 그녀는 눈을 동그랗게 뜨고 예술 작품을 다듬듯 정성을 쏟아 머리칼을 다듬었다. 공원에서 봤던 뇌쇄적인 모습과는 딴판이다.

이발소보다 이발하는 시간이 두 배도 더 걸렸다. 나는 이렇게 정성껏 깎아주니 미장원으로 이발을 하러 오는구나, 했다. 이발을 하며 그녀의 손이 얼굴 목과 머리를 스쳤다. 차갑고 매끈한 대리석이 닿는 기분이었다. 요금이 이발소보다 두 배도 더 비쌌다. 나는 비싼 이발 요금에 기분이 잡쳤다. 아내가 이렇게 비싼 이발을 한 것을 알면 짜증을 낼 것 같았다. 빨간 입술은 돈을 받으며, "이제 이발하러 꼭 이리로 오세요. 잘해 드릴게요" 했다. 비싼 돈을 받고 "잘해 드릴게요" 하는 말이, 창부가 손님을 끄는 유혹처럼 들려 기분이 별로였다.

빨간 입술은 매일 스쳐가며 인사를 했다. 비싼 이발 값 때문인지, 미용사의 뇌쇄적인 미소가 손님을 끄는 수단으로 보여서인지, 그녀가 천박하게 보였다. 빨간 입술의 꾸며서 보여주는 애교가 올곧게 앞만 보고 걷던 수학선생님을 떠오르게 했다.

5

아파트 현관 입구에 걸린 벽보판에 매달 구청에서 여는 교양강좌 안내문이 붙어 있었다. 나는 구청에서 여는 강좌가 그렇고 그렇겠지 하며 가볍게 여기고 안내문을 별로 봤었는데, 언뜻 강사의 이름이 눈에 꽂혔다.

제목: 수학과 문명. 강사 이행순(돈수고등학교 교감)

어, 달님이 강의하네, 언제 교감이 됐지? 보기보다 나이가 많은 모양이네. 제목이 재밌는데 들으러 갈까? 담 주 화요일, 오후 다섯 시. 여성회관 강당.

　나는 스마트폰에 일정을 저장했다.

　나는 버스에서 내려 꽃샘추위에 어깨를 움츠리고 여성회관 건물에
들어서며 스마트폰을 보았다. 오후 4:50 강당의 맨 앞 몇 자리만 비어
있었다. 나는 앞에서 두 번째 줄 가운데 자리에 앉았다.

　5시 정각, 달님이 근무복을 입은 남자의 안내를 받으며 무대 뒤에서
나왔다. 청중들이 박수를 쳤다. 나도 따라서 쳤다. 달님은 평소대로 흰
블라우스에 검정치마를 입었다. 특별히 화장한 티도 나지 않았다. 근무
복이 강사를 소개했다. 달님은 내 대학 동문이었다. 나는 달님의 출신
학교를 들으며 기분이 묘했다. 그녀는 석사까지 했다.

　달님은 강단 옆에 비켜서서 깍듯이 인사를 하고 강단으로 가서 마이
크의 높이를 조정했다. 전혀 쫄린 기색이 없었다.

　"안녕하십니까? 돈수고등학교에 근무하는 이행순입니다. 원래 강의
제목을 그냥 수학 이야기로 하려고 했었는데, 주최 측에서 좀 그럴 듯
한 제목을 붙여달라고 하여 '수학과 문명' 이라는 거창한 제목을 붙였
습니다. 제목에 너무 구애받지 마시고 가볍게 제 강의를 들어주세요."

　달님은 단하를 죽 돌아보며 깍듯이 고개를 숙였다. 그녀는 앞자리에
앉은 나를 알아봤는지 내 앞에서 잠시 시선이 멈추고 눈을 꿈벅했다.

　"우리는 수학과 더불어 살고 있으며, 인류 문명의 발달은 수학의 발
달과 궤를 같이 하고 있습니다. 수학의 발달사는 곧 문명의 발달사입니
다. 수학의 발달사를 더듬어 보는 것으로 오늘 제 강의를 열겠습니다.
그럼 한 3만년 전으로 거슬러 올라가 볼까요? 그 때 수학을 제일 잘했
던 우리 조상님은 몇까지 셀 수 있었을까요?"

　그녀는 청중을 죽 둘러보며 눈으로 물었다. 둘까지 셀 수 있었다는
답이 나왔고, 그래도 열까지는 셌을 거라는 답도 나왔다.

"그때 수학을 제일 잘 했던 우리 조상님은 둘까지는 셀 수 있었습니다. 하나 둘을 넘으면 그냥 많다였습니다."

달님은 어색한 미소를 띠고, 양팔을 앞으로 쭉 뻗어 손가락을 접으며 하나 둘을 셌다. 그녀의 어색한 표정이 오히려 꾸밈새 없고 진지하게 보였다. 몇몇 청중이 강사를 따라서 손가락으로 숫자를 세며 웃었다.

달님은 우리 옛 조상들은 손가락 발가락으로 숫자를 셌으며, 막대기, 밧줄 매듭, 조약돌, 조가비 등으로 숫자를 표시했다고 소개했다.

달님은 약 2,500년 전으로 역사를 당겨와, 희랍의 철학자겸 수학자 피타고라스를 소개했다.

"피타고라스는 수를 만물의 근원이라고 여겼으며, 만물의 형성은 수 또는 수의 배열로 봤습니다. 만물이 조화를 이루는 것은 수적으로 조화를 이루기 때문이라고 했지요. 플라톤은 기하학을 모르는 자는 그의 학원에 들어오지 말라고 할 정도로 수학을 중시했습니다. 그 당시 수학은 학문의 꽃이었으며, 여러분은 고등학교 시절 그리스 수학자 유크리트가 완성한 기하학을 배우셨을 겁니다. 수학을 바탕으로 한 그리스의 과학과 철학이 서양 문명의 기초가 된 것은 다 알고 계시리라 믿습니다."

나는 진지하게 강의하는 달님을 올려다보며 평소 그녀에게서 느꼈던 어설프고 어색한 분위기는 전혀 느낄 수가 없었다.

"영은 인도에서 처음 사용했는데 영, 제로는 인류가 발견한 것 중 가장 위대한 발견 중 하나입니다."

달님은 오른손 엄지와 검지로 0을 만들어 흔들었다.

"영은 철학적으로 무, 비존재와 존재, 색과 공의 교차점, 죽음과 삶의 분기점을 나타내는 숫자입니다. 인도인들이 0을 처음 발견할 수 있었던 것은 공 개념을 바탕으로 하는 불교, 힌두교 등 인도의 종교적 사상과 깊은 관계가 있지 않나 생각됩니다. 영을 발견한 인도인들은 3세기경에 벌써 지금 우리가 쓰는 십진법, 0에서 9까지 아라비아 숫자를 썼습니다."

달님은 잠시 말을 멈추고 청중을 죽 둘러봤다. 나는 달님이 나를 유심히 쳐다보는 것 같아 눈을 내리깔았다.

"아랍인들이 서양에 영과 십진법을 전파했는데, 9세기 경 인도에서 영의 개념과 십진법 표기법을 배워서 쓰다가, 11세기에 유럽에 전해 줬습니다. 영이 유럽에 전해졌을 때 당시 로마교황은 영을 요물스런 숫자라고 하여 사용을 금지시켰습니다."

"강사님께서 인도에서 십진법을 처음 썼다고 하시면서 왜 아라비아 숫자라고 하십니까?"

맨 앞줄에 앉은 머리가 허연 할아버지가 손을 번쩍 들고 물었다.

"그것은 십진법이 아랍을 거쳐 유럽으로 넘어갔기 때문입니다. 인도 사람들한테는 억울한 일이나, 세계 문명의 중심이 수백 년 전부터 동양에서 서양으로 옮겨 가서 모든 역사가 서양사람 위주로 기술되었기 때문입니다. 중국학자들은 약 2,600년 전부터 중국에서 이미 십진법을 알고 있었다고 합니다만, 본격적으로 사용한 것은 8세기부터로 아랍인들보다는 빠르지요. 만일 우리가 아리비아 숫자라고 하는 십진법 숫자가 없었다면 현대 문명은 어떻게 됐을까요?"

청중들은 눈을 말똥말똥 뜨고 강사를 쳐다봤다.

"숫자를 한자나 라틴어로 쓴다든지, 아님 우리 한글로 하나, 둘, 천, 만, 이렇게 써야 한다면 얼마나 비효율적입니까? 제가 단언하건대 지금 같은 현대문명은 없었을 겁니다."

이공계인 나는 달님의 설명에 적극 동조하며 고개를 끄덕였다.

달님은 고대로부터 현대에 이르기까지 수학의 발달사를 죽 설명하며 수학의 발달이 우리 문명과 문화를 어떻게 이끌어 왔는지 설명했다. 달님은 뉴턴은 자연의 법칙을 수식으로 간결하게 표현하여 물리학의 기초를 닦았을 뿐만 아니라, 라이프니치와 거의 동시에 개발한 미적분은 인공위성, 발전소, 항공기 및 조선뿐만 아니라 최첨단 현대 문명의 이기의 출현을 가능케 했다고 강조했다.

나는 달님의 강의를 들으며, 꼭 스님의 설법을 듣는 것 같은 기분이 들었다.

"좀 지루하셨을 텐데, 보통 우리는 4는 죽음, 7은 행운의 숫자라고 하지요. 우리는 보통 수를 단순히 양적인 크기를 나타내는 것으로만 여깁니다만, 수는 상징적인 의미로도 중요한 의미를 내포합니다. 좀 지루하셨을 텐데 잠깐 쉬어가는 의미에서 제가 생각하는 수의 상징적 의미를 말씀드릴까요?"

달님이 단하를 죽 둘러보았다.

"0의 의미는 좀 전에 말씀드렸고, 일, 하나부터 볼까요. 1은 모든 것의 시작이며 가능성의 출발점입니다. 신, 창조자이며, 기하학적으로는 점이지요. 2는 이원성의 시작입니다. 남녀, 음양, 밤낮 등 대립하는 한 쌍으로, 기하학적으로 선입니다. 3은 다양성의 시작으로 창조의 힘인 영을 상징하며, 기하학적으로는 면입니다. 삼위일체, 천지인의 합일을 나타내기도 하지요. 4는 우리 몸을 상징합니다. 우리나라에서는 한자의 死(사)와 발음이 같다고 하여 죽음을 의미한다고 하지만, 그것은 좀 엉뚱한 비교지요. 3과 4가 합쳐지면 영과 육이 합쳐져 7일, 일주일이 되며, 3×4는 영과 몸이 상승작용을 하여 순환하는 12월, 일 년이 됩니다. 우리나라에서 제일 많이 믿는 종교인 불교와 기독교에서는 10과 12를 중요한 숫자로 여기는데, 부처님은 10대 제자를 두셨고, 예수님은 열두 제자를 두셨습니다. 10은 1+2+3+4의 합으로 모든 것을 포괄하는 완성과 신성을 의미합니다. 12는 열두 달, 완전한 순환이며, 정신계와 물질계가 상승작용을 하는 우주의 질서 자체입니다. 불교에서 열 가지로 분류한 가르침을 자주 볼 수 있습니다. 십주품, 십행품, 십회향품, 십지품, 십통품 등등 이루 헤아릴 수가 없어요. 성경은 열두 제자 중 한 제자가 배반하여 열한 제자만 남게 되자, 바울을 사도로 받아들여 열두 제자를 채웠습니다."

많은 청중들이 고개를 주억거리며 동조했으나, 몇몇은 고개를 흔들며 아니라고 표시했다. 나는 달님이 말하는 숫자의 상징적 의미가 내가 생각하는 것과 다른 점도 있었으나, 그렇게도 말할 수 있겠네, 했다. 나는 바울을 예수의 열두 번째 제자라는 강변을 들으며 미소를 삼갔다.

달님은 3, 7, 40 등 성경과 불경에 자주 나오는 숫자의 사례를 열거하고, 숫자는 미신적인 의미도 있지만 우리 일상생활뿐만 아니라 종교와도 밀접한 관계가 있다고 결론을 내렸다.

"다른 종교와 비교하여 불경에는 정말 엄청나게 큰 숫자가 나옵니다. 금강경에 항하의 모래와 같다는 말이 여러 번 나옵니다. 나유타, 불가사의, 무량대수 등도 불경에 자주 등장하는 수입니다. 그 수가 얼마나 큰지 짐작되세요?"

달님이 강당을 죽 둘러보자, 청중들은 눈만 멀뚱거렸다.

"항하사를 수학자들이 계산해 보니 무려 10의 52승이랍니다. 10의 52승이면, 조에 조를 곱하고, 또 조를 곱하고, 또 조를 곱하고, 다시 만을 곱한 큰 수입니다. 지금 이 강당 안에 물질을 구성하는 최소 단위인 원자가 몇 개나 들어 있을까요?"

강사의 엉뚱한 질문에 청중들은 멍한 표정으로 강사를 올려다봤다.

"이 강당 안에 청중 약 500명, 의자 500여 개, 그리고 이 방을 둘러싼 벽과 벽에 간힌 공기가 있습니다. 그런 것들을 구성하는 원자의 수를 합치면 대략 10의 28승 개 내지 29승 개입니다. 10의 28승은, 조에 조를 곱하고 또 만을 곱한 만큼의 큰 숫자입니다만, 항하사와 그 크기를 비교하면 이 큰 지구와 깨알을 비교하는 정도입니다. 우리는 자주 불가사의라는 말을 쓰는데 불가사의는 항하사의 일조 배나 되는 큰 숫잡니다. 불교에서는 영, 즉 공과, 무량대수 무한대를 포괄하며, 현대 문명을 탄

생시킨 수학적 도구인 미적분의 개념인 무한소와 무한대를 다 아우르고 있습니다."

달님은 수학이 자연법칙을 가장 간략하게 표현하는 수단으로, 논리적인 사고 능력을 제고하며, 수학 그 자체만으로도 인류의 사고 능력을 최고조로 높이는 학문이며, 인류문명을 이끌어가는 가장 필수적인 학문이라고 역설했다.

"강의를 마칠 시간이 다 됐네요. 마지막으로 수학을 시로 승화시킨 시 한두 편을 소개하고 강의를 마칠까 합니다. 방랑시인 김삿갓이 숫자를 이용한 풍자시를 써서 골탕을 먹인 사건은 잘 알려진 일이지요. 이 '십수하 삼십객 사십촌 오십식, 스무나무 아래 서러운 나그네 망할 놈의 집안에서 쉰밥을 먹네'는 너무나 잘 알려진 풍자시지요. 오늘 저는 일에서 십까지 수를 나열하여 농촌 풍경을 그림같이 묘사한 북송 시인 소옹 강절 님의 시와 우리나라 천재시인 이상의 시 오감도 중 제 4편, '환자의 용태에 관한 문제'를 예로 들까 합니다.

一去 二三里煙村 四五家 香臺 六七座 八九十 枝花

· 0987654321

0 · 987654321

· · · · · · · · · · · · · · · · · ·

진단 0 : 1

달님이 화면에 시 두 편을 띠웠다.

"첫 번째 시는 그냥 눈으로 보기만 해도 연기가 피어오르고 꽃이 피는 시골 풍경이 저절로 그려지지요."

달님이 말을 멈추고 잠시 뜸을 들였다. 나는 강절이 누군지는 몰랐지만, 한시를 보며 강사의 해석이 그럴 듯하다는 생각이 들었다.

"두 번째 시는 이상의 오감도 중 제 4편입니다만, 제1편, 13인의 아해가 어떻고 하는 시는 너무나 자주 인용되는 시라서 제쳐놓고 제 4편을 골라봤습니다."

수학 교사가 재기 넘치게 시를 추켜들자 청중들은 눈을 반짝이며 신기한 듯 숫자의 나열을 올려다봤다.

"이상은 건축공학도로 30대의 나이에 요절한 것은 다 아실 거고, 오감도를 신문에 연재할 때 일화는 제가 언급할 필요가 없을 것 같습니다. 제 4편 환자의 용태 원본은 숫자가 거꾸로 쓰여 있습니다만 제가 가진 컴퓨터로는 그렇게 그릴 수가 없어 바르게 썼습니다. 여고 때 이상의 시를 첨 대했는데, 솔직히 띄어쓰기도 안 됐고, 단락도 제 맘대로고, 꼭 미친 사람의 장난 같았습니다. 이런 시를 읊으며 뭐가 어떻고 하며 의미를 부여하는 선생님까지도 이상하게 보였어요. 실은 그 이상한 선생님은 저의 국어선생님이었는데, 참 멋지고 잘 생겼었지요. 선생님은 열세 아해가 어떻고, 하는 오감도를 칠판에 죽 적어놓고, 적는데 한참 걸렸어요. 그 시의 의미는 일제 식민지하에서 가치 상실의 절규라고 했습니다. 선생님은 신나게 해설을 하셨는데, 솔직히 저는 그 말씀을 받아들일 수가 없었어요. 오늘 강의를 준비하며, 오감도 중 어떤 시를 보여드릴까 하다가, 제4편, 지금 보고 계시는, '환자의 용태에 관한 문제'를 골랐어요. 평론가의 해설을 보고, 뭐라고 썼는지 짐작가세요? 평론가는 이 시가 이상의 일종의 오도송이라고 했어요. 기독교의 창조론과 구원론을 전면적으로 뒤엎은 거래요. 저는 그런 뜻을 가졌는지 잘 모르겠어요. 여러분은 어떻게 생각하세요?"

청중들은 고개를 젓기도 하고, 웃기도 했다.

"저는 이 선시를 보며 우주의 순환을 표현한 것이라고 느꼈어요. 불교의 육도 윤회 같은 마지막 구절 진단 0대 1은 인간을 우주의 일원으로 보고 아픈 것도 아프지 않은 것도 아니라는 불교 사상을 담은 것 같았어요. 불교 이야기만 하면 싫어하실 분도 계실 거고, 어쨌든 공학도였던 이상은 그가 표현하고자 했던 세계를 숫자로 단순화하여 표현했지요. 수로 시를 썼어요. 제 강의를 마무리하면서 시를 보여드린 것은, 수학은 과학의 도구일 뿐만 아니라, 시적 표현의 도구로도 쓸 수 있으며, 점이 모이면 선이 되고, 선이 모이면 면이 되고, 면이 모이면 부피가 되는, 개인이 모이면 집단이 되고, 집단이 모이면 국가가 되고, 국가가 모이면 지구촌이 되고, 별들이 모여 우주가 되는, 우리의 삶과 철학을 연결하는 연결고리입니다. 독일 수학자 바안은 하나님의 존재를 수학에서 찾았으며, 성 아우구스티누스는 하나님께서는 숫자의 크기와 무게를 가지고 세상을 만드셨다는 신앙고백까지 했습니다. 수학은 만물의 근원이며 우주의 토대로 수학의 발달이 없었다면 현대문명은 생각할 수도 없었다는 점을 다시 한 번 말씀을 드리며 제 강의를 마칩니다. 경청해 주셔서 감사합니다."

강사는 큰 박수를 받고 질의응답은 받지 않고 무대 뒤로 사라졌다. 나는 그녀가 사라진 쪽문을 쳐다보며 긴 설법을 들을 것 같은 기분이 들었다.

나는 썰물같이 빠져 나가는 청중들에 묻혀서 강당을 빠져 나오며 그냥 집으로 갈까 하다가, 숫자를 나열한 시를 선시라고 소개하며 멋지게 강의를 마무리한 대학 후배에게 치사를 하고 싶어 복도에서 달님을 기다렸다.

강의 시작 전에 강사를 소개했던 근무복과 또 한 사람, 그 윗사람으로 보이는 신사복이 달님을 앞뒤에서 모시고 강당 뒷문으로 나왔다. 나는 달님에게 다가갔다.

"집에 안 가셨어요?"

달님이 반가워했다.

"강의 잘 들었어요. 너무 좋았어요. 무료로 좋은 강의 들은 턱을 낼까 하고…."

나는 달님 곁에 서 있는 두 남자를 힐끗 쳐다보며 말했다.

"오늘은 이분들이 저녁을 산대요. 박사님한테 오늘 얻어먹은 것으로 하고 다음에 제가 살게요."

달님이 얼굴을 살짝 붉혔다. 미소를 짓는 입술 양쪽 끝이 위로 살짝 올라갔다. 오늘도 어색하게 보였다.

"그래요? 그럼 다음에 봬요."

나는 내가 박사가 아니라고 하려다가 그냥 물러났다.

나는 버스를 타고 집에 오며, 다음에 살게요, 했던 달님의 수표를 입 치레로 간주하고 훅 불어서 창밖으로 날려 버렸으나, 그래도, 하는 미련은 버리지 못했다.

산책로 위 하늘을 뒤덮은 짙푸른 이파리들이 실바람에 흔들거리며 햇빛에 반사되어 은빛으로 반짝였다. 7년을 기다리다가 세상 빛을 본 매미들이 파도타기를 하며 합창을 이어갔다. 나는 등산 모자로 부채질을 하며 산책로를 걷다가 문득 달님이 다가오는 것 같은 느낌이 들어 표현할 수 없는 기대로 가슴이 설레었다. 커브를 막 돌자 푸름 속에 달님이 다가왔다. 나는 숨이 콱 막혔다. 우리는 우레탄길과 황톳길이 만나는 선에서 만났다.

"여전히 산책하시네요. 이 길로 오면 만나 뵐 수 있을 것 같았어요. 제가 모신다는 거…."

달님이 어색하게 미소 지으며 수줍게 나를 쳐다봤다.

"그거…."

나는, 제가 모실게요, 하는 말이 바로 나오지 않아 어물거렸다.

달님이, "내일 저녁 어때요?" 선수를 쳤다.

나는 콩닥 뛰는 가슴을 숨기려고 보라색 무궁화 꽃을 쳐다보며, "내일 좋아요. 제가 모실게요" 했다.

달님이 단호하게, "그건 안 돼요. 제가 모실게요" 했다.

"내일 저녁 6시 반 한식집 정토에서 뵈요. 동방역 3번 출구로 나오시면 바로 골목이 있고 큰 길에서 간판이 보여요."

달님은 내 답도 듣지 않고 고개를 까딱하고 내 곁을 스쳐 지나갔다.

토속음식점 정토는 손님으로 가득했다. 4인석, 6인석 좌석을 얇은 칸막이로 나눠놨다. 달님은 입구에서 빤히 보이는 4인석 자리를 차지하고 나를 기다렸다.

"이 집 손님이 많아서 예약을 잘 안 받아줘요. 그래서 좀 일찍 와서 자리를 잡았어요."

내가 다가가자 달님은 자리에서 일어서는 척하다가 다시 앉았다.

"그러심 6시에 만나자고 하시지. 몇 년간 만났는데, 그게 만난 건지 아닌지 잘 모르지만, 이렇게 같이 자리를 하게 되었네요."

"그거야 당연히 만난 거지요. 속으로는 서로 인사했잖아요?"

"그랬었나요?"

"당연히 그랬지요. 선남자 선여자가 매일 스쳐 지나가면서 서로를 의식 안 했다는 건 거짓이지요."

"정말 그러네요. 실은 선생님을 뵐 때마다 달님이 온다고 했거든요."

"달님이요? 왜 하필 달님일까?"

"그건 비밀이에요."

"치, 별게 다 비밀이다. 혹시 막대 같은 보살이라고는 생각지 않았어요?"

달님은 나를 보고 싱긋 웃고, 차를 따르는 여종업원에게 모듬전을 주문하며, 곡주 한잔 하시겠어요? 했다. 내가 좋다고 하자, 그녀는 동동주를 주문했다.

"막대 같은 보살? 그럼 나는 보살도를 닦으러 보살행을 하는 선재동자겠네요?"

"어떻게 선재동자를 다 아세요?"

"화엄장경에 나오잖아요. 오대산 가면 선재길이 있고."

"그 방대한 화엄장경을 다 보셨어요?"

"봤다기보다는…, 너무 비슷한 구절이 많이 나오고 복잡해요."

"화엄경에 대한 공학박사의 의견을 듣고 싶어요. 어느 절에 다니세요?"

"저 불교 신자 아닌데. 그냥 취미로 읽어요. 다 읽으면 말씀드릴게요."

"취미로? 좋은 취미시다. 저는 어려서부터 엄마 손잡고 절에 다녔어요. 다 읽고 꼭 들려줘요."

"그럼 또 만나야겠네요."

"이제 우리 인연이 막 싹 트기 시작했어요. 박사님은 인연에 대하여 어떻게 생각하세요?"

"있다고도 생각해요. 과학적인 입장에서 보면 인과법칙인데…."

"인과법칙? 우리가 이렇게 만난 것은 어떤 인의 과일까요?"

"그게…."

나는 대답할 말이 생각나지 않았다.

달님이 단정적으로, "전세, 아님 훨씬 그 이전부터 어떤 인연이 있었을 거예요" 했다.

"그렇겠지요? 그래도 수학 선생님과 공학도가 전세가 어떻고 하니 안 어울리는 것 같네요. 그런데 그렇게 인연을 생각하시는 분이 산책길에서 만났을 때 왜 모른 척하셨어요?"

"선생님도 마찬가지셨잖아요? 실은 선생님과 매일 스쳐 지나가며, 그냥 스쳐 갈 인연인지, 아님 인연을 깊이 할 사이인지 판단이 서지 않았어요."

"편미방보다 더 어렵다. 그럼 오늘 저녁은 왜 사시지요?"

"우린 같은 눈으로 같은 마음으로 볼 수 있다고 생각해서요."

"그럼 동종의 인간이란 뜻인가요?"

"그런 거 따지지 말고 이렇게 저녁자리까지 함께 했으니 그냥 곡주나 들며 나오는 대로 이야기해요."

막상 나오는 대로 이야기를 하려 하니, 현세에서 공간과 시간을 공유한 적이 거의 없었던 공학도와 수학자는, 둘 다 대화를 이끌어가는 재주가 없었다, 곧 대화의 밑천이 바닥났다.

간헐적으로 대화가 이어졌다 끊겼다 했다. 그러나 서로를 향한 끌림이 함께하는 시간을 지루하지 않게 했다. 둘은 대화의 공백을 부담 없이 소화하며 식사를 하고, 곡주를 마시고, 곡주의 힘을 빌려 신상을 조금 털어놓고, 녹차를 마시고 헤어졌다. 달님은 수학 선생님답게 자기 신상 이야기를 할 때도 절제 있게 했다.

그래도 나는 그녀가 대학 다니는 딸 하나를 키우는 이혼녀라는 것을, 딸 때문에 직장은 그만 둘 수 없지만, 은퇴하면 시골 가서 살고 싶어 하는 것을 알게 됐다.

나는 오늘 빚을 갚게 시간을 내주시라고 했다.

그녀는 이생에서 인연의 한을 남기면 내생까지 가지고 가야 하니, 그렇게 하기는 싫어요, 하면서 좋다고 했다. 나는 그녀와 다음 만남을 고대하며, 그녀의 선문답 같은 말이 인연의 농도를 진하게 하자는 것인지, 아닌지 헷갈렸다.

어느 하루

1

벽과 커튼에 갇힌 침실이 캄캄하다. 침실에 안주인, 채희의 코고는 소리만 한가하게 울린다. 현수는 살그머니 침대에서 빠져 나와 거실로 간다.

거실도 캄캄하다. 싸늘하다. 벽시계가 여섯시 반을 가리키고 있다. 현수가 매일 잠에서 깨어나 하루를 시작하는 시간이다.

현수는 오늘 할 일(!!!)이 있다. 오전 면회시간에 맞추어 뇌졸중으로 쓰러진 작은 아버지 병문안을 가고, 저녁에는 퇴행동기 신년회에 간다.

현수는 공복에 찬물이 건강에 좋다는 학설을 믿고 일어나자마자 보리차를 한 컵 마신다. 식도를 타고 위장까지 차가운 물줄기가 죽 이어진다. 현수는 현관문을 빠쯤이 열고 손을 뻗어 조간신문을 건져 올린다. '영어 잘하면 군대를 안 간다' 는 머리기사가 확 눈에 들어온다.

'영어를 잘하면 군대를 안 간다고? 신성한 병역의무를 한참 모독하네.'

고등학교만 나오면 누구나 영어로 소통할 수 있게 하겠다고 한 대통령 당선자 MB의 공약을 뒷받침하려는 과잉충성에서 나온 졸작?

직장을 다닐 때는 출근시간에 쫓겨 조간 머리기사만 대강대강 보았으나, 하루 놀고 하루 쉬는 한량이 된 지금 현수는 수십 페이지나 되는 신문을 한 장 한 장 넘기며 하루 24시간 중 한 시간 이상을 때운다.

현수는 사설까지 훑어보고 커튼을 연다. 하얗게 열린 세상 위로 함박눈이 내린다. 정원수가 흰 꽃을 하얗게 둘러쌌다.

이제 채희는 아예 현수의 아침을 챙겨주지 않는다. 현수는 전기밥솥에서 밥을 푸고, 어제 저녁에 먹다 남은 국을 데워 아침을 챙긴다. 다음은 산책을 나갈 차례다.

현수는 IMF 사태 후 명예퇴직을 했다. 건강을 지키려면 규칙적인 생활이 최고라는 선배들의 충고를 충실히 따르며 그는 벌써 10년째 아침식사 후에 한 시간 반씩 근린공원을 빙빙 돌며 인생을 관조하고 계절이 바뀌는 것을 느낀다.

현수는 오리털 잠바를 걸쳐 입고, 머플러로 목을 감싸고, 벙거지 모자로 귀를 덮고, 장갑을 끼고, 등산화를 챙겨 신고 현관문을 나선다.

잠옷 바람의 채희가 눈도 오는데 오늘은 쉬란다. 미끄러져 넘어져 뼈라도 부러지면 큰일이란다. 그녀는 나이 든 환자를 간호하려면 귀찮다는 말은 아낀다. 현수는 그녀의 말을 못들은 체한다.

현수는 하얀 길 위에 등산화 자국을 내며 공원길을 걷는다. 눈이 얼굴에 부딪히며 흰 꽃을 피우다가 녹아내린다. 콧물이 흘러나오고 재채기가 난다. 가슴을 채웠던 찌꺼기가 허공으로 날아간다. 라일락나무, 단풍나무, 소나무, ……, 우레탄을 깐 보도에 눈이 쌓인다.

노부부가 손을 잡고 아장아장 걸어간다. 부인은 끊임없이 조잘대고, 남편은 마스크를 쓴 얼굴을 끄덕인다.

안경을 쓴 젊은이가 핸드폰에 대고 소리를 지른다. 포근히 내리는 눈이 소리를 먹는다. 쫓기는 듯한 표정의 젊은이가 포근하고 한가한 주위로부터 외톨이가 된다.

공원 분수대 앞에 세워진 시계탑의 온도계는 영하 1도를 가리키는데, 눈이 내리는 공원은 춥지 않다.

현수는 눈을 맞으며 기분이 붕 떠서 미남배우 최무룡이 불러 히트를 쳤던 '눈이 내리는데'를 흥얼거린다.

눈은 내리는데 산에도 들에도 내리는데…….

'최무룡은 어디 있나? 살았나, 죽었나? 김지미는? 김지미도 70은 넘었겠네……. 나훈아랑 대전에서 사랑행각을 벌였을 때는 한참 나이였었는데……. 그 때는 나도….'

과거에 빠져 노래를 부르는 현수의 목소리가 높아진 모양이다. 학생복이 현수를 빤히 쳐다보며 지나간다. 현수는 고개를 돌리며 멋쩍음을 감춘다. 눈이 포근하게 추억을 감싼다.

잔디밭에서 남매가 눈을 굴린다. 현수가 공원을 두 바퀴째 돌 때는 그들이 없었는데 지금 막 나온 모양이다.

현수는 그 자리에 멈춰 서서 장갑 낀 손을 포켓에 밀어 넣고 한가하게 눈 덩이가 커지는 것을 본다. 오빠의 눈 덩이가 여동생의 눈 덩이보다 크다. 오빠의 눈 덩이가 몸뚱이가 되고, 여동생의 눈 덩이가 머리가 된다. 눈사람이 낙엽 눈을 달고, 나무 조각 코를 단다.

오리털 파카 위로 하얗게 눈이 쌓인다. 현수도 눈사람이 된다.

남매가 다시 눈을 굴린다. 눈사람 남매를 만들 모양이다.

나도 논에서 밭에서 눈사람을 만들었었는데……, 그때는 지금보다 훨씬 더 눈이 많이 오고 추웠었지……, 그때는…….

1943년 3월 26일

현수는 농부 김선일 씨와 이복녀 씨의 둘째 아들로 태어남.

6.25 사변 때

국민학교 저학년, 인민군이 산골 마을까지 밀려와 산속으로 피난을 갔고, 모기한테 물렸다.

1961년

공군사관학교에 지원. 형님 대학 뒤치다꺼리로 힘드신 부모님께 효도를 하고 싶었다. 담임선생님은 서울대를 보라고 했다. 공사에 1등으로 합격할 줄 알았는데 낙방. 한 번 실패로 자신을 잃고 서울대를 피했다. Y대에 입학, 아르바이트로 학비를 벌며 5년 만에 졸업.

1969년.

다섯 번째 고시에 불합격. 군대에 갔다. 나이가 많아 고문관 노릇을 했다.

1972년

제대, 작은 아버지 빽으로 은행에 취직.

1973년

채희와 행내(行內) 결혼. 그녀는 결혼식 1주일 전에 은행을 사직.

1974년 첫 딸, 1975년 둘째딸, 1977년 첫째 아들을 얻음.

1998년

달러($)가 달려 국가가 흔들거림. 지점장까지 하고 은행에서 명예퇴직을 당함. 한 번도 명예롭게 퇴직했다고 생각한 적이 없음.

2008년 1월 현재

9년이 넘도록 하루 놀고 하루 쉰다. 두 달만 지나면 지하철을 공짜로 탄다. 지난 토요일에 며느리를 얻었다. 아들은 태국으로 신혼여행을 떠났다.

눈발에 흩날리며 현수의 눈앞을 스쳐가는 그의 과거가 너무 단조롭다. 현수가 어렸을 때 그의 생일날은 공휴일이었다. 온 국민이 그의 생일을 축하해 주었다. 현수는 큰 인물이 되어 국민의 성원에 보답하겠다고 흰소리를 쳤다.

현수와 생일날이 같은 이승만 대통령이 하야하자 3월 26일은 공휴일에서 빠졌다. 온 국민의 축복에 보답하겠다던 현수의 기개는 나이에 비례하며 퇴색해져 그는 소시민으로 60여 년을 살아왔다.

현수는 남매가 눈사람 남매를 만드는 것을 보다가 어깨에 쌓인 눈을 털어내며 집으로 간다.

"이렇게 눈이 오는데 가지 말랬더니 간 거야?"

발언권이 세진 채희가 그녀의 명을 어긴 현수를 추궁한다.

"눈이 오니 낭만적이던데."

"낭만? 당신 나이가 몇인데, 그러다 감기 들면 어떻게 하려고."

채희는 감기에 걸려 끙끙거리는 현수의 뒤치다꺼리가 귀찮아 잔소리를 하는 것일 게다.

"왜 나이 들면 낭만도 없나?"

"이렇게 눈도 오는데 오늘 꼭 병문안 가야 해?"

채희가 심란한 목소리로 본론을 꺼낸다.

"눈이 오면 언제 차타고 갈 건데."

어제 밤에 뇌졸중으로 쓰러진 작은아버지 병문안을 가기로 합의했었는데, 눈이 오는 것을 보고 그녀의 마음이 흔들리는 모양이다.

"그래도⋯⋯."

"준비해. 곧 떠나야 돼. 면회시간 맞춰 가야 하니."

현수는 목청을 높여 말하고 샤워를 하러 목욕탕으로 들어간다.

2

눈도 내리니 전철을 타고 병원에 가자는 현수의 말에 채희는 쉽게 동의하며 우산을 챙겨 들고 나선다.

눈과 비가 뒤섞여 휘날려 우산을 받았는데 아랫도리가 다 젖는다.

채희가 자가용으로 가자고 한다.

"나더러 집까지 가서 자동차를 끌고 오라고?"

현수가 투덜댄다.

"그럼 택시 타. 두 사람 전철 값 2,200원이니 조금만 더 보태면 택시 타잖아."

은행에 다녔던 채희가 계산서를 내민다. 택시를 탄다.

"요즘 장사 잘 돼요?"

멍하니 눈비가 내리는 창밖을 내다보던 현수가 60대 초반으로 보이는 기사에게 묻는다.

"영 안 돼요. 명박이 대통령 뽑으면 좀 나아질까 했는데 더 나빠졌어요. 도덕적으로 형편없지만 뽑았더니."

"아직 취임도 안 했어요."

"싹을 보면 알지. 뭐 중고등학교에서 영어로 교육을 한다고? 미친놈들! 멀쩡한 우리 말 놔두고 왜 영어로 해요? 학교 선생들 60%가 반대예요. 과외가 없어진다고? 당장 내 손자부터 과외 시켜야 하는데 돈이 어디 있어요? 영어 잘 하면 군대 안 간다니 돈 있는 집 애들은 초등학교부터 미국 보내서 영어 가르칠 거 아니요? 왜 온 국민이 영어를 다 잘 해야 해요? 나같이 택시 해 먹고 사는 사람이 영어 잘 해서 뭐 해요. 내 친구가 불란서 갔다 와서 이야기하는데 불란서에서는 영어를 알아도 잘 안 쓰고 자기 말 사랑한다는데 미국 놈들 똥이나 빨아먹을 건가?"

기사가 흥분하며 분통을 터트린다.

"여론을 봐서 바꾸겠지요."

현수가 기사를 누그러트린다.

"의견 들어서요? 다 틀린 것 같아요. 명박이가 박정희하고 정주영이한테 독재하는 것만 배웠잖아요? 지가 최고인 줄 알고. 대운하 밀어붙이는 것 봐요. 국민들이 안 된다고 하는데. 찍을 놈 없어서 명박이 찍었더니……, 이번 총선에서는 견제세력을 줘야 해요."

택시 기사들은 민심을 대변한다는데, 취임도 하기 전에 이렇게 난도질을 당하다니, 앞으로 5년이 걱정된다.

"12시 됐는데 뉴스나 들읍시다."

현수는 기사의 험한 입을 막으려 라디오를 틀라고 한다.

첫 번째 뉴스는 삼성 특검, 두 번째 뉴스는 이명박 특검이다.

대한민국에서 제일 부자와 제일 끗발이 좋은 대통령 당선인을 일반 검사도 아닌 특별 검사가 뒤를 파고 있다. 코미디다. 코멘트할 말이 없다.

언제 와도 종합병원은 항상 붐빈다. 정말 아픈 사람들이 많은 모양이다. 현수는 붐비는 병원 로비를 지나며 맹장을 수술하러 병원을 찾은이래 입원을 한 적이 없는 건강한 신체를 물려준 부모에게 감사하는 마음이다.

현수는 구내매점에서 과일 종합세트를 산다. 채희가 옆에 붙어 서서 뭐 그렇게 비싼 것을 사느냐고 좋알거린다.

작은 아버지는 은퇴하실 나이가 훌쩍 넘은 80을 넘어서까지 일을 하시다가 젊은 노조위원장의 막말을 듣고 쓰러지셔서 석 달째 입원중이시다. 지난 해 병실을 찾았을 때 작은 아버지는 나를 알아보지도 못하셨다.

현수는 작은 어머니가 새로 옮겼다고 알려준 병실 입구에 여섯 명의 환자 이름이 나열된 것을 보고 잠시 망설이다가 그 이름 중에 작은 아버지 이름을 확인하고 조심스럽게 문을 열고 안으로 들어선다. 병실에는 침대가 가득하다. 어리둥절한 표정으로 서 있는 현수를 작은 어머니가 과일 바구니를 받으며 "어서 와" 하며 형식적으로 반긴다.

"응 심심하시다고 하시어 6인실로 옮겼어."

80이 넘도록 아들에게 경영권을 넘기지 않고 돈을 버신 작은 아버지를 입원비 아끼려고 보험에서 입원비가 해결되는 6인실로 옮긴 가족들의 처사가 이해되지 않아 이맛살을 찌푸리고 서 있는 현수의 표정을 읽고 작은 어머니가 해명을 한다.

"잘 하셨습니다. 독실에 계시면 누군가 옆에서 돌보아야 할 테니…"

현수는 간병인을 백 명은 더 써도 남아돌아갈 재산을 벌어놨는데, 그 돈은 누구에게 선심을 쓰려고 자린고비 노릇을 하는지 이해를 할 수가 없었으나, 듣기 좋은 말로 어색한 분위기를 얼버무린다.

현수를 알아본 작은 아버지는 얼굴 표정을 바꾸며 손을 들려고 애를 쓰신다. 현수는 그의 손을 꼭 잡아 드린다. 작은 아버지의 입술은 움직였으나 말이 나오지 않는다.

"매일 하루에 두 시간씩 재활 훈련을 받고 계시나 아직 혼자 기동도 못해서. 이렇게 친척이나 친구가 오면 말을 하려고 애쓰는데 말도 안 나오고."

작은 어머니는 남의 말하듯 하신다.

"그러시다 답답하면 엉엉 우는 시늉을 해. 어찌 안 그러시겠어. 평생 큰 소리 치시며 사셨는데 저렇게 누워만 계시니……. 내 정신 봐. 뭐 마실 거야?"

"괜찮아요."

작은 어머니는 미니 냉장고에서 홍삼 디를 꺼내 주신다.

"말은 알아들으시지요?"

현수는 홍삼 디 뚜껑을 따지 않은 채 만지작거린다.

"듣기는 하시는 것 같아. 말을 못하니……. 이제 나이도 드시고 하여 더 호전되기는 어려울 거야. 이렇게 사시다 가시는 거지."

작은 어머니는 환자를 앞에 놓고 막말을 한다. 평생 남편에게 눌려 지내던 한풀이를 하는 것 같다.

현수는 작은 어머니의 하소연에 장단을 맞출 수도 없고, 작은 아버지를 위로할 말도 찾지 못한다.

"진작 큰애한테 물려주고 여행이나 다니자고 했더니, 아직 젊다고 큰소리치며 우기더니 노조 친구들이 와서 막말하는 것 못 참고 쓰러지셨잖아. 영감이 욕심이 너무 많아서."

작은 아버지는 옛날 염파 장군은 80에 전장에서 큰 공을 세웠다며 은퇴를 거부했었다.

작은 아버지는 몇 번씩 고시에 낙방을 한 현수에게 남자가 뜻을 세웠으면 밀어붙이라고 격려하며 용돈을 주셨고, 군대를 제대하고 재도전을 포기한 그를 아쉬워하시면서 은행에 넣어주셨다.

말하기를 포기한 작은 아버지는 작은 어머니의 험구를 외면하고 눈을 감고 반듯이 누우신다. 눈가로 눈물이 흘러 나온다. 현수는 가슴이 욱하고 울리며 울컥 눈물이 나려 한다. 짓누르는 무거운 분위기를 벗어나고 싶어 채희가 그만 가자고 눈짓을 한다. 채희의 마음이 이해되면서도 현수는 날개를 잃은 독수리를 팽개치려는 세상 인심이 너무 얄팍하게 느껴져 절로 한숨이 나온다.

현수는 이렇게라도 사는 것이 나은 건지 그냥 꽉 죽어버리는 것이 좋은 건지 해답이 없는 명제를 붙잡고 축 처진 기분으로 작은 아버지를 내려다보다가 위로의 말 한 마디도 못하고 병실을 나선다.

"작은 아버지 정말 안 됐지? 우리 손자나 보러 가지."

병원을 나서며 현수는 생기 넘치는 손자라도 안고 축 처진 기분을 달래고 싶다.

"안 돼. 병원 와서 바이러스 묻은 손으로 손자를 안으려고?"

채희가 단호하게 반대한다.

"손 씻으면 되지."

현수가 우긴다.

만 두 살이 갓 넘은 외손자와 씨름을 하던 딸이 반긴다.

손자는 장난감을 꺼내 마루에 늘어놓으며 하비(손자는 아직 '할아버지'를 발음하지 못한다)에게 자랑을 한다.

"하나 둘, 많다."

손자는 아직 둘 이상은 세지 못한다. 그냥 '많다'이다. 아프리카 흑인의 지능 수준이다. 내 핸드폰이 울리자 핸드폰을 달라고 떼를 쓴다. 핸드폰 번호를 마구 누르며 전화를 거는 시늉을 한다.

현수는 핸드폰을 빼앗는다. 손자는 빼앗기지 않으려고 저항한다.

"창호 유아원에 원어민 교사까지 있어."

딸이 엄마에게 자랑한다.

"뭐라고? 아직 할아버지도 못하는 애에게 영어를 가르친다고?"

현수가 발끈 소리를 지른다. 현수는 겨우 두 살 넘은 손자를 유아원에 보내는 딸의 사치가 마음에 들지 않는다.

"당신은 넘 세태를 몰라. 영어 못해 가지고 뭐해 먹으라고. 대통령도 영어 몰입교육 시킨다는데."

채희가 핀잔을 준다. 현수는 이맛살만 찌푸린다.

핸드폰을 뺏긴 손자가 부엌으로 가서 물주전자를 들고 온다. 마루에 물이 엎질러진다. 현수가 '누가 물을 흘렸어?' 묻자, 손자는 '엄마가' 하며 핑계를 댄다. 어린 손자가 벌써 자기 잘못을 남에게 떠넘긴다.

현수는 '니가 엎질렀잖아' 하고 바로 잡아준다. 손자가 삐져서 할머니에게 간다. 할머니는 미소로 손자의 잘못을 안아준다. 현수는 그런 손자가 귀엽다.

할 일이 없어진 현수는 소파에 아무렇게나 놓인 월간잡지를 집어 든다.

'YS, MB 당선을 그의 공으로' 제목이 눈을 끌어 그 페이지를 연다.

팔순잔치를 크게 벌린 김영삼 대통령은 MB가 대통령에 당선된 것이 그의 승리라고 자찬한다. 김대중, 노무현은 나쁜 놈이고, IMF는 소수당을 이끌던 김대중이 60% 책임이란다. MB 취임식 때 인간도 아닌 노무현이랑 악수를 할 것인지 고민이란다.

IMF 때 YS는 분명 원내 다수당 당수에 대통령이었는데 그의 잘못은 40%?

잘못을 떠넘기는 모습이 전혀 귀엽지 않다.

3

현수는 시간에 맞춰 퇴행동기 모임 장소인 두부마을에 들어선다. 나이 들어 육류는 몸에 좋지 않다며 정기 모임장소를 두부집으로 정했다. 육류보다는 가격이 저렴하여 회비 2만원만 내면 음식과 술을 실컷 먹고 마시고 그래도 회비가 남아 연말 망년회 때는 돈을 걷지 않는다.

눈이 와서인지 행우들이 절반도 안 왔다. 오늘도 화제는 상류사회의 상징(?)인 골프로 시작한다.

"저녁은 조 회장이 사라."

퇴직 후 공인중개사 자격증을 따고 부동산 중개업을 하는 이선행이 은행 재직 때 사놓은 빌딩 임대료로 윤택하게 사는 조철호를 손가락으로 가리키며 말한다.

"무슨 일인데?"

은행 다닐 때 벌어놓은 돈으로 매주 두세 번 이상 골프를 나가는 김희창이 묻는다.

"지난번 곤명으로 우리 행우회에서 골프 모임 갔었는데 조 회장 부부가 우승했다."

"운이 좋았지. 내가 잘 친 게 아니라 다른 친구들이 못 친 거야. 7라운드 평균 73타를 쳤는데 우승이라니."

조철호가 그의 실력을 은근히 과시한다.

"그랬어? 당연히 니가 저녁 사야지."

김희창이 보챈다.

"오늘은 신년회니 회비에서 먹고 다음 달 내가 사지."

조철호가 한 발 뺀다.

"다음 달? 그때는 내가 서울에 없는데."

김희창이 이의를 단다.

"어디 가는데?"

이선행이 묻는다.

"후쿠오카에 2주간 예약했다."

김희창이 은근히 자랑한다.

"너도 회원권 샀니?"

이선행이 말한다.

"응, 3년 전. 3백에 5년, 년 2개월 부킹."

"난 작년 말에 샀는데 5백 줬다. 2백 올랐지. 너도 골프장 입구에 호텔이 딸린 그 골프장이지?"

"응, 그게 호텔이냐? 그냥 골프장 손님 받는 숙소지."

"그래도 일주일에 두 번 셔틀버스를 내주잖아. 마을까지 다녀오라고."

"그렇게 시내에서 먼 골프장인 줄 알았으면 안 사는 건데. 사진만 보고 샀더니."

"나 최신 병기 하나 건졌지. 반발계수가 0.38이야. 규정보다 높지만 최소 10야드는 더 나간다."

조철호가 새로 산 드라이버를 자랑한다.

"그거 안 되잖아?"

"공식 시합은 안 되지만 우리 아마추어가 치는데."

세 사람은 대화를 완전히 독점하며 해외 원정골프에서 골프채로 화제를 옮긴다.

"야, 배부른 골프 이야기 치우고, 연말에 종부세들 어떻게 냈니?"

묵묵히 동동주를 마시고 있던 구대선이 화제를 바꾼다.

"그럭저럭. 그 바람에 연초에 해외여행 가려던 계획 취소했다."

현수가 대답한다.

"노무현이 덕분에 밀리언에어 된 것은 좋지만 수입도 없는 우리 노털들 어떻게 하라고. 재산이라고 딱 집 한 채뿐인데."

구대선이 한숨을 쉰다.

"그래도 너 명박이 찍었을 것 아냐? 종부세, 양도세 깎아줄 거라고."

김희창이 복장을 긁는다.

"그래 명박이 찍었다. 그런데 당선되자마자 오리발이야, 내년에나 보자고."

구대성이 얼굴을 붉힌다.

"이미 똥 눴잖아. 그 틈에 손학규가 치고 나오고, 2월 임시국회서 일가구 일 주택 양도세를 깎아주겠다고. 그러니 별 수 없이 인수위도 양도세는 손 좀 보겠다고 하잖아."

"정치하는 놈들 믿는 놈이 바보지. 표가 보이면 무슨 거짓말 못하니."

"명박이 연말까지 코스피 지수 3000까지 올린다고 큰소리 쳤는데 1700도 깨졌다. 정기예금에 넣어놓고 가늘게 먹는 건데 공연히 펀드에 투자했다 며칠 사이에 수천 날렸다."

"명박이 뭐 용빼는 재주 있나? 세계경제가 흔들거리는데."

"그래도 명박이 믿어보자. 나는 해 낼 거라고 믿는다."

"너나 믿어라. 너희들 영어 몰입교육이 뭐니?"

"잘 모른다. 몰입은 푹 빠지는 건데 영어에 푹 빠지면 세익스피어를 줄줄 외우는 거냐?"

"잘 모르겠어. 그런 어려운 얘기 치우고 채성이가 입원했다."

"어디 아파서?"

"전립선 수술했어."

"녀석 섹스를 주기적으로 하면 안 걸린다는데 금욕한 모양이지."

"너는 마누라랑 되니?"

"마누라가 나를 밀어낸다. 귀찮다고."

"그럼 어떻게 해결하니? 이 나이에 돈 주고 살 수는 없을 거고."

"애인을 만들어야지."

"우리 실업자, 뭐 보고 여자가 따르겠니?"

"그게 다 재주지."

"재주는? 젊은 여자가 나한테 붙겠어?"

"야, 우리나라 유부녀 몇 십 퍼센트가 남편 말고 애인이 있다는데 너는 그런 애인 하나 못 구하니?"

나이가 들어도 섹스 이야기는 여전히 인기다. 옛날 연애하던 이야기가 질펀하게 이어진다.

"뭐? 무슨 소리야? 죽었다고? 골프 치다가?"

조철호의 핸드폰을 받는 소리에 좌석이 조용해진다.

"오성병원? 응 19호실."

조철호가 핸드폰 뚜껑을 덮는다.

"무슨 전화야?"

이선행이 묻는다.

"박찬수가 죽었어."

"박찬수가 죽다니? 지난 주 우리 아들 결혼식에 왔었는데."

현수가 눈을 크게 뜨며 반문한다.

"오늘 골프 치다가 쓰러졌는데 눈이 와서 길이 막혀 병원 가다가 죽었데. 오성병원 영안실 19호실이래."

조철호가 담담한 목소리로 말한다.

"이 눈 오는 날 무슨 골프야? 피로연에서 나랑 같은 자리에서 밥 먹었는데, 아주 건강했었는데……."

구대선이 탄식한다.

"나이 들어 건강 조심해야지. 어느 정도 든 것 같으니 그만 끝내자."

조철호가 자리에서 일어나며 파장을 선언한다. 친구의 갑작스런 죽음에 넋이 나간 퇴행동기들은 주섬주섬 자리에서 일어서서, 건강 잘 챙기라는 인사를 건성으로 나누고 헤어진다.

현수는 나의 하루 오늘, 다 죽어가는 작은 아버지를 보고, 친구의 죽음 소식으로 이렇게 끝나는구나, 언젠가 내게도 죽음이 오겠지, 생각하며 전철 손잡이를 잡고 흔들거렸다.

기도원

"조 권사네 집에 갔었는데, 이상한 가훈을 걸어 놨던데요."

할머니가 소파에 앉아 귤을 까서 입에 넣으며 옆에 앉은 남편, 이연호 목사에게 말했다.

"가훈을? 하나님 말씀이 아니고."

"네. 어느 스님이 써준 가훈이래요. 아버지가 죽고, 아들이 죽고, 손주도 죽는다."

사모는 귤을 까서 거실 바닥에 쪼그리고 앉아서 팽이를 돌리는 유치원 3년차인 손자의 입에 넣어주며 말했다.

"믿는 사람 집에 스님이 써준 가훈을 걸어놨다고? 아버지가 죽고 아들도 죽고 손자도 죽는다고. 그걸 가훈이라고?"

"네. 시어머님이 스님한테 받아온 거래요. 자연 순환의 이치를 일러주는 깊은 뜻이 있다나."

"그래도 그렇지. 믿는 집에서 스님이 써준 가훈을."

이 목사가 끌끌 혀를 찼다.

"할아버지. 그런데 왜 할아버지는 안 죽어?"

손자가 고개를 쳐들고 눈을 똥그랗게 뜨고 할아버지를 올려다보며 물었다.

"아버지가 할아버지야."

할아버지는 입에서 나오는 대로 말했다.

"어떻게 아버지가 할아버지야?"

손자가 따져 물었다.

"그게…, 니 아버지한테 할아버지는 뭐지? 아버지지?"

할머니가 친절하게 설명해 줬다.

"아버지한테 할아버지는 아버지? 아버지의 아버지가 할아버지?"

손자는 고개를 갸웃거렸다.

"그래. 너는 아버지의 아버지의 손자가 되는 거다."

"아버지의 손자? 그런데 왜 그렇게 다 죽는다고 한 거야?"

할아버지와 할머니는 어린 손자에게 알기 쉽게 설명할 수가 없었다.

손자는 할아버지와 할머니가 설명을 머뭇거리자, 파란 색 팽이의 몸통 윗부분의 홈에 줄을 휘휘 감더니 줄을 힘껏 잡아당기며 팽이를 지름이 40cm쯤 되는 플라스틱 판 위에 휙 던졌다. 팽이가 판 위를 쓸고 다니며 씽씽 돌았다. 손자는 붉은 색 팽이를 돌려 휙 판위에 던졌다. 두 팽이가 좁은 판 위에서 씽씽 돌며 서로 부딪혔다. 팅팅 소리가 났다. 몇 번 부딪히더니 파란 색 팽이가 스르르 쓰러졌다.

금속재료로 만든 팽이는 날씬했다. 할아버지는 팽이를 내려다보며, 어렸을 때 나무를 깎아서 만들어 돌렸던 뭉뚝한 팽이가 떠올랐다.

할머니가 나도 한 번 돌려보자고 했다. 할머니는 줄을 힘없이 당겼다. 할머니가 돌린 팽이가 바로 죽었다. 할머니는 손자한테 지청구까지 들으며 몇 번을 실패하고 나서야 돌리는 법을 터득했다.

손자가 할머니더러 시합을 하자고 했다. 손자가 번번이 이겼다. 손자는 "할머니 죽었다" 하며 즐거워했다. 할머니는 손자한테 지기 싫어 기를 쓰고 다시 하자고 했다. 차차 할머니가 "창훈이 죽었다" 하는 횟수가 늘어갔다. 그 때마다 손자, 창훈은 악착같이 다시 하자고 했다.

이 목사는 할머니와 손자가 서로 지지 않으려고 기를 쓰는 것을 보며 문득, 내가 나이가 들어 너무 유약해졌나? 장로들의 눈치나 보게. 하나님은 솔로몬 왕에게 성전 건축만 허락하신 것이 아니라, 그의 궁전 건축도 허락하셨다. 그것도 성전보다 더 화려한 궁전을.

내가 지으려는 건 겨우 작은 기도원이다. 그런데 기도원 건축을 반대하는 장로들의 눈치나 보며 머뭇거리고 있다. 할머니와 손자 간에도 놀이를 하면서도 서로 지지 않으려고 기를 쓰는데, 나는 어린 양들에게 영혼이 쉴 곳을 만들어 주는 일마저 몇몇 반대파의 눈치나 보며 망설인다. 그냥 'go' 다!

이연호 목사가 주은혜교회의 담임목사로 부임한 지 15년이 됐다. 그가 부임했을 때 주은혜교회의 등록 신도수는 5백 명 남짓했다. 주일예배에 많을 때는 3백 명, 적을 때는 2백 명쯤 나왔다. 이 목사가 부임한 후 설교 잘한다는 입소문이 퍼져 나갔다. 부임 5년만에 등록 신자수가 2천 명으로 늘었다. 주일예배의 횟수를 차차 2부, 3부로 늘렸으나 늘어나는 신자들을 다 받기에 성전의 공간이 너무나 비좁았다.

주은혜교회 반경 4km 내에 주공 아파트 단지가 있다. 1단지는 열 평, 2단지는 12평, 3단지는 15평. 순차적으로 5층 서민 아파트를 헐고 38층짜리 고층 아파트로 재건축했다.

이연호 목사는 주공 아파트 재건축이 주은혜교회를 키울 절호의 기회라고 생각했다. 하나님이 그에게 더 많은 어린 양들을 하나님 앞으로 인도하는 소명을 주시는 것으로 믿었다. 이 목사는 당회에 교회를 신축하여 재건축아파트에 입주할 어린 양들을 주님 전에 인도할 큰 성전을 마련하자고 제의했다. 하나님으로부터 성전을 키워 어린 양들을 인도

하는 소명을, 계시를 받았다고 설득했다.

재건축위원회가 설립됐다. 건축헌금을 모금했다. 모금 목표액은 300억 원. 2,000명 신자가 부담하기에는 큰 액수였다.

낡은 빌라 지하에 사는 독거노인이 건축헌금으로 10억 원을 작정했다. 그는 교회에서 물질적 도움을 받으며 산다. 이 목사는 주일 예배 시간에 독거노인을 일으켜 세우고, 하나님의 성전 건립에 전재산을 다 바치기로 작정한 독거노인에게 박수를 보내도록 유도했다. 신도들은 독거노인이 어디서 돈이 나서 10억씩이나 낸다고 하냐고 수군거리기도 했으나, 헌금 액수를 정하지 못하고 작정을 망설이던 신도들, 특히 재직자들에게 독거노인의 쾌척은 헌금 액수를 작정하는 지표가 됐다. 건축헌금을 모금한 지 넉 달만에 작정한 헌금이 목표액 300억 원을 넘겼다. 당장 현금이 입금된 것은 아니지만, 헌금을 작정하는 것은 신도와 하나님과의 약속이다.

낡고 좁은 성전을 헐고 새 성전 신축을 시작했다. 새 성전이 신축될 때까지는 근처 학교 체육관을 빌려 예배를 봤다. 100억 원을 들여 교회에 이웃하는 단독주택 아홉 채를 사들였다. 그 부지에는 지하주차장과 교육관을 짓는다.

체육관에서 예배를 보자 신도수가 줄어들었다. 10억 원을 내겠다고 작정하고 바람을 잡았던 독거노인이 한 푼도 헌금하지 않고 교회를 옮겼다. 건축헌금에 부담을 느낀 상당수 신도들이 작정한 헌금을 내지 않고 교회를 옮겼다. 건축비가 모자라, 땅을 담보로 은행에서 대출을 받았다. 다행히 재건축 아파트 입주 시기에 맞춰 성전 헌당예배를 할 수가 있었다.

이 목사가 예견했던 대로 주은혜교회의 신도수가 팍팍 늘었다. 등록 신도수가 만 명을 육박하는 대형교회로 성장했다. 주일에 4부까지 예배를 봤다. 2, 3부 예배 때는 1,800석 규모의 본당 예배당이 신도로 가득 찼다. 부목사도 12명이나 채용했다.

이 목사는 신축교회 입당 예배부터 봉헌시간에 주머니를 돌리며 헌금을 받지 않기로 했다. 예배당 출입구마다 헌금함을 비치하고 자발적으로 헌금하도록 했다. 헌금봉투에 헌금한 사람의 이름도 쓰지 말라고 했다. 연말 정산이 필요한 신도는 주민등록번호 끝자리 7자리 숫자만 적어내라고 했다.

장로들은 예배시간에 직접 헌금을 걷지 않으면 헌금 액수가 줄 것을 걱정했으나, 자발적으로 헌금을 유도하자 오히려 헌금 액수가 늘었다. 참신한 방침이 오히려 새 신자를 끌어들이는 촉매제가 됐다.

교회는 몇 년 내에 은행 빚을 다 갚을 수 있게 됐다. 주은혜교회는 재정적으로도 대형 교회의 반열에 들어섰다.

이 목사는 담임목사로 부임하고부터 교회 부설 기도원을 갖는 것이 꿈이었다. 작은 교회에서 기도원 건축을 추진하는 것은 무리여서 공식적으로 말을 꺼내지 않았다. 대형 교회들은 따로 기도원이 있다.

교회의 기반이 서자, 이 목사는 은퇴하기 전에 영성에너지를 축적하고 내적 치유를 돕는 기도 전문 기도원을 짓고 싶었다. 그가 일으켜 세운 주은혜교회를 명실상부한 대형 교회의 반열에 올리고 싶었다. 이 목사는 소망과 신의 은총이 하나 되는 기도원 건축을 중보기도 제목으로 올렸다.

이 목사가 기도원 건축 운을 떼자 일부 장로들이 반대했다. 은행 빚을 다 갚은 다음으로 미루자고 했다. 김성태 장로가 반대에 앞장섰다.

이연호 목사는 김성태 장로를 따로 만났다.

김 장로는 늦춰야 한다는 여러 이유를 댔다.

"교회에서 나가는 이자만 일 년에 5억 원이 넘습니다. 5억이면 조그만 교회 일 년 운영빕니다."

"지난 번 신축 때 많은 신자들이 3년 내지 5년짜리 적금을 들고, 적금을 담보로 돈을 빌려 건축헌금을 냈습니다. 이제 겨우 적금이 끝나 가는데 또 건축헌금을 내라면 우리 교회를 크게 부흥시킨 목사님께 반대할 수도 없고 갈등이 심할 겁니다."

"지난 번도 건축헌금 압박을 못 이겨 교회를 옮긴 창립 멤버들이 많았습니다. 단합과 수련이 필요할 때는 다른 교회 기도원을 며칠씩 빌려 쓰면 됩니다."

"지난 번 헌금을 받으며 죄스러웠던 일이 한두 가지가 아닙니다만, 작정한 헌금을 다 못 내고 돌아가신 교인들의 후손들에게 조상님이 편안한 마음으로 천국에 가실 수 있도록 작정한 헌금을 대신 내달라고 유족들에게 말할 때 정말 미안했습니다. 목사님은 그렇게까지 해서 헌금을 걷은 건 잘 모르실 겁니다."

이 목사는 거기까지는 김 장로의 말이 그럭저럭 들은 만했다. 김 장로가 그만 담임목사의 아킬레스건을 건드렸다.

"목사님. 이제 신도도 만 명이 넘고, 몇 년 내에 빚을 다 갚을 수 있습니다. 빚을 다 갚고 나서 기도원을 시작하면 되는데, 왜 그렇게 서두르십니까?"

이 목사는 김 장로의 말이, 당신 은퇴할 때가 얼마 남지 않아 초조하신 거요? 하는 말로 들렸다.

이 목사는 3년 후면 만 70이 된다. 은퇴해야 한다.

김 장로는 담임목사를 은퇴 전 실적을 남기려고 기도원을 못 지어 안달하는 사람으로 보는 것 같았다. 이 목사는 상당수 신도들이 기도원 건립을 밀어붙이는 늙은 목사를 그렇게 볼 것 같았다. 이 목사는 김 장로의 말을 들으며 문득, 은퇴도 얼마 남지 않았는데, 편히 있다가 명예롭게 물러나자는 생각이 들었었다.

할머니와 손자가 서로 지지 않으려고 기를 쓰고 팽이를 돌렸다.

이 목사는 손자와 할머니 간에도 양보 없는 승부욕을 보며, 애굽에서 탈출한 이스라엘 백성들이 싸우고 싸워서 가나안 땅을 차지한 것처럼 하나님의 나라는 싸워서 얻는 것, 어린 양들에게 마음의 휴식처를 제공하는 사업 추진을 위해, 반대하는 장로와 신도들을 설득하며 맞서기로 했다. 그의 오랜 꿈이었던 영혼의 안식처, 기도원 건축을 밀어붙이기로 했다.

2

박창복 장로의 장례식장에 다녀온 이연호 목사는 기분이 축 처졌다. 박 장로는 이 목사가 부목사로 있었던 참사랑교회에서 안수 집사였다. 이 목사를 따라 주은혜교회로 옮겨왔다. 이제 갓 60인 박 장로는 영하의 날씨에 산행을 갔다가 심장마비를 일으켜 병원으로 이송 중 주님의 품으로 갔다.

"할아버지 행복주택이 뭐야?"

소파에 쭈그리고 앉아 죽음과 부활에 대하여 고민하는 할아버지에게, 초등학교 1학년생이 된 손자가 레고를 조립하며 물었다.

"행복주택? 그거 정부에서 가난한 사람을 위해 짓는 아파트다."

"가난한 사람을 위해 짓는 아파트? 그거 좋은 거네."

"그래, 좋은 거다."

"결사반대는 뭐야? 어떻게 반대하는 거야?"

"죽기 살기로 반대하는 거다."

이 목사는 아파트 단지 내 여기저기 걸려 있는, '주거환경 파괴하는 행복주택 결사반대'라고 벌건 글씨로 써 붙인 현수막을 떠올리며 말했다.

"죽기 살기로 반대? 그럼 반대하다가 정말 죽는 거야?"

"진짜 죽는 건 아니고, 그냥 쎄게 반대한다는 뜻이다."

할아버지는 손자에게 '결사반대'의 뜻을 쉽게 설명하기가 어려웠다.

"행복주택, 가난한 사람 위해 지으면 좋은 건데 왜 반대하지? 죽으면서까지."

할아버지는 서민주택 단지가 우리 아파트 옆에 들어서면 집값이 떨어진다고 차마 손자에게 말할 수가 없었다.

할아버지가 더 이상 설명을 안 해 주자 손자는, "할아버지. 나 행복주택 짓는다" 하고 레고를 짜 맞췄다.

"와, 10층까지 올렸다. 할아버지 높지? 행복주택도 이만큼 높이 지을 거야?"

손자는 신이 났다.

"그보다 더 높이 지을 거다. 30층은 넘을 걸."

"30층이나? 30층은 지을 수 없는데. 레고가 부족한데."

손자가 지어놓은 건물을 신경질적으로 무너트렸다.

"할아버지, 30층까지 지으려면 레고 하나 더 사야 해."

손자가 레고 조각을 막 흩트리며 단호하게 말했다.

"하나 더?"

"응. 얼마 전 크리스마스 선물은 받았고, 할아버지, 생일 선물로 레고 하나 사줘."

"생일이 아직 반년도 더 남았는데."

"그럼 미리 좀 사 주면 안 돼?"

"생일 선물을 미리 사 주라고?"

이 목사는 떼를 쓰는 손자를 물끄러미 쳐다보며, 목적을 달성하기 위해 선물을 미리 사달라는 손자의 억지, 사고의 비약에 픽 웃음이 나왔다.

이 목사는 문득 건축비를 마련하는 방법은 여러 가지가 있을 텐데,

지금까지 꼭 헌금에만 의존하려고 했다는 생각이 들었다. 제털 뽑아 제구멍에 박는 사고에 묶여 있었다는 생각이 들었다.

어린 손자도 30층짜리 건물을 짜 맞추기 위해 생일선물을 앞당겨 사달라고 조르는 판에, 자신은 꼭 한 달란트를 받은 종같이 살아왔다. 주님이 악하고 게으른 종아, 하시면서 그에게 줬던 달란트를 빼앗아 다른 사람에게 줄 것 같았다. 이 목사는 작은 일에 충성하여 하나님이 그에게 준 달란트를 키워야겠다고 생각했다.

기도원 건립을 결심한 이 목사는, 주일 예배 때마다 기도원 건립을 주 기도제목으로 올리며, 여호와의 종의 기도와 간구를 들어주십시오, 하고 기도하며 그의 뜻을 신도들에게 세뇌시켰다.

이 목사는 복심인 성낙상 장로에게 부지를 물색하라고 시켰다. 건설업을 하는 성 장로는 한 때 아파트를 지어 떼돈을 벌었다. 요사이 아파트 경기가 좋지 않아 고전하고 있다. 성 장로는 부하 직원에게 양평, 가평, 포천, 동두천 등을 두루 다니며 한 만 평쯤 되는 기도원 터를 찾아보라고 지시했다. 마을에서 약간 떨어진 골짜기도 괜찮다고 했다.

성 장로는 가평에 쓸 만한 땅을 찾았다며, 이 목사더러 가 보자고 했다. 이 목사는 기도원 건립에 찬성하는 성낙상, 정원영 장로와 반대하는 김성태 장로를 데리고 현지답사를 갔다. 쓸 만한 땅은 50가구 쯤 되는 산골마을에서 한 200m쯤 산 쪽으로 들어가서 펼쳐진 개활지였다.

가운데 개울이 흐르고 한 편에 과수원이 있었다. 다른 한 편 구릉에 5,000평 정도 부지를 정지할 수 있어 보였다. 자연을 그대로 살려 건물과 건물을 잇는 산책로를 조성하면 훌륭한 기도원이 될 것 같았다. 땅 주인은 자기도 신자라며, 기도원을 지을 거면 싸게 팔겠다고 했다. 10억 원은 받아야 하지만, 7억 원만 내라고 했다.

이 목사는 건립을 늦추자는 김성태 장로 등 반대파를 의식하며, 기도원 건축은 추후 생각하고 적당한 땅이 나왔을 때 우선 땅부터 사놓자고 했다. 7억 원은 큰돈이 아니라서 당회에서 쉽게 사는 쪽으로 결정났다.

이 목사는 땅을 구입한 후, 기도원 건축을 주 기도제목으로 올려 기도하는 가운데, 성 장로에게 기도원 건축 예산을 뽑아보라고 했다. 성 장로는 부하 직원에게 몇몇 기도원을 돌아보고 구입한 부지에 걸맞게 기도원 청사진을 그려보라고 했다.

성 장로는 300명쯤 예배 볼 수 있는 예배당과 숙소 등을 지을 예산으로 30억 원을 제시했다. 조경공사 비용도 포함됐다고 했다. 예산을 받아 든 이 목사는 부지도 마련됐으니 바로 기도원을 짓자고 했다. 건설비가 본당 건설 때의 10분의 1 수준 밖에 안 된다는 점을 강조했다. 담임목사가 당차게 밀어붙이자, 반대파들도 주춤했다. 헌금항목에 기도원 건축헌금을 추가했다.

막 교회 신축이 끝나 더 이상 건축헌금을 낼 부담이 없을 거라고 생각했던 신자들은 기도원 건축헌금 모금에 냉담했다. 매주 백만 원 단위로 건축헌금이 작정됐다. 성전을 신축하며 빌린 은행 빚도 다 갚지 못한 처지에 별도로 기도원 건축비용을 부담하는 것이 교회 재정에 부담이 되었다. 이 목사는 하나님께 부족한 기도원 건축비를 채워 주시기를 간절히 기도했다.

이 목사는 고등학교 동창회에서 개최하는 봄철 야유회에 모처럼만에 나갔다. 동창들이 경로우대를 받는 나이가 되자, 동창회에서 야유회 날짜를 일요일에서 주중으로 바꿨다. 동창회 회장이 이 목사에게 전화를 걸어, 이제 야유회를 주중에 하기로 했으니, 꼭 참석해 달라고 신신부탁했다. 이 목사는 동창들의 얼굴도 보고, 대형 교회 목사가 된 것을 과시도 할 겸 야유회에 나갔다.

동창들이 그의 참석을 반겼다. 동창들은 술을 마시며 과거를 왔다 갔

다 하며 신나게 떠들었다. 이 목사는 술을 즐기는 동창들에게 설교할
처지도 아니어서, 사이다를 마시며 주로 듣기만 했다.

은행 지점장으로 퇴직한 김성회가 술이 오르자 그동안 돈을 번 비법
을 자랑해댔다. 다른 사람들은 주식이나 펀드에 투자해서 다 돈을 날렸
지만, 자기는 시장을 읽는 노하우가 있어 주식과 펀드를 해서 수십억
원을 벌었다고 큰소리쳤다. 돈 벌고 싶으면 자기한테 자문을 구하라고
했다. 동창들은 거저 자문해 주겠다고 했다. 돈 벌어서 어디다 쓰겠냐
며, 오늘 야유회 비용으로 5백만 원을 내놨다고 으스댔다. 이 목사는
옆에 앉은 동창에게 김성회가 뻥을 치냐고 물었다. 사실이라고 확인해
줬다.

서울로 돌아오는 버스에서 깜박 잠이 든 이 목사는 한 꿈을 꾸었다.

이 목사는 무엇을 해서 돈을 벌었는지 모르는데, 신도들이 담임목사
가 큰돈을 벌어 기도원 건축비를 다 대고도 돈이 남아 본당 신축 때 빌
린 빚까지 갚았다고 막 칭송했다. 이 목사는 내가 뭘 해서 돈을 벌었
지? 하고 이 사람 저 사람한테 묻는데, 버스가 휴게소에서 덜컹하고 섰
다.

어떻게 돈을 벌었나, 한참 묻다가 선잠에서 깨어난 이 목사는 화장실
을 가며, 방금 꾼 꿈이 무엇을 알려주시는 건가? 하나님이 모자라는 성
전 건축비를 채우는 방법을 꿈을 통해 알려 주시려고 했나, 하며 무엇
일까 머리를 짰다.

야유회에서 돌아오며, 이 목사는 하나님이 혹시 주식에 투자하라는
계시를 하려던 것은 아닌가, 하다가 목회자가 무슨 쓸데없는 생각하며
고개를 저었다.

이 목사는 손자가 생일 선물을 앞당겨 사달라는 말을 듣고, 목적을
위해 편법도 마다않는 어린 손자의 사고의 융통성에 저절로 허, 소리가

나왔다. 기도원을 헌금으로만 지으려는 교회의 사고방식이 꼭 한 달란 트를 받은 종의 사고와 같다는 생각이 들었다. 그를 동창 야유회에 나 가게 하신 것이나, 그 자리에서 김성회를 만나게 한 것이 다 하나님이 뜻이 있어 하신 것 같았다. 주식에 투자하여, 절대 투기가 아니다, 돈을 불려 기도원 건축에 쓰라는 가르침 같았다. 주님이 김성회를 도구로 쓰 라고 야유회에서 그의 옆자리에 앉게 하신 것 같았다.

이 목사는 재무 담당 박 장로를 불러 다섯 달란트를 받은 종같이 작 은 일에 충성하는 목자가 되겠다는 그의 뜻을 전했다.

3

손자가 탁자에 놓인 할아버지의 스마트폰을 집어 들자, 할아버지가 "또 게임하려고?" 하고 나무랐다. 손자는 주춤하며 할아버지의 눈치를 보다가, 뜬금없는 말을 했다.

"할아버지, 어떤 사람의 소망이 살찐 보름달 아래 늑대가 되는 거래. 웃기지? 헐!"

"그게 무슨 말이냐?"

"전철역 유리벽에 그렇게 쓰여 있던데. 헐!"

"아, 시로구나."

"그런 것도 다 시야? 헐."

"그래 시다. 헐이 뭐니?"

"우리 반애들이 잘 쓰는 말이야. 헐. 그런데 왜 늑대가 되고 싶지? 호 랑이나 사자가 아니고. 헐. 그리고 어떻게 보름달이 다 살을 쪄?"

할아버지는 대답이 궁해 입을 다물고 손자를 쳐다봤다.

"할아버지 소원은 뭐야? 늑대가 되는 거? 헐!"

"내 소원? 늑대."

할아버지가 대답을 머뭇거리자 손자는 날쌔게, "할아버지 나 딱 한 번만 할게" 하며 핸드폰 액정을 문질렀다.

"내 핸드폰에는 게임 안 깔렸다."

"걱정 마. 앱 다운 받으면 돼. 헐!"

손자는 능숙하게 핸드폰 액정을 문지르고 자판을 두드렸다.

스마트폰을 다루는 데 서툰 할아버지는 스마트폰을 자유자재로 다루는 손자를 장한 눈빛으로 내려다봤다.

손자가 게임을 시작했다. 할아버지는 안 보는 척하며 화면을 봤다. 갑옷에 투구를 쓴 전사가 지그재그로 원, 별, 알파벳, 햇불 등이 떠다니는 산길을 달렸다. 계곡에 빠지든지, 바위나 빙벽에 부딪히면 달리던 전사가 스르르 쓰러졌다. 손자는 에이, 하며 다시 게임을 시작했다. 손자는 jump 버튼도 누르고 slide 버튼도 눌렀다. 전사는 뛰기도 하고 슬라이딩도 하며 장애물을 피해 달렸다. 점수가 올라갔다.

"할아버지, 나 십구 만 점 깼다."

게임에 몰두하던 손자가 으스댔다.

"몇 점이 만점인데?"

할아버지가 물었다.

"이게 무슨 시험인가? 만점이 다 있게. 내 짝은 백 만점도 깼어."

손자가 다시 게임을 시작했다.

할아버지는 부지런히 손가락을 놀리며 게임을 하는 손자를 물끄러미 내려다봤다.

"할아버지, 26만 점 깼다. 잘 했지?"

"그래, 할아버지도 한 번 해 볼까?"

"에이, 할아버지는 못해."

손자가 스마트폰을 할아버지에게 넘겨주지 않았다.

할아버지는 멍청하게 손자가 게임을 하는 것을 내려다보며, "할아버지 소원은 뭐야? 늑대" 하던 손자의 물음이 떠올랐다.

지금 이연호 목사의 소원은 무사히 목회생활을 마치는 거다. 기도원을 세워 어린 양들에게 영혼의 휴식처를 마련해 주고 명예롭게 은퇴하는 거다.

이 목사의 지시를 받은 재무담당 박창선 장로는 교회가 주식에 투자하는 것에 난색을 표했다. 담임목사가 엄숙한 표정으로 하나님의 계시라고 하자, 박 장로는 잠시 망설이다가 사무장을 담임목사님의 친구, 김성회에게 보냈다.

주식시장이 거대 외국자본의 '사자 팔자' 하는 조작에 따라 출렁거렸다. 해외 발 금융 위기가 우리나라에 쓰나미처럼 밀려와서 주식시장을 강타했다. 김성회는 주식투자는 장기적인 안목에서 하는 거라며, 잠시 시세가 떨어졌다고 일희일비하지 말고 그냥 주식을 가지고 있으라고 했다. 교회의 돈이 주식에 많이 잠겼다.

다달이 기도원 건설회사에서 기성고를 신청했다. 교회는 경상경비를 쓰고 기성고를 줄 현금이 없었다. 기성고 지불이 몇 달 연체되자, 건설회사는 공사를 중지하겠다고 으름장을 놓았다.

교회는, 담임목사는 주식에 현금이 잠겨 있다고 말할 수가 없었다. 교회에서 주식에 투자했다는 소문이 나도 안 됐다. 기성고를 못줘 공사가 중단되면 바로 주식을 산 것이 들통난다. 손해를 보고 주식을 팔았다. 주은혜교회는 주식투자로 5개월 사이에 8억 원을 날렸다.

담임목사의 지시로 주식에 투기를 했다가 돈을 날렸다는 사실이 신도에게 알려지면, 교회의 돈을 착복하지는 않았지만, 담임목사에게 책임이 돌아온다. 자칫 퇴출될 수도 있다. 퇴출되지 않더라도 명예로운 은퇴는 물 건너간다.

주식투자로 겨우 몇 억 원을 날렸다고, 담임목사가 책임지고 물러나면, 목사가 투기를 조장했다는 오명만 남고, 기도원 건축은 중단될 거다.

이 목사는 이 어려움을 헤쳐 나갈 수 있도록 지혜를 주십시오, 이 난국을 해결해 주십시오, 하고 기도하고 또 기도하며, 그의 심복인 성낙상 장로와 정원영 장로를 은밀히 불렀다. 사건의 경위를 설명하고 수습을 당부했다.

이 목사의 부름을 받고 사건 해결의 총대를 멘 두 장로는, 하나님은 더 큰 곳에 쓰시기 위해 작은 허물은 덮어준다는 담임목사의 말씀을 떠올리며, 담임목사가 교회의 돈을 횡령한 것도 아니고, 부족한 기도원 건축비를 벌충하기 위한 충정으로 한 주식투자를 비난할 수 없다는 데 의견을 같이 하고, 교회 내에서 십자가를 대신 질 희생양을 찾기로 했다. 두 장로는 사무장을 희생양으로 하기로 하고 은밀히 담임목사에게 보고했다.

두 장로의 해결책을 보고받은 이 목사는 목회자로서 힘없는 사무장을 희생양으로 삼고 자신은 발을 빼는 것을 하나님이 용서할까 의구심이 들었다. 이 목사는 선뜻 두 장로의 건의를 받아들일 수가 없었다.

할아버지 소원이 뭐야? 늑대? 하던 손자가 물음이 이 목사의 머리에서 맴돌았다. 이 목사의 소원은 이 난국, 잔을 피하는 것이다. 그러려면 한 번은 늑대의 탈을 써야 할 것 같았다.

하나님은 선택한 자가 잘못을 저질렀을 때도 더 크게 쓰시려고 다 용서해 주셨다. 하나님은 소돔과 고무라를 멸하신 후 인종을 전하고자 아버지에게 술을 먹이고 사통한 롯의 두 딸을 용서하시고, 그들에게서 태어난 아들들을 한 부족의 조상으로 삼으셨다.

아브라함이 그의 아내, 사라를 오누이라고 거짓말한 것도 용서하시고, 그의 후손들을 붙들어 주셨으며, 다윗이 신하의 아내와 간통한 것도 용서하시고, 믿음의 증표가 되게 하셨다. 그 여자와 두 번째 낳은 아들 솔로몬을 왕까지 삼으셨다.

그에 비하면 이 목사가 지은 잘못, 선의로 주식에 투자하여 모자란 기도원 건축비를 채우려고 했다가 손해를 본 것이나, 그가 이제 지으려는 죄, 한 인간을 희생양으로 삼고 이 난국을 돌파하고, 하나님을 위한 사업을 마무리하는 것은 죄도 아니다.

이 목사는 하나님은 개인의 사사로운 잘못에는 관심이 없으시고 더 큰 하나님의 뜻을 세우시는 데만 관심이 있으시다고 한 어느 신학자의 글이 떠올랐다.

하나님의 뜻은 분명 기도원을 건축하여 더 많은 어린 양의 영혼을 치유하는 데 있을 거다!

이 목사는 한 번 늑대가 되어, 한 사람을 희생양으로 삼고 사건을 덮고 기도원 건축을 마무리하기로 했다.

4

"할아버지. 장성택이 누구야?"

거실 바닥에 앉아서 아이언맨을 조립하던 손자가 고개를 돌려 소파에 앉은 할아버지를 올려다보며 물었다. 2학년이 된 손자는 더 이상 '헐' 이라는 접미어를 쓰지 않았다.

"장성택? 북한에서 굉장히 높은 사람이다."

"굉장히 높은 사람? 얼마나?"

"장관보다 높은 사람이다."

"장관보다 높아? 그럼 우리 교장선생님보다 높겠네. 그 사람 슈퍼맨이야?"

"슈퍼맨? 왜?"

"아흔 아홉 발이나 총을 쏴서 죽였대. 그것도 기관총을."

"어디서 들었냐?"

"텔레비에 여러 번 나왔어. 슈퍼맨은 기관총 쏴도 안 죽는데…. 장성택이 죽은 거 보니 슈퍼맨보다 덜 센 모양이야. 그렇지?"

"장성택은 슈퍼맨 아니고 그냥 사람이야."

"그런데 왜 아흔아홉 발이나 쏴?"

할아버지는 대답을 못하고 머리를 긁적거렸다.

"할아버지. 슈퍼맨이 더 세, 아이언맨이 더 세?"

"슈퍼맨이 더 세지. 슈퍼맨은 안 죽잖아."

"그럼 슈퍼맨이 더 세, 예수님이 더 세?"

"그야 예수님이 더 세지. 예수님은 천지를 창조하신 하나님의 아들인데."

"그런데 예수님은 죽었다가 살아났잖아. 슈퍼맨은 안 죽는데."

"슈퍼맨도 하나님이 만들었어."

"정말? 하나님이."

손자는 아이언맨 조립하다가, 다시 고개를 들고, "그런데 장성택은 왜 죽였어?" 하고 물었다.

할아버지는 손자에게 일인 독재 정권에서 2인자는 있을 수 없다고 대답하려다가 알아듣지 못할 것 같아, 묻는 말을 못들은 체했다.

장석택을 숙청한 김정은은 모든 허물을 장성택에게 뒤집어 씌우고 태연하게 시찰을 다닌다. 오히려 우상화를 더 강하게 밀어붙인다.

성 장로와 정 장로는 희생양으로 사무장을 지목했다.

이 목사는 북한에서 2인자를 무참하게 처형하고 일인자의 지위를 더욱 굳혀가는 뉴스를 보며 생각이 많았다.

주은혜교회를 이끄는 담임목사가 코너에 몰리면, 구설수에 휘말리면, 교세 확장도 주춤할 거고, 기도원 건축도 마냥 지연될 거다. 교회의 기둥이 흔들리는 것은 바람직하지 않다. 그것은 하나님의 뜻이 아닐 것이다. 사무장 한 사람을 하나님의 사업을 이루어 가는 데 긴히 쓰이는 유다로 만들면······.

이 목사는 성 장로와 정 장로에게 다음을 진행하라는 힌트를 줬다.

성, 정 두 장로는 우선 담임목사에게 우호적인 장로들을 식당으로 초청했다. 중립적인 재무담당 박 장로도 불렀다. 그들은 은밀히 수습방안을 논의했다.

두 장로로부터 토의 결론을 보고 받은 이 목사는 바로 당회를 소집했다.

"최근 교회에 외부로 알려지면 좀 좋지 않은 일이 있었습니다. 부족한 기도원 건축비를 벌충하려는 충정으로 주식에 투자했다가 8억 원쯤 손해를 봤습니다. 하나님께서 우리들의 믿음과 의지를 시험하시려고 주시는 시련이라고 생각합니다. 이 문제를 어떻게 공론화하고 손실분을 어떻게 처리할 것인가 의견을 나누고자 당회를 소집했습니다. 기탄없이 토의하시어 주님의 뜻에 합당한 결론을 내주시기 바랍니다. 저는 당회장으로 오늘 이 회의의 결정을 존중하겠습니다. 이 사건의 본말을 잘 아는 재무를 담당하시는 박창선 장로께서 설명해 주시지요."

이 목사는 회의 의제를 운만 떼고 박 장로에게 설명을 떠넘겼다.

박창선 장로가 경위를 간단히 설명했다. 모든 일은 사무장 혼자 교회를 위한 충정에서 벌린 일이라고 했다.

"그 소문 사실이었군요. 신성한 교회에서 어떻게 투기를 할 수 있어요?"

기도원 조기 건축을 반대했던 김성태 장로가 바로 박 장로의 말을 들이받았다.

"기도원 건축헌금이 제대로 걷히지 않고 하여 목사님이 기도 가운데 고민하시는 것을 보고, 사무장이 교회를 위한 충정에서 주식에 투자했다가 손실을 보게 된 겁니다. 투기가 아니라 투자를 했다가 실패한 겁니다."

박창선 장로가 점잖게 반박했다.

"어떻게 그런 큰돈을 재무담당 장로인 박 장로의 승인도 없이 막 쓸 수가 있어요?"

김 장로가 핏대를 냈다. 김 장로의 말에는 어떻게 담임목사도 모르게 할 수 있었냐는 뜻이 담겨 있었다.

"교회 재무를 담당하는 제가 좀 더 잘 챙겼어야 하는데, 수출 등 업무로 출장이 잦아 미처 챙기지 못했습니다."

박창선 장로가 사과했다. 박 장로는 무역업을 하고 있다.

성낙상 장로가 핏대를 올리며 따지는 김성태 장로를 노려봤다. 김 장로는 성 장로의 무서운 눈빛에 움찔했다.

김성태 장로는 전기공사업을 한다. 성낙상 장로 회사에서 건설하는 아파트의 전기공사도 하청을 받아 한다. 김 장로는 성 장로의 매서운 눈빛에 눌려 입이 닫혔다.

"저도 김 장로와 같은 생각입니다. 어떻게 그런 큰 투자를 사무장이 담임목사도 재무담당 박 장로도 모르게 단독으로 할 수 있습니까? 우리 교회 회계시스템이 그렇게 허술합니까?"

고등학교 교장 출신인 최선호 장로가 따졌다.

"지금까지 십여 년 동안 사무장은 교회 일을 사심 없이 잘 해 왔습니다. 여러 장로님들도 다 그 점은 인정하실 겁니다. 그래서 재무 장로님이 믿고 맡기지 않았나 생각됩니다. 박 장로님은 외국을 수시로 나다니시느라고 너무 바쁘셨고."

성낙상 장로가 나섰다.

"저도 그렇게 생각합니다. 지금까지 사무장 참 묵묵히 성실하게 일 잘 했어요. 믿고 맡길 만했지요."

정원영 장로가 말을 받았다.

"우리들이야 사무장이 성실하다는 것은 다 알지만, 일반 신도들에게 뭐라고 설명할 겁니까?"

최선호 장로는 짜진 각본대로 회의가 돌아가는 분위기를 눈치 채고, 혼자 악악거리다가 담임목사의 눈에 나는 것이 싫었다.

"사무장이 혼자 독단으로 한 것은 잘못이지요. 당연히 책임을 물어야지요. 그렇다고 횡령을 한 것도 아닌데 고발할 수는 없고…, 이런 소문이 밖으로 퍼져 나가 봐야 교회에서 투기를 했다고 잘못 소문날 거고, 우리 교회 명성에 먹칠만 하게 되는 거죠."

성낙상 장로가 동료 장로들을 돌아보며 동의를 구했다.

"맞는 말씀입니다. 이런 소문이 나가면 지금 막 늘어나는 교세에 영향을 줄 수가 있지요. 그래서 말씀인데, 아무리 선의로 한 일이지만 결과가 안 좋으므로, 그에 대한 책임을 물어 사무장을 퇴임시키는 선에서 이번 건을 마무리하면. 사무장과도 이야기를 해 봤습니다."

성낙상 장로가 결론을 내비쳤다.

"덧붙여 말씀드리는데, 제가 손실액의 20%를 특별 헌금하겠습니다."

성낙상 장로가 결론을 제시하며 회의 진행상황을 주시하는 담임목사를 쳐다봤다.

"자칫 교회의 명예에 흠이 될 사건을 수습하시려는 여러 장로님들의 깊은 뜻 정말 감사합니다. 당회장으로서 제대로 챙기지 못한 점 유감으로 생각하며, 저도 손실액을 보충하는 데 일조하겠습니다. 제 일년치 사례비를 다 헌금하겠습니다."

"아니 목사님이 그러시면."

성 장로가 말렸다.

"저도 담임목사로서 책임을 져야지요."

이 목사가 담담하게 말했다.

장로들은 담임목사가 일년치 월급을 헌납하겠다는 말에 놀란 표정을 지었다.

"재무 장로로서 제대로 일을 챙기지 못해 죄송합니다. 저도 손실액의 10%를 특별 헌금하겠습니다. 더 부담해야 하지만, 제 형편이."

재무 담당 박창선 장로가 입맛을 다시며 말했다.

박 장로는 요새 장사도 잘 안 되는데, 그 돈을 내려면 최소 2, 3년은 허리띠를 졸라매야겠다고 계산했다.

"이 사건이 교회밖에 알려지면, 우리 주은혜교회가 투기를 했다는 오명을 들을 거고, 저도 그런 것을 원치 않습니다. 우리끼리 원만하게 해결하고, 신도들에게는 간단히 보고합시다. 저도 10% 부담하겠습니다."

성 장로의 눈짓을 받은 하청업자 김 장로가 성 장로의 눈치를 보며 말했다.

"담임목사님까지 이 일에 나서 일년치 사례비를 다 내신다는데 저도 많지는 않지만 10% 부담하겠습니다."

정원영 장로가 거들었다.

담임목사가 일년치 월급을 헌금하겠다는데, 다른 장로들이 그대로 있을 수는 없었다. 장로들은 그 자리에서 9억 원이 넘는 헌금을 작정했다.

"우리 교회가 이렇게 번창할 수 있었던 것은 다 여기 계신 장로님들의 헌신 때문입니다. 하나님이 내려다보시고 크게 기뻐하시며 큰 복을 내리실 겁니다. 장로님들이 오늘 작정하신 헌금의 열 배 백 배로 갚아주실 겁니다. 그럼 신도들에게 주일 예배 때 여러 장로님들의 교회사랑 하나님 사랑하시는 따뜻한 마음을 전하겠습니다. 그럼 더 하실 말씀 없으시면 오늘 당회를 이것으로 마치겠습니다. 감사합니다."

이 목사가 폐회를 선언했다.

이 목사는 일년치 사례비만 헌금하고 이 잔을 피할 수 있게 해 주신, 기도원 건축을 예정대로 진행하고, 명예롭게 은퇴할 수 있게 해 주신 하나님께, 하나님의 역사에 감사했다.

장로들은 사건을 원만하게 해결해 주신 하나님께 감사하며 악수를 나눴다.

이 목사는 주일 예배시간에 딱 한 마디만 전했다.

"교회에 약간 문제가 있었으나, 장로님들이 교회를 사랑하시는 마음으로 다 해결됐습니다. 크게 역사해 주신 하나님께 감사드리며 영광을 바칩니다. 여러 신도들은 더욱 열심으로 기도하고 믿음을 북돋아 최후 심판의 날에 들림 받는 신도 되시길 기도합니다."

담임목사의 말뜻을 알아듣는 신도는 몇 명 되지 않았다.

내용을 아는 신도들 중 일부는 2년 후, 이연호 목사가 은퇴하고 난 후, 다시 주은혜교회에 오겠다고 하며 교회를 옮겼다.

기도원 건축이 인허가 등 여러 사유로 지연되었다. 기도원 헌당 예배 때 이영호는 원로목사로서 한 발 뒤에 물러서서 축하했다.

청문회

유봉호 S대 경영학 교수는 대통령 당선자 비서실장으로부터 오후 2시에 학교로 찾아뵙겠다는 전화를 받았다.

"무슨 일로?"

"당선자께서 정중히 찾아뵙고 말씀드리라고 했습니다."

유 교수는 비서실장의 전화를 받으며, 바로 입각 요청일 거라는 감이 왔다.

입각을 하려면 국회 청문회를 거쳐야 하는데 큰딸을 특수고등학교에 진학시키기 위해 위장전입한 문제가 불거질 건데, 전화를 받으며 한 교수는 번뜩 그 생각이 떠올랐다.

"혹시 입각문제면 오시지 않아도 됩니다. 10여 년 전 큰딸 특목고 진학 때문에 위장전입하여 주민등록법을 위반한 적이 있어요. 청문회에서 말썽이 되면 각하께 누만 끼쳐요."

유 교수가 그의 불법을 솔직히 털어놓았다.

"그래요? 각하께 말씀 드려 보겠습니다. 어쨌든 두 시에 찾아뵙겠습니다."

비서실장이 전화를 먼저 끊었다.

유 교수는 대통령 당선자와 30년도 넘는 지기다. 대통령은 유 교수의 대학 2년 선배로 대학 동아리 모임에서 만나 그동안 죽 친분을 유지하고 있다. 대학을 졸업한 후 대통령 당선자는 바로 정치의 길로 들어서서 5선 국회의원에 서울시장을 했으며, 집권당 대통령 후보로 출마하여 압도적인 표차로 대통령에 당선됐다.

유 교수는 대학 졸업 후 미국 프린스턴대학으로 유학하여 박사 과정을 하고 귀국하여 모교에 교수로 부임하여 학장, 부총장, 경영학 학회 회장 등을 역임하며 우리나라 경영학 분야의 내로라하는 원로학자로 추앙을 받고 있다. 여러 정부 기관의 정책자문위원으로 활발하게 사회활동을 하며, 대통령 당선자가 국회의원 때는 그가 주도한 경제 포럼 간사를 했고, 서울시장 때는 경제 자문역을 했다.

대통령 선거 때 후보자의 경제 분야의 브레인으로 공약 수립에 참여했다. 선거가 끝난 후 당선인은 유 교수에게 경제분과 인수위원을 맡아달라고 청을 하였으나, 몇 년 전부터 부인과 약속한 남미여행을 다녀오기 위해 고사한 바 있다.

유 교수는 비서실장을 기다리며 청문회에서 지적될 하자는 없는지 그의 일생을 되돌아봤다.

전문성 : 대한민국에서 그를 따라올 인물이 드물다. 문제없다.

병역문제 : 학도병으로 현역을 마쳤으니 문제없고, 딸만 둘이니 자녀 병역문제도 없다.

주민등록법 위반 : 숨길 수가 없으니 솔직히 잘못을 사과하자.

탈세 : 학교 월급이야 학교에서 알아서 다 근로소득세를 챙겨 납부해 줬을 거고, 저작권료, 강연료 등은 영수증을 모아 세무사에게 가져다 주고 그가 산출해 준 세금을 꼬박 냈으니 탈세한 것이 없을 거고. 부인은 전업주부니 세금 낼 일 없었고.

투기 : 집 한 채 달랑 있으니 그것도 문제없고.

여자문제 : 마누라 외에는 다른 여자들에게 한눈을 안 팔았으니 문제없다.

또 국회 청문회에서 도덕성 운운하며 따지는 항목이 뭐더라?

업무추진비 유용? 아, 몇 번 학교 카드로 마누라 생일에 저녁 사준 적은 있지만 몇 번 안 되니 들통날 것 같지 않고…, 어떤 헌법 재판관 후보는 업무추진비 유용 때문에 낙마하기도 했지만, 그 분이야 업무추진비를 몽땅 현금화 하여 자기 통장에 넣고 월급처럼 썼으니 그렇게 됐고, 나야 겨우 몇 번 사줬는데, 그 많은 영수증을 다 뒤지기 전에 찾아낼 수 있겠어?

아참, 분교에서 부총장 할 때 주말에 학교차를 몰고 서울 집에 왔었는데…, 기름이야 기사가 만땅으로 넣어놨었고, 통행료는 학교 돈으로 사놓은 하이패스에서 지불되었으니, 그것도 트집 잡을까? 어느 대법관 후보 청문회 때 대전에 근무할 때 주말에 법원차로 서울 간 것을 야당이 씹기는 했는데 임용에는 지장이 없었고….

장관 될 줄 알았으면 주말에 서울 올 때 대중교통을 타는 건데, 이제 어쩔 수 없고. 참 그때, 주민등록을 분교가 있는 천안으로 안 옮겼었는데, 주민등록 옮기지 않은 것이 주민등록법 위반인가? 그 때 생활 본거지는 서울이었었는데….

표절 : 모 국회의원이 박사학위 논문 표절이라고 출당까지 당했지. 나야 우리나라에서 내 수준을 넘는 논문이 얼마나 있다고 남의 논문을 표절해? 그것도 문제없다.

유 교수는 그가 살아온 몇 십 년을 돌아보며, 내 나이 또래에 나 정도 지위를 가진 사람치고 그렇게 잘못한 것은 없네, 하고 자위하며, 자식 자기 방어하는 거 보니 장관은 되게 하고 싶은 모양이네, 하며 허허 웃었다.

비서실장은 대통령 당선자께서 경제부장관을 맡아달라고 하신다며 정중히 당선자의 뜻을 전했다. 비서실장은 당선인이 직접 찾아뵙고 말씀드려야 하나, 당선인으로 일정이 바빠서 대신 찾아뵙게 됐다며 수락해 주사라고 정중하고 간곡히 부탁했다.

유 교수가 주민등록 위반 이야기를 꺼내자, 비서실장은 그 사안은 사전 검증하여 각하께서도 다 아시는 일이라며 껄껄 웃으셨다고 분위기를 전해 줬다. 우리나라 성인 중에 그 정도 위반 안 한 사람이 몇이나 되겠냐고 오히려 한술 더 떴다.

2

경제부는 널찍한 회의실에 청문회 준비 사무실을 마련했다.

기획관리실장이 청문회 준비를 총괄하고, 서기관 한 명, 사무관 한 명을 청문회 준비 전담으로 배치했다.

유 교수는 그의 신상자료를 떼어오라며 주민등록증, 도장, 위임장을 넘겼다.

하루 만에 동사무소, 구청, 세무서, 은행, 학교 등에서 주민등록등본, 납세증명서, 가족관계증명서, 집 등기관련 서류, 예금증명서, 재직증명서, 급여명세서 등 제 증명서를 다 떼어왔다. 한 교수의 부인과 관련된 증명서도 다 떼어왔다.

유 교수는 수북이 내려놓은 그와 관련된 서류들을 슬슬 넘겨보며, 알몸을 다 드러내는 것 같은 기분이 들었다.

유 교수는 모르고 있었는데, 부인이 서산에 땅을 사놨다. 한참 서산에 부동산 바람이 불 때 샀다. 주민등록 위반사항 말고, 또 청문회에서 야당위원들에게 씹힐 호재다. 부인은 반찬값을 아껴서 부은 적금을 찾아서 친구들과 함께 샀다고 남편에게 해명했으나, 땅 구입시점이 투기바람이 한참 불 때여서 투기목적이 아니었냐고 따지면 변명이 궁할 것 같았다. 그렇다고 부인이 땅 산 것을 모르고 있었다고 하는 것도 남자로서 구차한 변명이다.

전담 서기관이 정책 관련 예상 질의서를 공직 후보자, 유 교수에게 넘겼다. 답변은 후보자와 공무원이 같이 작성했다. 유 교수는 정부 여러 정부부서 자문위원을 하면서, 그의 앞에서 절절 기는 시늉을 하던 공무원들의 수준을 얕잡아 봤었는데, 서기관, 사무관과 같이 질문서 답변을 작성하다 보니, 그들은 실무에 능할 뿐만 아니라, 문장력도 있고, 이론적인 배경도 탄탄했다.

공무원들이 국제적인 감각과 앞을 보는 예지도 대단한 것을 알고, 유 교수는 그 동안 혼자 독불장군처럼 잘난 체했던 것 같아 자신이 부끄러웠다.

3

청문회가 시작됐다.

유 교수는 선서를 하며, 무슨 죄를 짓고 재판정에서 증인 선서를 하는 기분이 들었다. 죽 둘러앉아 그를 쳐다보는 의원들이 꼭 재판관과 같았다. 방송사에서 카메라를 들이대고, 사진기자들이 플래시를 터트리며 정신을 빼앗아갔다. 그를 도와줬던 서기관과 사무관이 기획관리실장의 옆자리에 앉아서 답변 자료를 챙기는 것을 보며 유 교수는 든든했다.

유 교수는 모두 발언에서 주민등록법 위반사항과, 부인이 구입한 서산 땅 구입 건을 솔직히 털어놓고 사과했다. 공직 후보자가 야당의원들이 씹을 거리를 먼저 선수를 치며 사과를 하자, 씹을 거리를 놓친 야당의원들이 고개를 잘래잘래 흔들며 입이 부풀어 올랐다.

여당의원들은 경제부장관으로 자질을 확인한다며, 환율, 주택, 금융 등 경제문제를 따졌다. 분배보다는 성장을 중시하는 그의 경제 철학의 문제점을 집중적으로 물고 늘어졌다.

유 교수는 예상 질문서에 있던 질문이라 쉽게 유창하게 대답했다. 야당의원들은 이미 후보자가 모두 발언에서 사과한 문제를 되씹으며, 의원 당 10분씩 배당된 질문시간을 채웠다.

오전 청문회가 순탄하게 끝났다.

점심시간에 기획실장은 청문회가 쉽게 끝날 것 같다며 후보자를 위로하며 아부했다.

오후 청문회, 의원들의 두 번째 질문이 시작됐다. 시민단체에서 사무처장을 하다가 비례대표로 국회의원이 된 김석기 의원이 마이크를 잡았다.

"공직 후보자께서 주민등록 위반과 부동산 투기 건에 대하여 솔직히 시인하고 사과한 점 긍정적으로 생각합니다. 후보자의 공직자로서 도덕성을 확인하기 위하여 제가 몇 가지 신상에 관한 질문을 드리겠습니다."

김 의원은 잠시 뜸을 들였다.

유 교수는 질문에 대한 필기 준비를 하고 김 청문위원의 입을 쳐다봤다.

"6월 15일이 무슨 날입니까?"

"아, 제 생일입니다."

"그럼 3월 13일은?"

"제 부인 생일입니다."

"월드 호텔은 사시는 집에서 가까이 있지요?"

"네. 차로 15분 거립니다."

"결혼기념일이나 부인의 생일은 잘 챙겨 주십니까?"

"매년 꼭 챙겨 줍니다."

"아주 가정적이시네요. 그런데 부총장을 하시면서 몇 년 동안 계속 제가 물어본 날짜와 5월 17일이 결혼기념일이시던데, 그날은 꼭 월드호텔에서 매번 한 60만 원 정도 학교 법인카드를 쓰셨던데, 매년 그날 누구를 접대하신 겁니까?"

김 의원이 점잖게 묻고 손바닥으로 입술을 쓱 쓸었다.

유 교수는, 그렇게 자주 쓴 업무 추진비 중 어떻게 그 날 쓴 영수증만 꼭 집어 찾아냈지? 하며 잠시 답을 망설였다.

"아, 그 중 어느 날은 부인과 같이 밥을 먹었고, 어느 날은 학교와 관계 있는 사람을 접대했습니다."

유 교수는 입맛을 다시며 사실을 털어놓았다.

"그런데 부인과 두 분이 드시면서 아무리 호텔이 비싸다고 하더라도 60만 원어치씩이나 먹습니까?"

"아이들도 데리고 갔습니다."

"그럼 학교 법인카드로 가족 생일잔치를 하셨네요?"

"하다 보니까 그렇게 됐습니다."

"그래도 대학 교수씩이나 하시는 분이 하다 보니까 그렇게 됐다는 말이 무슨 말입니까? 공직자로서는 잘못한 처사지요?"

"네. 그렇게 생각합니다."

"교수시절 공금으로 개인 잔치를 벌였는데, 장관이 되면 안 그러리라는 보장이 있습니까?"

"그럴 리가 없지요. 그것은 제 인격을 모독하는 말씀입니다."

"인격 모독? 공금, 법인 카드를 막 개인적인 일로 쓰시던 분이 장관을 맡을 자격이 없다고 생각합니다. 후보를 사퇴할 의사는 없습니까?"

유 교수는, 이 자식아, 그만 일로 장관후보에서 물러나라고, 하는 말을 삼키며 입을 꾹 다물고 질의자를 노려봤다.

"임명권자의 부담을 덜어주기 위하여 사퇴하시는 것이…."

유 교수가 답변을 망설이자 야당석에서 야유가 터져 나왔다.

김 의원의 10분간 질의시간이 끝났다.

다음은 여당의원의 질의 순서.

유 교수 제자로 국회의원이 된 이정석 의원이 마이크를 이어받았다.

이 의원은 법인카드로 몇 번 가족 회식을 한 것은 관례적인 일로 장관 업무를 수행할 수 없을 만한 하자는 아니라고 변명해 줬다. 그것이 야당의원들의 반발을 샀다. 야당석에서 야유가 터져 나왔다. 위원장이 의사봉을 치며 장내를 정리했다.

유 교수는 그런 구체적인 자료가 어떻게 야당의원의 손에 들어갔는지 이해가 되지 않았다. 남에게 별로 인심 잃을 일은 하지 않았는데, 교무처에서 누가 그런 자료를 줬을까 의아했다.

추가 질문시간에 김석기 의원이 다시 발언을 신청했다.

유 교수는 업무추진비 문제를 다시 따지면 솔직히 잘못을 인정하기로 하고 김 의원의 입을 쳐다봤다.

"공직 후보자는 부총장 시절 주말을 주로 어디에서 지냈습니까?"

김 위원이 점잖게 물었다.

"서울 집에서 보냈습니다."

"그럼 주로 금요일 저녁에 상경하셨겠네요?"

"네. 일과 끝나고 상경했습니다."

"교통편은?"

"승용차를 제가 몰고 갔습니다."

"그럼 후보자님 본인 승용차를 관사에 두셨다가 주말에만 썼습니까?"

"제 승용차는 서울에 두고 주로 학교차를 이용했습니다."

"기름 값과 통행료는 본인이 물었습니까?"

"기름은 주말 되면 기사가 가득 채워놓으니 그걸 썼고, 통행료는 학교에서 지불한 하이패스에서 지불되었지요."

"주말에 서울 가서서 학교 일을 했습니까?"

"할 때도 있었지만 대부분 쉬었습니다."

"그럼 학교차를 개인용도로 쓰셨다는 말인데…, 그렇지요?"

"그런 셈이네요."

"그런 셈이 아니라 그런 거지요?"

"네. 그렇습니다."

"솔직히 답해 주셔서 감사합니다. 학교차를 학교비용으로 개인용도로 썼다는 말씀이신데 공직자로서 맞는 행동이라 생각하십니까?"

순간 유 교수는 확 화가 났다. 세상이 다 그렇게 사는데, 그걸 잘못했다고 사과하라는 투다.

"관례라 별 생각이 없었습니다."

"관례? 장관이 관용차를 그렇게 마구 쓴다면 정당한 행동입니까?"

"정당하지 않다고 생각합니다."

"장관이 되시면 그렇게 공과 사를 구분하지 못하는 행동을 하지 말기 바랍니다."

유 교수는 새파랗게 젊은 친구에게 훈계를 들으며 기분이 나빴다. 모욕을 당한 기분이었다. 장관을 하겠다고 수락한 것이 살짝 후회되었다.

전자계시기를 보니 김 위원 질의 시간이 4분 28초가 남았다. 계시기 초침이 28, 27, 26초로 부지런히 줄어들었다.

"후보자께서는 요정에 가 보신 적 있습니까?"

김 위원은 집요했다.

"네."

유 교수는 저 친구가 또 무엇을 걸고넘어지려고 저러나 하고 짜증이 났다.

"황제 요정에 가셨었지요?"

황제 요정은 강남역 근처에 있다.

"네."

"거기 술값이 얼마인지 아십니까?"

"잘 모릅니다. 비싸다는 것만 압니다."

"그래도 비싸다는 것은 아시네요. 보통 17년짜리를 마시면 두당 100만원, 30년짜리를 마시면 두당 300이라는 소문입니다. 두당 300이면 보통 월급쟁이 한 달 월급입니다."

김 위원이 말을 마치고 청문회장 여당석을 죽 둘러보았다.

"그런 비싼 요정을 주로 누구와 갔습니까?"

"친구들이 가면서 끼워줬습니다."

"좋은 친구들을 두셨네요. 미래건설 사장과도 같이 갔지요?"

"네. 고등학교 동창입니다."

"부총장 재직시에 연구동 신축을 미래건설에서 했지요?"

"네."

"건축비가 얼마인지 아십니까?"

"정확히는 모르고 100억 원 단위입니다."

"그런 공사를 하면서 공사업자와 요정에 가서 로비를 받으시는 것이 잘하신 행동입니까?"

"로비 받은 적은 없고 친구끼리 가서 한잔 했습니다."

"친구끼리 한잔하려면 삼겹살에 소주 한잔 하면 되지요. 그 비싼 집에 갈 것 없지요. 두당 300씩이나 하는."

"그렇다고 공사를 따는데 아무 영향도 안 줬어요."

"후보자님은 그렇게 생각하시겠지만 밑에서 일하는 직원들은 부총장님이 시공사 사장하고 두당 3백이나 하는 꿈의 궁전 아방궁에서 항아같이 젊고 예쁜 여자를 옆에 끼고 술을 마셨다는데 영향을 안 받겠어요?"

유 교수는, 이 새끼야 너는 안 갔어? 하는 말이 입술까지 나왔으나 꿀꺽 삼켰다.

질문 시간이 끝나 마이크가 꺼졌다.

김 위원이 육성으로 고함을 쳤다.

"결정적으로 확인할 사항이 있는데, 곧 확인 결과가 나올 겁니다. 저녁 먹고 와서 추가 질문하겠습니다."

다음은 여당 위원 차례다. 그는 청문회 위원으로서 어울리지 않게 후보자의 고매한 인격을 추켜세우는 발언을 하고, 야당 위원들의 야유를 받으면서, 교과서에 나오는 경제 문제 두어 가지를 묻고 시간을 채웠다.

저녁 식사를 위한 정회. 기획관리실장은 여당과 야당 간사들과 9시경 청문회를 마치는 것으로 이야기가 됐다며, 조금만 더 고생하시라고 후보자를 위로했다.

김기석 의원의 질문으로 그의 치부, 유 교수는 지금까지 전혀 치부로 여기지 않았지만, 주민등록법을 위반하고, 마누라는 투기지역에 부동산 투기를 하고, 법인카드로 마누라 생일 파티나 해 주고, 학교차를 타고 주말에 서울을 드나들며, 업자와 요정이나 가는 파렴치한이 됐다.

유 교수는 그와 답변 자료를 같이 썼던 간부와 저녁식사를 하며 자신의 인격이 난도질당한 기분이 들어 부하 공무원들을 보기가 민망했다. 그는 그냥 교수를 하다가 총장이나 했으면 고매한 인격자로 존경받고 여생을 마칠 수 있었는데, 공연히 장관을 한다고 수락했다가, 공연히 치부가 다 드러났다. 김기석, 그 새끼가 또 뭘 터트린다는데 그게 뭘까? 더러워서 장관 안 하겠다고 하고 때려치울까, 하는 생각도 들었다.

저녁 8시에 청문회가 속개됐다. 의원들은 저녁을 하며 반주로 마신 술이 하루 종일 자리를 지킨 피로를 더하게 하여 모두 그만 청문회를 끝냈으면 하는 눈치였다.

저녁을 먹고 난 후도 청문회를 속개했으니, 국민들에게 밤늦도록 열심히 청문회를 했다는 인상도 줄 수가 있다.

두어 사람 형식적인 질문을 하고, 위원장이 추가 질문 신청이 없다며 폐회를 선언하려 했다.

그 때 김기석 위원이 허겁지겁 부리나케 청문회장으로 들어서며 발언을 신청했다.

보따리를 싸던 여야 위원들이 이맛살을 찌푸리며 김기석 위원을 노려봤다.

"여러 선배 동료 위원님들 죄송합니다. 모두 청문회를 끝내시려는데 방해해서. 그러나 후보자의 도덕성을 검증하는 데 결정적인 제보가 있어 막 확인하고, 꼭 따지고 가야 할 것 같아 추가로 질문을 드리겠습니다. 위원장님 다른 위원님들 발언 신청이 없으면 저한테 제한 시간 같은 거 두시지 말고 끝장 질문을 하도록 시간을 주시면 합니다."

김기석 위원이 득의만만한 표정으로 위원석을 죽 둘러보고 후보자를 노려보고, 위원장을 빤히 쳐다보며 말했다.

위원장이 다른 위원들의 반대가 없으면 그렇게 하겠다고 하며 위원들을 둘러봤다. 여당 간사가 발언을 하려다가 입을 다물었다.

청문회가 끝날 것 같아 긴장을 풀고 있던 유 교수는 번뜩 긴장이 되었다.

"공직 후보자께서는 대학에서 경영학을 가르치면서, 많은 후학을 배출하였고, 대학에서는 부총장을 역임하고, 정부기관의 자문위원으로 정부정책결정에 참여하셨고, 경영학회 회장을 하시며 경영학계를 이끄시는 등 전문지식은 장관 업무를 수행하는 데 별 문제가 없다고 봅니다만, 공직자로서 가장 중요한 도덕성에는 치명적인 결격사유가 있다고 봅니다. 딸을 특수학교에 입학시키려고 실정법, 주민등록법을 위반하였으며, 여러 정부 부처 자문위원으로 활동하면서 얻은 정보를 바탕으로 부인을 시켜 땅 투기를 하였으며, 공직자로서 가장 중요한 덕목인

공과 사의 구별이 없이 학교카드로 본인은 물론 가족들 생일 파티를 벌렸으며, 그것도 서울에서 제일 비싼 호텔에서, 주말에 서울 집에 오면서 학교차를 자가용같이 사용하였습니다. 기름 값과 통행료로 학교 돈을 막 쓰면서 말입니다. 더구나 업자와 짝짜꿍이 되어 두당 3백만 원이 넘는 요정 출입도 잦았습니다. 이런 사항은 본인이 다 인정한 비리입니다. 이런 공과 사가 분명하지 않고 불법을 막 저지른 사람을 사전에 거르지 않고 공직자로 그것도 장관으로 추천한 대통령의 인사 철학이 이해가 되지 않습니다. 후보자가 저지른 비리는 우리 세대를 사는 중산층 이상 지도자들이 자주 범하는 관례 같은 거라고 항변할 줄 압니다. 그런 비리나 불법을 일반인이 저질렀으면 관례라고 넘어갈 수 있지만, 공직 후보자로는 부적격이라 생각됩니다.”

김석기는 유 교수를 빤히 쳐다보며 일장 연설을 했다. 여당석에서, 그거 다 아는 일이야, 그만 끝내지, 하고 불평이 나왔다.

유 교수는 김석기의 연설을 들으며, 문득 그가 퍽 잘못 살아온 것 같은 생각이 들었다. 많은 잘못을 하며 살아온 것 같았다.

“다시 묻습니다. 이런 도덕적 하자를 인정한 후보자께서 공직 후보자를 사퇴할 용의는 없으신지요?”

김 위원이 직설적으로 물었다.

“제 사퇴 여부는 임명권자의 권한에 속하기 때문에 제가 사퇴 여부를 말씀드릴 수 없습니다.”

“좋습니다. 저도 후보자가 저지른 비리는 일반적 관례라고 치고 청문회에서 지적하는 것은 공직자가 되시어 잘하시라는 충고라고 생각합니다. 그러나 후보자가 공직자에 나갈 수 없는 결정적인 하자가 있습니다.”

김석기가 득의의 미소를 지으며 뜸을 들였다.

“오늘 청문회를 하면서 들으니, 공직 후보자께서는 부인의 생일, 결혼기념일을 공금으로 챙겨줄 만큼 가정적인 척하셨던데, 어떻게 그렇게 두 얼굴을 쓰고 사셨습니까?"

유 교수는 김 위원의 말이 무슨 말인지 알 수 없어 멍청히 앉아 있었다.

"부인 몰래 아들을 두셨던데, 어떻게 이중생활을 감쪽같이 몇 십 년을 하실 수 있어요? 후보자께서 불교 신자시던데 그 업보를 어떻게 다 갚으시려는 겁니까?"

공직 후보자가 혼외 아들을 뒀다는 김 위원의 폭탄 발언에 청문회장이 술렁였다.

"제가 혼외 아들을 뒀다고요?"

유 교수는 너무나 의외의 말에 자신도 모르게 큰소리가 튀어나왔다.

"네. 시침일 떼시려고요?"

"그것은 모함입니다. 절대 없습니다."

유 교수가 강하게 부인했다. 유 교수는 결혼 후에 한 번도 외도를 한 적이 없다.

"그럼 그것이 사실로 밝혀지면 후보자 자리를 사퇴하시겠습니까?"

"아무리 청문회장이고 국회의원이 면책특권이 있다 하더라도 김 위원님의 발언은 지나치신 겁니다. 제가 혼외 자식이 있다면 당연히 공직을 가질 수 없지요. 대신 지금 김 위원이 하신 말씀이 사실이 아니라면 공식으로 사과하고 책임져야 합니다."

유 교수가 강경히 말했다.

여당석에서 무슨 수작이야, 하는 불평이 나왔다. 야당석에서 다 듣고 말해, 하는 응원의 목소리가 나왔다.

"좋습니다. 그럼 후보자께서 혼외 자식이 있다는 것이 확인되면 공직 후보를 사퇴하시겠다는 말씀이지요?"

"그렇습니다. 그러나 위원님께서 허위사실을 말씀하셨을 때는 공식으로 사과하셔야 합니다."

유 교수의 저항을 김 위원은 여유 있는 미소로 받아들였다.

"후보자님. 김보람 씨 아시지요?"

"김보람?"

"오래 되셔서 잘 기억이 나시지 않는 모양인데. 김보람 씨가 후보자의 아들을 낳고 30년도 넘게 혼자 키우고 있어요. 그 동안 후보자는 양육비 한 푼도 보내주지 않았어요."

"아, 이제 생각났어요. 김보람 씨 제가 학도병으로 사창리에서 군대 생활할 때 저의 중대장 여동생이었어요. 그 당시 흔치 않았던 우리말 이름을 가져 아직 기억하고 있습니다."

"생각이 나신다고요? 그 김보람 씨가 후보자의 아들을 낳았다는데."

"제 아들을 낳았다고요? 불가능해요. 당시 중대장은 부대원 중 쓸 만한 사병을 골라 여동생에게 소개시켰어요. 저도 그 후보 중 한 사람이었고."

유 교수는 30년도 더 된 군대 생활을 떠올리며 주섬주섬 주워댔다. 그는 재학 중에 학보로 군대에 가서 최일선에서 근무했다.

"그래서 어떻게 됐는지 말해 보시지요?"

"김보람 씨는 당시 E대를 다니고 있었고, 퍽 예쁘게 생겼어요. 그러나 저는 그만 후보 경쟁에서 밀렸어요. 당시 저보다 고참인 김병기 병장이 있었는데, 그 친구는 사회에서 양장점 재단사로 일하다가 입대했어요. 여자 다루는 솜씨가 뛰어나서 바로 김보람의 환심을 사고 둘이 사귀기 시작했어요. 김 병장이 김보람을 밀착 마크하는 바람에 저희들은 곁에 가기도 어려웠는데 어떻게 제 애를 가집니까?"

동료 청문위원들이 군대 때 얘기야, 하며 술렁거렸다.

"그럼 제대 후에는?"

"그 후 김 병장도 김보람도 만난 적이 없어요. 복학하고 학교 공부에

쫓겼고, 유학 준비하느라."

"그런데 어떻게 아들이 태어났지? 제가 후보자 아드님을 만나봤는데 딱 닮았어요. 유전자 검사를 할 용의가 있어요?"

"네, 있습니다. 그 분들이 동의한다면. 저도 제 아들이 있다면 만나보고 싶습니다."

"본 위원이 알기로 김보람 씨는 후보자의 아들을 낳고, 후보자에게 연락하려 하였으나 미국으로 유학을 가서 연락을 할 수가 없었고. 그러다 보니 세월은 흘러 지금까지 지났어요. 후보자는 씨만 뿌려놓고 지난 30여 년 동안 완전히 모른 체했어요. 이런 파렴치한을 어떻게 공직자로 모시겠습니까?"

김석기 위원이 책상을 탁 쳤다.

김병기 병장이면 '기' 자 돌림인데 김석기 의원의 형님이야, 하는 여당 의원의 놀림 말이 나왔다.

그 때 여당 간사가 의사진행 발언을 얻었다.

"제가 들은 바로는 후보자는 자식이 있는지도 모르는 모양인데, 더구나 혈기방장한 군 생활 때 일어난 일 같은데, 어떻게 책임을 물을 수 있어요. 이건 일종의 인신 모독입니다. 트집 잡기 위한 트집입니다. 여기서 청문회를 끝낼 것을 제의합니다."

여당 야당 의석이 청문회를 그만 끝내자는 주장과 끝까지 뿌리를 파야 한다는 주장으로 시끌벅적했다. 위원장은 정회를 선포하고 양당 간사들이 청문진행에 대하여 합의해 오라고 했다.

여야 양당 간사, 김석기 의원, 공직 후보자가 위원장실에서 별도로 회의를 열었다.

청문회는 여기서 끝내되, 후보자는 DNA 검사에 응한다. DNA 검사 결과 친자로 밝혀지면 공직후보자가 사퇴한다. DNA 검사는 김석기 위원이 주선한다.

청문회 보고서 채택 여부는 유전자 검사 후에 논의한다.

밤 열시가 훨씬 넘어 여야간사 합의 사항을 추인하고 청문회가 끝났다.

언론은 유 교수의 혼외 자식문제를 톱기사로 다뤘다. 티브이 뉴스에서도 톱뉴스로 다뤘다. 유 교수는 실체도 없는 헛소문 때문에 가족들 보기가 민망했다. 다 큰 딸들에게 부정한 아버지로 보이는 것 같아 괴로웠으나, 결백을 증명할 방법이 없었다.

김석기 의원이 유전자 검사를 하자고 김보람을 설득했으나, 김보람 측은 완강히 거절했다. 유 교수와 만남도 거절했다. 언론은 소설을 쓰면서 의혹을 증폭했다.

김석기 의원은 청문회를 준비하면서 몰래 유 교수와 김보람 아들의 DNA를 검사하여 친자 확인을 마친 상태이나, 불법으로 확보한 그 자료를 공개할 수는 없었다.

청와대 비서실장은 유 교수에게 청문회 보고서가 채택되지 않으면 20일을 기다린 후 임명 절차를 밟겠다는 대통령 당선자의 뜻을 전했다. 유전자 검사결과 친자이면 후보자를 사퇴하겠다고 한 발언은 경솔한 발언이라고 질책하셨다고 전언했다.

청와대는 경찰에서 소재를 확인한 김 병장과 유 교수의 만남을 비밀리에 추진했다.

두 사람은 안가에서 30여 년만에 만났다. 60을 바라보는 김 병장은 앞머리가 다 벗어진 늙은이였다.

김 병장은 김보람과 자기가 몸을 섞었는데, 어떻게 유 일병이 애 아버지라고 오해를 받는지 모르겠다며 허허 웃었다. 제대를 한 김 병장은 임신을 했다고 자기를 찾아온 김보람에게 그 아이가 누구의 아이인지 모른다며 모른 체했다고 했다. 김보람은 군대 있을 때 데리고 놀던 상대였고, 결혼상대로 약혼자가 따로 있었다고 했다. 딱 한 번 임신했다고 찾아왔던 김보람은 다시는 찾아오지 않았다고 했다. 그리고 소식이 끊겼단다.

양장점을 해서 겨우 먹고 살던 김 병장은 더 이상 군대 있을 때 데리고 논 여자에게 연연할 수가 없었다. 유 일병이 애 아버지라는 언론보도를 보고 내 아이라고 나설까 하다가, 공연히 마누라한테 약점 잡힐 것 같아 모른 척했다고 했다.

유 교수는 나를 위해 사실을 공개해 달라고 했고, 김 병장은 정부에서 마련한 기자회견장에서 김보람은 군대시절 자기 애인이었으며, 그 아이는 자기 아기라고 주장했다. 임신 후 찾아왔었다는 말까지 덧붙였다.

여자측이 완강히 유전자 검사를 반대하자, 특종을 터트렸던 김석기 의원이 다급하게 됐다. 여당은 김 의원을 명예훼손죄로 고발하라고 유 교수에게 요구했다. 이 사건을 빌미로 사사건건 정부의 일에 딴죽을 거는 김 의원의 버릇을 고쳐놓으려는 속셈이었다.

대통령은 야당의 반대로 청문회 보고서가 채택되지 않자, 법정 기한을 기다린 후 유 교수를 장관으로 임명했다. 야당은 형식적으로 임명 철회를 요구하며 딱 한 번 투덜댔다.

유 경제부 장관은 성장만이 파이를 키워 분배를 늘릴 수 있다는 그의 경제철학을 바탕으로 경제정책을 펼쳐 5년 임기 중 매년 경제성장률을 거의 5%씩 달성하며 우리나라 경제를 한 단계 도약시키고 대통령 임기에 맞춰 장관직을 퇴임하고 다시 대학으로 돌아갔다.

전직 대통령이 유 교수를 술이나 한잔 하자며 그의 집에 불렀다.

"직업 중 교수 직업이 최고네. 유 교수는 장관 그만 두고 교수로 또 가고. 나야 자원 봉사하는 자리 외에 갈 데가 없는데."

거나하게 술이 취한 전직 대통령이 유 교수의 잔에 매실주를 따라주며 말했다.

"대학교수 좋지요. 그 악머구리 같은 국회의원들에게 안 시달려도 되고. 저도 이제 정년이 2년 남았어요. 각하 덕분에 제가 가진 경제 이론을 일선에서 펼칠 수 있는 기회가 주어져서 좋았지요. 감사합니다."

"감사할 것은 없고, 나도 유 교수 덕분에 경제 분야에 성공한 대통령이 됐으니. 그건 그렇고 김석기 의원이 말하던 친자는 찾았나? 그 친구 어느 정도 근거가 있어 그렇게 주장했을 텐데. 아들을 찾았으면 자네 딸만 낳아 조상에게 미안하다는 말 거둬들여도 되고."

전직 대통령이 대학 후배요, 부하 장관이었던 유 교수를 빤히 쳐다보며 말했다.

"그것이…."

"나한테는 솔직히 말해도 되네. 이제 청문회 나갈 일도 없을 거고."

"실은 김보람을 만났어요. 장관 그만 두고 학교로 찾아왔었어요."

"그래서?"

"김 병장이 제대해 갈 때 코가 삐뚤어지게 막걸리를 마신 적이 있어요. 김보람 씨도 같이. 술에 떨어진 우리 셋이 한 방에서 잤었는데, 그 때 김보람이 김 병장하고 저한테 다 몸을 열었대요. 저는 워낙 술이 취해 기억이 없는데. 김보람은 자주 몸을 섞은 김 병장이 애 아버진 줄 알았대요. 그런데 애가 커가면서 외모가 김 병장을 닮지 않았대요. 오히려 저를 닮았대요. 아버지는 찾아줘야 하는 거 같아 유전자 검사를 하재요. 이제 공직을 그만 뒀으니 친자로 확인돼도 별문제 없을 것 같아 찾아왔다고. 자기 남편은 자기 아들로 믿고 있다며 소동내기 싫다며 조용히 처리하자고 했고."

"그래서 유전자 검사했나?"

"네. 99.9% 제 자식이라는 결과가 나왔어요."

"축하하네. 아들 생겨서 어부인도 아시나?"

"모릅니다. 김보람 씨가 자신과 아들과 나만 알자고 해요. 이제 가족들한테 알려서 분란 일으키기 싫데요."

"훌륭한 여성이네. 자네 조상에게 이제 미안 안 해도 되겠네. 3대 독자가 아들이 없다고 조상 뵐 면목이 없다고 하더니."

"다 각하께서 장관 시켜 준 덕분이지요. 청문회 아니었으면 자식 찾았겠어요?"

"그렇게 되나?"

전직 대통령과 전직 경제부장관은 한바탕 유쾌하게 웃었다.

어느 부부·3

/_ 도자기혼

김광열은 러닝과 팬티 차림으로 콘도 12층 베란다에 놓인 의자에 앉아서 검은 바다를 내려다보았다.

해변을 따라 줄을 선 가로등 불빛을 받으며 횟집들이 죽은 듯 늘어서 있고, 여명이 밀려오는 모래사장을 한가하게 걷는 산책객들의 모습이 주먹만하게 보였다. 네온사인만 번쩍이는 유람선 선착장에서 3십여 미터 떨어진 바다 가운데에 불 꺼진 유람선이 흔들거렸고, 그 너머 해송이 숭숭 서 있는 동산을 붉은 구름이 엷게 덮었다.

광열은 해변을 죽 한 번 훑어보고 시선을 동산으로 돌렸다. 동산 위로 붉은 기운이 뻗쳐올랐다. 광열은 붉은 기운에 눈길을 두고 해돋이를 기다렸다. 진한 붉은 기운을 뚫고 노란색 빛줄기가 찬란하게 죽 뻗쳐올라왔다. 어, 하는 사이 해가 초승달만한 크기로 끝자락을 내밀었다. 광열이 아, 하고 감탄사를 내지르며 두어 번 눈을 깜빡하는 사이에 황금색 불덩이가 손바닥만큼 올라왔다. 광열은 눈을 홉뜨고 이글거리며 밀려 올라오는 불덩이를 마주 보다가 저절로 눈이 감겼다.

광열은 눈을 가늘게 떠서 붉은 광채를 흘겨보다가 고개를 돌려 모래

사장을 보며 눈을 쉬다가 했다. 눈 깜짝하는 사이 해가 반만큼 얼굴을 내밀고 광채를 쏟아냈다. 광열의 눈이 저절로 감겼다. 붉은 기운이 눈꺼풀 위에서 스멀거렸다. 광열은 해가 치솟아 오르는 장관을 마저 보려고 손가락으로 눈동자에 들어오는 빛의 양을 조절하며 눈살을 찌푸리고 실눈을 뜨고 떠오르는 태양과 눈싸움을 했다. 눈알이 시었다. 눈물이 나왔다. 광열은 두 눈을 손바닥으로 가리며, 문득 저 빛의 원천은 핵융합? 하고 생각했다.

보름달만한 저 해가 지구보다 몇 천 배나 더 크다고? 이 큰 지구 덩어리가 저 저 쪼그만 해 주위를 돌고 있고?

광열은 그 사실이 믿기지 않아 살래살래 고개를 흔들었다.

갈릴레오가 지구가 태양을 돈다고 나섰다가 되게 혼났었지…. 그런데 진짜 지구가 해를 도는 거 맞아? 해가 동산 위에서 떠서 서쪽 바다로 떨어지는데….

자식, 너 공대 나온 거 맞아? 인공태양을 만든다고 하며 먹고 사는 놈이.

김광열 박사는 핵융합연구소의 책임연구원이다.

옛사람들은 태양을 신으로 떠받들었지? 그런데 니가 지금 그 신을 만들려고 하잖아? 너 정말 대단한 놈이네.

겨우 80년 전에 태양열이 핵융합에서 나오는 에너지라는 것을 알아냈는데, 바로 인공 핵융합 장치인 수소폭탄을 만들었다. 그 막대한 에너지로 전기를 만드는 방법을 연구하고 있고…, 나도 그 축에 끼어 벌써 이 십여 년을 먹고 살고 있네!

내가 핵융합로를 성공시키면 신으로 숭앙 받을까? 천 년 전에만 태어났어도 신처럼 추앙받았을 텐데….

"당신 뭘 그렇게 골똘히 생각하고 있어? 옛날 애인이라도 생각하는 거야?"

아내, 조민선이 잠옷 차림으로 하품을 하며 광열의 옆 자리에 섰다.

광열은 고차원적인 사색에 빠진 남편에게 천박한 세속적인 말을 건네는 아내를 힐끗 올려다봤다. 자라나는 아이들에게 나이를 나눠주며 늙어가는 민선의 얼굴이 부스스했다. 머리는 헝클어졌다. 아무렇게나 걸친 잠옷 앞섶으로 한쪽 젖무덤이 반쯤 노출됐다. 민선은 생 모습을 아무렇지도 않게 남편에게 내보이며 바다를 내려다봤다.

"벌써 해가 떴네, 해운대까지 왔으니 꼭 해돋이를 보려고 했는데. 당신만 보기야?"

민선이 하품을 하며 볼멘소리를 했다.

"당신 너무 곤히 자길래."

"그래도 깨우지. 어젯밤 멋있었어. 고마워."

민선이 광열의 머리를 가슴에 안았다.

광열은 어제 해운대 제일호텔에서 에너지포럼이 개최한 심포지엄에서 〈핵융합 에너지의 전망〉을 발표했다. 그는 핵융합 에너지는 30년 후, 2030년에는 상용화되어 화석연료와 원자력을 대체하는 인류의 미래 에너지원이 될 거라고 자신 있게 발표했다. 30년 후를 예견하는 그에게 아무도 토를 달지 않았다.

광열은 마침 결혼 20주년 기념일이 포럼 일정과 겹치자 포럼에 오면서 민선을 모시고 왔다. 19주년 결혼기념일에는 고3 아들과 함께 대학 입시 준비를 하느라 여행은 꿈도 꾸지 못했었다. 내년에는 고3이 되는 딸과 더불어 또 입시준비를 하여야 한다. 광열은 아이들을 키우며 찌들어가는 민선을 위로해 주고파 포럼에 함께 왔다.

민선은 낮에 포럼에서 주선한 원자력발전소 견학을 다녀왔고, 저녁에는 포럼에서 주최한 만찬에 남편과 함께 참석했다. 약삭빠른 동료가 사회자에게 결혼 20주년 기념차 여기 온 부부가 있다고 귀띔했다. 사회자가 김광열 박사 부부를 호명했다. 두 사람은 엉겁결에 일어서서 참석자들의 박수를 받았다.

박수를 받고 얼굴이 홍당무가 되어 자리에 앉은 민선은 옆자리 앉은 남편의 손을 꼭 잡고 자랑스러운 눈으로 남편을 건너다봤다. 광열은 행복해 하는 아내를 쳐다보며 가슴이 찡했다. 어깨가 으쓱 올라갔다. 그는 망설이는 아내를 포럼에 데리고 온 그의 용단이 자랑스러웠다. 남자의 자긍심이 뭉클 일었다.

광열은 민선을 연구소에서 만났다. 그녀는 옆 건물에서 실험실 조수로 근무했다. 광열은 그녀를 출퇴근길에도 만나고, 식당에서도 만나 얼굴과 미스 조라는 성씨는 알았으나 이름은 몰랐다. 산악회에서 버스를 대절하여 금오산 원정 산행을 갔다. 산행 후 질펀한 뒤풀이가 이어졌다. 모두 술에 취해 비척거리며 기고만장하여 버스에 올랐다.

미국에서 박사를 하고 유치과학자로 귀국한 지 막 2년이 된 광열은 버스 뒷좌석에 앉았다. 미스 조가 그의 옆자리에 앉았다. 버스는 술 취한 승객을 싣고 흔들거리며 달렸다. 버스가 흔들거릴 때마다 서로 어깨를 부딪쳤다. 광열은 흔들거리며 그의 팔을 누르는 미스 조의 부드러운 감촉이 감질났다. 그는 일부러 어깨를 그녀 쪽으로 밀었다.

그녀가 살며시 광열의 손을 잡아왔다. 아니, 술에 취한 광열이 먼저 그녀의 손을 잡았는지 모른다. 둘은 두 시간이 넘도록 손을 잡았다 놓았다 하며 갔다. 버스를 내릴 때쯤 광열이 귓속말로 그녀에게 저녁을 사겠다고 했다. 그녀는 힘을 주어 그의 손을 꽉 잡아줬다.

그렇게 시작한 만남이 부부로 맺어졌다. 그녀는 결혼 후 바로 연구소를 그만 두고 전업주부가 되었다.

만찬 후, 광열 부부는 신혼부부처럼 손을 잡고 백사장을 걸었다. 백사장에 줄을 선 포장마차의 한 칸에 들어가서 멍게와 해삼을 안주하여 소주를 마시며, 그동안 고생하며 살아온 이야기를, 살아갈 꿈을 이야기했다. 술이 오른 민선은 딸은 내가 알아서 대학에 넣을 거니, 당신은 꼭 본부장이 되라고 했다. 광열은 허허 웃으며, 대한민국에서 내 분야에 나만큼 잘 아는 사람이 없으니 걱정 말라고 큰소리를 쳤다.

광열은 포럼에서 단체로 예약하여 반값에 들 수 있는 호텔 방을 마다하고, 동료들의 방해를 받지 않고 아내와 단둘이 오붓이 보내려고 콘도를 예약했다.

콘도로 돌아온 광열 부부는 스카이라운지로 올라가서 색깔과 장식이 화려한 데킬라를 주문했다. 광열은 입술에 묻은 소금기를 핥으며, 알코올 기운으로 불그스름하게 얼굴이 채색된 처녀처럼 싱싱해 보이는 40대 후반의 성숙한 아내를 건너다보며 준비해 온 선물을 건넸다.

"오늘이 도자기혼식 기념일이야. 열어 봐."

"도자기혼식? 그런 것도 다 있어? 은혼식, 금혼식은 들어봤지만 도자기혼식은 처음 듣는다."

민선이 조심스럽게 선물 포장을 뜯으며 말했다.

"결혼 20주년을 도자기혼식이라고 해."

포장을 뜯자 예쁜 상자가 나왔다. 상자 속에는 백합 모양의 도자기 브로치가 얌전히 누워 있었다.

"와, 넘 예쁘다."

"맘에 들어?"

"응, 아주. 당신 공돌이라 그냥 그럴 줄 알았는데…, 내가 남자 보는 눈은 있었지."

"넘 감격하지 마, 비싼 거 아냐. 그래도 그거 사러 백화점을 세 군데나 뒤졌다. 백합은 애정을 의미한다며?"

광열이 수줍어했다.

"그래? 고마워. 사랑해."

아내가 손을 뻗어 남편의 손을 꼭 잡았다. 남편은 다른 사람의 눈을 의식하며 아내의 볼에 가볍게 뽀뽀했다.

두 사람은 두 손을 마주 잡고 해변을 따라 죽 서 있는 가로등 불빛을 받고 일렁이는 시커먼 바다를 내려다보며 해변의 밤경치를 즐기다가 방으로 내려가서 영육이 합일하는 화려한 밤을 보냈다.

"벌써 해도 다 떴는데 우리 해장국 먹으러 가자. 배도 고프고 어제 술을 많이 마셨더니 입안이 텁텁하다."

아내가 옷을 갈아입으러 침실로 들어갔다.

광열은 20년이나 같이 한집에 살며, 이제 뚝배기처럼 다뤄도 잘 깨지지 않고 불평이 없는, 어쩌다가 한 번 청자처럼 아껴주면 감격해 하는 아내의 살찐 허리를 보며, 인공태양이 어떻고, 30년 후가 어떻고, 하는 손에 닿지 않는 상상에 빠져 허허거리는 것보다, 당장 간밤의 숙취를 풀어줄 해장국 한 그릇이 더 절실했다. 그는 옷을 입으러 아내를 따라 침실로 갔다.

2 _ 은혼식

광열은 반바지에 티셔츠 차림으로 유람선 14층 선수 갑판에 네 줄로 죽 늘어놓은 의자들 중 맨 앞줄 한가운데 의자에 앉았다. 그가 앉은 바로 앞에 갑판을 둘러싼 사람 키 높이의 투명한 플라스틱 바람막이가 설치되어 있다. 그는 의자 등받이를 45도로 세우고, 등받이에 허리와 머리를 기대고, 긴 의자 위에 다리를 쭉 뻗고 앉아서, 책을 읽다가 바다를 보다가 하였다. 옆자리에는 선글라스를 낀 반바지 차림의 민선이 의자 등받이를 15도로 눕히고 평안하게 누워서 일광욕을 즐기고 있었다.

광열은 결혼 25주년, 은혼식을 맞이하며 큰 맘 먹고 인천항을 떠나 동남아를 돌아오는 5박6일 코스의 유람선을 탔다. 그가 탄 유람선은 총 톤수 12만 톤급인 그리스 선적의 배다. 승무원 1,200명, 승객 2,800명이 탄다. 큰 뷔페식당을 비롯하여 정찬식당이 두 개, 간식을 즐길 수 있는 작은 식당이 여러 군데 있다. 면세점, 카지노, 대형 극장, 실내외 수영장, 체육관, 사우나 등이 있다. 테니스 코트와 농구 코트도 있다. 대형 극장에서는 쇼를 보여주고, 영화도 상영한다.

광열은 〈우주의 기원〉을 서너 페이지 읽고 눈을 바다로 돌렸다.

내가 지금 알고 있는 지식 중 잘못 알고 있는 지식이 얼마나 많을까?

지금 지구가 둥글다는 것을 모르는 사람이 없지만, 한 천 년 전만 해도 지구의 끝이 낭떠러지라고 믿는 사람들이 많았었다. 은하가 우주의 전부가 아닌가로 패를 나눠 다투던 것이 겨우 50년 전….

대형 망원경으로 130억 광년 밖까지 확인할 수 있다고? 정말 그렇게 멀리까지? 137억 년 전 빅뱅 후 우주는 계속 팽창하고 있고, 우리 우주의 경계가 130억 광년쯤 된다고? 그 우주 안에 수억, 아니 수십 억 개의 은하가 있고…. 우리가 살고 있는 이 우주 말고 또 다른 우주가 여럿 있을 수 있고? 그런 우주는 대체 어떤 우주일까? 하느님은 이 큰 우주 어디에 계실까?

물질이 우주의 겨우 4%를 차지한다고? 96%는 정체를 몰라 암흑물질, 암흑 에너지라고 이름을 붙였고. 인간들이 겨우 4% 알면서 다 아는 체하는 거야?

고등학교 때 원자핵의 기본 물질은 양자와 중성자라고 배웠었다. 그때 양자 중성자를 들먹이며 대단한 것을 아는 양 꼈었다. 대학에서 쿼크라는 더 작은 물질을 찾았다고 배웠다. 양자와 중성자는 서로 다른 쿼크 3개가 모여서 된 거라고 했다. 몇 년 내에 쿼크보다 더 작은 기본

입자를 찾아낼지 모른다. 그럼 내가 지금 알고 있는 지식은 꽝! 색즉시공 공즉시색이네.

인류가 핵융합을 연구한 지 50년. 상용화 시기가 2050년으로 늦춰졌다. 내가 그 연구를 하며 밥을 먹고 산 것이 벌써 30년이 다 되네. 아직도 50년은 더 연구할 것이 있네. 그 때 몇 살? 백 살이 넘네. 그때까지 살까?

"당신 뭘 그렇게 골똘히 생각해. 연구소 걱정?"

아내가 의자 등받이를 세워 광열과 나란히 앉으며 말했다.

"아니."

"여기까지 와서 연구소는 잊어버려. 배가 막 밀려가는 거 같지?"

"그래. 막 밀려가는 기분이야."

"어떻게 이 넓은 바다에 배 한 척도 안 다니고 새 한 마리도 없지? 사방이 온통 물뿐이야. 꼭 우리 배가 조각배 같아, 흔들거리며 밀려가는."

"정말 어떻게 배 한 척도 안 다니지? 망망대해라는 말이 맞네. 어쨌든 정말 한가하다. 오랜만에 세상과 격리되어 한가한 시간 가진다."

"당신 본부장 되고 매일 회의다 회식이다, 하며 돌아쳤는데 아무 생각 말고 푹 쉬어."

"그래, 쉴게. 이렇게 쉬고 있잖아?"

"그런데 정말 지구가 둥근 거 맞아? 수평선을 보고 있으면 바닷물이 폭포처럼 막 떨어질 것 같아 걱정된다."

"나도 그런 생각이 들어. 중력이 어떻고 하는 거 알고 있지만, 수평선을 보고 있으니 막 떨어져 내릴 것 같은 느낌이야."

"저 수평선 위에 죽 둘러선 구름이 바닷물이 떨어지지 못하게 막고 있는 거 아냐?"

"그런가?"

"뭐 과학자가 그런가야? 당신 과학자 맞아? 하늘에 떠 있는 저 주먹만한 달이 정말 바닷물을 끌어당겨 이렇게 파도를 치게 하는 거야?"

아내는 중천에 떠 있는 달을 가리켰다.

"그렇다는데. 믿기지 않지? 저 작은달이 어떻게? 그냥 용왕님이 잡아당긴다고 하면."

"포세이돈이 아니고? 정말 한가하고 편하다."

아내가 의자의 등받이를 눕혀 누우며 말했다.

"그래 정말 한가하다. 나 없어도 연구소 잘 굴러가겠지?"

"당연하지. 당신 며칠 없다고 무슨 일 날 것 같아? 연구소는 잊으라니까."

"내가 일주일 휴가 가겠다고 했더니 소장 얼굴색이 변하는 거야. 어떻게 본부장이 일주일씩이나 휴가를 가냐는 표정이었어."

"그랬어? 그 소장 쪼다네."

"소장을 그렇게 말하면 안 되고. 저기 갈매기 보여?"

어디서 나타났는지 갈매가 한 마리가 유람선을 앞질러 왔다갔다 날아다녔다.

"응. 어떻게 이렇게 멀리까지 날아왔지?"

"철새들은 수천 킬로미터도 날아다니는데 여기서 육지가 몇 킬로 되겠어?"

"몇 킬로나 될까? 소장이 휴가 간다고 꼴꼴했다고? 당신 덕분에 유람선도 다 타 보네."

민선이 광열의 팔을 툭 쳤다.

"내 덕? 다 당신 덕이지."

광열은 책에 눈을 두고, 아내는 수평선에 시선을 두었다.

한참 책을 읽던 광열은 눈을 쉬려고 책을 덮고 느긋하게 수평선에 시선을 보냈다.

문득 휴가 떠나기 전 정부 관료와 다퉜던 일이 떠올랐다.

쥐뿔도 모르는 관료가 지가 중앙정부 과장이라고, 광열의 전문 지식을 깔아뭉개며 탱자야 탱자야, 하며 시비를 걸었다. 두 달 이상 모시지 않았더니, 불만을 그런 식으로 표출하는 것 같았다. 광열은 관료의 의도를 파악하고, 과장님의 해박한 지식은 따라갈 수 없다고 아부하며, 저녁을 하며 고견을 듣고 싶다고 했다. 과장은 그런 뜻은 아니고, 하면서 어물쩍 그의 제의를 물었다.

'자식 술이 먹고 싶으면 그냥 먹고 싶다고 하지.'

광열은 이맛살을 잔뜩 찌푸리고 고개를 흔들며 불쾌했던 장면을 털어냈다.

"당신 뭐 불만 있어?"

아내가 의자에서 일어서서 광열을 내려다보며 말했다.

"아니, 불만은 무슨."

"그럼 왜 그렇게 인상을 쓰는데."

"내가 인상을 썼나? 불쾌했던 장면이 떠올라서."

"불쾌했던? 당신 나한테 불만 있는 건 아니지?"

달거리 중인 민선은 어제도 그제도 광열의 섹스 요구를 강하게 거부했었다. 아내는 유람선까지 타며, 남편의 사랑 요구를 거절했던 것이 마음에 걸리는 모양이다.

"아니, 없어."

광열은 아내의 의중을 읽고 두 손을 흔들며 부정했다. 광열은 25년을 함께 살아온 남편이 그만 일로 삐졌을 거라고 생각하는 아내에게 섭섭한 마음이 들었다. 둘 사이가 서먹서먹해졌다.

"나 방에 들어갈래. 바람도 세고 얼굴 다 타겠다."

민선이 토라져서 자리를 털고 일어섰다.

"방에 가 봐야 답답할 텐데 갑판이나 한 바퀴 돌고 가자."

"당신이나 돌고 와. 나 먼저 방에 들어갈래."

아내는 남편의 말을 선실에 들어가 봐야 섹스도 못할 건데 뭐 하러 선실에 들어가려 하느냐는 뜻으로 들은 모양이다.

민선은 심드렁한 표정으로 혼자 선실로 갔다. 광열은 여자의 속은 밴댕이 속, 하며 얼굴을 찡그렸다.

광열은 이유도 없이 아내에게 섭섭해지려는 마음을 다독이며 갑판을 돌아서 선미로 갔다. 그는 12층 갑판에 그려놓은 조깅 트랙을 따라서 걸으며, 11층 옥외수영장에서 수영을 즐기는 사람들을 내려다보았다. 남자는 딱 두 사람, 어린 애들과 뚱뚱한 중년 여자들이 판을 쳤다. 그는 민선에게 수영장에 가자고 했다가 핀잔만 들었었다.

뙤약볕이 쨍 내려쬐는 선미는 텅 비어 있었다.

광열은 삐져서 선실로 간 아내에게 가볼까 하다가, 좁은 배안에서 어쩔 수 없이 계속 붙어 지낼 수뿐이 없는데, 혼자 좀 쉬게 두자고 생각하며 선실로 가지 않았다. 광열은 가드레일을 붙잡고 서서 유람선이 바다를 가르며 지나가며 남긴 자국을 내려다봤다. 유람선 바로 밑에는 바닷물이 좌우로 쫙 갈라져 자국이 뚜렷했으나, 100m 저편에서는 파도에 휩쓸려 흔적이 사라졌다.

광열은 유람선이 남긴 자국이 얼마 못가서 사라지는 것을 내려다보며, 지금 유명하게 회자되는 사람들의 이름이 얼마나 갈까? 하고 중얼거렸다.

천 년 후에도 아인슈타인의 이름은 교과서에 나오겠지? 석가, 예수는 언제까지? 또 다른 2천 년? 아님 5천 년?

2천 년 후면 지금 우리가 모르는 우주의 비밀을 많이 알게 될 거고, 종교의 교리도 많이 바뀌겠지…. 창조와 진화 논쟁은 종지부를 찍을 거고, 지구 외에 다른 별에서 생명체도 찾을 거고….

2천 년 후면 화석에너지는 바닥이 나서 없을 거고…, 내가 연구하는 핵융합 에너지에 의존하겠지….

내가 세계에서 제일 먼저 핵융합로를 성공시키면 2천 년 후에 내 이름이 지금 아인슈타인이나 코페르니쿠스같이 날릴까?

나 죽고 난 후 내 이름이 회자돼 봐야 그게 나와 무슨 상관이지?

당장 정부에서 연구비를 타내야 하는데…, 2050년을 내다보고 꽉꽉 연구비를 대줄 관료가 어디 있어? 쥐꼬리만 한 연구비로 세계 최초로 핵융합로를 성공시키겠다고? 꿈 깨라.

"당신 아직도 뙤약볕 아래 그대로 서 있네. 아무리 기다려도 안 와서 나와 봤어."

민선이 선글라스를 벗어서 손에 들고 다가왔다.

"당신 그렇게 서 있다가 피부 다 타면 저녁에 어떻게 잘 거야? 우리 쇼 보러 가자."

광열은 번뜩 제정신으로 돌아왔다. 2천 년 후는 꿈 같은 이야기이고, 이렇게 마구 강열한 자외선 속에 서 있다가 피부가 타면 저녁에 잠을 잘 수가 없다.

그는 아내를 따라서 마술 쇼를 보러 대형 극장으로 갔다.

광열 부부는 저녁 8시에 정장을 하고 정찬 식당 보헤미아로 내려갔다. 한복을 차려입은 여자도 보였고, 나비넥타이를 맨 신사도 여럿 보였다. 투피스를 입은 민선은 귀걸이, 목걸이까지 했다. 결혼 20주년 기념으로 남편이 선물해 준 도자기 브로치를 챙겨 와서 가슴에 달았다.

두 사람은 승무원의 안내를 받으며 창가의 자리로 갔다. 밤바다가 시커멓다.

광열은 전식으로 달팽이 요리, 야채 스프, 시저스 샐러드, 주 메뉴로 송아지 안심을 주문했다. 아내는 주 메뉴로 농어를 주문했다. 후식은 식사 후에 주문하겠다고 했다. 광열은 주 메뉴에 맞춰서 적포도주와 백

포도주를 잔으로 시켰다.

"당신 덕분에 매일 호강한다. 밥 안 해서 좋고, 이렇게 일류 호텔 음식만 먹고."

민선이 눈을 깜박거리며 광열을 건너다보았다.

남편은 행복해 하는 아내를 건너다보며 가슴이 뿌듯했다. 아내는 정장을 했고 정성껏 화장을 했지만 나이를 감추지 못했다. 기미가 화장으로 다 가려지지 않았다. 남편은 아내를 건너다보며, 아이 둘을 키우고, 빠듯한 월급쟁이 생활을 꾸리느라 고생해 온 아내가 가상했다. 그녀는 직장까지 그만뒀다!

"겨우 몇 년에 한 번 하는 여행인데…"

"그런 남편 많지 않다. 당신 연구소에서 유람선 태워주는 사람 당신뿐일걸."

광열은 25년을 함께 산 아내가 그를 인정하고 칭찬하는 말을 해 주자 우쭐해졌다.

"그럼 내가 좋은 남편 축에 드네. 우리 건배하자."

"건배? 좋지. 당신 정말 괜찮은 남편이야."

아내가 포도주 잔을 들며 말했다. 남편은 아내가 "최고" 대신 "괜찮은"이라는 미적지근한 표현을 쓰자 가볍게 서운했다. 둘은 잔을 부딪쳤다.

"당신 마누라 잘 얻은 줄 알아. 애 둘 다 재수 안 시키고 대학 보냈지, 알뜰살뜰 돈 모아 아파트도 장만했지."

아내가 또 공치사를 시작했다.

나이가 들어가면서 아내는 자주 자신의 공을 내세우며 공치사를 했다. 남편에게 자신의 존재를 부각시키려 했다. 광열은 또 시작하네, 하면서, 사반세기 동안 큰 문제없이 살게 해 준 아내에게 그 정도 공치사는 할 권리는 있다고 여기며 묵묵히 아내의 말을 들어줬다.

"큰 병 없이 다 건강하지. 다 내 덕이야. 당신 본부장 된 것도 다 내가 내조를 잘 해서 된 거야. 그거 알고 있지?"

광열은 내가 벌어다 준 돈 모아서 집을 샀고, 내가 노력해서 본부장 됐는데, 하고 속으로는 반발했으나, 그냥 고개를 끄덕여줬다.

"당신 금오산 갔다 올 때 무슨 맘먹고 내 손 잡았어?"

광열은 아내의 공치사를 입막음하려고 옛 일을 꺼냈다.

"내가 먼저 잡았나? 자기가 먼저 잡아 놓고."

아내가 펄쩍 뛰었다.

"나 당신이 내 손을 잡아 깜짝 놀랐었는데."

"당신 또 그 소리. 당신이 먼저 잡았어. 엉큼하게."

아내가 정색을 했다. 광열은 그런 아내의 반응이 재미있다.

"누가 먼저 잡았던, 우리 은혼식 때까지 이렇게 잘 살고 있잖아. 선물."

광열이 선물이 든 조그맣고 예쁜 봉투를 양복 저고리에서 꺼내 아내에게 건넸다.

"당신 유람선도 태워주고 선물도 주는 거야?"

아내의 목소리가 가볍게 떨렸다.

"은혼식인데 당연히 선물을 줘야지."

아내는 눈을 껌벅거리며, 눈물을 감추려는 거 같다, 봉투에서 선물이 든 상자를 꺼냈다. 상자에는 커플 은반지가 들어 있었다.

"우리 애들 다 크도록 살면서 커플 반지 하나도 없어 샀지. 맘에 드십니까? 중전마마."

광열이 농담을 던졌다.

"어, 정말 커플 반지네. 젊은 애들 커플 반지 차고 다니는 거 보고 나도 하나 했으면 했는데."

"그랬어? 그럼 진작 말하지. 그럼 구리 커플 반지 하나 맞춰줬을 텐데."

"고마워 당신. 내가 남자 하나 보는 눈은 있지."

"그 봐, 당신이 먼저 손잡았지."

"그런 뜻이 아니고…. 어쨌든 고마워."

아내가 손을 테이블 위로 뻗어왔다. 남편이 그 손을 잡아줬다.

두 사람은 같이 살아온 날들의 이야기, 아들딸들을 키우며 겪었던 일, 시가와 처가와 얽히고 설킨 사연, 연구소 동료와 그 가족들과의 일화를 오누이처럼 다정하게 나누며 정찬을 즐겼다.

광열은 아내가 준비하는, 아직 한 번도 생각한 적이 없는, 그의 은퇴 후의 생활 계획을 들으며 문득 50대 후반에 들어선 그의 나이를 실감하며 아내의 심려가 고마웠다. 아내의 얼굴에 주름살이 늘고 기미까지 끼었지만, 그것은 단지 표면에 낀 부식물일 뿐 그 속에는 천 년을 가도 변함없는 은빛 마음이 반짝이고 있었다.

후식을 마치고 자리에서 일어서더니, 아내는 얼굴을 붉히며, "나 당신한테 선물 줄 것 없는데, 그거 거의 다 끝났어" 하며 부끄러워했다. 그녀의 신호를 바로 알아챈 광열은 전신에 열기가 죽 뻗쳤다. 심하게 가슴이 뛰고 숨이 가빴다.

3

김광열 본부장은 두 팔을 죽 늘어뜨리고 창가에 멍청히 서서 주차장에 켜진 전등 불빛에 바라 희미하게 보이는 별들을 올려다보았다. 여섯 시간이 넘도록 그를 감금한 지역주민들도 지친 표정으로 소파에 앉아서 서로 눈치를 보거나, 실내를 서성거렸다.

오전 열시, 주민 대표 다섯 명과 연구소 대표 다섯 명이 소회의실에서 실험용 핵융합로 건설과 관련 보상 문제를 협의했다. 협의에 들어가기 전 주민 대표들은 연구소장을 면담했다. 소장은 주민 대표들에게 정부에서 급히 불러 바로 들어가 봐야 한다며, 김광열 본부장에게 전권을 위임했으니 서로 대승적인 견지에서 좋은 결론을 내주시기 바란다는, 입에 발린 말을 던지고, 주민 대표들과 악수를 나누고 허겁지겁 소장실에서 도망쳤다.

협의장인 소회의실로 들어가는 복도에 주민 100여 명이 진을 치고 구호를 외치며 연구소 측을 압박했다.

광열이 연구소 입장을 간략히 설명했다. 벌써 몇 번째 들려줬던 주장이다.

이번에 건설하려는 핵융합로는 실험용으로 그 용량이 원자력발전소의 십분의 일도 안 되며, 임계 상태를 겨우 30초 유지하는 것이 목표다. 핵융합로는 우라늄을 연료로 사용하는 원자력발전소와 달리 중수소를 연료로 사용하므로 방사선이 거의 나오지 않는다. 연구소 부지 내에 실험로를 건설할 계획이며, 추가로 토지를 매입할 계획이 전혀 없다. 그러므로 특별히 보상할 계획이 없다.

주민 대표가 반박했다. 몇 번째 들었던 주장이다.

핵융합로는 비록 실험용이지만 원자력 시설이다. 주민들이 전문적인 지식이 없다고, 방사선이 거의 나오지 않는다고 막 거짓말을 하고 있다. 어떻게 원자력법에 따라 건설하면서 보상은 않겠다고 하는가? 당연히 원자력발전소와 동일하게 보상해야 한다. 핵융합로에서 반경 700미터 제한구역내에 있는 가옥과 토지를 다 구입하고, 반경 5km 내도 원자력발전소와 같은 수준으로 보상하라. 대대손손 살아온 고향을 버리고 떠나야 하는 정신적 보상도 하라.

양측의 견해차가 너무나 컸다. 원자력발전소 수준으로 보상을 해 주려면 실험로 건설비 전액을 다 줘도 부족하다. 하루 종일 개미 쳇바퀴

도는 식의 논쟁이 이어졌다.

오후 다섯 시, 일주일 후에 다시 만나서 협의하기로 하고 산회했다.

광열은 하루 종일 되지도 않는 주장을 들어주고 방어하며 지친 몸을 이끌고 2층 그의 방으로 갔다. 복도에서 농성을 하던 주민들이 광열을 막아서며, 당장 보상을 약속하라고 다그쳤다. 광열을 따라 나온 주민 대표들이 1주일 후에 다시 협의하기로 했다며 주민들을 달랬다. 광열은 그 틈을 타서 잽싸게 그의 방으로 도망쳤다. 복도에서 주민 대표와 주민들 간에 고성이 오가며 다투는 소리가 났다.

광열은 그의 방에 들어서자마자 이동전화로 소외에 피신해 있는 소장에게 협의결과를 보고했다. 그는 너무 피곤하여 결혼 28주년 기념으로 아내와 먹기로 한 저녁을 미루고 싶었으나, 아내가 실망할 것 같아, 집에 들러 픽업할 수 없을 것 같으니 시간 맞춰 택시를 타고 백합 호텔로 나오라고 전화했다.

광열이 아내와 통화를 마치고 의자에 앉자마자 주민들이 우르르 사무실로 쳐들어왔다. 광열은 눈을 크게 뜨며 의자에서 벌떡 일어섰다. 밀려든 주민들의 얼굴이 낯설었다. 협의에 참석했던 주민 대표 중 한 사람, 지역개발 위원장이 주민들을 뒤따라 들어오며, 이러면 안 돼, 하고 소리쳤다. 잠바를 걸친 등치가 책상 위에 놓인 광열의 이동전화를 낚아채서 주머니에 넣으며, 이건 압수, 했다.

"다음 주에 협의하기로 대표들과 합의했는데 이 무슨 행패입니까? 핸드폰 이리 줘요."

광열이 인상을 쓰며 고함을 질렀다.

"행패? 이 새끼가 뵈는 것이 없어? 맞아봐야겠어?"

볼에 칼자국이 난 험상궂게 생긴 30대가 주먹을 휘둘렀다. 광열은 무의식적으로 방어 자세를 취했다. 주먹이 바람을 일으키며 얼굴을 가린 광열의 팔을 탁 쳤다.

"저 새끼 좀 맞아야겠어." "아직 뜨거운 맛을 못 본 모양인데." "죽여, 죽여" 하는 고함 소리가 여기저기서 났다. 광열은 공포로 정신이 흔들거렸다.

"자, 이렇게 마구잡이로 할 것이 아니라 우리 앉아서 차분히 이야기합시다."

주민 대표가 손바닥을 아래를 누르는 제스처를 하며, 흥분한 체하는 주민들을 진정시켰다.

숨을 고르며 광열은 주민 대표를 마주 보고 앉았다. 소파의 빈 자리에 주민들이 주르르 앉았다. 광열의 옆자리에도 앉았다. 의자를 차지하지 못한 주민들은 광열의 뒤에도 섰고 앞쪽에도 섰다. 광열은 주민들에게 완전히 포위됐다.

연구소 직원 이십여 명이 광열을 구출하려고 복도를 점령한 주민들과 몸싸움을 벌였다. 숫자에서 밀린 연구소 직원들이 뒤로 밀렸다. 뒷짐을 지고 몸싸움을 구경하던 관리본부장이 연구소 직원들에게 뒤로 물러나라고 지시했다.

"이렇게 본부장 방까지 쳐들어온 것은 주민 대표라는 작자들이 연구소에서 뭘 받아 처먹었는지 흐물흐물하여 우리가 뽄때를 보여주려고 온 거야."

주민 대표의 옆자리에 앉은 덩치가 자리에서 일어서서 광열을 꼬나보며 말했다.

"대표라는 친구들이 매일 협상한답시고 시간만 보내더니 뭐 또 다음 주에 만나기로 했다고? 대표들한테 맡겨놨다가는 죽도 밥도 안 될 것 같아 우리가 직접 나선 거야. 발전소만큼 보상해 줄 거야 말 거야?"

등치가 주먹으로 탁자를 꽝 쳤다.

광열은 깜짝 놀라 눈을 감았다 뜨며, 움찔했던 동작을 감추며 아랫배에 힘을 줬다.

"치성이 그렇게 막말하면 안 돼지. 우리 대표들도 대화로 해결하려고 애쓰고 있고, 연구소도 나름대로 노력하고 있는데."

주민 대표가 등치를 달랬다.

"위원장님, 그렇게 유하게 나가다가 언제 보상받습니까? 지금까지 얻은 게 뭡니까? 오늘 우리가 쇼부를 낼 테니 구경이나 하세요."

등치가 단호한 말투로 주민 대표를 몰아쳤다.

"치성이 말도 일리는 있지. 김 본부장. 지금까지 연구소랑 여러 번 만났는데 바뀐 게 없어요. 오죽했으면 주민들이 사무실까지 쳐들어 왔겠어요? 우리 긴말 할 것 없이 김 본부장이 전권 위임받았을 때 인심 한 번 쓰세요. 그냥 발전소 수준으로 보상한다고 딱 한 마디만 하면 돼요."

주민 대표가 점잖게 광열을 구슬렸다.

"제가 회의 때 말씀 드린 것과 같이 이번에 건설하려는 원자로는 핵융합롭니다. 건설비가 3천 억도 안 되는 실험용인. 방사선이 거의 안 나와요."

광열은 침착한 척하려고 기를 썼으나 목소리가 떨려 나왔다.

"이 새끼 우리가 그런 얘기 듣자고 여기 온 줄 알아? 날강도 같은 놈. 멀쩡하게 잘 살고 있는 집 옆에 핵폭탄 시설을 짓는다면서 뭐 방사선이 안 나온다고? 그럼 느네 안방에다 지어, 우리 동네에 지을 생각 말고. 건설비 3천 억 든다고? 그럼 한 천 억 떼어준다고 해. 새끼야."

칼자국이 광열을 노려보며 삿대질을 했다.

"그게 아니라."

"그게 아니기는 뭐가 아니야. 우리 동네에 지으려면 딴소리 말고 같은 원자력인 원자력발전소만큼만 보상해. 그럼 딴소리 안 할게."

"핵융합로는 원자력발전소와 완전히 다른 구조이며 연구소 부지 내에 지을 겁니다."

"그러니 보상도 안 해 주고 거저 먹겠다고?"

덩치가 탁자를 탕 치며 자리에서 벌떡 일어섰다. 칼자국도 의자에서 벌떡 일어서서 광열을 팰 자세를 취했다.

"저 새끼 죽여" "깔아뭉개 버려" 하는 고함소리가 났다.

그 때 휴지통이 휙 날아왔다. 광열은 무엇인가 그를 향해 날아오는 것을 보며 본능적으로 고개를 숙였다. 순간 휴지통의 모서리가 광열의 머리에 꽂혔다. 광열은 무의식적으로 머리에 손이 갔다. 액체는 만져지지 않았다.

"무슨 짓이야?"

광열이 깜짝 놀라 일어서며 소리쳤다.

"이 새끼가 어디다 대고 반말이야."

광열의 등 뒤에 서 있던 주민이 광열의 어깨를 짓눌렀다. 광열은 꼬꾸라지듯 소파에 주저앉았다.

"모두 가만히 좀 있어. 그렇게 막 가면 김 본부장이 어떻게 정신을 차리나. 김 본부장. 우리 이렇게 시간만 보낼 것이 아니라 소장이 김 박사한테 전권을 줬잖아? 주민들한테 인심 한 번 쓰는 셈치고 발전소 수준으로 해 주겠다고 딱 한 마디하고 악수하고 끝내지. 그럼 내가 술 한 잔 거하게 살게."

주민 대표가 슬슬 광열을 구슬렸다.

광열은 공연히 말대꾸를 했다가 말꼬리만 잡힐 것 같아 입을 다물고 주민 대표를 빤히 응시했다.

"이 새끼 말로는 안 되겠어. 맞아봐야 답이 나올 것 같아."

칼자국이 오른손 주먹을 왼손 손바닥에 탁탁 치며 공갈을 쳤다.

주민들은 공갈을 치다가 어르다가를 반복했다. 주민들이 한 차례 위협을 하고 공갈을 치고 나면 주민 대표가 말리는 척하고 눙치며 광열의 양보를 유도했다. 광열은 주민들과 주민 대표가 미리 역할을 짜고 들어온 느낌이 들었다.

광열은 직원들이나 경찰이 그를 구하러 오기를 눈이 빠지게 기다리며, 그가 한 번 잘못 대답했다가는 수습할 수 없는 수렁에 빠진다는 책임감으로 모멸감을 참고 공포분위기를 견뎠다.

조민선은 이이가 무슨 바쁜 일이 생겨 집에 데리러 오지도 못하나, 본부장이 되더니 연구소 밖에 몰라, 하고 투덜대며, 택시비를 아끼려고 한참을 걸어 나가서 버스를 타고 호텔로 갔다. 양식당 르세느에 남편 이름으로 두 사람 예약이 되어 있었다. 종업원이 창가 자리로 안내했다. 민선은 이번 결혼기념일에는 남편이 무슨 선물을 할까 기대하며 자리에 앉았다.

벽시계가 6시 반을 가리켰다.

핸드폰을 빼앗긴 광열은 아내에게 갈 수 없다고 알리려고 구내전화기를 들었다. 주민 한 사람이 "전화는 무슨 전화" 하며 광열의 손을 탁쳤다. 전화기가 툭 떨어졌다. 전선에 매달린 전화기에서 삑삑 신호음이 울렸다.

"급한 일이 있는데 전화도 못하게 하는 거요?"

광열이 주민 대표에게 항의했다. 주민 대표는 광열의 말을 못들은 체했다.

"경찰에 신고하려고? 얕은 수작부리지 마."

덩치가 윽박지르며 전화기 코드를 확 뽑았다.

"나 지금 꼭 가 봐야 할 중요한 약속이 있는데, 여러분의 뜻을 위에 전할 테니 이만 끝냅시다."

전화마저 할 수 없게 된 광열이 주민 대표에게 사정했다.

"너만 중요한 약속 있어? 나도 중요한 약속 있다. 그러니 그만 발전소 수준으로 해 준다고 딱 한 마디만 해. 그럼 보내주지."

칼자국이 차분하게 말했다.

"이 새끼야, 소장이 너한테 권한 다 위임했다는데 무슨 위에 보고야. 그냥 좋다고 인심 한 번 쓰면 되지."

덩치가 광열의 가슴을 툭툭 밀며 얼렀다.

"김 본부장, 급한 약속이 있는 거 같은데 한 마디만 하고 가요. 발전소 수준으로 해 주겠다고."

주민 대표는 한 수 더 떴다.

"대표님 다음 주에 다시 협의하기로 해 놓고 이러시면 어떻게 합니까? 이거 불법감금이요."

광열이 대표를 보며 항의했다.

"감금? 이 새끼가 못하는 소리가 없네. 잘 사는 사람들 보상도 안 해 주고 막 쫓아내며 발전소 지으려고 하는 건 괜찮고, 대화 좀 하자고 방에 잡아 놓은 것을 감금이라고? 이 새끼 죽어볼래?"

칼자국이 주먹을 확 내질렀다. 광열의 방어 자세를 취했다. 칼자국의 주먹이 광열의 손등을 탁 쳤다. 광열이 뒤로 주춤 물러났다. 칼자국은 두 번 더 때리는 동작을 하며 팔등을 건드렸다. 얼굴은 가격하지 않았다. 휴지통이 날아왔다. 광열은 고개를 숙였다.

광열은 주민들이 공감과 폭력적인 제스처만 취하지 신체에 상처가 나는 위해는 가하지 않는다는 것을 눈치 채고, 그냥 시간을 보내며 누가 먼저 지치나 버티며, 그를 구해줄 원군을 기다렸다.

조민선은 약속시간이 돼도 남편이 나타나지 않자 이동전화를 눌렀다. 신호는 가는데 받지 않았다. 덩치는 주머니에서 본부장의 이동전화가 울자 꺼내서 봤다. 광열은 덩치에게 손을 내밀며 전화기를 달라고 했다. 덩치는 화면에 뜬 아내라는 발신인을 보고 광열의 손을 탁 치고 전화를 탁 껐다. 조민선은 다시 전화를 걸었다. 전화기가 다시 울자 덩치가 전원을 꺼 버렸다. 조민선은 전원이 꺼져 있어…, 하는 메시지를 들으며, 운전을 한다고 전원까지 다 꺼, 하며 고개를 갸웃했다.

약속시간이 30분이나 지났다. 조민선은 남편이 오다가 교통사고라도 당한 거 아닌가, 하는 방정맞은 생각을 하며, 광열의 부하 직원에게 전화를 했다. 부하는 상사가 주민들에게 갇혔다는 말을 할 수가 없어, 지금 본부장님이 긴급회의에 들어가셨다고 했다. 언제 끝날지 모른다고 했다. 조민선은 속으로 전화도 못해 줘, 하며 짜증을 냈다.

주민들은 교대로 자리를 비웠다. 저녁을 먹고 오는 모양이었다. 광열은 목도 마르고 배가 고팠으나, 주민들의 벽을 뚫고 나갈 수가 없었다.
한 시간을 기다리던 조민선은 종업원에게 미안하다고 하고, 집에 와서 찬밥을 비벼 먹었다. 그 때까지도 남편으로부터 소식이 없었다. 그녀는 잔뜩 화가 나서 이동전화를 마구 눌렀다. 전원이 꺼져 있어…, 하는 메시지만 나왔다. 그녀는 조금 전에 전화했던 부하 직원에게 다시 전화했다. 부하는 아직 회의 안 끝났다고 했다. 그녀는 오늘이 무슨 날인데 아무리 회의가 중해도 그렇지 전화 한 통 못해 주나, 하며 투덜댔다.

세 시간째 감금이 이어졌다. 광열은 배고픔은 무뎌졌으나, 더 이상 오줌을 참을 수가 없었다. 그는 화장실에 가려고 자리에서 일어서서 문 쪽으로 갔다.

"어딜 도망치려고?"

덩치가 앞을 가로 막았다.

"화장실 가려고."

광열이 가시 돋친 목소리로 대답했다.

"화장실? 보내줄까?"

덩치가 주민들을 둘러봤다.

"그 새끼 도망치려는 얕은 수작이야. 아무 병이나 하나 갖다 줘."

칼자국이 소리쳤다.

주민 한 사람이 빈 페트병을 들고 와서 칼자국에게 넘겼다. 칼자국이 광열을 째려보며 페트병을 받아서 광열에게 건넸다.

광열은 기가 차고, 화도 나고, 자존심이 상했으나, 더 이상 오줌을 참을 수가 없어 사무실 구석으로 가서 급한 불을 껐다. 광열은 페트병 위 구멍에 자지를 맞춰 대고 오줌을 누며, 문득 여자의 자궁에 대고 오줌을 갈기는 기분이 들었다. 광열은 이 판국에도 성 생각을, 하며 쓴 웃음을 삼켰다.

오줌이 페트병을 거의 채웠다. 페트병이 뜨듯해졌다. 칼자국이 어정쩡하게 서 있는 주민에게 눈짓을 했다. 어정쩡하게 서 있던 주민이, 내가 이런 것까지 치워야 해, 하고 투덜대며 오줌이 담긴 페트병을 들고 나갔다.

광열은 자리로 돌아와서 소파에 앉았다. 주민 대표는 광열의 더러운 기분은 아랑곳없이, "김 본부장 부하들한테 인기가 좋던데, 주민들한테도 인기 좀 얻어 봐" 했다.

광열은 못 들은 체했다.

'본부장으로 진급하지 않았으면 이런 수모는 당하지 않을 텐데, 지금 민선은 어떻게 하고 있을까?'

광열은 본부장으로 진급하자, 월급 몇 푼 더 받고 성취욕을 만족시킨 대가로 개인의 시간을 다 내줬다. 사람을 만나고, 회의를 하고, 정부에 불려 다니고, 노조의 눈치를 보고, 저녁과 주말시간까지 다 내줬다. 연구하는 시간을 다 빼앗겼다. 저널을 보고, 직접 자료를 찾고 사색을 하며 새로운 기술에 접근할 시간을 다 빼앗겼다. 부하들의 요약 보고를 듣고 수박 겉핥기식으로 새 정보와 지식을 얻었다.

감금 네 시간이 지났다. 광열은 목이 탔다.

광열은 마주 보고 앉은 주민 대표에게, "물 한 컵 먹읍시다" 하고 사정조로 말했다.

주민 대표가, "물? 본부장 커피 한 잔 빼다 주지" 하고 문 앞에 서성이는 주민들을 돌아보며 말했다. 문을 막고 서 있던 주민들은 서로 눈치를 봤다.

"삼용이 자네가 가서 몇 잔 뽑아와. 우리도 마시게."

주민 대표가 지갑에서 천 원짜리 몇 장을 꺼내 건넸다. 한 청년이 돈을 받아들고 입을 주먹만큼 내밀고 투덜대며 복도로 나갔다.

광열은 종이컵에 6부쯤 담긴 커피를 단숨에 마셨다.

뜨거워서 훅, 하고 뱉었다. 탁자 위에 커피가 튀었다.

"이 새끼 불만 있으면 말로 해."

투덜대며 주민 한 사람이 휴지로 닦았다.

광열은 후후 불며 나머지 커피를 식혀서 마셨다.

광열이 종이컵을 찌그러트리며 뜨거운 커피에 덴 혀에 침을 바르며 따가움을 달래고 있을 때, 삐쩍 마르고 신경질적으로 생긴 잠바 차림의 40대 남자가 입구를 막고 있는 주민들을 밀치며 방으로 들어섰다.

밀침을 당한 주민이, "이 친구 뭐야?" 하며 잠바를 가로 막았다.

주민 대표가 자리에서 일어서며, "아, 과장님 어쩐 일로?" 하며 잠바에게 굽실 인사를 했다. 가로막던 주민이 옆으로 비켜섰다.

"위원장님도 계시네. 연구소에서 주민들에게 간부가 감금됐다는 신고가 들어왔어요. 와서 보니 감금된 것이 아니라 커피도 마시며 협의를 잘 진행하고 있네요."

잠바가 방안을 죽 둘러보고 주민 대표와 악수를 했다.

주민 대표가, "동북서 ○○과장님이셔" 하고 잠바를 주민들에게 소개했다.

소파에 앉아있던 주민들이 자리에서 일어서서 과장님에게 인사를 했다. 광열은 무슨 과장이라고 하는지는 정확히 듣지 못했으나, 자리에서 일어서서 경찰 간부에게 고개를 가볍게 숙였다. 과장이 광열에게 손을 내밀며, "본부장이세요?" 했다. 광열이 과장의 손을 잡으며 고개를 끄덕했다.

"위원장님. 제가 와서 보니 아무 문제 없이 서로 협상을 잘하고 있네요. 방해 안 되게 가 보겠습니다. 서로 평화적인 분위기 속에 잘 협의하시고, 절대 폭력은 안 됩니다."

광열이 말할 틈을 주지 않고, 경찰이 손을 흔들며 방을 나갔다. 덩치가 방을 나서는 경찰을 호위했다. 경찰이 아무 조치도 않고 방을 나가자 광열은 힘이 쭉 빠졌다.

"이 새끼들 우리가 언제 감금했다고 거짓 신고해?"

덩치가 방에 들어서며, 현관까지 잘 모셔다 드렸다고 하며 광열을 쳐다보고 욕설을 퍼부었다.

"우리더러 감금했다고?"

칼자국이 탁자를 탁 치며 일어섰다. 탁자 위에 놓여있던 수화기가 덜컥 뛰어 마루에 떨어졌다.

"마빡에 꽃이 펴봐야 알겠어?"

덩치가 주먹을 휘둘렀다. 주민들이 고함을 치며 광열의 항복을 강요했다.

광열은 입을 열었다가는 트집만 잡힐 것 같아 입을 꽉 다물고 앞 벽면에 시선을 고정한 채 꼿꼿이 앉아 있었다. 한참을 공갈과 협박을 퍼붓던 주민들이 제풀에 지쳐 잠잠해졌다.

감금 여섯 시간이 지났다.

광열은 의자에서 일어나서 창문 쪽으로 걸어갔다. 아무도 막지 않았다.

간헐적으로 긴장했다 풀어졌다 하며 완전히 지친 광열은 팔을 축 늘어트리고 멍하게 창밖을 내다봤다. 넓은 주차장에 승용차가 서너 대만 보였다. 직원들이 다 퇴근한 모양이다. 광열은 텅 빈 주차장을 내다보며, 혼자 고도에 내팽개쳐진 느낌이었다. 그는 달랑 혼자 버려진 것 같은 배신감을 애써 부정하며 하늘을 올려다보았다. 주차장과 도로를 따라 켜진 전등 불빛에 바라 별빛이 흐릿했다. 그는 한참만에 머리 위에 떠 있는 북두칠성을 찾았다. 그는 국자 모양의 두 별을 연장하여 북극성을 찾고 카시오페아도 찾았다.

저 것이 큰곰, 작은 곰 자리라고? 어떻게 선을 그으면 곰처럼 보이지?

광열은 별들을 이어봤으나 곰의 모양을 만들 수가 없었다.

인디언도 저 별을 곰이라고 했다던데 어떻게 저 별들을 보고 곰처럼 생겼다고 했지? 옛사람들은 정말 상상력이 풍부하네…, 이집트에서는 신 오시리스가 타는 수레라고 했다지? 곰보다는 수레가 더 잘 어울린다. 피라미드 짓는다고 보상하라고 했을까? 돈도 못 받고 노역에 강제 동원됐을 텐데 무슨 보상. 전두환 때 시작했으면 이런 일은 없었을 텐데….

원전 수준은 말도 안 되고, 한 100억 쯤 보상해 준다고 인심 쓰고 끝낼까? 건설비의 겨우 3%잖아.

무슨 쓸데없는 생각! 한 번 물러서면 끝이 없다. 환경에 아무 영향이 없는 실험로 하나 지으면서, 그것도 연구소 내에. 꼭 보상을 해야 해? 민주화가 데모만능이야? 정말 버릇 한 번 잘못들였다.

앞으로 핵융합 밖에 없는데, 우리가 기술을 확보 못하면 비싼 돈을 주고 외국에서 사와야 하는데….

사무실에 갇혀서 저녁도 못 먹고 언제 풀려날지도 모르는 놈이 웬 걱정?

소장은 분명 내가 갇힌 사실을 보고받았을 텐데 두 손 놓고 있나? 경찰 녀석들은?

아내가 잔뜩 뿔이 나있겠지? 내가 주민들에게 갇힌 것은 몰라야 할 텐데.

제기랄, 본부장 한 번 해 먹기 힘들다!

조민선은 남편이 주민들에게 감금돼 있다는 전화를 받으며 온몸이 떨렸다. 그녀는 회의중이라고 했던 직원에게 왜 거짓말을 했냐고 따질 여유가 없었다. 그녀는 연속극에서 본 처참한 감금장면을 떠올리며 허겁지겁 택시를 타고 연구소로 달렸다.

"하루가 다 지나가는데 이리 와서 협상을 끝냅시다."

주민 대표가 창가에 서서 창밖을 내다보고 있는 광열을 불렀다.

"저 더 협의할 것 없습니다."

너무 지쳐서 정신이 반쯤 나간 광열은 창가에 선 채 담담하게 말했다.

"뭐라고요? 더 협의할 것이 없다고요? 그럼 우리말에 동의한다는 뜻이지요?"

저녁 내내 윽박지르며 협박을 하던 덩치가 존댓말을 썼다.

"우리 연구소 의견은 이미 다 말씀드렸고, 더 할 말 없습니다."

"이 새끼가 죽어봐야 정신 차리겠군."

칼자국이 탁자를 탁 치고 의자에서 벌떡 일어서서 오른손 주먹을 왼손 손바닥에 탁탁 치며 무서운 기세로 광열에게 다가왔다. 광열은 다가오는 칼자국을 멍하게 쳐다봤다. 지친 주민들은 칼자국이 하는 양을 지켜만 봤다. 칼자국이 광열의 어깨를 툭툭 쳤다. 광열은 그냥 허수아비처럼 서 있었다.

그때 복도에서 누구요? 들어갈 수 없어요, 하는 소리가 들려왔다.

"당신들 지금 뭐하는 거야?"

쇳소리가 났다. 여자의 목소리였다.

광열이 번쩍 눈을 떴다. 민선이 눈에 쌍불을 켜고 그녀를 막는 주민들에게 막 대들었다. 그녀는 당당했고 단호했다. 표정은 처절했고 결사적이었다. 중년의 여자가 독기를 품고 대들자 주민들이 주춤 물러섰다.

"여보 가요. 여기서 뭐해요."

민선이 광열을 끌었다. 주민들은 그녀의 처절한 기세에 눌려 멍청히 쳐다만 봤다.

1층 로비에 진을 치고 주민들과 대치하고 있던 연구원들이 계단을 내려오는 광열 부부를 감쌌다. 두 사람은 직원들의 호위를 받으며 현관을 벗어났다.

그놈 잡아, 하는 소리가 2층에서 들려왔다.

직원들이 두 사람을 호위하며 성급히 주차장으로 도망쳤다.

"소장님이 주민과 다투다가 주민이 다치기라도 하면 큰일이라고 자제하라고 하여 구하러 갈 수 없었어요."

한 직원이 변명했다. 광열은 황급히 차에 오르며 손을 흔들며 괜찮다는 신호를 보냈다.

집에 도착한 광열은 아내의 부축을 받으며 거실에 들어섰다. 그는 바로 화장실로 가서 오래 참았던 소변을 보고, 손 씻을 힘도 없어 그냥 거실로 나와서 소파에 털썩 앉았다. 아내가 맥주 캔 두 개를 들고 나왔다.

"당신 본부장턱 톡톡히 하네. 저녁은 먹었어?"

광열은 고개를 흔들며, "당신은?" 하고 물었다.

"나는 호텔에서 스테이크 먹었지. 당신 목마를 테니 우선 맥주 한 잔하고 있어. 저녁 준비할게."

민선이 캔 뚜껑을 따서 건넸다.

광열은 맥주를 꿀컥 마시고, 아직도 흥분이 가시지 않아 하얗게 긴장된 민선이 부엌으로 가는 광경을 멍하니 쳐다보며, "라면이나 하나 끓여줘" 했다. 그는 아내가 크게 보여 라면을 끓여달라고 해도 되는지 자신이 없었다.

4 _ 진주혼식

광열은 지역구 국회의원 출판 기념회에 갔다. 그는 한참을 기다려서 겨우 국회의원과 눈맞춤을 하고, 뷔페로 차려놓은 음식은 들지 않고 의원회관을 나섰다.

그는 국회 앞에 있는 식당에서 혼자 설렁탕으로 저녁을 때우며 꼭 이렇게 살아야 하나, 하는 회의가 들었다. 자신이 한심하다는 생각도 들었다.

광열은 본부장까지 했으니 소장 한 번 하고 퇴직하기로 마음을 정했다. 소장을 하는 것이 자신의 성취욕을 만족시키는 것은 물론, 아내에게 최고의 결혼 30주년 기념 선물이 될 것 같았다. 민선은 광열이 본부장으로 진급하자 남편 앞에서는 반짝 기뻐하고 담담한 체했으나, 친척들과 친구들에게 두고두고 자랑해댔다. 연구원 직원과 부인들 앞에서 본부장 부인 노릇을 톡톡히 하는 것 같았다.

광열은 소장은 공모 절차를 거쳐 뽑지만, 꼭 실력으로만 뽑는 것이 아닌 것을 알아채고, 연구에만 몰두했던 생활패턴을 바꿔 자신의 경력과 능력에 알파를 보태줄 인맥을 쌓아갔다.

광열은 잘 만나지 않던 출세한 동창들과 어울렸고, 정부도 자주 찾아가서 술도 사고 밥도 사며 고위공무원들과 친교를 쌓았다. 그는 지역구 국회의원은 물론 상임위원회 위원장과 여야 간사도 그의 이름을 각인시켜야 할 인사로 꼽았다. 그는 골프는 들어가는 시간과 돈에 비해 운동량이 모자라는 비효율적 운동이라고 치부하며 멀리했으나, 인맥을 쌓는 데 필수적인 운동이라고 판단되어 골프 연습장에서 그 동안 녹슨 기술을 갈고 필드에 나갔다. 광열의 학벌과 박사학위에 은근히 기가 죽었던 출세한 동창들이 정치권 실세와 골프 모임에 그를 끼워줬다.

살아가는 방법을 바꾸고 보니 당장 돈이 필요했다. 업무추진비는 한계가 있고, 쓸 수 있는 범위도 제한됐다. 그는 과외의 만남을 위해 별도로 비용을 조달해야 했다. 아내 몰래 별도로 비자금을 마련하지 않았던 광열은 아내에게 한두 번 거짓말을 하며 돈을 달라고 했으나, 거짓말도 한두 번이었다. 그는 이래서 부정들을 하나? 하며 상조회에서 돈을 빌렸다. 그는 별을 따겠다고 허허거리며 쏘다니며 이러다가 소장이 못 되면 시간과 돈만 날리고 연구실적만 뒤처지는 것이 아닌가, 하는 회의가 들기도 했다.

소장 공모 절차를 의결할 이사회가 열린다는 공고가 났다. 광열은 바삐 움직였다.

그 동안 친교를 쌓아왔던 고위공무원은, "김 박사 말고 누가 소장할 사람 있어? 차관께 잘 말해 놨으니 걱정 말고 응모해" 하며 광열을 격려했다.

동창과 같이 골프를 치며 친교를 쌓은 정치권 인사는, 골프 라운딩을 마치고 식사를 하며, 거나하게 술이 취해 동창 앞에서 거드름을 피며, "김 박사는 내가 책임지고 소장 시켜 줄게. 청와대 수석이 내 후배야" 하며 큰소리 쳤다. 동창은 정치권 인사에게, "우리 김 박사 잘 부탁해. 사례는 섭섭잖게 할게" 하며 마치 자기가 대신 사례를 할 것같이 인심을 썼다.

소장은, "내 후임은 당연히 김 본부장이야. 이번에도 우리 대학에서 먹어야지. 주민들과 배짱 좋게 협의하여 실험로 건설이 순조롭게 진행되는 거 다 김 본부장 공로라고 내가 정부에 다니면서 열심히 선전했어. 우리 분야에 김 박사만큼 잘 아는 사람 어디 있어? 걱정 말고 공모해" 하며 막 인심을 썼다. 소장은 김 박사의 대학교 선배다.

김광열 본부장은 소장이 다 된 기분으로 공모서를 접수시켰다.

광열은 동창을 통해 정치권 인사에게 공모 사실을 알렸고, 동창은 파란 신호를 보내왔다. 광열은 고위 공무원을 찾아가서 두 손을 비비며 다시 부탁했다. 고위 공무원은 잘 될 거니 걱정 말라고 했다. 광열은 고위 공무원의 잘 될 거라고 하는 말의 강도가 공모하라고 할 때보다 기가 빠진 것같이 느껴졌으나, 간밤에 술을 많이 마셔 그렇거니 했다.

광열은 공모와 관련한 사항을 일체 민선에게 알려주지 않았다. 몰래 별을 따고 결혼 30주년 기념 선물이라며 놀라게 해 주고 싶었다.

민선은 신이 나서 딸이 단지 내 연구원 박사와 데이트 중이라고 귀띔해 줬다. 아내는 남자가, 특히 학위와 직업이, 마음에 드는 모양이었다. 남자가 당신을 잘 안다고 했다고 했다. 광열은 남자에 대하여 알아봐야겠다고 생각했으나, 공모에 쫓겨서 알아보지 못했다.

소장 공모에 아홉 명이 응모했다. 서류 심사에서 네 명이 탈락했다. 심사위원회는 다섯 명을 면접하고, 광열을 포함한 세 명을 최종후보로 확정하고, 그 명단을 정부에 통보했다. 심사위원 중 한 사람이 김 박사가 서열 1번으로 추천됐다고 귀띔해 줬다. 고위 공무원이 자기 부처에서도 추천위원회에서 추천한 대로 청와대에 추천했다고 알려줬다.

광열은 신상자료를 제출했다. 청와대에서 재산 형성과정을 물어왔다. 아파트 한 채 외에 별도의 회원권이나 부동산이 없는 광열은 쉽게 아파트 구입 경위를 설명해 줬다.

선배 대학교수가, 청와대에서 너에 대해 물어 와서 잘 말해 줬다고 전화해 왔다. 광열은 고맙습니다, 술 한 잔 사겠습니다, 했다.

이웃한 연구소 소장이 청와대에서 물어 와서 잘 말해 줬다고 하며, 소장이 되면 술 한 잔 사라고 했다. 노조도 검증에 참여시켰다. 노조 사무국장이 훌륭한 분이라고 잘 말해 줬다며 억수로 공치사를 했다.

정치권 인사가 동창을 통해 걱정 말라는 연락을 보내왔다. 동창은 사례금 준비나 하라고 했다.

광열은 소장 선임 이사회 공고를 보며, 가슴이 막 뛰었다. 은근히 정치권 인사에게 줄 사례금이 걱정되었다.

광열은 저녁 식사도 잊은 채 고속도로를 세 시간도 더 달리며 좌절감과 패배감을 삭였다. 저녁 아홉시가 넘었다. 그는 이럴 때 여자 친구라도 있었으면, 하고 아쉬워하며, 갈 곳이 없어 어깨를 움츠리고 아내의 눈치를 보며 아파트 현관에 들어섰다.

"결혼 30주년은 며칠 남았지만 오늘 당겨서 집에서 애들과 하기로 했어. 당신 깜짝 놀래주려고 미리 말 안 했지. 퇴근 기다리고 있었는데 어디 갔다 이제 와?"

민선이 현관까지 쪼르르 마중 나오며 말했다. 목소리가 명랑했다.

"엄마 아빠 축하해."

아들과 딸이 거실에서 나오며 박수로 아버지를 맞았다.

광열은 거실에 들어서며 식탁에 가득 차려놓은 음식을 보며 가슴이 뭉클했다.

"당신 빽에서 밀렸다며. 처가라도 빽이 셌으면 밀어줬을 텐데. 소장은 다음에 해도 돼. 집에 이렇게 빛나는 별이 두 개나 있는데 그깟 소장 좀 안 됐다고 기죽기는. 당신답지 않다."

민선이 거실에 멍청히 서 있는 광열의 손을 잡고 식탁으로 끌었다. 딸이 나머지 손을 잡고 끌었다.

아들이 샴페인을 터트렸다.

광열은 어리벙벙했다. 막 눈물이 나려 했다.

광열은 눈을 깜빡여서 눈물을 감추며, 남편이 패장이 되었는데도 아무렇지 않은 듯 당당하게 대하는 아내를 멍하니 건너다봤다.

그 동안 아내는 소장 공모 진척상황을 다 알고 있으면서도 모른 체했다!

광열은 아내에게 허를 찔린 것 같았다. 남편이 패장이 되어 실망도 크고 분할 텐데 태연한 척하는 아내가 낯설었다.

광열은 평생 살아도 마누라를 다 알 수 없다고 했던 선배의 말을 떠올리며 식탁에 앉았다.

섭씨 35도의 데이트

／

   그해 5월에도 국내외 전문가 천여 명이 참석하는 기기산업회의가 주최하는 국제심포지엄이 월드호텔에서 열렸다. 주최 측은 매년 행사비의 일부를 보전하려고 호텔로비에서 심포지엄 기간 동안 산업전시회를 연다.

   박성호는 심포지엄 커피 브레이크 시간에 전시장에 들렀다. 전시장은 한가했다. 성호는 바로 MT사 부스로 갔다. MT사는 특수 부품을 생산하는 회사로 본사는 뉴욕에 공장은 테네시 주에 있다. 미국인 남자 동료와 부스에 무료하게 앉아 있던 송희수가 거의 손을 잡을 듯 성호를 반겼다.

   "본부장님, 아니 부사장님, 새 직장은 어떠세요?"

   성호는 그를 마치 정인처럼 반기는 희수의 애교스런 제스처에 휘청했다.

   박성호는 MT사의 국내 최대 거래처인 천일기계(주) 본부장직을 끝으로 퇴직하고 그 하청회사의 부사장으로 자리를 옮겼다.

   "어떻게 제가 직장 옮긴 걸 다 아세요?"

그는 여자의 섹시한 미소에 빨려들며 말했다.

"본부장님은 우리의 킹이셨어요."

"킹? 무슨 농담."

"데이트 한 번 하고 싶었는데 천일 계실 때는 넘 무서워서 감히 말도 못 꺼냈어요. 이제 데이트 신청해도 되지요?"

그녀가 눈을 깜박이며 그를 빤히 쳐다보며 농담처럼 말했다.

성호는 그녀의 대담한 농담(?)을 들으며, 문득 10여 년 전 그가 부장이었던 때 지사장을 따라서 그의 사무실에 입사인사차 들렀던 그녀의 풋풋한 얼굴이 떠올랐다. 그 후 그녀는 일 년에 두세 번 업무 연락차 그의 사무실을 찾아와서 이국적인 얼굴에 살살 미소를 띠고 착 달라붙는 말투로 애교를 부렸다.

그는 그녀의 헤프게 웃는 웃음을 대할 때마다 그녀에게 쉽게 접근할 수 있을 것 같아 언뜻 식사라도 하자고 꼬이고 싶었으나, 결벽증이 심한 그는 구매자인 천일기계(주)와 판매자인 MT사간 갑과 을의 특수 관계를 고려하여 그녀를 유혹(?)해 보고 싶은 마음을 눌렀다. 성호가 새로 옮긴 회사는 MT사와 업무상 관계가 거의 없다.

"정말? 좋지요. 점심 어때요, 오늘?"

성호는 30대 여자의 데이트 제의를 받고 순간 얼이 휘청했다.

"오늘은 어렵고 내일 어때요?"

"내일, 좋지요. 희수 씨 같은 미인과 점심 하려니 가슴이 떨린다."

성호는 가슴을 쓸며 농담처럼 말했다.

"제가 미인이라고요? 농담 잘하신다. 내일 12시 호텔 현관에서 봬요."

그녀가 시원스럽게 말했다.

"그럽시다. 그럼 내 차로 가요. 아무데나 좋은 식당 가서 맛있는 거 먹읍시다."

"좋습니다. 그럼 내일 12시."

"참, 단둘이 점심 먹으면 쑥스러울 거 같은데 누구 한 사람 같이 나오시면…."

두 사람만의 데이트를 기대했던 성호의 가슴에 펑 소리가 났다. 성호는 단둘이 은밀하게 데이트하고픈 간지러운 기대를 접고 섭섭한 마음을 감추며, 그럼 김문기 본부장 어때요, 하고 여자의 의향을 물었다.

김문기는 성호의 후임이다. 그가 부하 직원으로 데리고 있었다.

"김 본부장님 좋아요. 제가 김 본부장께 연락할게요, 박 본부장님 나오신다고. 내일 우리 데이트하게 생겼네."

그녀가 활짝 웃으며 즐거워했다.

단둘이 데이트할 꿈이 깨져 김이 샌 성호는 맥없이 따라 웃으며, 설마 신임 김 본부장과 점심할 기회를 만들기 위해 나를 이용한 건 아니겠지, 하고 좋은 쪽으로 해석하려 했다.

다음 날 12시 정각, 성호는 월드호텔 현관 앞에 차를 댔다. 차가 멈춰서자마자 어디서 나타났는지 그녀가 잽싸게 차에 탔다. 성호는 바로 차를 출발시켰다.

성호가 식당 주차장에 차를 세우자 주차관리원이 자동차 키를 받아갔다. 김 본부장은 먼저 와서 기다리고 있었다.

세 사람은 점심시간 내내 알맹이도 없는 대화를 조잘거렸다. 성적인 냄새를 풍기는 간지러운 대화도 오갔다.

식사 후 서로 점심 값을 내겠다고 실랑이를 벌렸다. 김 본부장이 계산을 하고 바로 회사로 갔다. 성호는 그녀를 월드호텔까지 태워다 줬다.

"오늘 미인을 납치하여 남산 순환도로라도 드라이브할까 했는데 바쁘신 거 같아 그냥 고이 보내드립니다."

월드호텔에서 한 블록 떨어진 네거리의 신호등에 걸려 차를 세우며 성호가 아쉬워했다.

"저도 바쁘지 않았으면 드라이브 시켜달라고 떼를 썼을 텐데…, 전시장 교대해 줘야 해서. 대신 내년 심포지엄 때 정식으로 데이트해요."

그녀의 말이 그의 귀에 착 달라붙었다.

"일 년이나 기다리라고요? 어쨌든 미인이 데이트 신청하는 데 좋습니다. 내년만 할 게 아니라 매년 5월에 한 번씩 합시다."

"그러실 수 있으세요?"

"물론이지요."

"저는 당연히 오케입니다."

그녀가 환한 답을 줬다.

2

다음 해 5월.

두 번째 직장을 사직한 성호는 백수가 되어 다음 직장을 찾고 있었다.

성호는 OB 자격으로 심포지엄 전야제 리셉션에 초청을 받았다. 그는 송희수를 만난다는 기대에 부풀어 일부러 리셉션 시간보다 일찍 월드호텔로 가서 바로 전시장으로 갔다. MT사 부스에 관람객이 여럿 있었다. 성호는 머뭇거리며 MT사 부스로 다가갔다.

"어! 오랜만이에요. 안녕하셨어요?"

희수가 호들갑을 떨며 성호를 안을 듯 제스처를 했다.

"그동안 잘 계셨어요?"

성호가 손을 내밀며 악수를 청했다.

"네. 지난 해 약속 잊지 않으셨지요?"

그녀가 그의 손을 마주 잡고 얼굴을 가까이 하며 속삭였다.

"잊기는. 미인과 약속인데."

그는 손안에 폭 안기는 그녀의 손을 아쉽게 놔주며 말했다.

"지금 바쁘니 내일 전화 주시겠어요?"

그녀는 관람객이 밀려들자 그에게 미안해 하는 표정을 지었다.

성호는 "네. 그럴게요" 하고 전시장을 떠나며 백수가 된 그를 옛날과 똑같이 대해 주는 그녀가 고마웠다.

다음날 정오, 두 사람은 일식집 창가 자리에 마주 보고 앉았다.

그녀는 생글생글 웃으며 회사 카드로 살 테니 비싼 거 시키시라며 인심을 썼고, 성호는 메뉴를 뒤적이며 이제 백수가 됐으니 사 주실래요, 하고 농담을 던졌다. 성호는 메뉴를 식탁에 내려놓으며 런치 정식 어때요? 하고 물었고, 그녀는 더 비싼 것 시키시지, 하고 잠시 버티다가 그러면 그걸로 해요, 했다.

"오늘은 정말 편하게 점심 먹게 됐네요. 현직에 계실 때는 너무 어려웠는데."

그녀는 맥주 한잔 어때요? 하고 묻고 그가 좋다고 하자 맥주를 주문하고 환한 미소를 보내며 말했다. 그녀의 미소가 섹시했다.

"제가 어려웠어요?"

"어렵다기보다는 제 우상이었어요."

"우상? 심하다. 미인한테 그런 말 들으니 싫지 않은데."

"저 정말 미인이에요?"

"네. 이국풍의 미인이지요, 매력적인…."

"고마워요. 그렇게 봐주시니."

"남편이 오성에 다니신다고?"

"네. 그런 얘기 재미없어요."

그녀가 정색을 하며 본부장님 요즘 어떻게 지내세요? 하고 화제를 바꿨다.

"백수 재밌어요. 중국어학원도 다니고 평생교육원도 다니고."

"또 중국어를 배우세요?"

"네. 우리 학급은 열 명인데 여자가 일곱 명, 남자가 세 명. 나이는 고등학교 학생부터 20대, 30대, 40대 제가 제일 연장자고."

"영어 잘 하시면서 중국어까지 배우시고 욕심쟁이시다."

"그냥 젊은 사람들 사는 거 좀 보려고."

성호는 중국어학원과 평생교육원을 다니면서 겪은 경험담을 신나게 떠벌렸다. 그녀는 추임새를 넣으며 그가 편히 말할 수 있도록 장을 열어줬다.

"정말 재밌게 사신다."

성호를 바라보는 그녀의 눈이 반짝였다.

성호는 아담한 서구적인 젊은 여자의 얼굴을 빤히 건너다보며, 백수가 접근하기에는 너무 매력적인데, 하고 생각했다.

"남이 보면 우리 꼭 연인 같겠네요."

그녀가 얼굴색도 변하지 않고 말했다.

"그런 거 같지요? 꼭 연애 연습하는 거 같아요."

"연애 연습. 꼭 무슨 연극 제목 같다."

"연습보다는 실제가 나을 텐데."

"우리 몇 년이나 만나다 보면 실제가 될 수 있을까요?"

그녀는 말을 던지고 창밖에 눈길을 보냈다. 성호는 순간 아내와 아이들이 떠올라 바로 될 수 있지요, 하는 대답을 삼켰다.

"우리의 즐거운 만남이 벌써 끝나가네요."

후식을 들며 성호가 영탄조로 말했다.

"네. 너무 아쉽네요."

그녀의 표정에도 아쉬움이 배어났다.

"만남을 연장할 수도 있는데… 드라이브?"

성호는 그녀의 표정을 살폈다.

"지금 회사에 들어가 봐야 해요."

현실로 돌아온 그녀가 정색을 했다. 성호는 그녀의 굳은 표정을 보며 무안했다.

"자, 우리의 데이트를 끝낼 때가 됐어요. 일어나시지요."

성호는 드라이브 제의를 거절당한 처진 마음을 감추며 먼저 자리에서 일어섰다.

그녀는 밥값을 계산하고 식당을 나서며 환한 얼굴로 내년에 뵈요, 했다.

3

다음해 5월.

성호는 리셉션 시간보다 일찍 월드호텔에 가서 전시장을 찾았다. MT사의 부스는 지사장을 비롯한 미국인들로 붐볐다. 성호는 그녀에게 눈인사를 보냈다.

"오셨어요? 여기 사인 부탁합니다."

그녀는 호들갑을 떨며 성호를 맞으며 방명록을 내밀었다. 방명록은 아무도 서명하지 않아 처녀지였다.

"아직 아무도 안 했는데."

"전무님이 첫 번째로 해 주시면 영광이지요."

성호는 지난해 5월 희수와 헤어진 후 바로 중견 기업의 전무 자리를 얻었다.

성호는 방명록 첫 페이지에 서명하기가 망설여졌다. 그녀가 생글생글 웃으며 눈으로 서명을 재촉했다. 성호는 회사명을 쓰고 그의 이름을 썼다.

성호가 서명을 하는 동안 그녀는 부스를 방문한 방문객에게 나눠주는 선물을 챙겨서 쇼핑백에 담고 쇼핑백을 그에게 내밀었다.

"내일 와서 받을게요."

성호는 리셉션 장에서 쇼핑백을 들고 다니기가 귀찮았다.

"내일 또 들르시겠어요?"

그는 그녀의 목소리에서 따뜻한 정감을 느끼며 얼굴이 붉어졌다.

"당연히."

"그럼 내일 뵈요."

그녀는 고개를 숙여 가볍게 인사를 하고 다른 관람객을 맞았다.

다음날 성호는 커피 브레이크 시간에 그녀의 부스를 찾았다.

"정말 다시 들르셨네."

그녀가 정겹게 말했다.

"당연히 다시 들러야죠. 우리 언제 점심하지요?"

"안 잊으셨네."

"미인과 약속을 어떻게 잊을 수 있어요?"

그는 다른 사람에게 안 들리도록 목소리를 낮췄다.

"오늘은 안 돼요."

그녀가 속삭였다.

"그럼?"

"전화주세요. 기다릴게요."

관람객이 밀려왔다. 그녀는 손을 귀에 대고 전화하라는 수신호를 보냈다. 성호는 까딱 손목을 흔들어 인사를 대신하고 그녀와 데이트할 기대로 붕 떠서 자리를 떴다.

성호는 저녁에 희수의 집으로 전화할까 하다가 다음날 회사로 전화를 걸었다. 남자 직원이 전화를 받고 희수를 바꿔줬다.

"박 본부장님, 안녕하세요?"

그녀의 목소리에 반가움이 넘쳤다.

"안녕하세요? 전화 늦었지요?"

"지금 하셨잖아요."

"점심은 그렇고 저녁 어때요?"

"저녁? 좋아요. 주말에?"

"이번 주말은 약속 있는데….'

"그럼 담주 화요일 저녁?"

"좋아요. 6시, 회사 건물 앞에 차를 댈게요."

성호가 약속 시간과 장소를 정했다.

화요일 오후, 성호는 정부관리가 갑자기 회사를 방문하는데 사장님이 전무님더러 저녁을 접대하라고 했다는 연락을 사장 비서실에서 받았다. 성호는 희수와의 약속을 생각하며 저녁 접대에 빠질 구실을 찾았으나 마땅한 핑계가 떠오르지 않았다.

성호는 푹 꺼지는 심정으로 그녀의 이동전화 번호를 눌렀다.

"오늘 만나는 날이지요?"

전화를 받는 그녀의 목소리가 붕 뜬 것 같았다.

"지금 회사에 계세요?"

성호는 그의 전화를 뛸 듯이 반기는 그녀에게 약속을 연기하자는 말을 하기가 어려워서 딴전을 부렸다.

"아뇨. 휴가예요."

"부럽다. 휴가도 다 하시고…. 저 …, 오늘 회사에 피치 못할 일이 생겼는데…, 연기할 수가…."

성호의 목소리가 기어들었다.

"좋아요. 일주일 전에만 연락 주세요. 항상 우선순위 일번으로 비워 놓을게요."

그녀의 목소리가 화창했다.

"그럼 내일 저녁 어때요?"

"부동산 만나야 해요."

"부동산?"

"오후 다섯 시에 만나기로 했으니 시간 내기 어려워요."

"그럼 목요일 저녁은?"

"좋아요. 6시 회사 앞에서."

그녀는 시간과 장소까지 정해서 말해 줬다.

목요일 오전, 성호는 희수에게 오후 6시 회사 앞으로 갈게요, 하는 문자메시지를 보냈다. 그녀는 넹, 식당 제가 예약할게요, 하고 답신했다.

성호의 차가 희수의 회사 현관 앞에 서자 현관에서 기다리던 그녀가 환한 웃음을 띠고 뛰어나와서 자동차 문을 열었다.

"어디 예약하셨어요?"

차를 출발시키며 성호가 물었다.

"청담동 한식집이요. 아주 음식이 깔끔해요."

"청담동? 좀 그렇다. 일 년만에 하는 데이튼데 드라이브 어때요? 강변을 따라 드라이브하다가 매운탕 먹고 와요."

성호가 투정을 부렸다.

"강변 드라이브? 좋아요. 그럼 예약 취소할게요."

그녀는 바로 이동전화로 저녁 예약을 취소했다.

"참 우리 악수도 안 했네요?"

성호가 손을 내밀었다. 그녀가 그의 손을 잡았다.

"손이 퍽 부드러우시다."

성호가 아부를 했다.

"뭘요. 매일 밥해 먹는 손인데."

그녀가 겸손을 부렸다.

"굉장히 부드러워요, 소녀의 손같이. 오늘 몇 시까지 모셔다 드리면 돼요?"

"시간 많아요. 걱정 마세요."

그녀의 목소리가 살아 있었다.

"그럼 9시까지 모셔다 드리지요."

"그렇게 시간에 구애받지 않으셔도 돼요. 아침에 나오면서 오늘 회사에서 회식 있다고 말했어요."

성호는 그녀가 남편에게 거짓말을 했다는 말을 들으며 공범이 된 기분이었다.

둘은 시시껄렁한 일상사를 감칠맛 나게 주고받으며 올림픽대로를 지나 팔당대교를 건너고 양평으로 가는 4차선 고속화 도로에 들어섰다.

도로 오른편에는 저무는 햇살을 가볍게 튕겨내며 한강이 한가로이 누워 있고, 강변을 따라 늘어선 나무들이 푸름을 뽐내고 있었다.

"참 경치가 좋지요?"

성호는 손가락으로 창밖을 가리키며 동의를 구했다.

"멋있어요. 청담동에서 먹었으면 따분했을 텐데 이렇게 드라이브 시켜줘서 고마워요."

"드라이브할 기회를 줘서 제가 고마운데."

"별 말씀을. 바쁘신 분이 시간내 주셔서 제가 고맙지요."

두 사람은 서로 고맙다며 다투어 인사치레를 했다.

"그래도 이렇게 세 번째 같이 저녁을 먹기로 하고 같이 차를 타고 달리는 것은 서로 좋은 감정이 있다는 증거지요?"

성호는 말을 던지고 혹시 그녀가 부정적인 반응을 보이면, 하고 걱정하며 힐끗 그녀를 돌아다보았다.

"그렇지요. 당연히 좋은 감정이 있지요."

그녀가 선뜻 대답했다. 성호는 그녀의 즉답을 들으며 간이 간지럽고 마음이 흔들거렸다.

"이렇게 매년 5월 좋은 계절에 데이트하는 것은 무슨 인연이 있는 거 같아요."

성호의 목소리에 감정이 실렸다.

"그래요. 인연이 있으니 이렇게 만나지요."

그녀가 그의 말을 바로 받았다.

저녁노을을 배경으로 한 그림 같은 주위 경관이 두 사람을 달뜨게 하였다. 두 사람은 분위기에 취하며 사랑을 여는 첫 관문으로 들어섰다.

저녁노을의 분홍빛 채색과 달콤한 대화에 감정이 고조된 성호는 문득 그녀의 손을 잡고 싶었다. 그는 손을 뻗어 그녀의 손을 잡으려다가 그녀가 뿌리치면 서로 어색해지겠지, 생각하고 왼손으로 핸들을 조작하며 오른손을 변속기 기어 위에 올려놓고 그녀가 그의 손을 잡아주기를 바랬다. 그녀는 그의 엉큼한 마음을 알아차리기라도 한 듯 몸을 움츠리며 팔짱을 꼈다. 성호는 그녀의 손대신 기어를 꽉 움켜잡았다.

실물크기의 큰 비행기가 한강변에 우뚝 서 있다. 퇴역한 DC-10기를 한강변으로 옮겨 와서 식당 겸 카페를 차렸다. 비행기 동체 위에 가로로 크게 양평공항이라고 써 있다.

성호는 차를 '양평공항' 주차장에 세웠다.

"양평공항? 강변에서 비행기를 보니 분위기가 색다른데 우리 비행기 속에서 식사할까요?"

성호가 차에서 내려 DC-10기를 올려다보며 제의했다.

"우리 저 쪽으로 가서 매운탕 먹고 비행기에서 차 마셔요. 매운탕 사주신다고 했잖아요?"

그녀가 수정 제의했다.

"그럴까요?"

성호는 양평공항 주차장에서 약 500m쯤 골목길로 차를 몰고 들어가서 러브호텔들 틈새에 분위기를 살려 외부를 꾸민 매운탕집 앞에 차를 세웠다. 서산마루에 걸려 있는 해 주변으로 노을이 붉게 펴져 갔다.

두 사람은 텅 빈 식당 구석자리에 마주 보고 앉았다. 성호는 메뉴를 훑어보고 쏘가리 매운탕을 주문했다.

"저 술 쎄요. 소주 마셔요."

성호는 여자가 자청하여 술을 마시자고 하자 순간 여자가 술에 취하면 섹스? 하는 환상이 마음을 간질였다.

"저 운전해야 하니 한 잔만 마실게요."

성호는 터무니없는 망상을 털며 말했다.

"좋아요. 나머지는 제가 다 마실게요."

그녀의 목소리는 명랑하고 자신이 넘쳤다.

두 사람은 잔에 가득 소주를 채우고 눈과 눈을 마주치며 건배를 했다.

두 사람은 회사 돌아가는 이야기를 주고받다가, 이런 좋은 분위기에 맞지 않는 대화 메뉴를 접고 화제를 바꿨다.

"참 복덕방 만나신다고 하셨지요?"

"어떻게 아시지? 참 내가 말했네. 예, 만났어요. 분당 집을 양도세 안 내려고 팔았는데 그 돈을 어디다 투자해야 하는데, 은행 이자는 넘 싸고."

"노후 생각해서 광주나 그런데 전원주택을 사시면."

"그럴 여유 없어요. 저 투자해서 돈 벌어야 해요."

그녀의 목소리는 강경했다.

"저 어렸을 때 무척 가난하게 자랐어요. 그래서 돈 벌어야 해요. 남편이 언제 짤릴지 모르고."

"저도 가난했었는데 재산 증식에는 별 흥미가 없어 투자에 관해서는 잘 몰라요."

"본부장님은 돈을 많이 모아놓으셨으니 그렇지요. 저는 돈 모아야 한다는 말예요."

알코올 기운으로 붉게 물들기 시작한 아담하고 이국적인 그녀의 얼굴 표정이 진지했다.

성호는 악착같이 돈을 벌어야 한다고 절규하는 그녀를 건너다보며 가슴이 짠했다. 할 수 있으면 뭐라도 도와주고 싶었다.

저녁을 마친 성호는 차를 몰고 러브호텔 골목을 벗어나와 양평공항 주차장에 차를 세웠다. 어두움에 싸인 강변의 공기는 쾌적했다.

"한강의 야경을 좀 보고 비행기에 올라요."

성호는 한강이 잘 내려다보이는 지점으로 그녀를 안내했다. 둘은 강을 내려다보며 나란히 섰다.

"꼭 소설에 나오는 장면 같아요. 이상의 연인과 데이트하는."

그녀는 서늘한지 팔짱을 끼며 시를 읊듯이 말했다.

"희수 씨는 소설에 나오는 어느 여주인공보다 더 이상의 여인인데…."

그녀는 시커먼 강물에 시선을 둔 채 그의 말에 대꾸를 안 했다.

하늘 여기저기를 별들이 수놓기 시작했다. 봄바람은 더없이 부드럽고 공기는 포근하고 감미로웠다. 강 건너편 강변을 따라 즐비하게 늘어선 러브호텔을 선전하는 네온사인 불빛이 시커먼 강물 위에 노란 은빛 띠를 만들며 일렁거렸다.

적당하게 어둠에 가려진 주위가 둘을 로맨틱하게 했다.

성호는 어깨를 마주대고 나란히 서 있는 그녀의 손을 꼭 잡고 안아주고 싶어졌다.

"그만 비행기에 올라요."

성호는 그녀를 안고 싶은 유혹을 털어내며 먼저 걸음을 뗐다.

"좋아요."

그녀는 더없이 부드러운 목소리로 말했다.

순간 성호는 그녀를 향한 연정이 솟아오르며 가슴이 마구 떨렸다.

둘은 나란히 비행기 트랩을 올랐다.

"환송객에게 손을 흔들어 줘야죠."

탑승구 입구에 서서 성호가 그녀에게 말했다.

"영부인 같이요?"

그녀는 반쯤 흥분하고 반쯤 수줍어하며 허공을 향하여 손을 흔들었다. 성호도 그녀와 박자를 맞추어 손을 흔들었다.

두 사람은 일등석 자리에 마주 보고 앉았다. 좁은 창문을 통하여 강 건너 강변을 막아선 러브호텔의 네온사인 불빛이 별빛처럼 보였다.

"저 많은 러브호텔을 누가 가지요?"

성호가 치밀어 오르는 감정을 누르며 말했다.

"그러게 말예요."

"좀 전 매운탕 먹던 식당 길 좌우에도 러브호텔이 즐비했었어요."

"오는 길에도 많이 있었어요."

"언젠가 출장 가서 바닷가에 있는 모텔에 들었는데 방에 침대만 있는 것 같았어요."

"우리 지사장이 부인과 딸을 데리고 시골 구경 갔다 호텔에 들었는데 딸이 왜 방에 이렇게 큰 거울이 걸려 있느냐고 물어서 난처했대요."

성호는 희수와 스스럼없이 러브호텔을 화제로 삼으며, 우리 두 사람은 아직 러브호텔에 갈 만큼은 가까워진 것은 아니겠지, 했다.

"본부장님을 몇 번 만나 뵈니 여자에 대하여 아직도 아름다운 꿈을 가지신 것 같아요. 여자를 이상적인 대상으로 보시는."

허공에 머문 그녀의 시선이 꿈꾸는 듯했다.

"전 아직도 플라토닉 러브를 해 보고 싶어요. 젊어서 못해 봐서인지."

"아직도 플라토닉 러브를 꿈꾸세요?"

그녀는 앉은 자리에서 몸을 바로 세우며 오십도 넘는 나이에 아직도 플라토닉 러브를 꿈꾸는 늙은 소년을 신기해 하는 눈으로 쳐다봤다.

성호는 순수하고 해맑은 희수의 얼굴을 미술품을 감상하듯 건너다보며, 희수와 열애에 빠지는 환상에 빠졌다.

"제 남편은 완고하고 구식이에요."

희수가 포기한 듯한 투로 던지는 말에 성호는 상상에서 빠져 나왔다.

"희수 씨는 퍽 모던하고 매력적이신데… 더구나 외국 회사에 다니시고."

"저 너무 오래 다녔어요. 벌써 10년이 훨씬 넘었어요. 요사이 내가 이렇게 살아야 하는지 의문이 가요. 사십이 되니."

"벌써 사십 되셨어요? 삼십대 초반으로 보이는데. 편히 사세요. 넘 심각하게 생각 말고. 인생은 흘러가는 겁니다."

성호가 시를 읊듯 말했다.

"그렇게 안 돼요. 자꾸 살아가는 것에 회의가 느껴져요. 저 아직 사십은 아니고 서른아홉이에요."

그녀는 나이를 정정했다.

"아직 좋으신 나입니다. 그럼 연애를 하세요."

성호는 생각 없이 말을 던지고 그녀에게 꼭 연애를 하자고 한 것 같아 얼굴이 뜨거워졌다.

"연애라도 했으면."

희수가 초점이 없는 눈으로 성호를 건너다보며 꿈꾸듯 말했다.

성호는 마음 속으로 그럼 연애합시다, 하고 말했다.

실내에 울려 퍼지는 잔잔한 음악을 들으며 가정사를 이야기하고, 창 밖에 일렁이는 강물을 내다보며 사랑을 이야기하고, ……

시간은 거침없이 흘러갔다. 어둠이, 밤이 사위를 온통 덮었다.

그녀가 고개를 숙이며 손목시계를 보는 것 같았다.

성호도 손목시계를 봤다. 9시가 훨씬 넘었다.

"어, 벌써 9시가 넘었네요. 모셔다드린다는 시간이 넘었네."

성호가 당황한 목소리로 말했다.

"벌써 9시가 넘었어요?"

그녀는 놀라는 반응을 보였다.

"시계 안 보셨어요?"

"저 시계 안 차고 나왔어요. 시간 많아요."

"시계 보시는 것 같아서…."

시간이 많다는 그녀의 말을 들으며 성호는 사랑을 나눌 시간도 있겠네, 하는 생각을 언뜻 했다.

"그만 일어날까요? 지금 가면 10시 반쯤 모셔다 드릴 수 있어요."

성호는 사랑도 나눌 수 있나 하고 몰래 상상한 엉큼한 마음을 그녀에게 들킨 것 같아 서둘러 일어섰다.

"시간 많은데…."

그녀는 아쉬운 목소리를 내며 자리에서 일어섰다.

비행기 트랩을 나서자 부드러운 바람이 얼굴을 가볍게 애무했다.

어둠을 밝히는 조명의 따사로움, 감질나게 간질이는 바람결, 쾌적한 온도, 하늘을 수놓은 수많은 별들, 강물 위에 일렁이는 은빛 띠,……

더없이 사랑을 키우기에 좋은 분위기였다.

"잠시 강가를 걸어요."

성호의 목소리가 떨렸다.

"그래요."

그녀는 망설임 없이 박자를 맞춰줬다. 성호는 정감 넘치는 그녀의 목소리에 흡인되며 그녀를 꼭 안아주고 싶었다.

강둑으로 연결된 계단을 내려가며 성호는 굽 높은 구두를 신은 그녀의 손을 잡아주려고 손을 내밀었으나 그녀는 사양했다.

"참 공기가 쾌적해요."

성호는 희수와 나란히 서서 은빛 줄무늬가 일렁거리는 강을 내려다보며 말했다.

"네. 넘 멋있어요. 이곳 안내해 줘서 고마워요."

그녀는 강 건너 러브호텔의 네온사인을 건너다보며 말했다.

성호는 이런 좋은 분위기에서 남자가 여자의 손을 잡지 않으면 바보라고 나무람을 들을 것 같았다.

"분위기 넘 좋아요. 우리 손 잡아요."

성호가 그녀 쪽으로 손을 내밀었다.

"네? 손을…."

그녀가 놀라는 척하였다.

성호는 그녀의 손을 잡았다. 잠시 머뭇거리던 그녀의 손이 그의 손을 맞잡았다. 그녀의 반응에 감전되어 성호의 전신으로 가벼운 전율이 퍼져 흘렀다.

"데이트 세 번만에 손을 잡았네요. 2년 걸렸어요."

성호가 하늘의 별을 올려다보며 말했다.

"그렇게 됐나요?"

그녀의 목소리도 약간 들뜬 것 같았다.

성호는 그녀의 손을 끌어 그의 허리에 둘렀다. 그는 나머지 한 팔로 그녀의 어깨를 가볍게 안았다. 성호는 순간 그녀의 몸이 나무토막같이 뻣뻣하게 경직되는 것을 느끼며 어깨를 안았던 팔을 풀었다. 성호는 그녀를 잡았던 손마저 놓았다.

둘은 나란히 서서 말은 놓은 채 강물을 쳐다보았다.

"개구리라도 울었으면 더 멋있었을 텐데."

성호가 읊조렸다.

"이대로도 멋있어요."

그녀가 달콤하고 들뜬 목소리로 말했다.

"너무 분위기 좋아요. 우리 뽀라도 해야겠지요?"

성호는 그녀를 가볍게 안으며 유혹했다. 그녀가 고개를 뒤로 젖혔다. 그녀의 머리카락이 그의 얼굴을 간질였다. 성호는 그녀를 안은 팔에 힘을 주었다.

"뽀 안 돼요. 저 아직 준비 안 됐어요."

그녀의 몸이 다시 나무토막처럼 뻣뻣해졌다. 성호는 머쓱해져 그녀를 풀어줬다.

둘은 손만 잡고 나란히 섰다.

"죄송해요. 저 오늘 준비 안 하고 나왔어요."

여자가 남자에게 잡힌 손에 힘을 주며 말했다.

"너무 분위기가 좋아서 뽀 하자고 했어요. 우리 내년에는 뽀 해요."

"그래요. 내년에는 준비하고 나올게요. 내년에는 뽀 해요, 그 다음해는 러브호텔 가고."

그녀는 가냘픈 목소리로 남자의 키스하고픈 마음을 받아들이지 못한 여자의 미안한 마음을 전했다.

"그래요. 내년에는 뽀 하고, 내내년에는 사랑을 나누고."

성호의 목소리에 힘이 실렸다.

"그래요, 내년에는 뽀, 그 다음 해에는…, 우린 8년은 더 가야지요?"

그녀의 목소리가 꿈꾸는 듯했다.

"그 이상 가야지요."

성호가 은밀한 감정을 담아서 말했다.

비행기 안에서 차를 마시며 성호는 그녀에게 그의 친구 이야기를 들려줬었다.

"제 친구가 있는데 총각 때 두 살 연상의 유부녀와 데이트를 했어요. 여자는 중학교 선생님이었는데 남편과 사이가 좋지 않았어요. 둘은 매년 8월 15일 덕수궁 앞에서 만나기로 했는데 8년을 만나고 그만 됐어요. 지금 두 사람은 완전히 소식이 끊겼어요."

"10년 후면…… 제가 오십이 돼요. 우리 가요."

그녀가 나직하게 말하고 앞서서 걸었다.

성호는 희수와 헤어진 후 그녀와 감미로웠던 시간들이 가슴에서 떠나지 않아 며칠을 그녀를 그리워했다. 그녀를 만나고 싶었다. 그는 아름다운 것은 아름답게 간직해야 한다고 마음을 다잡으며 내년의 만남을 기대하며 감정을 눌렀다.

4

성호는 이동전화를 받으며 낯선 여자의 목소리에 어물거리며 누구세요, 했다.

"본부장님 저예요. 송희수."

"어, 희수 씨. 통화를 거의 한 적이 없어 목소리를 못 알아들었네요. 미안해요."

"자주 전화 안 한 제 잘못이지요. 저 미국 본사에 교육가요. 구 개월 동안."

"구 개월씩이나? 그럼 내년 여름이나 돼야 돌아오시겠네."

"네."

"그럼 내년 5월 데이트 못하겠네."

"죄송해요. 약속 못 지켜서."

"교육 가시는데 어쩔 수 없지요."

"그래서 오늘 저녁 시간 있으시면 송별회해요. 저 내일 떠나요."

"저녁에…, 노사간담회 후에 회식이 있는데."

성호는 말을 뱉고 아차 했다. 사장한테 급한 일이 생겼다고 하면 되는데….

"그래요? 내년 돌아와서 연락드릴게요. 미국 출장 오실 때 이메일로 알려주세요. 그럼."

희수가 달칵 전화를 끊었다.

성호는 순간 아찔했다. 그는 부랴부랴 사장실로 달려갔다. 시골 계신 어머니가 갑자기 몸이 좋지 않아 입원하여 내려가 봐야겠다고 사정을 했다. 사장은 어머님이 당장 돌아가실 만큼 아프시냐고 물었다. 그렇게 심각한 것 같지는 않다고 대답하자, 사장은 임원이 노사간담회에 빠지면 어떻게 하느냐며 자동차를 수배해 줄 테니 끝나고 가라고 했다.

사장에게 저녁 시간을 허락받지 못한 성호는 희수에게 잘 다녀오라는 전화도 못했다.

성호는 샌프란시스코 휘셔만와프에 있는 한 해물식당에서 칵테일을 홅으며 금문교 저쪽 수평선으로 넘어가는 해를 눈을 반쯤 감고 쳐다보며 미대륙 건너편에 있는 희수를 그리워했다. 그녀는 뉴저지에 있는 MT사 교육원에서 교육을 받고 있다.

성호는 반년이나 질질 끌던 계약협상을 마무리하려고 미국에 출장 왔다. 바이어와 며칠째 실랑이를 벌린 끝에 어렵게 협상이 타결되었다. 내일 오전 열시에 가서명을 하기로 했다.

성호는 수행한 부하들의 수고를 위로해 주려고 샌프란시스코에서 해물로 유명한 휘셔만와프에 데려왔다. 부하들은 바구니에 가득 내온 찐 새우를 안주하여 맥주를 마시며 신나게 떠들었다.

성호는 출장을 떠나기 전 희수에게 이메일을 보냈다. 희수가 이메일을 열지 않은 것을 확인한 성호는 아침에 호텔에서 다시 이메일을 보내며 연락을 주라고 했으나 아직 희수로부터 연락이 없다. 성호는 희수의 전화번호를 챙겨오지 못한 것이 크게 후회되었다.

며칠간 힘겨운 줄다리기를 하며 긴장했던 심신이 계약협상을 마무리한 안도감과 가벼운 알코올 기운에 젖어 푹 퍼졌다. 성호는 의자에 거의 눕듯이 앉아서 칵테일 잔을 흔들며 희수를 생각했다.

'혹시 어디 아픈가, 아님 출장을 갔나?'

성호는 송희수가 남편과 이혼하고 울적한 마음을 잡으려 미국 교육을 자청했다는 소식을 그녀가 미국으로 떠난 한참 후에 들었다.

'전화번호를 알아오는 건데….'

성호는 수평선 위에 붉게 물들인 저녁노을을 하염없이 쳐다보며 노을 위에 그녀의 영상을 그리며 진하게 그녀를 그리워했다.

캘리포니아산 포도주를 곁들여 바닷가재를 까먹으며 직원들은 신나 했으나, 성호는 위장에 쌓이는 알코올의 분량이 늘어가는 만큼 희수를 향한 그리움이 진해 갔다. 성호는 부하들에게 흐트러진 모습을 보이지 않으려고 처음 미국 왔을 때의 실패담을 허풍을 섞어가며 떠벌렸다.

직원들과 헤어져서 호텔방에 들어온 성호는 옷을 입은 채 침대에 퍽 엎어졌다.

비행기를 타면 다섯 시간이면 뉴욕에 갈 수가 있다! 공항에서 희수를 만나…, 포옹하고, 키스하고….

오버나이트 여객기가 자정 경에 샌프란시스코를 떠날 거니 뉴욕에 도착하면 오전 5시. 그럼 뉴욕시간으로는 몇 시지? 내일 열시 서명시간에 맞춰 돌아오려면 비행기에서 내리자마자 손도 잡지 못하고 바로 돌아와야 하네. 오후 두 시에 서명을 하자고 할 걸…. 지금이라도 전화해서 오후 두 시로 바꾸자고 할까?

그런데 어떻게 희수에게 연락을 한다?

바보!!! 미국까지 오면서 애인의 전화번호도 모르고 오다니….

성호는 희수의 전화번호를 챙기지 못한 것을 자책하며 머리를 쥐어뜯었다.

성호는 귀국하자마자 밀린 이메일을 확인했다. 희수로부터 이메일이 와 있었다.

미국까지 오시면서 전화 주시지. 저 이메일 주고받을 사람이 없어 자주 열어보지 않아 본부장님 이메일 늦게 봤어요. 본부장님 오신 줄 알았으면 샌프란시스코로 날아가는 건데. 금문교 아래서 별빛을 보며 데이트하면…, 저 샌프란시스코 못 가봤어요…. 다음 미국 오시면 꼭 연락 줘요. 어디든 달려갈게요. 전 교육생이라 좀 자유로워요.

성호는 희수의 이메일을 읽으며 전신에 불이 났다. 당장 미국으로 달려가고 싶었다. 그러나 그녀는 태평양을 건너고, 또 미 대륙을 건너 저편에 있다. 그리움이 건너가기에도 너무나 먼 거리에 있다.

성호는 희수가 교육을 마친 후 미국 본사에서 근무한다는 소식을 전해 듣고 이메일을 보냈다. 답장이 없었다.

희수와 키스만 하기로 한 해가 지나갔다. 사랑을 나누기로 한 해도 지나갔다. 그리고 또 한해가, 또 한해가 지나갔다.

그리움이 닿기에도 너무 먼 거리에 있는 희수는 서서히 성호의 추억 속에 묻혀갔다.

또 5월이 왔다. 현직을 은퇴한 성호는 기기산업회의 부회장으로부터, 선배님들이 리셉션에 참석하여 자리를 빛내 주십사, 하는 전화를 받았다.

성호는 6시 정각 리셉션 개회시간에 맞춰 월드호텔에 들어섰다. 요 몇 년 성호가 심포지엄에 참석하지 않는 동안 참석자들의 연령이 많이 젊어졌다. 아니, 성호가 나이 들었다. 성호는 칵테일 잔을 들고 연회장 중심에서 몇 발자국 옆으로 비켜서서 모처럼만에 만나는 외국 친구들과 인사를 나눴다.

저만치 외국인의 무리 속에 희수가 보였다. 전혀 예상치 못했던 희수의 등장에 성호는 순간 숨이 콱 막혔다. 성호는 시선을 희수에게 둔 채 후배들의 인사를 건성으로 받았다. 희수가 시선을 성호 쪽으로 돌렸다. 그녀는 잠시 멈칫하더니 성호에게 다가왔다.

"본부장님 오셨어요."

그녀는 주위를 의식하지 않고 환호성을 질렀다.

"오랜만이요."

성호는 자신 없게 손을 내밀었다.

"여기서 뵙다니…, 저 지난달에 돌아왔는데 그 동안 바빠서 전화도 못 올렸네요."

희수는 두 손으로 성호의 손을 잡고 흔들었다.

"저희 사장님 오셨어요. 인사하실래요?"

희수가 성호를 끌었다.

40대 중반에 접어든 희수는 화려했던 외모를 원숙미로 갈아입었다.

"퇴직한 처지에 사장께 인사는 됐고, 칭찬 한 마디 할까? 미국 물을 먹고 와서인지 더 매추어한 아름다움이 넘치는데, 고지어스하다고 할까?"

"본부장님 여전히 농담 잘 하신다. 더 멋져지셨고. 저 지금 사장 안내해야해요. 우리 약속 아직 유효하지요?"

희수가 성호를 빤히 쳐다보며 말했다. 희수의 물음에 성호는 머리회전이 멈췄다.

"당근이지."

"내일 연락주세요. 이제 우리 섭씨 35도의 데이트나 했던 때는 지났지요?"

희수는 명함을 건네고, 까닥 손을 흔들고 눈으로 인사를 하고, 빠른 걸음으로 그녀의 사장 쪽으로 걸어갔다.

성호는 이사 직함이 찍힌 희수의 명함을 내려다보며 체온에도 못 미치는 섭씨 35도의 미적지근한 데이트를 했던 시간은 지났냐고 묻던 희수 말이 귓전을 맴돌았다.

뜨거운 피가 온몸을 휘돌며 전신으로 젊음이 뻗쳐나갔다.

돈이면 다냐?

1

"개새끼."

박성철은 포니 승용차의 앞문을 확 열고 007 가방을 조수석에 휙 던지며 씹듯이 내뱉었다. 007 가방에는 현찰 1억 원이 들어 있다.

"아파트 한 채 값을 준다는데 뭐 뇌물공여죄까지 뒤집어 씌운다고?"

박성철은 거칠게 자동차의 시동을 걸며 욕지거리를 내뱉었다.

박성철은 불법으로 약을 거래하고, 약국에서 조제한 약을 비싼 값에 팔아 폭리를 취하고도 수입을 속여 거액을 탈세하고 있다는 투서가 들어가서 세무조사를 받았다. 며칠 동안 조사를 벌린 8급 세무공무원 최상준은, 불법 영업에다가 수입을 제대로 신고하지 않고 세금을 포탈했다며, 과징금 10억 원에 불법 영업과 악질적인 세금 포탈의 죄를 물어 형사고발까지 하겠다고 공갈을 쳤다. 형사고발을 하면 몇 년은 감방에서 썩을 거라고 주절댔다.

최상준은 내일 세무서에 출근하여 보고서를 작성하여 오후 3시까지 보고할 거라고 통고하고 휭 찬바람을 일으키며 약국을 나갔다. 박성철은 최상준을 따라가며 두 손을 비비며, 세상은 좋은 것이 좋은 거라며 뇌물을 바치겠다는 암시를 줬으나, 최상준은 들은 체도 안 했다.

박성철은 007 가방에 세종대왕(주: 만 원짜리 지폐)을 하나 가득 담고 최상준의 집 앞에서 밤 열한시가 넘도록 기다렸다가, 얼큰히 술에 취해 집에 들어오는 그를 붙들고 잠시만 시간을 내달라고 비굴하게 손을 비볐다.

최상준은 이 늦은 밤에 무슨, 하며 그의 청을 한 마디로 뿌리치며 초인종을 눌렀다. 박성철은 007 가방을 흔들며 섭섭잖게 챙겨왔다는 신호를 보냈다. 최상준은 007 가방을 힐끗 보고, 세금 떼먹었으면 벌금내면 되지, 했다. 박성철이 가방을 들이밀자, 최상준은 뇌물공여죄까지 뒤집어쓰고 싶어, 하고 큰소리를 치며 대문 안으로 사라졌다. 박성철은 술에 취해 간이 부은 하급공무원을 어떻게 해 볼 수가 없었다.

내일 오전까지 최상준을 구워 삼지 못하면, 세금폭탄에 형사고발까지 당한다. 사전에 최상준의 입을 틀어 막지 못하고 사건이 터진 후에 수습하려면, 돈으로 안 되는 일은 없겠지만, 아파트 몇 채 값은 들어가야 한다.

박성철은 서울 강남에 있는 30평대 아파트 한 채 값인 1억 원을 007 가방에 현찰로 담고 세무공무원의 집을 찾아갔으나, 그는 분명히 007 가방에 큰돈이 든 것을 눈치 챘을 텐데 문전박대했다.

박성철은 미리 최상준에게 아파트 한 채 값을 챙겨 주겠다는 암시를 하지 않은 것이 후회되었다.

박성철은 상대가 세무공무원인 것을 잠시 간과하고, 나름대로 통 크게 쓴다고 아파트 한 채 값을 들고 갔는데, 세무공무원은 10억 원이나 되는 벌금을 봐달라며 겨우 가방 한 개만 달랑 들고 온 것을 보고, 나를 어떻게 보는 거야, 하며 내친 게 아닌가도 싶다.

박성철은 내일 새벽 가방 하나를 더 챙겨 들고 최상준의 집을 찾아갈까, 아님 다른 방도는, 하고 세무공무원을 구슬릴 방법을 궁리하며 차를 몰았다.

박성철은 치사하게 하급공무원을 찾아다니며 굽실거릴 것이 아니라 힘으로 누르기로 하고 그의 주위에 힘 있는 사람을 챙겨 봤다.

너무 높은 사람에게 부탁하면 비용이 크게 들 거고, 8급 공무원을 주무를 수 있는 정도….

박성철은 바로 정보기관에 근무하는 고향 후배 고영호가 떠올랐다. 박성철은 혹시 힘을 써먹을 날이 있을 것도 같아, 정보기관에 다니는 고영호에게 고향 후배 중 니가 제일 맘에 든다며, 명절 때마다 선물을 보내고 때때로 용돈도 챙겨줬다. 여러 해 용돈과 선물을 거저 받아온 고영호는 가끔 약국에 들러 거저 주는 박카스를 마시며 도움이 필요하면 말씀만 하시라고 했다.

박성철은 도로 옆에 차를 세우고 힐끗 시계를 봤다. 밤 12시가 다 되었다. 박성철은 이 늦은 시간에, 하며 잠시 망설이다가 공중전화로 고영호의 집에 전화를 넣었다. 고영호의 아내가 박성철의 전화를 받고, 명절 때마다 인사치례를 하는 그를 알아채고, 지금 남편이 막 들어와서 목욕 중이라며, 바로 전화를 걸라 하겠다고 했다.

박성철은 5분 후에 다시 전화하겠다고 하고 공중전화를 끊었다.

박성철과 고영호는 고영호의 집골목 입구에 있는 허름한 맥주 집의 한 룸에 마주 보고 앉았다. 박성철이 양주 한 병과 안주를 시켰다. 저녁 내내 손님이 없어 공을 치다가 문 닫을 시간에 봉을 잡은 아가씨가 합석하겠다고 했다. 박성철은 만 원짜리 한 장을 팁으로 주며 부르면 들어오라고 했다.

"매일 이렇게 퇴근이 늦나?"

박성철이 말문을 열었다.

"우리야 근무시간이 따로 있습니까? 스물네 시간 근무지요. 그건 그렇고 형님, 이 늦은 시간에 무슨 일로."

양주잔에 가득 따른 양주를 죽 들이키며 고영호가 물었다.

"동생이 나 좀 도와줘야겠어."

박성철도 양주잔을 비우며 말했다.

"말씀만 하십시오."

고영호가 어깨를 쭉 펴며 폼을 쟀다.

"어느 놈 신고로 내가 세금포탈했다고 세무 감사가 나왔는데 조사 나온 세무서 놈이 영 빡빡하게 굴어. 추징금이 좀 많이 나올 거 같아. 한 일억 주며 쇼부를 보려 했는데 뇌물공여죄까지 뒤집어 씌우겠대."

"어떤 놈이 감히 형님한테. 직급이 어떻게 되는 자요?"

"8급 나부랭이야. 세무서 한 20년 다닌 거 같아."

"그래요? 털면 먼지 안 날 놈 있나? 걱정 붙들어 매십시오. 그래도 제가 경위는 좀 알아야 족칠 수 있을 거니 말씀해 주시지요."

고영호는 기세등등했다.

"그게…."

박성철은 고향 후배에게 두 손으로 잔을 올리며 어디까지 까발려야 하나 쟀다.

"내가 약대 다닌 건 알 거고."

"예, 알고 있습니다. 군대 갔다 와서 졸업하시고 제약회사 들어가셨잖아요?"

"제약회사 다니다 보니 돈이 돌아가는 것이 좀 보이는데 월급쟁이 하면 만날 그 꼴일 것 같아 그만 두고 약국을 차렸지. 지금 자리에서 20년 넘게 약국을 하고 있어. 약국 주위에 요정과 술집이 많은 건 알 거고, 접대부들이 주고객이지."

박성철은 조근하게 그가 어떻게 돈을 벌었는지 털어놓았다.

유흥가에 있는 아가씨들이 몸까지 팔다 보니 자주 성병에 걸려. 장사를 계속하려면 하루라도 빨리 그 병을 고쳐야 하나, 병원에 다니다 보면 소문이 날 거고, 은밀하게 치료를 받고 싶어 해. 그 틈새를 이용해서 한방에 낫는 독한 약을 조제해 주고 좀 비싼 값을 받았지. 내 약만 먹으면 금방 병이 떨어진다는 입소문이 나서 손님이 줄을 이었지. 멀리 청량리, 미아리에서도 지으러 왔어. 내 약이 무척 독해서 위장과 간장에는 무리가 가지만 당장 써 먹어야 할 장사 밑천을 단방에 고쳐 주니 그런 것은 따질 여유가 없지. 그러다가 또 위가 나빠지면 당장 위만 낫는 독한 약을 지어 주면 되고. 그렇게 한 3년 장사를 하다 보니 현금이 좀 쌓였어, 큰돈은 아니지만. 그래서 옛날 제약회사 다닐 때 알던 친구들에게 나한테 뒤로 약을 대주면 현금으로 결제하겠다며 접근했지, 판로는 내가 알아서 한다며. 회사로 보면 불법 거래지만 대금을 현금으로 받아 비자금을 마련할 수 있고, 또 세금도 낼 필요가 없으니 이중으로 좋지. 나는 시내 큰 약국 몇 군데를 잡고 중간상 노릇을 하며 제약회사보다 싼 값으로 공급해 주고 마진을 먹고. 대형 약국도 장부에 잡히지 않는 약을 싸게 사서 제 값 받고 팔아 이익 챙기고 세금 안 내서 좋고. 그러다 보니 한 밑천 잡았어. 그런데 누군가 그 사실을 눈치 채고 세무서에 투서를 한 모양이야. 잘못하다가는 된통 걸릴 거 같아 아우에게 부탁하는 거야."

"제약회사에서 받은 약은 어디다 보관하세요?"

고영호가 입맛을 다셨다.

"우리 약국 건물이 3층이잖아. 1층은 약국, 2층은 창고, 3층은 살림집으로 쓰는데 거기다 잠시 두지."

박성철은 돈 번 티를 내지 않으려고 허름한 3층 건물에 그대로 눌러 살며 승용차는 소형을 몰고 다닌다.

"집에 두신다? 별도 창고도 없이. 사안이 좀 복잡하네요."

"그러니 아우에게 부탁하지."

"이거 나 혼자 해결하기는 어렵고…."

"그렇겠지? 지금 차 속에 1억 있으니 자네를 주지. 그 정도면 되겠나?"

"저 혼자 할 수만 있으면 형님께 그 동안 신세도 많이 졌는데 돈을 받겠습니까? 그런데…, 고맙습니다. 그 돈 받지요. 같이 일할 동료들에게 형님의 정이라며 전하겠습니다. 이번 건으로 세무서 그 친구의 입을 막는 것은 문제없지만, 후환이 없도록 그 친구 입을 완전히 막으려면 약을 쳐서 그 친구 입에도 재갈을 물리는 것이 좋겠습니다. 차에 있는 그돈은 그 친구 주시고, 저는 깨끗이 해결한 후 주시지요. 내일 저녁 어떻겠어요? 술 한 잔 하며."

"그러지. 그때 자네 동료들에게 줄 떡값을 가지고 나가지."

"형님은 눈치도 빠르시고 셈도 바르시다. 내일 저녁 7시 형님 가게 옆에 있는 희원에서 뵙지요. 거기 아가씨들 물이 좋던데."

"그러지. 쓸 만한 애들 골라 놓지."

"술이 좀 남았는데 아까 그 아가씨하고 아가씨 하나 더 불러 병을 비우시면. 그 아가씨 몸매 끝내주던데."

박성철이 고개를 끄덕이며 아가씨를 부르는 벨을 눌렀다.

다음날 오후 4시쯤, 최상준이 박성철의 약국에 들어섰다. 최상준은 기세등등했던 어제 오후와는 달리 의기소침해 보였다.

카운터 뒤에 앉아있던 박성철이 벌떡 자리에서 일어서서 카운터에서 나와 두 손을 비비며 주눅이 든 표정으로, "최 주사님 어서 오십시오" 하고 굽실거리며 최상준을 맞았다.

"잠깐 이야기해도 돼요?"

최상준이 어색한 표정으로 입을 열었다.

"그럼요. 근처 다방에 가실까요?"

박성철이 앞장서고 최상준이 뒤따라왔다.

다방에 들어서서 박성철은 일부러 구석자리로 갔다. 최상준이 먼저 자리에 앉고, 박성철이 손을 비비며 마주 보고 앉았다.

"바쁘실 테니 간단히 용건만 말씀드리지요."

최상준은 차도 주문하기 전에 서둘러 말을 꺼냈다.

"저는 박 사장님이 그렇게 사회에 좋은 일을 많이 하시는지 몰랐어요. 장학금도 대시고, 불우이웃도 돕고, 고향도 챙기시고. 진작 말씀하시지."

"그냥 조금 하고 있습니다."

박성철은 고영호가 뻥을 쳤구나, 생각하며 겸손을 떨었다.

"그래서 박 사장님이 사회에 끼친 공로를 생각하여 이번 세무조사 결과 한 2천만 원 추징되도록 서류를 올렸습니다. 그냥 깨끗하게 해 드리고 싶었지만 투서가 들어와서 그냥 없던 것으로 할 수는 없었습니다."

"아유, 감사합니다. 그 은혜를 어떻게."

박성철이 손을 뻗어 최상준의 손을 잡고 흔들었다.

"제 용건은 끝났고 이만 가 보겠습니다."

최상준이 차도 마시지 않고 자리에서 일어섰다.

"그래도 차나 한 잔 하시고 가시지요. 이 집 쌍화차가 괜찮은데."

박성철이 주문을 받으러 온 여종업원에게 쌍화차 두 잔을 주문했다.

최상준이 엉거주춤하게 자리에 앉았다.

"제가 세상을 살다 보니 세상은 좁고 서로 돕고 도우며 살아가는 거 같아요. 이번에 최 선생님께 크게 신세졌습니다. 혹 제가 도울 일이 있으시면, 그런 일은 없겠지만, 말씀 주십시오. 이거 약소한데 제 감사의 표시입니다."

박성철은 백만 원짜리 수표 스무 장이 든 흰 봉투를 최상준의 양복 주머니에 찔러 넣어주고 그의 입에 재갈을 물렸다. 최상준은 뭐 이런 걸, 하며 말로는 거절하는 척했으나 봉투를 내치지는 않았다.

박성철은 최상준을 보내고 약국으로 돌아오며 실실 웃음이 나왔다.

어젯밤까지만 해도 10억 원 추징에다가 잘못하면 감방 갈 것 같아 전전긍긍했었는데, 또 돈이 해결해 줬다. 국고에서는 10억 원 이상 손해가 났겠지만, 박성철은 9억 원이나 벌었다. 뇌물로 나간 푼돈은 바로 봉창할 수가 있다.

'기분이 그게 아닌데 수희를 불러내서 한 탕 뛸까?'

박성철은 전신이 스멀거렸다. 그는 어깨를 들썩하며 침을 꿀꺽 삼켰다. 수희를 만나려고 연락하려다가 바로 고영호와 저녁 약속이 생각났다.

'제기랄, 한 1억 주면 되는데 공연히 요정에서 만나자고 했네.'

박성철은 초등학교 때 '제일' 잘한 것이 없었다. 공부도 운동도 반에서 제일 잘하지 못했고, 싸움도 제일 잘하는 축에 끼지 못했다. 수희는 초등학교 동기동창 여학생 중에 제일 예뻤다. 집도 잘 살았다. 반에서 덩치가 크고 싸움을 제일 잘하는 이호준이 수희의 주위를 맴돌며 다른 동창들의 접근을 막았다. 농사꾼 아들에다 제일 잘하는 것도 없던 박성철은 그녀에게 감히 접근을 못했다. 그는 커서 큰돈을 벌고 꼭 그녀를 차지해야겠다고 혼자 속으로 다짐했다.

박성철은 고향에 있는 중학교, 고등학교를 졸업하고 도청소재지에 있는 대학교 약대에 들어갔고, 수희는 중학교부터 도청소재지로 유학을 나가 서울에 있는 명문 여대에 들어갔다. 수희가 대학생이 되기도

전에 그녀의 집이 서울로 이사를 가서 그 후 박성철은 수희를 만날 기회가 없었다. 박성철은 고향 처녀와 제대로 연애도 못해 보고 중매결혼을 했다.

박성철에게 돈의 위력을 처음으로 알게 해 준 사람은 수희를 감싸고 돌던 이호준이었다. 초등학교 5학년 때, 박성철은 그의 동네에 사는 여자 동창 집에 놀러 왔다가 혼자 집에 가는 수희를 우연히 골목에서 만났다. 그녀는 다리 건너에 살았다. 그는 자석에 끌려가듯 그녀를 따라갔다. 박성철과 수희가 나란히 다리를 건너는 것을 목격한 이호준이 사납게 달려와서 다짜고짜 박성철의 뺨을 후려갈겼다. 마음 속으로 좋아하는 여자 앞에서 뺨을 맞은 박성철은 이호준에게 정식으로 한판 붙자고 했다. 이호준은 기가 막힌 표정으로 당장 싸울 자세를 취했다. 박성철은 여자 앞에서 싸울 것이 아니라, 내일 학교 끝나고 학교 뒷산에서 정식으로 붙자고 했다. 이호준은 씩 웃으며 좋다, 하고 수희를 감싸듯 안고 갔다.

박성철은 수희 앞에서 자존심을 지키려고 엉겁결에 한판 붙자고 했으나, 그보다 덩치도 크고 반에서 제일 싸움을 잘하는 이호준과 싸울 생각을 하니 눈앞이 캄캄했다. 성철은 내일이 안 왔으면 하고 바랐으나 시간은 그의 바람을 모르는 채 막 흘러갔다. 내일 터질 걱정으로 정신이 없는 박성철에게 엄마가 장에 가서 두부와 콩나물을 사오라고 심부름을 시켰다. 시장은 다리 건너에 있다. 걸어서 20분은 걸린다. 성철이 죽을상을 하고 다리를 건널 때 오세진이 다리를 건너오며, 너 내일 호준이랑 결투하기로 했다며, 하고 물었다. 오세진은 이호준의 똘마니로 친구의 힘을 믿고 큰소리를 치고 다녔다. 박성철이 대답을 않자, 오세진은 너 어쩌려고 호준이 한태 대들었나, 죽으려고 환장을 했나, 하며 걱정하는 체했다. 한 동네 사는 친구로 그냥 볼 수 없어 말하는데, 너 돈 있으면 좀만 주면 호준에게 잘 말하여 내일 싸우지 않고 해결되도록 해주겠다고 했다. 박성철은 오세진의 말에 눈이 번쩍 뜨였다. 그는 뒷생각도 않고 엄마가 반찬 사오라고 준 돈을 건넸다.

오세진은 돈을 날름 받아 주머니에 감추며 도망치듯 달려갔다. 박성철은 바로 돈을 건넨 것이 후회되었으나 오세진을 쫓아가서 돌려달라고 할 수는 없었다. 박성철은 엄마에게 반찬을 사고 돈을 주려 보니 포켓에 넣고 간 돈이 없어졌다고 거짓말을 했다. 어디서 흘린 모양이라고 했다. 엄마는 다 큰 것이 그거 하나도 간수 못하냐고 막 꾸중을 했다.

다음날 방과 후 박성철은 집으로 막 도망치고 싶었으나 반 친구들이 그를 에워싸고 학교 뒷산으로 모는 바람에 할 수 없이 결투장소로 갔다. 이호준은 먼저 와서 주먹을 휙휙 뻗으며 몸을 풀고 있었다. 반 친구 십여 명이 이호준이 몸 푸는 것을 구경하고 있었다. 박성철은 책가방을 내려놓고 죽었다, 하고 이호준에게 다가갔다. 이호준이 이 친구 도망 안 가고 정말 왔네, 죽으려고 환장을 했나, 하며 실실 웃었다.

그 때 오세진이 둘 사이에 끼어들어 이호준의 주먹과 박성철의 손을 잡으며, 한반 친구끼리 무슨 싸움, 하며 양쪽을 번갈아 쳐다봤다. 이호준이 비껴, 하며 고함을 쳤다. 무의식적으로 박성철이 주먹을 쥐고 싸울 태세를 취했다. 오세진이 호준이 너는 우리 반에서 제일 힘도 세고 한데 꼭 친구와 싸워야겠어? 그러다가 선생님이 알게 되면 너만 되게 혼난다. 그러지 말고 남자답게 딱 악수하고 그만둬라, 했다. 오세진의 말에 호준이 주춤하는 것 같았다. 오세진이 눈을 찔끔하며, 성철이 너는 꼭 싸워야겠어? 하고 물었다. 박성철은 대답을 못하고 오세진만 쳐다봤다.

오세진은, 봐라, 성철이도 싸우기 싫다고 하잖아, 하며 이호준의 손과 박성철의 손을 끌고 가서 서로 맞잡게 했다. 오세진이, 야, 호준과 성철이 화해했다. 친구들이 박수쳐 줘야지, 하며 빙 둘러선 반 친구들을 돌아봤다. 반 친구들이 박수를 쳤다.

이호준이 다음부터 조심해, 하며 박성철의 어깨를 툭 치고 먼저 뒷산을 내려갔다. 오세진은 박성철에게 눈을 꿈벅하고 급히 이호준을 따라갔다. 박성철은 일이 너무 싱겁게 마무리되자 힘이 쭉 빠졌다. 어제 반찬 살 돈을 오세진에게 준 덕분인 것 같아서 마음이 꺼름칙했다.

재경 초등학교 동창 봄철 모임에 어디서 바람이 불었는지 수희가 나왔다. 수희는 40대 후반의 나이답지 않게 날씬했고, 하얀 얼굴이 여전히 고왔다. 남자 동창들이 그녀의 주위를 맴돌며 아부했다. 동창회 총무가 모교 창립 75주년 기념식 준비 비용으로 우리기에 3백만 원이 배당됐는데, 성철이 절반을 냈다며 박수를 유도했다. 박성철은 자리에서 일어서서 3백만 원 정도는 혼자 다 낼 수 있지만, 동창들이 모교에 기여할 기회를 뺏는 것 같아 절반만 냈다며 겸손을 떨었다. 수희가 눈을 반짝이며 박성철을 쳐다보았으나 그는 못 본 체했다. 박성철은 티를 내지 않고 저녁 값을 냈고, 2차 노래방을 쏘겠다며 앞장섰다. 박성철은 홀에 무대가 있는 카페로 안내했다. 수희는 다른 동창들에 끌려 노래방에 왔다. 박성철은 카페에서도 수희를 무시하는 척했다.
다음날, 박성철은 수희에게 전화를 걸어 어제 동창회에 나와 줘서 고맙다며 그 보답으로 점심을 사겠다고 했다. 수희는 바로 오케이했다. 박성철은 비싼 점심을 사 주며, 어렸을 때 짝사랑했었다고 너스레를 떨며, 그 때 못 사 준 선물을 사 주고 싶다며 백화점에 가자고 했다. 점심을 얻어먹은 답례로 백화점에 따라나섰던 여자는 남자가 덜컥 명품가방을 사 주자 말을 못했다. 여자는 남자가 요구하기도 전에 먼저 몸을 열어줬다. 두 사람은 자주 만나 격정을 나눴다.

박성철은 당장 수희를 불러내서 진탕 뒹굴고 싶었으나 꿩 대신 닭, 요정 아가씨를 안기로 하고, 현찰로 1억 원을 챙겨 들고 고영호와 약속

한 요정으로 갔다.

2

"박 사장 돈벌이 좋다면서."

조병수가 카운터에 두 손을 집고 서서, 팔짱을 끼고 앉아서 못마땅한 표정으로 그를 올려다보는 박성철을 내려다보며 깐죽거렸다. 박성철은 그의 말을 못들은 체했다.

조병수는 어떤 수사기관에 근무했었는지는 밝히지 않고 그냥 수사기관에 근무했었다며 은근히 전력을 과시했다. 박성철은 가끔 전날 술을 많이 마셨다며 쌍금탕에 위장약을 찾는 고객의 전직을 굳이 캘 필요가 없었다.

"여기저기 부동산도 많고, 꼬불쳐둔 돈도 많다면서?"

조병수는 아예 반말을 했다.

박성철은 그 동안 번 돈으로 부인, 아들, 딸 명의로 집을 샀고 여기 저기 땅도 샀다. 부동산 값이 치솟아, 박성철은 자고나면 재산이 불었다.

"이렇게 소화제나 감기약을 팔아서 그렇게 큰돈을 벌 수는 없을 거고…. 3층 창고에 뭐를 감춰놓고 판다면서."

조병수가 박성철을 빤히 쳐다보며 눈치를 살폈다.

"조 선생. 무슨 쓸데없는 소설을 써? 3층은 우리 살림집이야 살림집. 그럴 시간 있으면 낮잠이나 자. 공연히 남의 일에 간섭하다 큰코 다치는 수가 있어."

박성철이 자리에서 일어서며 반말로 들이받았다.

"허, 이제 공갈까지. 잘못하다가는 얻어맞겠다. 박 사장, 세상 살 만큼 살았으니 세상은 혼자만 먹고 사는 거 아닌 건 잘 알 거고. 내일 들를게."

조병수는 약값도 내지 않고 기분 나쁜 미소를 던지고 약국을 나갔다.

조병수는 무슨 낌새를 챘는지 며칠 전부터 약국을 찾아와서 이것저것 떠보며 찍자를 붙었다. 박성철은 조병수가 혹시 그가 하는 불법 거래를 눈치 챈 건 아닌지 신경이 쓰였다. 수사기관에 근무했다고 하는 조병수가 무슨 낌새를 챘다면 그의 입을 막아야 하는데, 박성철은 발톱은 드러내지 않고 변죽만 울리는 그 녀석에게 먼저 손을 내밀기는 싫었다. 조병수가 그냥 넘겨짚고 해 보는 공갈에 넘어가서 헛돈만 날릴 수도 있다!

'그 녀석이 뭘 눈치 챘지? 몇 푼이나 돈을 쥐어줘야지? 그냥 힘으로 눌러? 어떤 힘? 그렇다고 때때로 돈을 바친 국회의원을 동원할 수는 없고, 또 고영호에게 부탁해? 그 녀석 너무 비싸던데…. 경찰을 동원할까?'

"형님 잘 계셨어요?"

박성철이 약국 통로를 왔다 갔다 하며 조병수 입을 어떻게 막을까 고심하고 있을 때 육경호가 약국을 들어서며 인사를 했다.

세무서 건을 해결하고 룸살롱에서 술을 마셨던 날 고영호는 술자리에 육경호를 데리고 왔다. 고영호는 박성철에게 주먹을 불끈 쥐어 보이며 육경호가 주먹임을 암시하며, 내 아우, 의리의 사나이라고 소개하고, 육경호에게 형님 잘 도와주라고 말했다. 육경호는 자리에서 일어서서 90도로 절을 하며 박성철을 형님으로 모시겠다고 했다.

며칠 후, 육경호는 약국에 들러 자기 애인이 말 못할 병에 걸렸다고 사정했고, 박성철은 단방약을 거저 지어주고 용돈까지 챙겨 줬다.

박성철은 그가 번 돈 중 상당 액수를 앞날을 대비하여 사람을 사귀는 데 투자하고 있다. 라이온스클럽, 로터리클럽에 가입하여 상류사회에 인맥을 쌓고, 방위협의회, 청소년선도위원회 등의 위원이 되어 돈을 풀며 일선 행정기관장들과 친교를 넓혔다. 집권당 중앙당 상무위원, 민주평화통일자문회의 자문위원으로 중앙무대에 발을 들여놓기도 했다.

육경호는 애인의 몹쓸 병이 단방에 나았다며 술을 사겠다고 했다. 그 후 박성철과 육경호는 형님 아우하며 가끔 술자리에서 어울렸다. 그 때마다 박성철은 주먹 세계의 남자들이 챙기기 쉽지 않은 외제 화장품 세트라든지, 디자인이 세련된 목걸이 등을 사놨다가 건네줬다.

육경호는 남자가 치사하게 이런 선물을, 하며 처음에는 선물 받아가는 것을 탐탁치 않게 여겼으나 선물을 받은 애인의 반응이 좋았던지, 이제는 은근히 다음 선물을 기다리는 눈치였다.

"어 어서 와."

박성철이 박카스를 꺼내 병뚜껑을 따서 바치며 말했다.

"형님, 무슨 고민 있어 보인다."

육경호가 큰 덩치를 흔들며 박카스 병을 입에 가져가며 눈을 가늘게 뜨고 박성철을 건너다보며 물었다.

"별 일은 없고, 어떤 녀석이 자꾸 깐죽거려서."

박성철이 입맛을 다셨다.

"그래요? 그럼 저한테 맡겨요. 그만 일로 내가 나설 수 없으니 한 3백 주시면 우리 애들 시켜 감쪽같이 해결해 드리지요."

육경호가 시원스럽게 말했다.

"할 수 있겠어? 수사기관 출신이라던데."

"걱정 마세요. 말 안 들으면 골로 보내 버리지요."

"나 살인 교사는 싫은데."

"등통나면 내가 먼저 잡혀갈 텐데 그렇게 허술하게 하겠어요. 내가 직접 나설 수는 없고 우리 애들 술값만 주시지요."

박성철은 바로 육경호가 요구한 금액에 2백만 원을 보태 5백만 원을 현금으로 챙겨줬다. 육경호는 봉투의 두께를 만져보고 싱긋 미소를 보내고 약국을 나갔다.

  오늘도, 오늘도, 오늘도 조병수는 약국에 나타나지 않았다.
  며칠 후 육경호가 약방에 들렀다. 박성철은 육경호에게 조병수에 대해서는 한 마디도 하지 않았다. 푼돈으로 문제를 해결해 준 육경호에게 애인에게 주라며 사파이어 반지를 건넸다.

3

  "박범진 아버님 되시지요?"
  검정색 양복 정장을 입은 건장한 청년이 약방에 들어서며 물었다.
  "네."
  박성철은 청년의 기세에 눌려 어깨를 움츠리며 대답했다. 아들 범진은 재학중 군대를 마치고 복학하여 대학 3학년에 재학중이다.
  "정보사령관 부관입니다. 사령관님이 뵙고 싶어 하시는데 저랑 같이 좀 가시지요. 잘 모시고 오라고 하셨습니다."
  청년이 거수경례를 붙이며 말했다.
  '그 높은 정보사령관이 나를 보자고? 어느 놈이 고자질했나?'
  정보사령관과 일면식도 없는 박성철은 나는 새도 떨어트릴 수 있다는 실세 중 실세인 정보기관의 장이 그를 호출하자 덜컥 겁이 났다.
  "무슨 일로?"
  박성철은 태연한 척 꾸미며 물었다.
  "저는 잘 모릅니다. 지금 기다리고 계십니다. 가시지요."
  청년이 강압적인 말투로 말했다. 청년은 따라나서지 않으면 끌고라도 갈 기세였다.
  박성철은 휘둥그레진 눈으로 청년과 남편을 번갈아보는 아내에게 약방을 맡기고, 양복으로 갈아입고 청년을 따라나섰다. 약방 문 앞에

별판을 가린 승용차가 대기하고 있었다.

청년은 승용차 뒷문을 열고 부동자세로 서서 장군이 앉는 상석은 비워놓고 그 옆 좌석에 박성철을 앉게 했다. 박성철이 자리에 앉자 그는 날쌔게 조수석으로 갔다. 조수석에 앉은 청년은 차가 달리는 동안 한마디도 않고 앞만 보고 갔다.

아들의 이름을 대며 아버지를 찾는 것을 보면 아들과 관련된 일 같은데 데모와 연루된 것 같지는 않았다. 아들이 데모를 했다면 경찰이 나설 일이다. 박성철은 그를 연행해 가는 연유를 도무지 짐작할 수가 없어 불안하고 초조했다.

사령관 전용 승용차가 사령부 정문에 나타나자 정문 위병소를 지키고 있던 위병이 받들어총을 하고 충성을 외쳤다. 사령부 건물 입구에 승용차가 멈추자 청년이 먼저 차에서 내려 뒷문을 열어주고 부동자세로 서서 박성철이 내리기를 기다렸다. 박성철은 어정쩡한 자세로 차에서 내렸다.

청년이 앞장서서 박성철을 안내했다. 박성철은 건물 정문에 서 있는 경비병의 거수경례를 받고 청년을 따라서 2층 계단을 올라갔다. 청년은 복도 거의 끝까지 가서 출입문 중앙에 귀빈실이라는 표지판이 붙은 진한 갈색 문을 밀고 들어가서 열린 문을 잡고 서서 박성철이 방안으로 들어오기를 기다렸다.

박성철이 문을 잡고 서 있는 청년을 지나 안에 들어서자 귀빈실 입구에 앉아있던 여군이 자리에서 일어서서 거수경례를 붙였다. 청년이, 귀한 손님이셔, 차 부탁, 했다. 여군이 고개를 끄덕이고 스위치를 눌러 견고해 보이는 안쪽 문을 열어줬다. 청년이 앞장서서 응접실로 들어가서 따라 들어오는 박성철에게 앉으십시오, 곧 사령관님이 나오실 겁니다, 말하고 응접실을 나갔다.

귀빈실은 일반 회사의 응접실과 비슷하게 'ㄷ'자 형으로 응접용 소파가 놓여 있었다. 주인이 앉을 자리 뒷면 벽에 노태우 대통령 사진이 걸려 있다. 텅 빈 귀빈실에 혼자 남은 박성철은 완전히 기가 죽어 목을 움츠리고 불안한 표정으로 눈알만 좌우로 굴렸다. 쪽문이 열리고 군복 정장을 한 사령관이 나타났다. 어깨에는 별 세 개가 번쩍거렸다. 박성철은 벌떡 자리에서 일어섰다.

"김영호 사령관입니다."

사령관이 손을 내밀었다. 박성철은 더듬거리며 그의 이름을 대며, 티브이에서 몇 번 본 적이 있는 앞머리가 벗겨진 사령관의 손을 잡았다.

"이렇게 번거롭게 오시라고 하여 죄송합니다."

사령관이 손님에게 자리에 앉으라고 권하며 말문을 열었다. 손님은 사령관의 입만 쳐다봤다.

"바쁘실 텐데 바로 본론으로 들어가지요. 아드님의 여자 친구 김성옥을 아시지요?"

박성철은 처음 듣는 이름이다. 아들 범진이 여자 친구를 집에 데려온 적이 없었고, 여자 친구에 대해 말한 적도 없었다. 아버지는 아침 일찍부터 밤늦도록 약국에 매달려 돈을 버느라 아들과 한가하게 대화를 나눌 시간이 없어 미처 듣지 못했는지도 모른다.

박성철은 사령관의 눈치를 보며 가볍게 좌우로 고개를 흔들었다.

"제 딸입니다."

사령관이 뱉듯이 말을 던졌다. 박성철은 움찔하며 사령관을 쳐다봤다.

"제 딸이 임신을 했어요. 죽어도 범진 군과 결혼하겠다니 배부르기 전에 결혼 날짜를 잡아야 할 것 같아서 뵙자고 했습니다. 바깥사돈 되실 분을 제가 찾아가서 뵈어야 하나 일이 바쁘다 보니."

사령관이 공손하게 말했다.

"그런 일이. 저는 모르고 있었습니다. 아들과 말해 보겠습니다."

당황한 박성철의 입에서 얼떨결에 말이 튀어나왔다.

"말해 볼 것이 아니라 우리 딸이 죽어도 애를 낳겠다니 결혼을 시켜야지요."

사령관은 얼굴이 굳어지며 단호하게 말했다.

"약국 하신다고 들었습니다. 정계에도 발을 들여놓으셨고. 저와 사돈이 되시면 여러 일에 크게 도움이 되실 겁니다."

사령관이 박성철을 빤히 쳐다보며 말했다. 박성철은 사령관이 벌써 그에 대하여 다 조사한 것 같아 가슴이 철렁했다.

"그래도 결혼식을 올리기 전에 가족간 서로 인사는 해야지요. 이번 토요일에 상견례를 하십시다. 그 때 결혼 날짜를 잡고. 저녁 7시로 하고 장소는 연락드리지요."

사령관은 사돈이 될 상대방의 의견은 한 마디도 묻지 않고 일사천리로 나갔다.

"집에 가서 상의해 보고 알려드리지요. 그래도 일류지대산데."

박성철은 아무리 사령관이 끗발이 좋다고 하지만, 신랑측 의사는 묻지도 않고 지 맘대로 결혼 문제를 결정하고 강요하자 밸이 꼴렸다.

사령관은 박성철의 대답이 못마땅한 듯 눈살을 찌푸리며 박성철을 노려봤다.

"제가 너무 나갔나요? 그럼 토요일에 뵙고 말씀 나누지요. 바쁘실 텐데 오시라고 하여 죄송합니다."

사령관은, 정계에 나가고 싶으시면 각하께 말씀드리겠다며 자신의 힘을 과시했다. 박성철은, 제가 자격이 되어야지요, 하고 정중히 사양했다.

박성철은 여당 야당에서 아파트 두어 채 값만 바치면 전국구 자리를 주겠다는 제의를 받았으나, 국회의원이 되면 당장 장사를 못해 돈을 벌 수 없고, 세비로는 공천헌금으로 바친 밑천을 뺄 수가 없을 것 같아 거절했었다.

힘을 과시하며 던져본 말에 사돈될 사람의 반응이 시원치 않자 사령관은 자리에서 일어서며 부관을 부르는 벨을 눌렀다.

범진은 김성옥과의 결혼은 한 번도 생각해 보지 않았다고 했다. 김성옥은 같은 과 학생인데 귀찮게 쫓아다니며, 지 아버지의 빽을 믿고 내가 너를 좋아하는데 너는 당연히 나를 좋아해야 한다는 식으로 같잖게 굴어, 콧대를 꺾어주려고 호텔에 끌고 가서 딱 한 번 데리고 놀았는데, 애가 생겼다며 생떼를 쓰며 결혼하자고 거머리처럼 달라붙어 귀찮게 한다고 했다. 애를 떼라고 했더니 죽어도 못 떼겠다고 버틴단다.

박성철이 남자가 임신을 시켰으면 책임을 져야지, 하고 아들을 추궁하자, 아들은 하룻밤 같이 잤다고 결혼해야 한다면 결혼할 여자가 한 다스도 넘는다고 오히려 큰 소리를 쳤다. 박성철은 아들에게 막 용돈을 대주며 사생활을 챙기지 않은 것이 후회되었다. 아들을 때려서라도 자기 행동에 책임을 지도록 해야 했으나, 폭력을 쓴다고 세상물정을 제대로 배우지 못한 아들이 쉽게 말을 들을 것 같지 않아 답답했다.

막강한 권력을 쥐고 흔드는 사령관이 자존심을 접고 임신한 딸과 결혼 말을 꺼냈는데, 못하겠다면 어떤 보복이 올까? 사령관이 맘만 먹으면 하루아침에 작살이 난다!

아들의 코를 꿰서라도 상견례에 끌고 가야 한다. 정 아들이 못 가겠다면? 사령관을 설득해야 한다!

'돈으로 될까? 얼마? 뭉칫돈을 준다고 물러설까?'

박성철은 고개를 살래살래 흔들었다.

박성철은 아들을 맥주 집에 불러내어 모처럼만에 아들과 단둘이 마주 앉아 맥주를 나누며, 결혼만 하면 당장 집을 사 주고, 대학 졸업하고 취직할 때까지 생활비도 다 대주겠다며 아들을 꼬였다.

"집? 생활비? 그게 문제가 아니예요. 애정도 없는 결혼을 어떻게 해요? 솔직히 지 아버지가 사령관이지 딸이 사령관이야? 딸이 사령관이면 내가 바로 결혼하지. 그 사령관 얼마나 갈 거 같아요? 정권만 바뀌면 바로 오리 알이야. 물통(주: 노태우 대통령) 이제 1년도 안 남았어요. 다음 정부가 들어서면 공연히 아들 잘못 결혼시켰다가 잘 살고 계시는 아버지까지 큰 코 다칠 수가 있어요."

결혼을 강요하는 아버지를 아들이 오히려 설득하려고 들었다.

그의 이름으로 등기된 집이 있고, 땅도 있다는 것을 알고 있는 아들에게 집을 사 주겠다는 미끼는 전혀 약발이 먹히지 않았다.

정권이 바뀌고 사령관이 물러나고 하는 일은 뒷날 일이고, 당장 이번 토요일 상견례에 아들을 끌고 가야 하는데, 아들은 계속 자기 고집만 피웠다. 박성철은 아들을 막 패서라도 마음을 돌리고 싶었으나, 다 큰 아들을 때릴 수도 없어 죄 없는 맥주만 마셨다.

맥주에 취한 박성철이 약국 카운터에 앉아 창밖을 내다보며 만사형통인 돈으로도 해결할 길이 보이지 않는 이 난관을 어떻게 풀까 고민하고 있을 때, 우체부가 약국에 들어서서 꾸벅 인사를 하고, 긴 직사각형 모양의 소포를 카운터에 올려놓고, 인수증에 서명을 하라고 했다. 박성철은 서명을 하면서 발송인의 이름을 봤다.

'이성자?'

누군지 기억이 없다.

박성철은 고개를 갸웃하며 포장을 풀었다. 고급스럽게 보이는 진홍색 상자가 나왔다. 박성철은 이것은, 하며 상자를 열었다. 진주 목걸이가 나왔다. 그 목걸이는 지난 주 그가 이국희에게 선물로 사준 것이다.

박성철은 "어, 여자가, 본명이 성자야?" 하며 비명을 내질렀다.

수희가 인사동 옛골 민속주점에서 대학 3년 후배로 자기 문예창작반 선생이라며 이국희, 아니 이성자를 소개했다. 정식으로 등단한 시인이라고 했다. 그녀는 몸집이 아담했다. 와락 끌어당기면 가슴에 폭 안길 것 같았다. 이마를 살짝 찌푸리며 사색하는 눈으로 사물을 응시하는 눈빛이 매력적이었다. 두어 잔 동동주가 들어가자 그녀의 얼굴에 불그레한 꽃이 피었다.

　박성철은 30대처럼 젊게 보이는 그녀의 얼굴에서 눈을 뗄 수가 없었다. 술이 오른 국희와 수희는 박성철은 제쳐놓고 포스트모더니즘이 어쩌고 했다. 들뢰즈를 들먹이며 나무가 어떻고 리솜이 어떻고 했다. 들뢰즈는 박성철이 처음 듣는 이름이다. 박성철은 들뢰즈가 시인이나 소설가겠지 짐작하며, 눈을 꿈벅이고 고개를 끄덕이며 아는 척했다.

　대학을 졸업한 후 형이하학적 세계에서 돈 벌기에 바빴던 박성철은 시인과 시인 지망생의 대화를 들으며, 문득 젊은 날 꿈꾸었던, 지금은 다 잊어버린 형이상학적인 세계에 한 발 들여놓는 기분이었다.

　박성철은 블라우스 깃 사이로 살짝 보이는 이국희의 하얀 앞가슴에 파인 골을 훔쳐보며 저런 고차원적인 언어를 구사하는 시인은 섹스를 할 때 신음 대신 시를 읊을까, 하고 궁금했다. 돈을 왕창 쓰고라도 저 여자를 유혹하여 호텔로 끌고 가서 실험해 보고 싶었다.

　박성철은 이국희에게 작업을 걸었다. 식사를 초대하고 칵테일 바에도 모시고 갔다. 그녀는 남자가 작업 거는 것을 알고도 모르는 체하는지, 모르고 모른 체하는지 덤덤하게 남자가 하자는 대로 했다. 박성철은 섹스를 잘 아는 성인 남녀가 공연히 뜸만 들이며 시간을 낭비할 것이 아니라 곧바로 골인을 하기로 맘먹었다. 그가 만났던 여자들은 큰 선물에 약했다.

　박성철은 분위기 있는 식당에서 점심을 대접하고 그녀를 백화점에 데려갔다. 그는 고등학교 국어시간에 배운 노천명의 시 〈사슴〉의 한 구절, 모가지가 길어서 예쁜 짐승이여, 하고 '슬픈'을 '예쁜'으로 바꿔서 읊조리고, 절세미인 양귀비도 목이 길었었데요, 하고 너스레를 떨며, 흑진주목걸이 골라 그녀의 목에 걸어주며, 국희 씨의 아름답고 긴 목에 이 목걸이가 너무 잘 어울립니다, 하고 아첨을 떨었다. 그녀는 눈을 반짝이며, 노천명 시인을 다 아세요, 하고 묻고, 고맙다는 인사를 하며 덜컥 선물을 받았다.

박성철은 그날 그녀를 고이 보내줬다. 지루하게 하루를 기다린 후, 박성철이 이국희에게 전화를 걸어 사랑을 나누자는 뉘앙스가 풍기는 농담을 던지며 만나자고 전화했다. 그녀는 새치름한 목소리로 당분간은 시간이 없다고 차갑게 말했다. 큰 선물만 덥썩 받아 챙기고 시간이 없다고 하자, 기분이 상한 박성철은 우리 사이에 그럴 수 있느냐고 항의했고, 그녀는 우리 사이가 무슨 사이냐며 전화를 탁 끊었다. 그리고 선물을 돌려보냈다. 이 정도 선물이면 보통 여자들은 그냥 은근 슬쩍 넘어가 줬는데, 이국희는 과감히 걷어찼다!

자존심이 팍 상한 박성철은 목걸이가 든 상자를 서랍 깊숙이 감추며, 이 정도 선물로는 안 된다는 말이지? 그럼 억 소리 나게 질러야지, 누가 이기나 해 보자. 지가 돈에 이겨, 하며 투지의 갈기를 세웠다.

4

정보사령관의 부관이 사령관님이 내일 저녁 7시 서울호텔에서 뵙자고 하십니다. 국화룸 예약했습니다, 전하고 바로 전화를 끊었다.

박성철은 수화기에서 울려오는 찍찍 하는 소음을 들으며, 지가 정보사령관이면 사령관이지 지 맘대로 오라 가라는 거야, 투덜대며 수화기를 한참을 들고 서 있다가 탁 내려놓았다.

내일은 수희와 만나기로 열흘 전에 헤어지며 약속한 날이다. 박성철은 이국희가 긁어놓은 자존심의 상처를 수희를 만나서 진탕 풀고 싶었는데, 사령관이 일방적으로 약속을 잡고 강제로 끌어낸다.

박성철은 기분 같아서는 당장 상견례에 나갈 수 없다고 하고 싶었으나, 뒤가 켕겼다.

끗발 좋은 사령관은 결혼도 안 한 딸이 애를 낳는 일이 없도록 무슨수라도 쓸 것이다! 어떻게든 아들놈을 설득하여 내일 호텔에 끌고 가야한다!

박성철은 3층에 올라가서 아내에게 내일 저녁 7시에 정보사령관이 서울호텔에서 상견례하잔다고 알려주며, 범진을 당장 집에 오라고 연락하라고 했다. 아내는 학교에 있는 애를 어떻게 연락해, 그 사람 끈질기네, 하며 한가하게 말했다. 박성철은 과사무실에 연락하면 되지, 하고 꽥 소리를 지르고 약국으로 내려왔다.

"범진이 지금 호수다방에 있다고 당신을 거기서 보자는데."

아내가 약국으로 내려오며 말했다. 호수다방은 약국으로 올라오는 골목 입구에 있다.

"뭐 애비를 다방에서 보자고? 어디서 배워먹은 버릇이야?"

박성철은 꽥 소리를 지르고 약국을 나섰다.

박성철은 건방지게 자식 놈이 애비를 다방으로 불러내, 화를 씹으며 가파른 계단을 올라 2층 다방에 들어섰다. 다방 안은 담배 연기가 자욱했다. 창가에 앉아있던 아들이 다방에 들어서는 아버지를 보고 자리에서 일어서서 다가오며 이쪽이요, 했다. 아들이 안내한 자리에 젊은 여자가 앉아 있다가 자리에서 벌떡 일어서서, "조숙힙니다" 하고 인사를 했다. 박성철은 어리둥절한 표정으로 여자를 건너다봤다.

여자는 첫 눈에 촌스러워 보였다. 파마한 머리는 넓적한 얼굴 위에 까치집을 올려놓은 것 같았고, 주청색 원피스는 싼티가 났다. 얼굴은 못생긴 편은 아니었으나 제대로 가꾸지 않아 피부가 까칠했다. 꼭 처녀

때 아내의 인상이다. 박성철은 자리에 앉으며 우두커니 서 있는 여자에게 앉으라는 손짓을 했다.

"조숙희, 제가 사귀는 여잡니다. 엄마가 내일 저녁 그 집에서 우리를 보자고 한다고 하여 아예 이참에 제가 사귀는 여자를 아버지께 소개시키려고 데리고 왔습니다."

박성철은 머리를 한 대 맞은 듯 정신이 멍해졌다. 말문이 막혔다.

"아가씨 고향은 어디요?"

박성철은 겨우 정신을 차리고 물었다.

"충청도 덕천입니다."

아들이 조숙희의 팔을 가볍게 툭툭 치며 대신 대답해 줬다.

조숙희는 5남매 중 맏딸로 아버지는 시골서 농사를 짓고 있으며, 범진이 다니는 대학교 서점에서 일한다고 했다. 고등학교만 졸업했단다.

박성철은 기가 찼다. 더 물어볼 말을 없었다.

"우리 숙희 참 예쁘고 심성이 착하고 부지런하여 학교에서 인기 짱이에요."

아들이 푼수를 떨었다.

박성철은 입을 닫고 아들과 처녀를 번갈아 쳐다봤다. 박성철은 이 장면이 현실이 아니고 꼭 영화 속의 한 장면 같았다.

박성철은 한술 더 뜨는 아들을 어떻게도 못해 보고 다방을 나서며 눈앞이 캄캄했다. 이대로 약국에 들어가기 싫었다. 수희라도 불러내어 술이라도 진탕 마시며 꽉 막힌 현실을 마취시키고 싶었다. 그는 공중전화에서 수희에게 전화를 넣었다. 전화를 받은 여자가 주인아주머니 시골 가서 내일 올라오신다고 했다고 했다. 박성철은 시골은 무슨 시골, 하며 짜증을 내다가, 도도한 이국희나 불러내서 왕창 선물을 안기고 호텔로 끌고 가서 짓이겨 버리자, 하고 현실도피의 상대를 바꿨다.

박성철은 이국희가 다니는 잡지사에 전화를 넣었다. 취재차 나가서 오늘은 사무실에 들어오지 않을 거라고 했다. 급한 일인데 어떻게 하면 연락할 수 있냐고 집요하게 묻자, 아마 인사동 옛골에 갔을지도 모른다고 알려줬다.

택시를 잡으려고 손을 들던 박성철은, 인사동까지 갔다가 허탕을 치면, 하고 마음이 흔들렸다. 이렇게 피할 것이 아니라 제까짓 놈 세면 얼마나 세, 정면으로 붙어보자, 하는 오기가 생겼다.

'누구를 동원한다?'

국회 국방위원회 여당 간사인 성 의원을 동원할까? 아무리 끗발 좋은 사령관이라도 국방위 여당 간사의 말은 무시 못하겠지.

박성철은 골목에 있는 공중전화에서 성 의원 보좌관에게 전화를 걸었다. 선거구에 내려가서서 내일 모레나 올라오신단다. 전할 말씀이 있으면 전해 주겠다고 했다.

이런 부탁을 한 다리 건너서 할 수는 없다!

박성철은 공중전화 박스에서 나와 약국으로 걸어가며 사령관을 누를 인맥을 꼽아봤다.

'평통 부의장께 부탁해 볼까? 군 선배에다 정계 원로이니 말발이 먹히겠지. 뭐라고 부탁한다? 내 손자를 임신한 여자와 결혼 안 하게 압력을 넣어 달라고?'

박성철은, 정말 웃기는 부탁이네, 하며 허허 웃었다.

"당신 이야기 잘 됐어?"

아내가 헛웃음을 지으며 약국에 들어서는 박성철에게 물었다.

박성철은 "색싯감까지 데리고 왔던데" 하는 말을 꿀꺽 삼키며 2층 창고로 올라갔다.

창고 한쪽 구석에 다음 주초에 배달할 약상자 세 개가 나란히 놓여있었다. 박성철은 그 상자들이 큰 범죄의 증표같아 가슴이 덜컥 내려앉았다. 박성철은 당장 치울까, 하고 상자 하나를 들다가, 대낮에 싣고 나가

다가는 들킬 수도 있으니 어두워지면 택시로 실어다 주자, 하고 생각을 바꿨다.

박성철은 2층 바닥에 펄썩 주저앉아 푹 한숨을 내쉬며, 그래! 이것만 치우고 당분간 물건을 더 받지 말자. 아니, 이 정권이 끝날 때까지 장사를 접자, 하고 다짐했다.

창틈으로 햇빛 한 줄기가 뚫고 들어와서 약상자에 찍힌 상표를 정조준하며 비췄다. 꼭 범죄의 현장을 꼭 짚어서 밝히는 것 같았다. 박성철은 범죄의 증거를 감추는 심정으로 손바닥으로 햇빛을 가렸다.

시골 촌뜨기를 결혼할 여자라고 데려오며 버티는 아들놈을 설득해서 내일 데리고 가기는 틀렸다…, 아들은 빼고 나만 달랑 호텔에 가서 결혼이 어렵다고 하면…, 자존심이 상한 사령관이 무슨 짓을 할까? 지하실에 불러다가 족치기라도 하면….

사령관의 마음을 누그러트리고 시간을 벌어야 하는데…. 어느 놈을 동원한다? 손자를 밴 여자와 결혼 못하게 해달라고 부탁하며?

박성철은 절래절래 고개를 젓다가, 문득 불가항력적인 사건이 일어나서 별수 없이 군대에 끌려갔던 옛일이 떠올랐다.

밤사이 사령관에게 무슨 일이 일어나면….

신체검사 통지서를 받은 박성철은 병무청에 근무하는 고향 선배를 찾아가서 군대에 가지 않는 방법을 상의했다. 선배는 아무렇지도 않게 5만원만 주면 해결해 주겠다고 했다. 신체검사 담당 군의관이랑 공무원과 짜려면 보통 10만원은 드는데 고향 후배라서 싸게 봐준다고 했다. 5만원은 한 학기 등록금이다. 아버지는 학비와 겨우 자취할 수 있을 만큼 돈을 보내주셨다. 그는 아버지에게 병역을 기피하게 또 돈을 보내달라고 할 수는 없었다. 선배의 제의를 듣고 박성철은 바로 한 학기 등록금을 주고 군대에 안 가면 군 복무기간 3년에서 휴학한 반년을 빼고 2년 반은 남는다는 계산을 했다. 그는 학교 등록을 포기하고 5만원을 선배에게 건넸다. 선배는 신체검사를 받으러 갈 것 없고, 무종을 받아주겠다고 했다.

5.16 군사혁명이 일어났다. 선배는 병역비리로 잡혀 들어갔고, 박성철은 병역기피자가 되었다. 박성철은 병역기피자 자수기간에 자수를 하고 군대에 갔다. 박성철은 훈련소에서 내무반장을 통해 푼돈을 집어주고 병과를 보병에서 의무로 바꿨다. 그는 이동병원에서 간호장교와 연애까지 하며 비교적 편안하게 군 생활을 마쳤다.

제대를 하고 복학한 그는 학과장 집에 정종을 사들고 가서 제대신고를 했다. 명절 때마다 선물을 사들고 교수들 집에 인사를 갔다. 졸업 시즌이 되자 교수님들은 일등을 한 학생을 제치고 싸가지 있는 학생 박성철을 제약회사에 추천해 줬다.

박성철은 창틈으로 새어드는 햇빛의 궤적을 손바닥으로 가로막으며, 당장 5.16 같은 사건이라도 일어났으면, 했다.

박성철은 어두움에 완전히 갇힐 때까지 창고에 쭈그리고 앉아서 대처할 방법을 궁리했으나, 돈으로도, 돈을 들여 쌓은 인맥으로도 해결할 방법이 보이지 않았다.

국회의원이라도 해서 신분을 높였으면, 하는 후회가 됐다.

돈을 아끼지 말고 전국구 국회의원이라도 할 걸…, 사령관이 함부로 못할 텐데…. 이제 국회의원 안 된 것을 한탄해 봐야 쓸데없고….

번뜩 박성철의 머리에 하늘에 계신 분이라면 이 난관을 해결해 주실 수 있을 거라는 섬광이 스쳐갔다.

그래, 부처님 예수님이라면 쉽게 사령관의 마음을 바꿀 수 있을 거다! 절이나 교회에 다닌 적이 없어 미리 바친 돈은 없지만, 지금이라도 당장 한 뭉치 돈을 싸들고 절이나 교회에 가서 부처님 하나님께 바치면서 빌면 이 문제를 해결해 주시지 않을까?

이왕 하는 김에 부처님 예수님 양쪽에 다 손을 쓰면….

그럼 절에 한 천만 원쯤 시주하고, 교회에도 천만 원쯤 헌금할까?

그렇게 쩨쩨하게 갖다 바치면 감동을 줄 수가 없지. 그래도 1억은 바쳐야지! 믿지도 않던 사람이 한 번에 큰돈을 덜컥 바치면 부처님 하나님도 감동하시겠지?

몇 십억씩 내는 사람도 있다는데⋯, 그거야 재벌들 이야기고, 나야 겨우 골목에서 약장사하는 서민인데 일억이면 큰돈이지!

박성철은 지금 당장 시주하고 헌금하면 부처님 하나님이 그의 고민을 풀어줄 것 같았다.

은행 문을 닫았는데 어디서 현금을 2억 원씩이나 마련하지? 내일 갚기로 하고 전당포에서 빌려? 전당포에 그런 큰돈이 현금으로 있을까?

사령관이 내일 저녁에 만나자고 했으니, 내일 아침 은행 문을 열자마자 돈을 찾아서 교회도 가고 절에도 가자. 그럼 몇 시간 여유가 있으니 시주나 헌금을 받은 부처님 하나님이 그 동안에 알아서 해 주시지 않을까?

박성철은 두 손을 모으고, 예수님, 부처님 내일 은행을 열자마자 돈을 찾아 헌금을 바치고 시주를 하겠습니다. 제발 사령관이 보복하지 않게 해 주십시오. 딸이 마음을 바꿔 우리 아들과 결혼을 포기하게 해 주십시오, 하고 기도를 올렸다.

돈이 적으면 두 배, 아니 세 배로 올리겠습니다.

박성철은 시주와 헌금을 두 배 세 배로 올린다는 그의 기도를 들으신 부처님 하나님이 환하게 웃으시는 것 같았다.

박성철은 조금은 가벼워진 마음으로 약국으로 내려왔다. 흑백 티브이를 보고 있던 아내가 고개를 들고 남편을 쳐다보며, 창고에서 지금까지 뭐했어? 범진이랑 이야기 잘 됐어? 하고 물었다.

박성철은, 배고픈데 밥 주라, 했다.

박성철은 아내를 3층으로 올려 보내고 카운터에 앉아 정말 부처님 하나님이 3억 원을 받고 그의 문제를 해결해 주실까, 그냥 돈만 날리는 건 아닐까, 하고 갈등했다.

티브이는 혼자 놀고 있었다. 아줌마가 약국에 들어서며 작은 아들이 계속 기침을 한다며 감기약을 지어달라고 했다. 그 아줌마는 단골손님이다. 박성철이 조제실에 들어가서 감기약을 조제하는 사이 여덟시 뉴스를 시작했다. 박성철은 알약을 유발에 넣고 봉으로 짓이기며 힐끗 티브이 화면을 봤다. 정보사령관이 경직된 얼굴로 차를 타는 모습이 나왔다. 소리는 잘 들리지 않았다. 바로 화면이 바뀌었다.

박성철은 정보사령관이 왜 뉴스 첫 장면에 나오지, 하며 조제실에서 나와, 3일칩니다. 식후 30분 후에 먹이세요, 하고 약 복용방법을 설명하고, 약을 넣은 봉투를 건네고, 단골이니 천 원만 달라고 했다. 단골은 지갑에서 꾸깃꾸깃한 천 원짜리 지폐 한 장을 꺼내서 약국 주인에게 건네며, 정보사령관 그렇게 끗발 부리더니 잡혀가네요, 했다. 박성철은 정보사령관이 잡혀갔다고요? 하고 큰 소리로 물었다. 방금 뉴스에 나왔어요. 안녕히 계세요, 인사하고 단골이 약방을 나갔다.

'정보사령관이 잡혀갔다고? 그럼 내일 저녁은?'

박성철은 아직 헌금도 시주도 안 했는데 돈을 내겠다는 약속만으로도 효험을 보여주신 부처님 하나님이 너무나 감사했다. 돈의 위력이 하나님 부처님께도 통하는 것 같아 기분이 묘했다.

박성철은 미친 사람처럼 허허 웃으며, 문제가 풀렸는데 그 돈을 다 내야 해? 한 1억만 내고 나머지 돈으로 큰 선물을 사서 이국희에게 안기고 어떻게 해 볼까, 하다가, 아니, 겨우 여자 하나 꼬이려고 그 큰돈을 다 써? 너 미쳤어? 하며 고개를 저었다.

박성철은 끈 떨어진 사령관의 딸이 손자를 낳으면 어떻게 하지, 하는 생각이 번뜩 들었다.

로비

/

김도진 감독원 국장은 원장 여비서의 연락을 받고, 수첩을 챙겨들고 원장실로 갔다.

소파에 앉아서 차를 마시고 있던 원장은 김 국장에게 앉으라는 눈짓을 했다. 김 국장은 황공한 자세로 원장의 옆자리에 앉았다.

"김 국장, 다음 주에 삼진그룹 감사 좀 나가야겠어."

원장이 차분하게 말했다. 원장은 경제부 차관 출신으로 지난해 낙하산으로 감독원에 부임했다.

"삼진그룹이요?"

김 국장은 왜 지난해 우리나라 수출고의 7%나 차지한 대기업을 감사하라고 하지, 생각하며 말했다.

"그래, 삼진그룹. 해외로 자금을 빼돌린다는 제보가 있어. 페이퍼 컴퍼니로."

김 국장은 삼진그룹이면 재계는 말할 것 없고, 정계와도 줄이 닿아 감사를 하는데 로비가 만만치 않을 텐데, 하고 생각하며 입을 닫고 원장의 다음 말을 기다렸다.

"정예 요원 한 20명을 데리고 가서 3주 쯤 감사하고 와. 내일까지 감사 갈 요원 명단을 나한테 줘."

"3주에 20명씩이나."

"그런 큰 기업을 조사하려면 그 정도는 해야지. 특히 위에서 관심이 많으니 잘 조사하고 와."

김 국장은 '위' 라면 장관 정도는 아닐 거고, 청와대? 하며 삼진이 정권에 뭣을 잘못 보였을까, 했다.

"예. 알겠습니다. 내일 아침까지 명단 올리겠습니다."

김 국장이 엉덩이를 들고 일어섰다.

"로비가 심할 테니. 감사 나간다는 정보 새나가지 않도록 조심하고."

원장이 자리에서 일어서는 부하에게 당부했다.

"예. 조심하겠습니다."

"삼진, 정보력이 대단한 회사야. 감사 나간다는 정보가 미리 새면 사전에 다 대비해 놓을 거야. 잘못하면 헛손질할 수가 있어. 내 말 무슨 말인지 알아듣겠지. 입조심하고. 이번 조사가 자네 승진의 잣대가 될 수도 있어. 잘 해 봐."

김 국장은 공손히 인사를 하고 원장실을 나갔다. 김 국장은 두 달 후에 퇴임하는 부원장의 후임으로 승진을 잔뜩 벼르고 있다.

김 국장은 그의 방에 돌아와서 간부 명단을 보며 같이 감사를 갈 과장급과 계장급 직원을 골랐다.

그는 이번 감사는 정치적인 감사일 거라고 짐작하며, 그와 비밀을 같이 할 간부를 고르다가, 감사 조장으로 이무선을 낙점했다. 이무선은 김 국장의 A 고등학교 후배다. 고교 선배요 직장 상사인 김 국장을 잘 따랐다.

김 국장이 감사팀 인선을 한참 하고 있을 때, 고등학교 동창인 이도창 삼진금속 사장으로부터 전화가 왔다며 비서가 연결해 줬다.

이도창은 삼진그룹 계열사 사장으로 김 국장과 고등학교 때부터 친한 사이다. 한 달에 한 번씩 여는 고등학교 골프모임, 팔공회의 멤버다. 팔공회는 A 고등학교 45회 동창 중 관계나 실업계에서 잘 나가는 동창들이 결성한 친목 골프모임이다. 입회비도 만만치 않지만, 출세를 하지 않은 동창들은 그 모임에 끼워주지 않는다. 이도창 사장은 라운딩 때 공직에 있는 동창들 그린피를 자주 법인카드로 결재해 줬다.

"이 사장. 이번 주말에 볼 텐데 무슨 일?"

"응, 다른 게 아니고, 김 국장이 우리 그룹 감사 온다면서?"

"어떻게 알았어?"

김 국장은 그가 감사 나간다는 사실을 원에서 두세 사람 밖에 모를 텐데 어떻게 알았을까. 나보고 비밀을 지키라고 했던 원장이 설마 알려주지는 않았겠지, 하며 삼진의 정보 능력에 놀라는 마음을 감추며 물었다.

"그 정도도 모르고 어떻게 큰 그룹을 유지하나. 나오기 전에 막아야 했는데…, 이왕 오기로 정해졌다니, 김 국장이 한두 건 찾는 척해야 할 거고, 아프지 않게 슬슬 주물러 줘. 뭘 중점으로 볼 거야?"

"이제 막 지시를 받아 아직 방침을 안 정했는데. 어떻게 내가 가는 것을 알았나?"

"김 국장 하는 일을 절친인 내가 모르면 안 되지! 우리 사이가 어떤 사인데. 나 왕회장한테 난처하게 하지 말고, 진행사항도 좀 알려주고."

이 사장이 나긋하게 말했다.

김 국장은 감사팀도 구성하기 전에 감사 나간다는 정보가 다 새나간 사실에 기분이 확 했다. 원장과 대화를 하고 나온 지 반시간 만에 삼진이 그 정보를 알아낼 만큼 로비력이 대단하면, 감사 결과도 바로 다 삼진에 알려질 거고, 사전에 대비할 거다.

김 국장은 고개를 절레절레 흔들며, 토요일에 팔공회 모임에서 보자며 이도창 사장의 전화를 끊었다.

김 국장은 토요일 팔공회에 모임에 나갔다가, 이도창 사장이 정보를 주라고 보챌 것 같아 급한 일이 생겼다는 핑계를 대고 골프모임에 나가지 않았다.

2

월요일 오전 10시. 김 국장이 감사팀을 이끌고 삼진그룹 현관에 들어섰다. 40대 후반의 훤칠하게 잘 생긴 간부가 현관에서 일행을 기다리다가 봉고차에서 내리는 김 국장 일행을 영접했다.

"김 국장님 어서 오십시오. 원에서 출발하셨다는 연락받았습니다. 감사장에 가시기 전에 그룹 사장단이 회의실에서 기다리시는데 상견례하고 가시면."

"상견례는 생략하고, 감사장으로 바로 안내해요. 감사장은 마련해 놨지요?"

김 국장은 마중 나온 간부를 쳐다보며 먼저 사장단과 상견례를 할 것인가, 망설이다가 대답했다.

"네. 5층 대회의실에 마련해 놨어요."

"높으신 분들 인사 안 해도 돼요, 모두 바쁘실 텐데. 그냥 갑시다."

김 국장이 겸손하게 말했다.

"그럼 사장단님들에게 인사를 오시라고 할게요. 엘리베이터 타시지요."

김 국장이 앞장서서 엘리베이터 앞으로 갔다.

"저, 팀장님. 홍순현 씨 아세요?"

안내를 나온 간부가 엘리베이터로 걸어가는 김 국장 옆에 붙어 서서 물었다.

"홍순현, 대학병원에 다니는? 내 고등학교 동창인데."

"저 홍순현 교수의 동생입니다. A고 48회입니다."

"홍 교수 동생이야? 내 3년 후배네."

간부가 명함을 건넸다. 기획실장 상무, 홍창현.

"순현이한테 동생이 삼진 기획실장 한다는 말 못 들었는데."

"아, 이틀 전에 이번 수감하는 책임자로 발령을 받았습니다."

김 국장은 삼진그룹에서 감사에 대비하여 김 국장의 인맥을 찾아 책임자를 배치했다는 말을 들으며 머리가 흔들거렸다.

홍순현 교수는 김 국장의 고등학교 동창으로 서울의대를 나오고, 대학병원 외과 과장이다. 팔공회 멤버다. 얼마 전 김 국장의 처가 쪽 친척을 대학병원에 급히 입원시키는 데 도움을 받았었다.

감사팀이 자리에 채 앉기도 전에 회의실에서 대기하던 그룹 사장단이 감사장으로 우르르 몰려 들어왔다.

서로 명함을 교환하고 인사를 나누느라 실내가 어수선해졌다.

"회장님이 인사를 오셔야 하는데, 오늘 장관 주최 조찬에 가셨다가 장관님과 독대가 길어져서 아직 도착 못했습니다. 오시는 대로 인사 오시겠다고 우리더러 먼저 인사드리라고 했습니다."

그룹내에 가장 매출 규모가 큰 선박회사 사장, 박준홍이 사장단을 대표하여 은근히 회장은 너보다 훨씬 높은 장관과 맞상대한다는 뉘앙스를 풍기며 인사했다.

"회장님 인사 오실 것 없습니다. 오시면 제가 찾아뵙고 인사를 올려야 웃어른에 대한 예의지요."

김 국장이 의젓하게 박준홍 사장의 말에 답했다.

"마음 편하시게 고교 후배인 홍창현 실장을 감사 카운터파트로 했습니다. 홍 상무께 필요한 사항 말씀하시고, 어려운 일이 있으면 저에게 바로 말씀해 주시지요."

박준홍 사장이 환하게 웃으며 말했다.

"오늘부터 3주 감사할 예정입니다. 협조 부탁드립니다."

김 국장이 자리에서 일어서서 고개를 숙이며 정중하게 말했다.

"아니 이러시면."

박준홍 사장이 마주보고 일어서며 황송한 체했다.

사장단은 의례적인 말 몇 마디를 더하고 잘 부탁한다는 말을 뒤로 하고 감사장을 나갔다.

김 국장은 홍창현 상무에게 제출할 자료 목록을 넘겼다. 홍창현 상무는 바로 준비하겠다고 했다.

감사 첫날, 점심시간이 되었다.

"선배님. 점심은 어떻게 하시겠어요? 이 근방 잘 모르실 것 같아 식당을 안내할까 하는데."

홍창현 상무가 김 국장 자리로 와서 팀장이나 국장이라는 직함이 아닌 '선배'라는 친근한 호칭으로 부르며 손을 비볐다.

"우리가 알아서 할게. 고마워."

김 국장이 부드럽게 말했다.

"그래도 이렇게 낯선 동네, 저희 회사까지 오셨는데, 저희가 안내하는 것이 도리인 거 같은데."

홍 상무가 간곡한 목소리로 말했다.

"어떻게 피감기관의 신세를 지나? 우리가 알아서 먹을 테니 걱정 마."

"알겠습니다. 안내가 필요하면 언제든지 말씀하십시오. 참 이 근방 점심 먹을 만한 집 리스트를 가져다 드리지요."

홍 상무가 바로 음식점 이름과 위치가 적힌 리스트를 가지고 왔다.

김 국장은 고맙다고, 하고 리스트를 받았다.

홍 상무가 추천한 음식점은 불고기집, 매운탕집, 순두부집이었다.

김 국장은 매운탕집을 선택했다.

김 국장은 생태탕을 시원하게 먹고 음식점을 먼저 나섰다.

"국장님, 삼진에서 점심값을 계산했다는데요."

음식값을 계산하려던 직원이 김 국장에게 다가오며 울상을 지었다. 그 말을 들은 김 국장은 순간 기분이 팍 상했다.

"점심값을 계산하다니?"

김 국장의 톤이 높아졌다.

김 국장은 식당으로 들어와서 음식점 주인에게 주의를 주고, 그의 카드로 다시 점심값을 계산했다.

"홍 상무. 점심값을 냈던데 그러면 안 되지."

김 국장이 홍 상무를 감사장으로 불러 조용히 나무랐다.

"형님 그거 큰돈도 아닌데. 그냥 모른 척해 주시잖고."

홍 상무가 감사팀장을 '형님'이라고 부르며 난처한 표정을 지었다.

"점심값 정도는 우리가 낼 만큼 월급 받으니 앞으로는 그런 생색내지 마. 알았지?"

김 국장이 따끔하게 후배를 나무랐다.

"죄송합니다. 저는 우리 회사에 오신 손님들 대접하려고 했는데…."

"우리는 손님이 아니야. 감사 나온 사람들이야. 착각하지 마."

"형님 죄송합니다. 주의하겠습니다."

홍 상무가 부동자세로 서서 예의를 갖췄다.

김 국장은 감사 첫날 오후, 홍순형 교수로부터 동생 잘 봐주라는 전화를 받았다. 니가 잘 봐주면 동생이 내년에 전무로 승진할 거고, 니가 파토 놓으면 당장 목이 잘릴 거라고 협박했다. 김 국장은 두 절친, 고교 동기동창 이도창 사장과 홍 교수가 직접 나서서 압력을 넣자 입맛이 썼다.

퇴근시간, 이무선 과장이 그날 감사결과를 보고한 후 난처한 표정으로 머리를 긁적거렸다.

"무슨 일이야?"

김 국장이 후배의 난처해 하는 표정을 보며 물었다.

"홍 상무께서 국장님께 말씀드리기가 어렵다고, 저더러 좀 말씀을 전해주시라고 해서."

"무슨 말인데?"

"저녁을 한 번 모시고 싶다고. 사장들과."

"안 된다고 하지 그랬어. 감사기간에 무슨 저녁."

"안 된다고 했는데, 홍 선배님이 그런 것도 하나 어랜지 못하면 무능한 임원으로 찍혀 잘못하면 내년 주총 후에 자리가 없어질 수도 있다고. 제발 선배님의 선처를 바란다고."

"내가 저녁을 안 먹어주면 목이 잘린다는 말인데. 녀석들 감사받는 창구로 고향 후배를, 그것도 동창 동생을 급조해서 밀어 넣어놓고 어물쩍 넘기려고 하는데…, 안 된다고 해."

김 국장이 입맛을 다셨다.

"알겠습니다. 그렇게 전하겠습니다. 내일 쯤 홍 상무가 국장님께 직접 매달릴지 모릅니다."

"본인뿐만 아니라 지 형까지 동원하게 생겼는데…"

김 국장이 신음했다.

다음날 퇴근 시간, 홍 상무는 김 국장에게 읍소하며, 저녁시간을 내달라며 후배 한 번 봐주라고 매달렸다. 박 사장이 꼭 저녁을 어랜지하라고 했다며 김 국장은 완곡히 거절했다. 홍 상무는 머리를 극적이며 감사장을 나갔다. 바로 홍 상무의 형, 홍순형이 전화를 걸어왔다.

"야 김 국장, 내 동생이 뇌물 바치겠다는 것도 아니고, 저녁 한 번 먹자는데 뭐 그리 비싸게 굴어?"

홍순형 교수는 대뜸 시비조로 나왔다.

"야 임마. 감사 책임자로 와서 어떻게 피감기관 임원들하고 저녁을 먹나?"

"좀 먹으면 어떠냐? 너랑 저녁 먹는 것 하나도 어렵지 못하면 내 동생 짤린다. 내 동생 짤리면 니가 책임질 거냐?"

"그만 일로 잘리기는."

"자식, 모르는 소리. 너야 신분 보장되는 권력기관에 있으니 태평하다만, 그룹사 얼마나 무서운데. 니가 감사 책임자로 나온다고 해서 내 동생을 그 자리에 앉힌 거 몰라? 그랬는데, 저녁 하나도 어렵지 못한 걸 회장이 알면 바로 모가지다. 좋은 자리 있을 때 좀 봐주라."

홍순형 교수는 반 협박조다.

"너, 내 입장은 조금도 생각 안 하고 동생 생각만 하는구나. 내가 감사 나와서 피감기관 임원하고 저녁 먹은 것이 알려지면 바로 나도 모가지다."

"누가 그렇게 어수룩하게 저녁 모신데? 다 은밀히 모시지. 그래 내일 저녁 시간 낼 거야, 안 낼 거야?"

홍순형 교수가 단도직입적으로 물었다.

"안 되는 거는 안 된다. 미안하다."

"알았다. 자식, 지난번 팔공회도 안 나오고."

홍순형 교수가 먼저 전화를 끊었다. 김 국장은 다음 팔공회 모임에서 홍 교수가 고교 동창들 앞에서 그를 꽉 막힌 벽창호라고 씹을 것 같아 입맛이 썼다.

감사 3일차 오전. 김국태 전 감독원 부원장이 전화를 걸어왔다.

"오늘 저녁 약속 없으면 나랑 저녁 할까?"

김국태는 김 국장이 과장 때 국장으로 모셨었다. 감독원 원장을 못하고 부원장을 마지막으로 퇴직했다. 하기야 감독원 원장은 항상 정부에서 차관급 퇴직관료가 낙하산을 타고 내려왔다. 내부에서 승진하여 원장이 되는 것은 꿈도 꿀 수가 없다. 내부 승진의 마지막 자리는 부원장이다. 김국태 부원장은 김 국장이 국장으로 승진할 때 힘을 써줬었다.

"네, 좋습니다. 선배님 제가 모셔야지요."

김 국장은 김국태 전 부원장이 왜 갑자기 저녁을 먹자고 할까, 나한테 무슨 부탁할 일이 있지? 하며 흔쾌히 대답했다.

"시간 내줘서 고맙고. 지금 삼진 감사 나가 있지? 삼진 근처 식당은 그렇고, 안국동까지 올 거야?"

"예, 어떻게 아셨어요? 가지요. 몇 시?"

"7시 장원으로 오지. 장원은 나랑 몇 번 가 봤지?"

장원은 전통 한식당이다. 한복을 차려입은 여종업원이 전담으로 서빙한다.

"네. 가겠습니다. 좀 늦을지도 모릅니다."

"좀 늦어도 괜찮아."

김 국장은 옛 상사와 단둘이 술자리를 하면 좀 심심할 텐데, 생각했다. 그렇다고 누구를 데리고 간다고 할 수도 없어 그냥 전화를 끊었다.

사흘간 감사 결과 외국에 있는 페이퍼 컴퍼니를 통해 비자금을 마련하는 징후가 보였다. 외환관리법 위반에다가 횡령의 혐의가 포착됐다. 김 국장은 퇴근하기 전 그날 감사결과를 간단히 유선으로 원장에게 보고했다.

김 국장은 대선배를 기다리게 할 수가 없어 약속 시간보다 10분 일찍 술자리에 도착했다. 여종업원이 김국태 이름으로 예약된 방으로 안내했다. 좌석이 네 자리 준비되어 있었다.

두 사람은 누구지? 하며 김 국장은 방을 서성거렸다.

밖에서 왁자지껄하는 소리가 들리더니 김국태가 앞장서서 들어섰다. 박준홍 삼진전자 사장과 이도창 삼진금속 사장이 따라 들어왔다.

"김 국장, 박 사장이랑 이 사장 소개 안 해도 알지?"

김국태 전 부원장이 환하게 웃으며 손을 내밀었다.

"네. 어떻게 김 부원장님이 두 사장님과 같이."

김 국장은 전 상사의 손을 잡으며 물었다.

"아, 김 국장 몰랐나? 나 며칠 전부터 삼진 고문으로 나가게 됐어."

김국태가 명함을 건네며 말했다.

"아, 그러셨어요? 안쪽으로 앉으시지요?"

김 국장은 직장 선배가 피감기관 임원을 데리고 나타나서 기분이 더러웠지만, 식당까지 와서 바로 돌아가겠다고 할 수도 없어, 쓴 입맛을 다시며, 상석을 손바닥으로 가리키며 말했다.

"내가 어떻게 상석에 앉나. 김 국장이 앉아야지. 오늘 주빈인데."

"김 국장, 사양하지 말고 앉아."

이도창이 친구의 손을 끌어 억지로 상석에 앉혔다. 김 전 부원장은 김 국장의 옆자리에 앉았다.

한복을 입은 30대의 꽃같이 예쁜 두 아가씨가 들어와서 한 아가씨는 김 국장과 김 부원장 사이에, 한 아가씨는 박 사장과 이 사장 사이에 앉았다.

김 국장은 이왕 나온 거, 선배님 체면이나 차려주자며, 와서는 안 될 곳에 불려 나온 것에 대한 불만은 조금도 나타내지 않고, 김 전 부원장의 체면을 세우는 말을 이어가며 즐겁게 술을 마시는 척했다. 30년 가까이 공직생활을 하면서 터득한 처세술이다.

권력기관 간부의 접대에 이골이 난, 산전수전을 다 겪은 두 사장은 업무에 대한 말은 삼가며 손님이 편하게 술을 마시도록 배려했다.

네 사람은 두 시간 가까이 술을 마셨다. 옆에 앉은 베테랑 아가씨들의 도움도 있어 네 사람은 즐겁게 대화를 이어가며 술을 마셨다. 취기가 오르자 나사들이 풀어지기 시작했다.

"도진이 너 손자 돌이 내일 모래라고 했지?"

이도창이 김 국장과 친분을 과시하며 개인사를 들먹였다.

"응. 첫 손자 돌이라 무엇을 선물할까 생각중이지."

김 국장은 막 '할브지' 하고 말을 배우기 시작한 손자를 떠올리며 행복하게 미소를 지었다.

"아, 벌써 손자를 보셨어요?"

박 사장이 눈을 크게 뜨며 끼어들었다.

"그렇게 됐습니다."

김 국장이 수줍어했다.

"아니 회장님이 벌써 손자를 보셨다고요? 저는 회장님 40대로 보았는데."

김 국장과 부원장 사이에 앉아있던 아가씨가 호들갑을 떨었다.

"젊게 봐줘서 감사해."

김 국장이 아가씨의 손등을 탁탁 치며 말했다.

박 사장이 화장실을 다녀오는지 밖을 나갔다 들어왔다.

술자리를 파하고 자리에서 일어서려 하자, 마담이 예쁜 팩을 들고 들어와서 박 사장에게 전했다. 박 사장이 그 팩을 받아 이 사장에게 건네며 귀에 대고 소곤거렸다.

"야 도진아, 니 첫손자 돌인데, 이 삼촌이 가만히 있을 수 없지. 이거 돌 선물이다. 삼촌이 준 선물이라고 하고 가져다 줘라."

이도창이 팩을 김 국장에게 넘겼다.

"이게 뭔데."

김 국장이 팩을 받아 속에 든 상자를 꺼냈다. 보석 상자였다.

보석 상자를 열자 어른 손바닥보다 큰 금 두꺼비가 나왔다.

술이 취한 김 국장은 불빛에 비치는 금 두꺼비의 화려한 빛에 순간 황홀했다. 이렇게 큰 금 두꺼비를 돌 선물이라고 가져다주면 며느리가 좋아하겠지. 시아버지의 체면도 서고….

김 국장은 '감사하다' 고 나오려는 말을 꿀컥 삼켰다.

'이거 뇌물이잖아. 귀여운 손자의 돌 선물로 뇌물을 받아다 주면….'

김 국장은 순간 뇌물을 선물이라고 받아다주면 손자가 평생 부정을 탈 것 같았다.

"뜻은 고맙지만, 사양할게."

김 국장이 선물을 이 사장에게 돌려줬다.

"도진아, 너랑 나 사이에 손자 돌에 이 정도 선물도 못하냐?"

이도창이 심각한 표정으로 말했다.

선물을 안 받겠다느니, 받으라느니 실랑이가 벌어졌다. 분위기 좋게 술을 마셨던 분위기가 어색해졌다.

"김 국장이 삼진이 주는 선물 받는 거 부담이 되는 모양인데 삼진에서 주는 것이 아니고, 전임 상사인 내가 주는 거라고 생각하고 받아."

김 전 부원장이 나섰다.

김 국장은 전 상사와 고등학교 동창이 선물 받기를 강요하자, 거절하기가 어려웠다. 그렇다고 뇌물을 선물이라고 덜컥 받아다가 손자에게 주기는 더욱 싫었다. 계속 받으라느니, 못 받겠다느니 하고 실랑이를 하면서 김 국장은 옆에 앉은 아가씨 보기가 민망했다.

3

다음 날 오후.

김준태 고문이 김 국장을 보자고 전화했다. 김 국장은 며칠 전 삼진 고문으로 들어온 전 상사의 방을 찾아갔다. 그의 사무실은 임원실이 있는 20층 맨 끝 방이었다.

"어, 김 국장 어서 와. 내가 감사장으로 가야 하는데 모양새가 좀 그런 것 같아 내 방에 부른 거야. 이해하지."

김준태 전 부원장이 감사팀장인 옛 부하를 그의 방에 부른 것을 미안해 했다.

"아유 부원장님, 무슨 말씀을 제가 당연히 찾아 뵈어야죠. 저는 여기 계신 줄 몰랐어요. 원장님도 그런 말씀 안 하시고, 알았으면 감사 첫날 인사 왔지요."

"그렇게 말하니 고맙군. 오늘 조 원장이랑 점심을 했지."

"아, 그러셨어요?"

김 국장은 그의 직속 상사인 감독원 원장과 점심을 먹었다는 전 상사를 빤히 쳐다봤다.

"이 이야기 저 이야기 했지. 부원장이 곧 정년퇴임한다며?"

"네, 두 달 남으신 것 같네요."

"원장 말이 자네가 가장 부원장에 가까이 다가간 국장이라고 하던데."

"그랬어요?"

김 국장은 그가 승진에 가장 가까운 간부라는 선배의 말을 들으며 얼굴에서 열이 났다.

"그래서 내가 국장 때 자네를 데리고 있었는데, 유능하고 창의력 있는 부하였다고 꼭 부원장 시켜주라고 부탁했지. 자네 시키면 편할 거라고."

"감사합니다."

김 국장은 엉덩이를 들고 자리에서 일어섰다 다시 앉았다.

"자네 지금 비자금 조성 의혹에 대해 조사하고 있는 거 같던데. 내 경험 이야기 하나 해 줄까?"

김 국장은 선배의 입을 주시했다.

"내가 퇴직을 해서 보니 현직에 있을 때 베풀 수 있었는데, 너무 원리 원칙대로 했던 일이 자꾸 맘에 걸리더군. 자네도 현직에 있을 때, 힘이 있을 때, 베풀 수 있으면 베풀어. 삼진이 우리나라 경제에 기여한 바가 얼마나 큰가? 삼진 종업원만 거의 이십 만 명이야. 이렇게 큰 회사를 움직이려면 기름이 필요하지. 정관계에 기름을 쳐야 돌아간다는 건 잘 알 거고. 그래서 비자금을 어쩔 수 없이 마련하는데, 자네가 낱낱이 다 밝혀 총수가 잘못 되면 기업이 휘청거릴 거고…, 우리 경제에 악영향을 주겠지. 그런 사실이 알려지면 좌파 재야단체가 들고 일어나 난리를 칠 거고. 이제 자네도 우리나라 경제를 책임지는 중요한 포지션에 있는 고급관리야. 크게 국가의 경제를 보고 감사를 했으면 해."

"그래도…."

"감사를 나왔는데 어떻게 맨손으로 가냐는 말이지? 그건 홍 상무 시켜서 챙겨주라고 할게. 홍 상무 자네 고등학교 후배라면서. 그 친구 감사 잘 받았다고 회장 눈도장 찍으면, 내년에 전무 진급할 거고. 자네가 안 봐주면 후배 옷 벗네. 이번 감사 잘 마치고 가면 자네 부원장 올라가는 데 내가 도와주지. 우리 회장 힘이면 가능할 거야. 우리나라 힘센 친구 치고 우리 회장 신세 안 진 사람 있겠어?"

김 국장은 입을 굳게 닫고 선배의 말을 들었다. 김 국장은 삼진그룹 회장이 힘을 써 준다면 부원장은 쉽게 될 것 같았다.

"자네 손자 돌 선물 이도창 사장한테 돌려줬다면서?"

"네, 손자 돌 선물을 전혀 모르는 사람들한테 뇌물을 받아다 줄 수가 없었습니다."

"이 사장이 어째 전혀 모르는 사람인가? 자네 고등학교 동창이잖아?"

골프도 자주 같이 치고 안사람들도 서로 아는 사이라면서. 너무 빡빡하
게 굴지 말게."

"그래도…."

"자네 동창이 얼마나 난처하겠나? 회장이 그런 사실을 알면…."

전 상사는 말을 매듭짓지 않았다.

김 국장은 착잡한 심정으로 전임상사의 말을 들었다.

4

정예요원 20명이 일주일째 감사를 하자, 불법과 비리의 실체가 드러
나기 시작했다. 감사의 방향이 회장을 겨누고 있다는 것을 눈치 챈 삼
진그룹 임원들은 비상이 걸렸다. 김 국장의 옛 선배를 동원하여 김 국
장 손자의 돌을 핑계삼아 가벼운 선물을 안기며 김 국장을 실험했던 삼
진그룹의 임원진은 김 국장이 돌 선물을 되돌려주자 긴장하기 시작했
다. 뇌물로는 어렵다는 판단 아래 특단의 조치가 없으면, 김 국장이 감
사 결과로 작은 허물은 들추되 큰 허물을 감춰주지 않으면, 법적으로
회장의 신상에 문제가 되는 위반 사항을 적발할 것 같았다.

몇 년 전 세계굴지의 전자회사 S그룹 회장도, 세계 유수의 H자동차
회장도 기소되어 곤욕을 치르고, 1조원 가까운 큰돈을 사회에 내놓으
며 용서를 빌고, 겨우 실형을 면제 받고 집행유예를 받았다. 최근 시민
단체의 입김이 세지면서 법의 잣대가 더 엄격해져서, H그룹, S그룹 회
장 등은 실형을 받았다.

삼진그룹 임원들은 무슨 수를 써서라도 김 국장의 예봉을 꺾기로 의
견을 모았다.

고교 동창인 이도창 사장이나 홍순형 상무를 동원하여, 술자리를 마
련하고자 했으나, 김 국장은 그 때마다 완곡히 거절했다. 그렇다고 또
김 국장의 전 상사인 김준태 전 부원장을 또 동원할 수도 없었다. 술을

먹이고 술에 취한 김 국장에게 얼렁뚱땅 뇌물을 안기고 약점을 잡고 물고 늘어져야 하는데, 산전수전 다 겪은 김 국장이 그런 수에 넘어가지 않고 술자리를 모두 피했다.

　수요일 오후 5시 반, 김 국장은 고등학교 동창 홍순형 교수로부터 전화를 받았다.
　"어 김 국장, 지금 바쁘나?"
　홍 교수의 목소리에 힘이 없었다.
　"바쁠 것이 뭐 있나. 항상 같지."
　"나 지금 막 수술 끝났는데. 좀 피로하다."
　대학병원 외과 과장인 홍 교수는 여러 시간 수술을 하고 난 다음에 가끔 김 국장에게 전화하여 술이나 한 잔 하자고 했었다. 둘은 1차는 고깃집에서 간단히 소주를 마셨다. 홍 교수는 꼭 2차로 단골 요정을 갔다. 소주 몇 잔으로는 수술 후 긴장이 풀리지 않는다며 요정에 가서 양주를 마시고 노래를 부르며 스트레스를 풀었다. 1차는 김 국장과 홍 교수가 번갈아 샀으나, 2차는 홍 교수가 월급쟁이가 무슨 돈 있냐, 오늘 팁 받았다며 꼭 술값을 냈다.
　"오늘도 수술 몇 건 했냐? 힘들겠네."
　김 국장이 위로의 말을 했다.
　"새벽부터 네 건 했다. 열 시간도 넘게 했더니 완전히 퍼졌다. 너 나 에너지 보충하게 갈비 좀 사 주라."
　홍 교수가 은근하게 부탁했다.
　"알았다. 몇 시에 만날까?"
　김 국장은 동생, 홍 상무가 부탁한 게 아닐까, 하고 잠시 망설이다가, 겨우 갈비 집에 가는데, 하며 시원스런 목소리를 가장해서 말했다.
　"자주 가던 오원가든에서 7시에 만날까?"

"7시는 그렇고, 7시 반에 만나자."

"그래? 바쁜데 귀찮게 한 건 아니지?"

"아니. 일상 업문데. 오늘 감사한 거 정리하고 갈게."

"아참, 너 삼진 감사 나갔지. 내가 동생 잘 봐주라고 전화까지 하고 다 까먹었네. 그럼 7시 반에 보자."

홍 교수가 먼저 전화를 끊었다.

김 국장은 홍 교수가 전화로 동생 잘 봐주라고 부탁했던 것까지 잊어버렸다고 하자, 혹시 홍 교수의 동생 홍 상무가 자기 형에게 부탁하여 저녁을 먹자고 한 것은 아닌가, 하는 의심이 들어 거절하려던 자기의 속줍음이 친구에게 미안했다.

홍 교수는 양주, 밸런타인 30년을 들고 나왔다. 오늘 수술해 준 여자 남편이 정부 고위관리인데, 감사하다고 양주 한 병을 가자고 왔다며, 아마 그치도 누구에게 선물 받은 것일 거라고 했다.

둘은 공항 면세점에서도 가장 비싼 고급 양주를 반주하여 소소한 이야기를 이어가며 갈비를 뜯었다. 양주 한 병을 다 비운 두 친구는 얼추 술이 취했다. 1차 술값은 최고급 양주를 거저 얻어 마신 김 국장이 냈다.

홍 교수는 다른 날과 같이 박봉의 월급쟁이한테 갈비를 얻어먹었으니, 2차를 사겠다고, 하며 단골 요정에 전화를 했다. 홍 교수는 강남에 두세 군데 단골 요정이 있다. 김 국장은 몇 번 2차로 홍 교수의 단골 요정에 따라가서 술을 얻어마셨다.

홍 교수가 요정에 들어서자, 입구에서 기다리던 마담이 방으로 안내했다. 테이블 위에 가벼운 안주와 음료수가 준비되어 있었다. 마담을 따라 들어온 아가씨 둘은 그 전에 홍 교수와 같이 이 요정에 왔을 때 파트너를 했던 아가씨들이다. 민지라는 이름의 눈이 크고 유방이 큰 20대

초반의 아가씨가 김 국장의 옆에 앉았다.

두 사람은 17년산 양주를 주문했다. 옆에 앉은 아가씨들은 구면인 손님들에게 술을 권하고 자기들도 받아마셨다. 김 국장은 감사로 밝혀질 비리와 불법을 어느 정도 선에서 까발릴까, 하는 고민을 털어내는 심정으로 옆에 앉은 아가씨가 따라주는 술을 죽죽 들이켰다.

룸을 나갔던 마담이 양주 한 병을 들고 다시 방에 들어왔다. 마담을 따라서 술이 취한 이도창 삼진금속 사장이 큰 소리로 떠들며 들어섰다.

"내가 옆방에서 한잔 하며 들으니, 도진이 하고 순현이 목소리더라. 그래서 들어왔다. 맞네. 나 술 한잔 주라."

이도창이 소파 끝에 걸터앉으며 너스레를 떨었다.

"그래. 너도 이 집에서 술 마셨냐?"

홍 교수가 이 사장을 반겼다. 김 국장은 쩝, 하고 입맛을 다셨다.

"그래. 도진이 너는 내가 그렇게 한잔 하자고 할 때는 안 된다고 하더니, 홍 교수는 오케이냐? 너 사람 차별하지 마라."

이도창이 김 국장에게 시비를 붙었다.

"차별은, 무슨 차별?"

김 국장이 이도창에게 술잔을 넘기며 말했다.

"이거 차별 아니고 무엇이냐? 내가 술 사겠다고 했을 때는 고개를 흔들더니 홍 교수랑은 요정까지 와?"

이도창은 술을 죽 들이켜고 김 국장에게 빈 잔을 건네며 큰 소리로 시비를 걸었다.

"무슨 차별. 나는 내 돈으로 사지만 너는 회사 돈으로 사잖아. 감사 나가서 얻어먹기 부담됐겠지."

홍 교수가 중재를 섰다.

"홍 박사 너만 니 돈으로 술 살 수 있는 거 아니다. 나도 내 월급으로 이 정도 술은 살 수 있다. 마담 술 한 병 더 가지고 와. 나가서 같이 술

먹던 사람 양해 구하고 올게."

이도창이 큰 소리로 술을 주문하고 비척거리며 방을 나갔다가 5분쯤 있다가 다시 들어왔다.

"같이 온 손님은 어떻게 하고 왔냐?"

홍 교수가 비틀거리며 룸에 들어서는 이도창에게 물었다.

"응. 아가씨들 짝지어 위층으로 올려 보냈다. 지금 쯤 젊고 예쁜 아가씨들 품고 무릉도원 입구에 가 있을 걸."

이도창은 기고만장했다.

"무릉도원이라니?"

김 국장이 혀 꼬부라진 소리로 물었다.

"자식 모른 체하기는. 너도 그런 접대 받아봤을 거 아냐?"

이도창이 계속 시비조로 나왔다.

"그게 무슨 소리? 나를 어떻게 보고."

김 국장이 벌컥 화를 냈다.

"도진아, 그만 말에 화를 내기는. 자 우리 서로 이렇게 만나기도 어려운데 동창끼리 코 삐뚤어지게 마셔 보자."

홍 교수가 중재를 섰다. 아가씨들이 날쌔게 잔을 올렸다. 셋은 건배를 외치고 술잔을 비우고 아가씨들에게 잔을 권했다. 마담이 이도창의 파트너를 해 줬다. 이도창이 술을 한 병 더 주문했다.

"야, 그만 시켜라. 나 너무 취했다. 이제 그만 가자."

김 국장이 손을 흔들며 자리에서 일어섰다.

"야 도진아, 너 술 취해 쓰러지면 우리 병원에 거저 입원시켜 줄게. 한 잔 더하자. 병실 비워 놓으라고 연락할게."

홍 교수가 휘청하며 큰소리를 쳤다.

"홍 원장님이 책임지신다는데, 제가 모실게요."

김 국장의 옆자리에 앉은 민지가 김 국장의 어깨를 꼈다.

"도진아. 너 쓰러지면 우리나라 최고 권위인 의사랑 옆에 앉은 예쁜 아가씨가 책임진다는데 뭐가 걱정이냐? 누가 먼저 쓰러지나 마셔보자."

이도창이 고함을 쳤다.

방안의 분위기를 알아채고 마담이 나섰다.

"술 많이 취하셨으면 이 약 한 알 드세요. 술이 바로 깨요."

마담이 우황청심환처럼 거창하게 포장한 알약을 건넸다. 아가씨들이 약을 까서 손님들 입에 밀어 넣었다.

"자 약도 드셨으니 우리 러브샷."

민지가 김 국장의 팔을 끼며 분위기를 띄웠다.

"러브샷 좋지."

홍 교수랑 이 사장이 가세했다.

술판이 이어졌다. 이도창이 밴드를 불렀다. 돌아가면서 노래를 불렀다. 남녀가 엉키어서 춤을 추었다. 술에 맛이 간 김 국장은 민지와 엉켜서 춤을 추며 그녀의 젊은 향기에 취하여 전신의 세포가 곤추섰다. 그녀를 터트리고 싶은 강한 욕구에 전신이 스멀거렸다. 민지는 의도적으로 춤을 추며 남자의 성감대를 자극했다. 술 탓인지, 아가씨의 매력 탓인지, 알약 탓인지 김 국장은 평소의 그답지 않게 스멀스멀 뻗치는 성욕을 도저히 주체할 수가 없었다. 김 국장은 결국 민지에 이끌려 위층 호텔방으로 올라가서 춘정을 풀었다.

욕망을 털어낸 김 국장은 호텔을 빠져 나와 새벽 두시가 넘어 택시를 타고 집으로 갔다.

다음날 김 국장은 술이 덜 깬 무거운 머리로 감사장에 들어섰다. 홍 상무가 감사장에서 김 국장을 맞았다. 홍 상무는 감사장에서 비서 역할을 하는 여직원에게 김 국장님 어제 술 많이 하셨는데, 쌍화차를 올리라며 챙겨줬다.

김 국장은 홍 상무가 어떻게 어제 그가 술을 많이 마신 것을 알았을까, 언제 홍 교수랑 통화를 해서 그가 술을 마신 사실을 알아냈을까, 하며 축 처진 기분으로 쌍화차를 마셨다. 김 국장은 설마 홍 교수가 요정 여자와 호텔방에 올라간 것은 말하지 않았겠지, 하며 감사중에는 술자리에 가지 말았어야 했는데, 하며 후회했다.

오전 10시쯤 김 국장의 이동전화에 카카오톡이 왔다는 신호음이 울렸다. 김 국장은 이동전화 화면을 문질렀다.

발신인이 처음 보는 이름이다.

'감사 나온 책임자가 그래도 되는 거요?' 하는 메시지와 함께 사진 몇 장을 전송했다.

김 국장이 요정에 들어가는 장면부터 아가씨를 옆에 앉히고 술을 마시는 장면, 술에 취해 아가씨를 안고 비틀거리며 노래를 하는 장면, 아가씨와 호텔방에 들어가는 장면, 호텔방에서 도망치듯 나와 택시를 타는 장면을 찍은 사진이었다. 같이 술을 마신 홍 교수는 사진 어디에도 나타나지 않았다. 이도창 사장과 같이 어깨동무를 하고 빙빙 도는 장면도 찍혔다.

김 국장은 사진을 보며, 어제 저녁 홍 교수와 1, 2차 술자리가 그대로 추적당한 것 같아 머리에서 쥐가 나고 전신에서 땀이 났다. 홍 교수가 삼진의 로비 앞잡이 노릇을 했다고는 믿고 싶지 않았으나 상황이 그렇게 해석됐다.

이 사진이 인터넷에 공개되면 삼진 이도창 사장과 요정에 가서 술 접대를 받고, 성상납까지 받은 것이 된다!

원에서 불명예스럽게 쫓겨나야 한다! 그럼 어떻게 가족을 보지?

김 국장이 넋을 잃고 사진을 보고 있을 때 다시 카카오톡이 왔다.

이 사진 공개 여부는 앞으로 너의 태도에 달렸다. 오늘 퇴근 후 7시 지금까지 감사 결과를 요약한 보고서를 들고 오원가든 204호실로 오라.

카톡 문자를 받은 김 국장은 망연자실 창밖에 시선을 두고, 어제 술을 마시러 간 것을 후회하다가 이무선 과장을 불렀다.

"감사 나온 지 열흘이 넘었는데 이제 슬슬 감사결과를 정리해야겠지."

"네, 그렇게 하겠습니다."

"내가 오후에 원에 가서 지금까지 감사결과를 보고하고 지침을 받아 올 수 있게 한두 페이지로 정리 좀 해 줘."

"네. 그런데…."

"왜 무슨 문제 있나?"

"그게 아니고, 선배님."

이무선은 원에서의 호칭인 '국장' 대신 '선배'라는 호칭을 썼다.

"무슨 애로사항이라도?"

"아닙니다. 홍창현 선배님 생각이 나서요."

"홍 상무가 어때서…."

"조사한 대로 다 보고하면 그 다음 취소를 못하는데, 홍 상무 괜찮겠어요? 내년에, 아니 당장 잘리는 거 아닐까 걱정이 되어서."

김 국장은 이무선 과장도 로비에 시달리는구나, 하는 감이 왔다.

"우선 검사 결과를 다 적어 와 봐, 그리고 어떤 것만 터트릴까 나랑 조율하지."

"알겠습니다. 선배님도 로비에 심히 시달릴 것 같아서."

"이 과장한테도 심하나?"

"당근과 채찍을 다 씁니다."

"허, 그래? 자네 출세하라고 이번에 생각해서 뽑아 왔는데 고생만 시키는 거 같네."

"그게 아니고. 저한테도 압력이 대단한데 선배님은 오죽하겠습니까?
한 시간 내에 자료 만들어 오겠습니다."

이무선 과장이 머리를 긁적이며 물러갔다.

5

김 국장은 이무선 과장이 건넨 자료를 책상에 펼쳐놓고 내려다보며,
이 자료를 들고 저녁에 오원가든에 가야 하는지, 그냥 카톡 경고를 씹
어야 하는지 판단이 서지 않았다.

감사기간에 요정에서 삼진그룹 사장과, 아무리 고등학교 동창이지
만 같이 술을 마셨고, 성상납을 받았다고 하면, 30년 공직자 생활에 오
점을 남기고 쫓겨나야 한다. 가족을 볼 낯이 없다. 부원장으로 진급하
려던 꿈도 접어야 한다.

그렇다고 저녁에 백기를 들고 오원가든에 나가? 자존심이 꿈틀했다.
오기가 뻗쳤다.

홍 교수가 술을 마시자고 할 때 거절할 걸, 설마 홍 교수가 미리 이도
창이랑 짜고 나를 1, 2차로 끌고 간 것은 아니겠지?

지 동생 구명을 위해 할 수도 있지. 그래도 몇 십 년 우정을….

김 국장은 저녁에 나갈 것인가 버틸 것인가 결정을 못하고, 그에게
결정적인 약점을 잡히게 한 홍 교수를 원망하다가, 자신의 허술한 행동
을 자책하다가 했다.

오후 6시, 감사팀들이 퇴근준비를 했다.

"선배님 원에 다녀오셨어요?"

이무선 과장이 삼진에서 임시로 마련해 준 감사팀장 방에 들어서며
김 국장에게 물었다.

"원장이 국회에 간다고 하여 안 들어갔어."

김 국장이 거짓말을 했다. 김 국장은 매일 전화로 감사 결과를 보고한다. 별도로 문서로 보고할 필요가 없다.

"퇴근하시지요."

"먼저 해. 나 좀 있다 갈게."

김 국장이 가 보라는 손짓을 했다.

"저녁에 제가 술 한 잔 살까요? 곱창에 소주 한 잔. 걸어서 10분 거리에 드럼통에 연탄을 피우고 곱창을 굽는 집이 있어요."

"정말 아직도 서울에 그런 집이 있어? 옛날 생각난다. 직원 때 원 앞에 그런 집이 있어 퇴근하고 자주 갔었는데."

"그럼 가시지요. 저도 드릴 말씀이 있고."

이무선 과장이 선배를 끌었다.

오원가든에 갈까 말까 망설이던 김 국장은 탈출구가 생긴 기분이었다.

김 국장은 이동전화를 열고, 그에게 카톡을 보낸 사람에게 저녁에 선약이 있어 갈 수 없다는 회신을 보냈다. 카톡을 보내며 김 국장은 이렇게 거절하다가 망하는 거 아냐, 하며 막 사지가 떨렸다. 김 국장은 떨리는 마음과 몸을 부하 직원에게 눈치 채지 못하게 하려고 이를 악물었다.

김 국장과 이 과장이 사무실을 나서자, 어디서 나타났는지 홍 상무가 나타나서 곱창집이면 자기도 끼워달라고 했다. 선배님이 술 한 잔 사달라고 애교를 부렸다. 김 국장은 삼진의 감사 대응 전략을 알기 위해, 적을 알기 위해, 홍 상무를 끼라고 했다.

세 고등학교 선후배가 같이 한 술자리는 고등학교 선생님들을 씹는데서부터 대화를 이어가며 동질감을 찾아갔다. 시를 가르치면서 훨훨춤을 췄던 국어선생님, 미적분 문제를 풀다가 막혀서 쩔쩔맸던 수학선생님, 영양분인 철이 부족하면 쇳덩어리를 씹어 먹으라며 농담을 했던 생물 선생님, ….

소주를 각자 한 병씩 비우고 나자 홍 상무는 김 국장을 '선배님'에서 '형님'으로 호칭을 바꿔 불렀다.

"형님. 고민 생기셨죠?"

"무슨? 내가 고민 있어 보여?"

김 국장이 눈을 크게 뜨고 후배를 쳐다봤다.

"오늘 카톡 문자 받으셨죠?"

"문자? 무슨?"

"오늘 저녁에 오원가든 나오라는."

"그것을 어떻게 알았어?"

김 국장은 그가 카톡 받은 것까지 홍 상무가 다 알고 있자 섬뜩하며 술이 다 깨는 기분이었다.

"우리 회사 난다 긴다 하는 삼진이에요. 형님은 우리 회사에서 그런 치사한 일을 했다고 생각하셨지요? 제가 제 형을 동원하여 술집에 끌어내고, 막판에 이도창 사장을 술자리에 밀어 넣고, 결국 여자를 끌고 호텔에 가도록 일을 꾸몄다고?"

김 국장은 넋을 잃고 멍하니 후배를 쳐다봤다.

"혹시 누가 홍분제를 먹였다고 생각하지 않으셨어요?"

김 국장은 홍분제라는 말을 들으며, 어제 저녁 마담이 준 알약이 홍분제였나, 하며 유난히 색정을 주체할 수 없었던 순간이 떠올랐다.

김 국장은 누가 그런 수법을 썼을까? 했다.

"우리 그룹이 그런 치사한 방법은 쓰지 않아요. 어떤 조직에서 감사 자료를 미리 빼내어 언론에 공개하겠다고 우리 회사에 공갈을 치려 한 겁니다."

"뭐라고? 조폭이 그런 짓을 했다고?"

"감사 자료를 언론에 안 터트리는 대가로 10억 원을 내라고 했어요. 이도창 사장님께."

김 국장은 허, 하는 소리를 씹었다.

"그 친구들 농간에 놀아나실 필요 전혀 없어요. 벌써 회사에서 다 조치했어요. 다시는 연락이 가지 않을 겁니다. 오늘 이도창 사장께서 자기랑 술 먹자면 안 들을 거니 나더러 그 사실을 알려드리라고 하여, 이무선 과장에게 술자리 만들어 달라고 사정했어요. 형님이 이렇게 나와 주셔서 감사해요. 이런 이야기를 사무실에서 하기는 그랬는데."

"그래? 이거 내가 신세를 졌네."

"세상은 서로 다 돕고 도우며 사는 거 아닙니까? 이 사장님은 어제 정말 우연히 그 술자리에 가게 되셨대요."

"고맙군. 이 사장 찾아뵙고 감사하다고 해야겠네."

"그건 그렇고, 이번 감사 결과 우리 회사를 좀 살살 두들겨 주세요. 우리 회사 잡아먹으려고 하는 놈들이 얼마나 많은지 아십니까? 시민 단체니 하는 놈들은 끊임없이 회사 주위를 돌며 감시하지요. 약점 잡히면 다 신사임당(주: 5만원권 지폐)이 나서야 해결돼요. 정관계도 그렇지, 로비 없이 되는 것 없어요. 다 신사임당이 나서야 해요. 형님 이런 사정을 이해하시고, 다 그런 것 막고 회사를 지키고, 회사 일을 추진하는 데 공식적인 돈으로는 안 되고 비자금이 있어야 하는데…, 비자금 마련하려면 탈법을 안 하고 돼요? 이번 감사에서 그런 사항은 모른 척해 주시지요. 우리 회사도 형님 꼼짝 못하고 옷 벗을 일 막아줬잖아요."

홍 상무가 거품을 품으며 말을 이어갔다. 온실에서 커온 두 공직자는 입을 딱 벌리고 홍 상무의 사설을 들었다.

"또 하나, 감사 사항은 우리 회사에서 실시간으로 다 알고 있어요."

"어떻게?"

이무선 과장이 물었다.

"매일 감사가 끝나면 형님이 원장에게 유선으로 보고하셨지요?"

"그런데 어떻게 알아?"

"비서를 시켜 원장을 바꾸라고 하셨지요? 우리 회사 사선으로 연결해 줬지요."

"그럼 도청을 했다는 거야?"

"적을 알고 나를 알면 백전백승. 그건 손자병법 초보지요. 치사하게 여자랑 호텔 간 약점 잡아서 알아내려고 안 해요."

김 국장은 모골이 송연했다. 술이 다 깨는 것 같았다.

"형님 또 하나, 원을 움직여서 감사를 하게 한 윗선은 이미 우리 회사에서 다 주물러 놨으니, 감사 후 지적사항이 부실하다고 시비는 붙지 않을 겁니다."

김도진은 홍 상무의 말을 들으며 자신이나 이 과장은 장기판 위에서 노는 졸이라는 생각이 들었다. 힘센 자들의 놀음에 춤을 추는 꼭두각시 같았다.

"그래도 형님은 이번 감사를 잘 나오셨습니다. 이도창 사장이 회장과 아주 잘 통하는데 형님 말씀을 잘 하여 다음 진급하는 데 도움이 될 겁니다. 감사가 끝나는 날 회장님 인사를 어랜지하겠답니다. 그 때 잘 하시면. 우리 A고 동문이 부원장 올라가면 좋지요."

김 국장과 이 과장은 서로 눈짓으로 기가 막힌다는 표정을 교환했다. 누가 감사를 나온 사람이고, 누가 감사를 받는 사람인지 구별이 되지 않았다.

"형님. 저만 떠들었습니다. 이런 말을 회사에서 말씀드릴 수는 없고, 이렇게 술자리에 끼워 주셔서 감사합니다. 형님이 협조를 잘 하시면 형님께 좋은 일이 있을 거고, 형님의 협조가 부실하다고 여기면, 아마 그 친구들에게 사진을 공개하도록 할 수도 있습니다."

이제 감사를 나온 사람이 감사를 받는 측의 공갈협박까지 받는다!

약점을 잡힌 김 국장은 끙, 하고 신음소리를 냈다.

6

감사 막바지.

김 국장은 감사결과를 어떻게 처리할 것인가 지침을 받기 위해 요약 보고서를 들고 원장을 직접 찾아갔다.

"그 동안 매일 유선으로 보고 드려 아시겠지만, 감사가 마무리 단계입니다. 이제 감사중 찾아낸 비리와 불법에 대하여 우리 원선에서 마무리할 것인가, 아님 검찰에 고발하여 수사를 의뢰할 것인가 결정을 해야 합니다. 어떻게 할까요?"

김 국장이 진지한 표정으로 원장의 결심을 물었다.

"그 동안 수고했어. 김 국장 생각은 어때?"

원장은 자기의 의중을 감추며 심드렁한 표정으로 김 국장의 의견을 물었다. 김 국장은 감사를 지시한 원장이 감사 결과에 별로 흥미를 보이지 않자 팍 실망이 되었다. 원장의 의중은 뭘까? 매를 드는 걸까, 놓는 걸까? 김 국장은 원장의 의중을 읽을 수가 없어 잠시 뜸을 들이다가 조심스럽게 말했다.

"원장님 결심에 따르겠습니다. 원장님이 감사를 지시하실 때 뜻이 있으신 거 같았는데…"

산전수전을 다 겪고 국장자리까지 올라온 김 국장은 그의 의중을 드러내지 않고 원장의 눈치를 살폈다.

"그게…, 감사팀장이 알아서 해. 감사를 한 김 국장이 제일 잘 알 거 아냐. 내일 모레 끝나는 날이지. 잘 종결하고 와."

원장은 끝내 처리 방향을 지시하지 않고, 할 말 다 했으니 나가 보라는 손짓을 했다. 김 국장은 '잘 종결하라'는 뜻이 뭘까, 하며 원장 방을 나왔다.

김 국장은 원에서 전철을 타고 감사장으로 돌아오며 내내 원장의 '잘 종결하라' 는 의도를 분석해 봤다. 원장의 의중을 알 수가 없었다. 그는 감사장으로 들어서며 바로 이무선 과장을 불렀다.

"지금 본원에 가서 원장 뵙고 왔는데, 감사를 내보낼 때 살벌하던 분위기와는 달리 나더러 잘 종결하고 오라고 하시던데, 어떻게 처리하라는 말일까?"

김 국장이 이맛살을 찌푸리며 나직하게 영리한 후배 부하에게 물었다.

"그러셨어요? 무슨 뜻일까? 선배님, 검찰에 수사를 넘기라는 뜻 같지는 않은데요."

이 과장이 눈을 깜박이며 상사의 눈치를 봤다.

"그렇게 해석되지?"

"네, 그동안 삼진에서 로비를 해서 괘씸죄를 푼 것 아닐까요?"

"그래도 수사를 의뢰하지 않으면, 감사팀 중 누가 정보를 시민단체나 언론에 흘리면 시끄러워질 텐데."

"그럴 수가 있지요. 재벌을 봐준다고."

"어떻게 할까? 우리 감사는 이 정도에서 끝내고 외환관리법 위반과 횡령 배임문제를 검찰에 수사 넘기자고 보고서를 올릴까?"

"그것이…, 원장이 바라는 바가 아니면 원장이 어려워하실 텐데…."

"그렇겠지? 퇴근 때까지 내가 방침을 정해줄게."

"네. 저는 국장님 지시대로 하겠습니다. 국장님 원장 기류 잘 살피고 결정하십시오. 전 부원장님을 찾아뵈시면…. 선배님 곧 부원장 승진도 있는데 원장 눈 밖에 나시면…."

이 과장이 머리를 긁적이며 방을 나갔다.

이 과장이 방에서 나가자마자 바로 비서가 국회 서종태 의원으로부터 전화가 왔다고 바꿔줬다. 서종태 의원은 김 국장의 대학 동기로 4선 중진의원이다.

"김 국장, 요새 바쁜가?"

"내가 바쁠 거 없지. 자네 자주 언론 타던데 부의장 후보라고."

"나도 이제 중진이 됐으니 부의장 해 볼 만하지. 자네 삼진 감사 나갔다면서?"

"응, 바쁜 사람이 어떻게 알았어?"

"다 아는 수사 있지. 삼진 박준홍 사장이 내 후원회장이야. 그 친구 난처하지 않게 잘 좀 봐줘. 자네 내 힘이 필요할 때 나도 힘써 줄게."

"내가 뭐…."

"그렇게 겸손 떨지 말고. 잘 봐 줄 거로 알고 전화 끊는다. 일간 느네 원장하고 술자리 마련하고 연락할게."

서종태 의원이 먼저 전화를 끊었다. 김 국장은 정치권까지 나서자 머리가 무거웠다.

김 국장은 감사 결과 처리를 어떻게 해야 하나 판단이 서지 않아 머리가 아팠다. 그렇다고 누구를 찾아가서 자문을 구할 수도 없었다.

퇴근 시간이 다 되어 가도록 김 국장은 결론을 내리지 못했다. 이 과장에게 지침을 주겠다고 한 퇴근 시간이 가까워 온다.

김 국장은 창가에 서서 8차선 도로를 질주하는 차량을 내다보고 어떻게 결정할 것인가 고민하고 있을 때 이도창 사장이 찾아왔다.

"이번 달 팔공회 나갈 거야?"

이도창이 방에 들어서며 매달 열리는 고등학교 동창 친목 골프모임에 나갈 것인지 물었다.

"너는?"

"가야지. 소 장관한테 전화 왔었어. 이번에 자기도 나오겠다고."

소 장관은 고등학교 동기동창 중 유일하게 입각한 친구다.

"그래? 그럼 나도 나가지."

김 국장이 시원하게 말했다.

"지난번 빠졌던데 내가 데리러 갈까? 내 차로 갈 거야?"

"데리러 올 거야? 그럼 나야 편하지."

"기사 있는 내가 모셔야지. 지금 나랑 회장방에 좀 가지."

이도창 사장은 회사에서 기사를 붙여줬지만, 김 국장은 자가 운전이다.

"회장방? 왜?"

"회장님이 기다려. 어렵게 시간 냈다. 올라가자."

김 국장은 감사를 나온 사람이 피감사자의 시간에 맞춰 만나러 가는 것이 내키지 않았다. 아무리 대그룹 회장이지만 자기가 감사장으로 찾아와야지, 감사 책임자를 오라 가라 하는 것 같아 기분이 상했다.

"왜 가기 싫냐?"

친구의 기분을 눈치 챈 이도창 사장이 물었다.

"꼭 가야 해?"

"내 체면 봐서 가자."

이도창이 김 국장의 손을 끌었다. 김 국장은 초등학교 때부터 친구의 청을 거절할 수가 없어 끌려갔다.

김 국장이 왔다는 비서의 전갈을 받은 회장은 문밖까지 나와서 영접했다.

"제가 감사장을 찾아가야 하는데 이렇게 오시게 하여."

회장은 김국장의 손을 잡고 흔들며 미안해 했다. 김 국장은 회장이 진심으로 미안해 하는 것 같아 가슴이 울렸다.

"오셔서 고생하신다는 말씀 들었어요. 회사가 크다 보니 문제점이 더러 보이지요?"

"그것이…."

김 국장은 즉답을 피했다.

"제가 선친으로부터 경영권을 물려받은 지 벌써 20년이 넘었어요. 그 동안 우리 회사가 거의 10배 이상 컸어요. 종업원도 이십 만이 넘고. 아마 가족들까지 합치면 백만이 넘는, 우리나라 인구의 약 2 내지 3%가 우리 회사와 연관이 있을 거요."

김 국장은 삼진그룹이 크다는 것은 알고 있었지만, 그렇게 많은 사람이 삼진에서 일하며 먹고 사는지는 생각해 보지 않았었다.

"전 세계 어디를 가나 공항을 나서면 우리 회사 선전 간판을 볼 수가 있지요?"

"예, 공항에 나가다 삼성, 현대, 엘지와 함께 삼진의 마크를 보며 자부심을 느꼈습니다."

김 국장이 박자를 맞춰줬다.

"이런 큰 회사를 움직이다 보면 음성적으로 들어가는 돈이 참 많아요. 특히 후진국은 아직도 뒷돈이 없으면 장사를 못해요. 그런 돈 마련이 감사하시는 입장에서 보시면 부정한 돈 같지만, 그렇게 마련한 돈으로 기름을 치고 사업을 유지하고 키워 가고 있어요."

회장이 거침없이 말했다.

김 국장은 감사 책임자 앞에서 비자금 조성의 필요성을 숨기지 않고 털어놓는 회장을 건너다보며, 무슨 배짱일까 했다.

"요사이 일부 시민단체에서 재벌을 죄악시하는 경향이 있어, 일부 재벌 총수들이 영어의 몸이 되는 경우가 있는데…, 법의 정의, 법이 만민 앞에 평등하다는 데는 이의가 없지만, 법만 지키다가는 국가 경제적으로는 큰 손해를 볼 수가 있어요. 김 국장님은 온실에서 자라서 잘 모르시겠지만, 사업을 다 따서 입에 넣고 삼키는데 나보다 로비를 더 세게 한 업자가 목구멍에 들어가는 사업을 낚시 바늘에 걸어서 빼앗아갈 때는 가슴이 찢어져요. 로비는 결국 돈으로 하는 거요. 그 돈 마련 합법적으로는 안 되지요. 해 봐야 몇 푼 안 되고. 해외 사업 따려면 더 크고 센 줄을 잡아야 하는데 다 돈이지요. 누가 더 큰 돈으로 센 줄을 잡느냐는 싸움이에요. 우리 그룹 감사하시며 몇 가지 허점을 찾으셨겠지만, 대국적인 견지에서 그 필요성을 보시고, 잘 챙겨 주세요. 우리 20만 종업원의 생활 터전이 지켜지고 사업이 커져서 더 많은 일자리를 창출할 수 있도록 잘 배려해 주세요. 그 배려는 제가 꼭 보답하지요."

담담하게 말하는 회장의 말에 설득력이 있었다. '꼭'이라는 말에 의지가 강하게 느껴졌다.

김 국장은 회장의 말을 들으며, 문득 기업 총수를 검찰에 고발하여 얽어 넣으려는 것은 20만 종사자들에게 어려움을 주는 것 같은 착각이 들었다. 회장이 '꼭' 보답하겠다는 말이 그의 진급에 힘을 써주겠다는 말로 들렸다. 김 국장은 힘 있는 그룹 회장의 언질을 들으며 얼굴에서 열이 났다.

"이거 너무 딱딱한 말만 했나요? 이 사장하고 고교 동창이라면서요?"

"네, 동창입니다."

"이 사장 우리 그룹에서 보배요. 좋은 친구 두셨네요. 좋은 자리 계실 때 잘 도와주세요. 자녀분은?"

"아들 하나 딸 하나입니다. 아들은 학사장교로 군대 가 있고, 딸은 대학 2학년입니다."

"아버님 닮으셨으면 다 영재시겠다. 이 사장, 졸업 때 되면 잘 챙겨 드려요."

"네, 김 국장 아들딸들이 다 공부를 잘해서 일류 대학 들어갔어요. 꼭 챙기겠습니다.

이 사장이 엉덩이를 들고 일어섰다가 앉으며 회장의 지시를 받들었다. 김 국장은 그의 아들딸까지 챙기란 회장의 말을 들으며, 아들딸의 취직 문제까지 해결되는 것 같아 가슴이 막 뛰었다.

회장과 면담을 마치고 나오며 이 사장은 회장이 너를 잘 본 모양이라며, 퇴직하면 최소 고문 자리 하나는 줄 것 같다는 말을 보탰다.

이 사장은 오늘은 술 먹자는 소리 안 할 거니 그냥 집에 가고 감사 끝나면 진하게 한잔 사겠다고 했다. 카톡 건은 잘 해결했으니 더 이상 신경 쓰지 말라는 말도 추가했다.

김 국장은 감사장에 들어와서 시계를 보니 5시 30분, 퇴근 시간인 6시까지 30분이 남았다. 이 과장에게 퇴근시간 전에 방침을 정해 주기로 했다. 30분 안에 이번 감사를 원 차원에서 종결을 지을 것인가, 그동안 찾은 위법사항을 검찰에 수사 의뢰할 것인지 결정해야 한다.

김 국장은 연필을 들고 두 방안의 이해득실을 종이 위에 끄적거렸다.

원 차원에서 종결하면, 삼진에 큰 소동 없이 감사를 마무리할 수 있다. 그럼 동창인 이도창 사장도, 홍 상무도 다 해피할 거다. 나도 회장이 '꼭' 하고 약속했던 힘을 빌려 부원장 진급에 도움을 받을 수가 있다. 잘 하면 아들, 딸 취직문제까지도 해결된다. 서종태 의원의 청을 들어주고 필요할 때 힘을 써주도록 응원을 요청할 수도 있다. 퇴직하고 삼진 고문으로 3년 정도 보장도 받을 수가 있다.

검찰로 송치하면, 삼진이 시끄러울 거고, 두 동창이 어려움을 겪을 것이다. 서종태 의원은 체면이 손상됐다고 툴툴거릴 거고. 회장이 사법처리 되면 삼진의 국제신인도에 영향을 미칠 것이고, 우리 경제에 꽤 영향을 줄 것이다. 내가 누릴 수 있는 모든 특혜는 사라진다. 혹시 내가 룸살롱 여종업원과 호텔에 간 것을 까발릴 줄 모른다. 홍 상무는 삼진에서 그런 치사한 방법은 동원하지 않는다고 했지만, 삼진이 한 단계 더 높게 쳐놓은 허허실실, 고도의 수를 썼는지 모른다. 그러면 나는 그냥 옷을 벗어야 한다.

그렇다고 감사를 나온 팀장이 불법을 보고 눈을 감는다는 것은…, 직업 윤리상 있을 수가 없다! 해외사업을 하려면 비자금이 필요하다고? 유력 에이전트를 써서 뇌물을 에이전트 수수료로 지불하는데….

잘 종결하라고 한 원장은 어느 쪽일까?

김 국장은 연필로 끄적거려 놓은 두 안의 장단점을 연필로 콕콕 찍으면서 어느 쪽을 선택할 것인지 이빨을 딱딱 부딪치며 고민했다.

직업윤리를 지키고 사회 정의를 구현해? 우리 경제를 살리고 나의 이익을 취할까?

김 국장은 연필을 빙글빙글 돌리며 생각을 굴렸다.

이무선 과장이 상사의 눈치를 보며 팀장 방에 들어왔다. 김 국장이 저승사자처럼 시간을 맞춰 나타난 부하를 보며, 깊은숨을 들이쉬며 그의 결심을 아무 설명 없이 알려줬다.

"네, 알겠습니다. 그렇게 하겠습니다."

이 과장이 군소리 없이 상사, 선배의 지시를 받들고 방을 나갔다.

김 국장은 힘든 결정을 하느라 에너지를 다 쏟고 너무나 피곤했다. 그는 사지를 널브러뜨리고 소파에 퍼져 방을 나가는 부하를 쳐다보며 내가 올바른 결정을 했나? 했다.

책을 내면서

지난 2, 3년간 문학잡지에 실었던 단편을 모아 단편집을 낸다.

단편집 3집을 낸 지 2년이 지났다. 친구들이 너 언제 또 책 내냐, 묻곤한다. 소설을 써보지 않은 친구들은 소설이 실타래에서 실이 풀리듯 쉽게 술술 나오는 줄 아는 모양이다.

이번 단편집에는 종교 이야기도 있고, 사회 부조리를 고발하는 줄거리도 있으나, 나이가 들어가는 저자 주위의 이야기를 쓰다 보니 젊은이들의 이야기보다는 나이 든 분들의 넋두리가 여러 편이다.
어느 부부의 이야기도 있고, 어느 날, 어느 해에 일어난 일들이 있다. 그래서 단편집 제목을 좀 생소하지만 《어느 이야기들》로 했다.

종심의 나이를 넘어서도 아직 소설을 쓸 수 있는 건강이 유지되는 것과 주위에서 도와주시는 여러분들께 크게 감사한다.

양창국 단편소설집

어느 이야기들

지은이 / 양창국
펴낸이 / 김정희
펴낸곳 / 지구문학

110-122, 서울시 종로구 종로17길 12 215호(뉴파고다 빌딩)
전화 / (02)764-9679
팩스 / (02)764-7082

등록 / 제1-A2301호(1998. 3. 19)

초판발행일 / 2014년 10월 10일

ⓒ 2014 양창국 Printed in KOREA

값 15,000원

E-mail/jigumunhak@hanmail.net

ISBN 978-89-89240-56-3 03810